아빠와
딸의
7일간

パパとムスメの7日間
by 五十嵐貴久

Original Japanese edition published
by The Asahi Shimbun Company.

Korean translation edition is published by arrangement with
The Asahi Shimbun Company through YU RI JANG LITERARY AGENCY.

아빠와 딸의 7일간

이가라시 다카히사 장편소설
이영미 옮김

까멜레옹

차 례

Part 1

아빠는 아빠, 딸은 딸

01_

바다.

새빨간 비키니 수영복을 입고 파도가 밀려드는 물가에서 놀던 아이가 일어서서 뒤를 돌아다본다. 잠시 후 아이는 다시 바다 쪽으로 고개를 돌리고 파도와 장난을 치기 시작한다. 밀려오고 밀려가는 파도. 신이 나서 떠들어 대는 아이의 모습은 천사나 요정 같다.

짓다 만 모래성이 파도에 무너졌다. 밀물이다. 어디선가 아이를 부르는 목소리가 들리자, 아이가 얼굴을 잔뜩 찡그린다. 더 놀고 싶은 모양이다.

원피스 수영복에 밀짚모자를 쓴 늘씬한 여자가 나타나 아이의 손을 잡고 육지 쪽으로 데려온다.

서글픈 듯 바다를 돌아보던 아이가 손가락으로 가리키는 곳엔

수박이 그려진 튜브가 외따로 나뒹굴고 있다.

여자가 튜브를 주우러 간다. 아이는 그 틈을 타 물가로 뛰기 시작한다. 그러면서 조르듯 팔을 앞으로 쭉 뻗는다.

"왜 그래?"

남자의 목소리가 들린다.

"바다, 조금만 더!"

왼손에 튜브를 든 여자가 말한다.

"고우메, 이제 그만! 입술이 시퍼렇잖아. 잠깐 나왔다가 핑크빛으로 바뀌면 다시 들어가."

"어디, 아빠가 좀 볼까?"

남자 말에 아이가 순순히 얼굴을 가까이 댄다. 남자는 손가락으로 아이의 입술을 가볍게 쥐며 말한다.

"엄마 말이 맞네. 이따 다시 오자."

"지금, 지금!"

아이는 있는 힘껏 고개를 젓는다. 남자가 여자를 부른다.

"이봐, 좀 더 놀게 하지. 햇볕도 좋잖아. 내가 지켜볼게."

"안 돼!"

여자가 단호하게 대답한다.

"얼른 수건이나 집어요. 여기 바다는 내가 더 잘 알아. 이맘때는 아직 물이 차다니까."

"할 수 없군."

남자는 나지막이 중얼거리며 아이에게 말한다.

"엄마가 안 된다는데?"

아이가 뿌루퉁한 표정을 짓는다. 남자가 아이의 가늘고 부드러운 머리칼을 쓰다듬으며 귓가에 대고 속삭인다.

"점심 먹고 다시 오자. 아빠가 약속할게."

입을 다물고 있던 아이가 알았다며 힘차게 고개를 끄덕인다.

"엄마한테는 비밀?"

"물론이지."

남자가 어깨에 걸치고 있던 수건으로 아이의 몸을 닦기 시작한다. 아이가 소리는 내지 않고 입술로만 '엄마 너무 무섭지?' 라고 말한다. 남자도 소곤거리는 목소리로 "그러게 말이야."라고 대답하며 묻는다.

"자, 이젠 됐지?"

아이가 고개를 끄덕이며 환하게 미소를 짓는다.

"나 이따 아빠랑 같이 올 거야. 그게 더 좋아."

아이는 아빠 손을 잡는다. 건장한 남자의 팔이 자그마한 아이의 몸을 번쩍 들어 올린다.

거기서 화면이 끊겼다.

나는 비디오 스위치를 껐다. 그리운 옛 추억. 십삼 년 전, 아내 리에코의 친정집이 있는 지바의 바닷가에 놀러 갔을 때 촬영한 비디오였다.

나는 서른네 살, 아내는 스물여덟 살, 그리고 고우메는 갓 네 살이 되어 유치원에 들어간 해였다.

십삼 년 전이로군.

내 마음속 중얼거림에 씁쓸한 감정이 뒤섞였다. 나는 비디오테이프를 꺼내 원래 있던 책장 안에 넣었다.

거실에서 소리가 들렸다. 아내와 딸이 얘기를 나누고 있었다. 갑자기 아내의 목소리가 커졌다.

"알았어, 아빠한테는 내가 얘기할 테니까 그만 좀 안달해. 으이그, 정말."

아내의 짜증 섞인 목소리와 땅이 꺼져라 내쉬는 한숨 소리가 동시에 들려왔다.

잠시 후 발소리가 들리고 문이 열렸다. 옛날의 몸매는 기억 속으로 밀치고 나이와 함께 점점 체중이 불어난 아내였다.

"들어가도 돼요?"

아내는 대답도 기다리지 않고 방으로 들어오더니 등 뒤로 문을 닫았다.

"뭐 해요?"

"아무것도 안 해."

나는 담배를 입에 물었다. 칠 년 전, 이십오 년 상환 조건으로 네리마구 오이즈미에 있는 단독 주택을 샀다. 그 바람에 담배를 피울 수 있는 장소는 현관 옆의 다용도실을 개조해 만든 비좁은 내 방으로 한정되었다. 이건 뭐가 잘못된 거 아닌가? 하지만 잘못된 거 하나도 없다는 듯, 아내가 짜증스러운 손짓으로 담배 연기를 휘저으며 말했다.

"고우메가 아르바이트하고 싶대요."

"아르바이트?"

고우메는 열일곱 살, 고등학교 2학년이다. 학교 규칙은 어떻지?

"지금은 어느 학교나 아르바이트 정도는 하도록 허락해요."

선수를 치듯 아내가 말했다.

"역 앞에 패스트푸드 가게 있죠. 거기래요."

"글쎄, 어떨까?"

나는 담뱃재를 털며 말했다.

"글쎄라니, 반대?"

"반대라기보다…… 돈이 궁한 것도 아닌데……."

"우리 때랑은 시대가 달라요."

아내가 작고 동그란 의자에 걸터앉았다. 둔탁한 소리가 났다.

"휴대전화니 이성 교제니, 요즘 애들은 할 거 다 하잖아요."

"우리 때도 이성 교제는 있었어."

늘 그렇지만 회사에서나 집에서나 내 의견은 거의 받아들여지는 일이 없다.

"괜찮을 것 같은데…… 세상 공부도 하고."

아내가 팔짱을 끼며 말했다.

나도 전적으로 반대하는 건 아니다. 다만 순서가 잘못되었다는 생각이 들었다. 아르바이트를 하고 싶어 하는 건 별 문제가 아니다. 아내 말대로 분명 우리 때와는 시대도 다르다. 그렇지만 이야기 순서가 잘못된 게 아닌가. 이 집의 가장은 나다. 나한테 먼저 말하는 게 이치에 맞는 일이란 말이다.

내 생각을 눈치 챘는지 아내가 팔짱을 낀 채 말했다.

"저 또래 여자 애들은 아빠랑 말하기 싫어하잖아."

그건 나도 지나칠 정도로 잘 안다. 조금 전까지 봤던 좋지 않은 화질의 비디오 영상이 머릿속에서 되살아났다.

그때는 아빠를 무척이나 좋아했다. 세상에서 아빠가 제일 좋다고 큰소리로 떠들어 댔다. 아빠한테 시집가겠다는 말까지 했다. 그런데 그 사이에 대체 무슨 일이 있었던 걸까?

고우메가 눈에 띄게 나를 피하게 된 것은 고등학교 입학 시험을 준비할 때부터였다. 실은 중학교 때부터 그런 기미를 보이긴 했다.

그럴 만한 이유가 아주 없었던 것도 아니고, 또 여자 애들이 아빠에 대해 그런 식으로 변해 가는 건 어쩔 수 없는 일이라는 말을 듣고 내버려 두었다. 그게 잘못이었는지도 모른다.

그리고 어느 날 정신을 차려 보니 딸 아이와의 대화가 사라져 버렸다. 너무나 자연스럽게 그렇게 변했기 때문에 마지막으로 대화를 나눈 게 언제인지 기억도 나지 않을 정도였다.

아내는 고등학생쯤 되면 여자 애들은 다 그렇다고 했다. 최근 일 년간은 내게 인사조차 안 했다. 그뿐인가, 내 속옷과 자기 옷을 같이 빠는 것도 꺼렸다. 내가 목욕하고 자기가 욕실에 들어갈 때는 욕조에 물까지 새로 받았다.

물론 있을 수 있는 일이라는 것쯤은 안다. 어찌 되었든 나도 상장기업에 근무하는 샐러리맨이다. 요즘의 세태 정도는 나도 알고 있다. 그러나 잡지나 신문에서 읽은 이야기가 설마 우리 집에서도 일어나리라곤 상상도 못했다.

지난 일 년간 관계를 회복시키기 위해 나름대로 노력도 해 봤다. 우선 아내를 통해 적어도 인사만이라도 하라고 시켰다. 그러나 아무런 변화가 없어서 다음 작전을 썼다. 내가 먼저 "잘 잤니?", "다녀왔다.", "어서 와라."라고 말을 건넸다.

그런데 오히려 역효과만 가져온 것 같았다. 관계는 점점 더 악화되었고, 딸 아이는 내가 집에 들어오면 아예 2층 자기 방으로 숨어 버렸다.

아내가 귀찮다는 표정으로 의자에서 일어서며 말했다.

"당신이 반대하는 건 자유지만 말은 직접 해요. 난 말 못하니까."

"이봐, 웬 고집이냐고 할진 몰라도 이건 순서가 좀 이상하잖아. 고우메가 꺼낸 말이면 고우메가 나한테 직접 말하는 게 당연한 거 아냐?"

"그딴 소리만 하니까 딸이 상대를 안 해 주는 거예요."

의자에서 일어선 아내가 문을 열고 소리쳤다.

"잘됐다.아빠가 오케이 해 준단다!"

"어서 문이나 닫아."

나는 담배 연기를 코로 내뿜었다. 고작 그게 내가 할 수 있는 저항의 전부였다.

02_

수신음이 울렸다. 문자 메시지다.

침대에 엎드려 패션 잡지를 들척이던 나는 벌떡 일어나 휴대전화를 확인했다. 리쓰코였다. 네 문자 기다린 거 아니거든.

선배……. 왜 답장이 없을까? 조금 전까지는 느낌이 꽤 좋았는데. 서로 알게 된 후 처음으로 겐타 선배가 문자를 보냈다.

뭐 하니?

그뿐이었지만, 난 너무 기뻤다. 엉겁결에 휴대전화를 끌어안을 만큼.

그때부터 뚫어지게 시계만 쳐다보다가 팔 분 후에 답장을 보냈다. 곧바로 답장하면 너무 가벼워 보일 테고, 십 분 이상 기다리게 하는 것도 귀엽지 않다. 그래서 팔 분.

음악 들었어요. 에이브릴 라빈. 겐타 선배는?

사실은 내 방에서 텔레비전을 봤다. 웃기는 오락 프로그램. 그렇지만 솔직히 말하면 한심스러워 보일 것 같아서 음악을 들은 걸로 했다.

약간 폼을 잡고 싶은 마음도 없지 않았다. 실은 난 음악을 잘 안 듣는다. 영어도 모르는걸 뭐. 하지만 토요일 밤이니 적어도 에이브릴 정도는 듣는다고 해야 체면이 설 것 같았다.

집이었구나~

이 분 후 또다시 문자가 도착했다. 이 분! 우아, 이 분? 이게 뭐야? 이 분이라니 대단한걸!

자, 진정, 진정해야지. 근데 무슨 뜻이지? 집이었구나?

그렇다면 겐타 선배는 지금 밖에 있는 걸까? 고작 다섯 글자뿐이지만, 그 어떤 방정식보다 풀기 어려웠다. 무슨 뜻이지? 뭐라고 대답하지?

겐타 선배가 밖에서 놀다가 친구들 사이에서 아무 여자 애나 불러내자는 말이 나와서 문자를 보냈나?

아니면 놀러 나갔다 들어가는 길인데, 역에서 집까지 걸어가다 문득 내 생각이 나서 문자를 보낸 걸까?

그것도 아니면 그저 아무 생각 없이 시간이나 때우려고 보낸 문자일까?

가능성은 수도 없이 많았지만, 그중에서 정답을 골라내 가장 적절한 답장을 보내야만 한다. 그것도 사 분 안에. 하지만 불가능. 그래서 나는 별 탈 없는 무난한 답장을 보냈다.

집이에요. 시간도 늦었고. 선배는?

문장은 짧게, 그러면서도 질문은 꼭 넣어서. 그래야 답장이 올 테니까.

특별 활동 끝나고 집이야. (^^) 수험생이잖아.

정확하게 오 분 후, 문자가 왔다. 겐타 선배는 나보다 1학년 위인 고3으로 수험생이다. 우리는 이 주 후 기말 고사가 끝나면 여름 방학에 들어가지만, 선배는 여름 방학 강습이니 입시 학원이니 모의고사니 할 일이 태산같이 쌓여 있을 것이다.

힘들겠어요(><) 공부는 잘돼요?

일단 그 정도로 답장을 보냈다. 아니 잠깐, 잠깐, 방긋(^^) 이모티콘은 무슨 뜻이야? 나랑 문자 주고받는 게 즐겁다는 뜻? 아님 단순한 접대용?

큰일이다! 현기증이 나서 머리가 빙글빙글 돌기 시작했다. 요즘 다이어트 중이라 오늘 저녁을 안 먹었더니 배에서 이상한 소리가 났다.

문자라서 다행이다. 선배 앞에서 이런 소리가 났다면 난 죽어 버릴 테다. 정말 콱 죽어 버릴 거야.

리쓰코에게 전해 들은 얘기로는 겐타 선배는 와세다나 게이오가 1차 목표인 듯했다. 지금도 열심히 공부하던 중이었을까. 두근거리는 마음으로 다음 문자를 기다렸다.

'……어라?'

그대로 끝이었다. 십 분을 기다려도, 삼십 분을 기다려도 답장은 없었다.

내 답장이 맘에 안 들었나? 공부 얘기가 싫었나? 맞아, 이 바보 멍청이! 그렇잖아도 입시 때문에 힘들 텐데, 좀 더 세심하게 신경을 썼어야지.

위로하거나 용기를 북돋우는 말이 아니면 전혀 상관없는 다른 얘기라도 좋았을 텐데. 아, 정말 최악이야.

세 시간이 지났지만 휴대전화는 묵묵부답이었다. 처음 한 시간은 줄곧 휴대전화만 노려봤지만, 그 뒤론 너무 신경이 쓰여서 일부러 엎어 놓았다. 그래 봤자 결국 오 분마다 뒤집어 확인하긴 했지만.

그렇게 우물쭈물하고 있는데 아빠가 목욕하러 들어갔다고 엄마가 말했다. 지지리 재수 없는 날이다. 아빠 다음에 탕에 들어가다니, 그건 정말 싫다. 딱히 이유는 없지만 왠지 모르게 불결하다. 아빠가 목욕을 마치고 매트를 밟는다는 생각만 해도 끔찍하다. 가까이 가기도 싫다. 어쩌지? 목욕 생략해 버려?

그렇지만 여름이잖아. 나는 티셔츠를 코에 대보았다. 살짝 땀 냄새가 났다. 으윽, 우울해. 모든 게 다 우울해.

그 후로 한 시간 가량 방에서 어슬렁거리다 간단히 샤워만 했다. 혹시라도 선배가 문자를 보낼까 봐 목욕탕까지 휴대전화를 들고 갔지만, 수신음은 울리지 않았다.

올 리가 없지, 벌써 새벽 1시나 됐는데. 그건 그렇고 이유가 뭐야, 왜 답장을 안 보내지?

3시까지 기다렸지만, 아무 일도 일어나지 않았다. 하는 수 없이 포기하고 잠자리에 들었다. 후유, 하는 한숨 소리가 베개 속으로 스며들었다.

03_

어제 늦게 잠든 바람에 오후가 되어서야 눈을 떴다. 일요일이니 딱히 문제될 건 없었다. 일어나자마자 휴대전화를 확인했다. 문자 수신함에 메시지 한 개. 혹시?

두근거리는 마음으로 수신함을 열었다. 이름을 본 순간, 정말이지 휴대전화를 바닥에 내팽개치고 싶은 심정이었다. 리쓰코였다. 야, 괜히 사람 기대하게 하지 말라고! 보나 마나 늘 하는 아침 인사일 테지. 알 게 뭐야.

나는 세수를 하러 아래층으로 내려갔다. 아빠가 잠옷 바람으로 거실에서 신문을 읽고 있었다.

촌티 팍팍 풍기는 잠옷. 흰색과 회색의 굵은 세로줄 무늬. 자기가 얼룩말인 줄 아나. 제발 좀 세련되게 못 입나? 도대체 아저씨들은 왜 다들 저 모양인지. 아빠는 키도 그런대로 괜찮고, 덩치가 좀 크고 배도 살짝 나오긴 했지만, 아직 최악은 아니다. 전차에서 보는 동년배 아저씨들에 비해서 아직은 괜찮은 편이다.

그런데 패션 감각은 심하다. 너무 심하다. 양복은 진남색과 회색 두 가지 색뿐이고, 그것도 도로변 대형 할인 매장에서 산 거라 소매는 늘 길다. 게다가 바지 자락은 너무 짧아서 꼭 시치고산(어린이의 성장을 축하하는 잔치.—옮긴이) 때의 아이들 모습 같다.

평상복은 그보다 더 심하다. 잠옷 외에는 검은색 운동복 한 벌, 그리고 여름에는 러닝셔츠와 짧은 반바지뿐. 그래도 산책을 나갈 때는 폴로셔츠로 갈아입긴 하는데, 무진장 옛날에 유행한 원포인트(셔츠나 블라우스의 가슴 부분에 메이커의 캐릭터 등을 자수한 것.—옮긴이) 폴로를 아직까지 입는 데다 그것도 멋을 좀 낸 거라고 착각하는 듯했다.

머리숱도 아직은 괜찮고, 마흔일곱 살치고는 얼굴도 젊어 보이는 편이니 조금만 신경을 쓰면 좀 나아질 텐데. 역시 어려운 일일까? 하긴 그래서 바로 아저씨라는 거겠지, 틀림없이.

"고우메, 잘 잤니?"

아빠가 상냥한 목소리로 말을 건넸다. 난 못 들은 체하고 세수를 했다. 엄마가 뭘 좀 먹을 거냐고 물었지만, 안 먹는다고 대답하고 2층으로 올라갔다. 중3이 끝나갈 무렵부터 아빠와 나의 관계는 언제나 이런 식이었다.

고등학교 입학시험이 계기였다. 난 성적도 보통이고 특별히 하고 싶은 것도 없었다. 그래서 평범한 고등학교에 진학하면 된다고 생각했던 평범한 구립 중학교 학생이었다. 가고 싶은 학교가 없었던 건 아니다. 사립 사이온지 여자 고등학교. 그 학교 교복이 너무 예뻐서 꼭 입어 보고 싶었다. 그래서 사이온지에 들어가고 싶었을 뿐이었다.

물론 그건 농담이고 진심은 아니었다. 사이온지에 붙기에는 성적도 좀 모자랐으니까. 그런데 어느 고등학교에 가고 싶으냐고 먼저 물은 건 아빠였다.

그래서 난 별 뜻 없이 사이온지라고 대답했다. 그러자 아빠의 표정이 살짝 어두워졌다.

"사이온지는 사립이야."

돈이 많이 든다는 의미였다. 그런 것쯤은 나도 안다. 그렇지만 어디 가고 싶으냐고 해서 솔직히 대답했을 뿐인데, 왜 그런 식으로 반응하는 건지 약간 기분이 상했다. 그것이 얼굴 표정에 드러났는지 아빠가 버럭 화를 냈다.

"너 얼굴 표정이 그게 뭐야! 네가 누구 덕에 큰 줄 알아?"

그 무렵이 아빠가 일하는 화장품 회사 상황이 좋지 않아 겨울 보너스가 나오느냐 안 나오느냐 하는 시기였다는 것은 나중에야 들었다. 타이밍이 나빴던 것이다. 아빠 입장에서는 사립학교에 가고 싶어 하는 딸의 희망을 들어줄 수 없는 자신이 한심하게 느껴졌을지도 모른다.

아무리 그렇다고 해도 그런 식으로 말하는 건 싫다. 누구 덕이라니? 물론 아빠와 엄마 덕일지도 모른다. 그렇긴 하지만 난 낳아 달라고 부탁한 적은 없다. 자식 입장에서 말하는 억지 논리겠지만 말이다.

그날은 엄마가 끼어들어서 일이 더 커지진 않았다. 결국 사이온지 시험도 쳤지만 떨어졌으니 더 할 말도 없다.

그러고 나서 나는 공립 고등학교에 진학했다. 아빠와 정말로 말을 안 하게 된 것은 입학시험이 끝났을 무렵부터였다. 딱히 그때 그 일이 계기였던 건 아니다. 실은 꽤 오래전부터 그런 분위기였다. 이렇다 할 이유도 없이 그냥 말을 하고 싶지 않았다. 아빠와 말해 봐야 시간 낭비다. 아니 그렇다기보다 괜스레 짜증만 났다. 다른 애들도 다 그렇다고 한다.

반항 같은 게 아니라, 그게 자연스러운 일인 것 같다. 말 맞춰주는 거, 무지 성가시다. 싫다는 말이 아니라, 왠지 자꾸 짜증만 난다. 그리고 불결하다. 단지 그것뿐, 그 이상의 의미는 없다. 아빠는 이런저런 생각을 하는 모양인데 심각한 이유 같은 건 전혀 없다.

"고우메, 정말 아무것도 안 먹을 거니?"

계단 아래에서 엄마 발소리가 들렸다. 다이어트 중이라고 대답했다. 아빠와 함께 식탁에 앉기 싫다고 말할 정도로 철부지는 아니다. 키 155센티미터, 몸무게 44킬로그램, 조금만 방심하면 눈 깜짝할 사이에 46킬로그램까지 불어나 버린다. 땅딸보 돼지, 최악이다.

거울을 보자 또다시 우울해졌다. 얼굴이 왠지 보름달처럼 둥그

레진 느낌이다. 바탕은 썩 나쁘진 않은 것 같은데. 눈도 그런대로 큰 편이고 쌍꺼풀도 있고. 코가 살짝 낮은 편이긴 하지만, 그래도 입술이 예쁘다는 칭찬은 자주 듣는다. 혹시 머리가 너무 긴가? 헤어스타일을 바꿔 볼까? 바꾸는 김에 밝은 색으로 염색하면 어떨까?

그때 벌컥 문이 열렸다. 엄마였다.

"고우메, 아빠한테 고맙다는 인사 한마디쯤은 해야지. 아르바이트 허락해 주셨잖아."

"네, 네."

엄마가 방 안에 들어와 커튼을 걷었다. 뜨거운 7월의 태양 빛이 방으로 쏟아졌다. 엄마, 제발, 나 녹아 버린다고.

"너 꼭 해야 돼."

알았다고 대답했다. 나중에, 조만간, 아니 언젠가는.

"아이고, 내가 못살아."

엄마가 푸념을 늘어놓으며 방에서 나갔다. 나는 침대에 드러누워 두근거리는 마음으로 휴대전화를 확인했다.

역시 꽝! 선배가 보낸 문자는 없었다. 하는 수 없이 조금 전 도착한 리쓰코의 문자를 열었다.

안녕~♪ 오늘 역 오른쪽 출구에 있는 노래방으로! 낮 2시부터야!

까맣게 잊고 있었다. 금요일, 리쓰코가 모이자고 한 기억이 떠올랐다. 일요일에 노래방 안 갈래? 그 애가 남자 애들 데려온대.

그 애란 리쓰코가 석 달 전부터 사귀기 시작한 축구부의 고세키 선배를 가리킨다. 자랑하고 싶어서 어쩔 줄 몰라 하는 건 잘 알고 있다.

그렇지만 꼭 가겠다고 한 건 아니니까. 보나 마나 2학년 축구부 무리일 테지. 귀찮아. 난 그냥 침대에서 빈둥빈둥 시간을 보냈다. 벌써 2시에다 노래방도 이젠 질렸다.

선배에게 문자가 오지 않은 탓이기도 했다. 아무 의욕이 없었다. 가고 싶지 않았다. 나는 '미안' 이라는 말을 먼저 입력한 후, 문장을 만들기 시작했다.

미안, 못 갈 것 같아(〉〈)

무슨 이유를 댈까 궁리하던 중에 문자 하나가 또 들어왔다. 자리에서 벌떡 일어났다. 선배?

겐타 선배도 왔어.

나는 휴대전화를 집어던졌다.

이런 바보 멍청이! 그 말을 왜 이제야 해!

아아, 이를 어째. 어떡해, 어떡하면 좋아. 넓지도 않은 방 안에서 우왕좌왕했다.

못 간다는 문자를 보내기 전이라 그나마 다행이다. 스스로 생각해도 대견했다.

그건 그렇고 뭘 입어? 어떤 옷이 좋지? 갑자기 그런 얘기를 하면 어떡해! 아무 준비도 못 했는데 어쩌면 좋아!

세수도 제대로 안 했고, 머리는 부스스하고, 게다가 메이크업. 몰라, 몰라. 선배는 빈틈없이 꾸미는 스타일을 좋아할까, 아니면 자연스러운 것을 좋아할까?

그건 그렇고 벌써 2시가 지났으니 시간도 없고, 집에서 역 오른쪽 출구까지는 자전거로 달려도 십 분이나 걸리는데……. 이를 어쩌면 좋아. 자, 침착해, 고우메. 심호흡.

결국 깨끗하고 자연스러운 느낌을 목표로 파란 가로무늬 캐미솔과 짧은 청치마를 입었다. 초특급 스피드로 메이크업을 하고, 머리는 비상사태 때의 양식으로 손질을 마쳤다.

마지막으로 평소에는 잘 안 하는 터키석 목걸이를 했다. 잠깐 나갔다 오겠다는 말만 남기고 집을 뛰쳐나온 것은 리쓰코의 문자를 읽은 지 십오 분 후의 일이었다. 나로서는 기록적인 속도였다.

04_

잠옷 바람으로 텔레비전을 보고 있었다. 거실과 이어진 안방에서 빨래를 개며 여름에는 빨래가 잘 말라서 다행이라며 뿌듯해하던 아내가 물었다.

"뭐 봐요?"

모른다고 대답했다. 농담하는 게 아니라 정말로 뭘 보고 있는지 몰랐기 때문이다. 텔레비전 하나 보는 일에도 어느 정도 자신의 의지가 필요하다.

아마도 여행 프로그램인 것 같았다. 얼굴만 아는 만담가 콤비와 이름만 아는 아나운서가 전체 길이가 2미터나 되는 거대한 게를 보고 괴성을 질렀다.

아내는 그러냐며 순순히 고개를 끄덕였다. 여덟 달 전, 신상품 개발 프로젝트 팀이 발족된 후로는 토, 일요일 중 하루 혹은 이틀 다 출근하는 날이 이어졌다. 입사한 지 이십오 년이나 되었지만, 이런 일은 처음이다. 아내도 그런 상황은 잘 알고 있는 듯했다.

내가 근무하는 광성당은 메이지 시대부터 전통을 이어 온 화장품 회사다. 같은 업종의 다른 회사는 어떤지 모르겠지만, 복리후생 조건도 좋아서 일하기 편하다. 무엇보다 여유 있는 회사 분위기가 나에게는 잘 맞았다.

종합직 공개 채용으로 들어간 나는 판매, 영업부터 출발해 몇몇 부서를 전전했다. 교토 지사를 거쳐 마지막으로 자리를 잡은 곳이 홍보부의 광고과였다. 칠 년 전 일이다.

사 년 전, 나는 그곳의 과장이 되었고, 지난해 조직 개편 때 광고과가 부로 승격해서 현재는 차장이다. 동기 중에서는 늦은 편이다.

화장품 회사 광고부라고 하면 듣기에는 화려하고 멋질지 모르지만, 솔직히 말하면 회사 중심에서 벗어난 부서다. 예산이 풍부한 홍보부와는 달리, 부족한 예산에 소박한 홍보 활동을 하는 광고부는 광성당 내에서도 코끼리 무덤(코끼리가 죽을 때 무리에서 떨어져 외딴 곳에 가서 죽는다는 설이 있다. 즉 회사 중심에서 벗어난 별 볼일 없는 부서를 은유적으로 표현한 것이다.—옮긴이)이라 불리는 부서였다. 다시 말해 나는 그저 그런 샐러리맨인 것이다.

난 요령이 없는 편이다. 주어진 일은 열심히, 그리고 성실하게 임하고, 문제를 일으키는 일도 좀처럼 하지 않는다. 좋게 말하면 성실하다는 뜻이리라. 반대로 말하면 결론을 내기까지 시간이 많이 걸리고, 일이 늦다는 뜻이기도 한데, 성격이 그러니 어쩔 수 없다. 윗사람에게 어필하는 것도 서툴고, 어쩌다 성과를 올려도 누군가가 가로채 버린다. 덧붙여 말하자면 아랫사람과의 소통에도 자신이 없고, 통솔력은 거의 없다. 게다가 회사 사정에도 어두워서 사내 인간관계나 파벌에 대해서 잘 몰랐고 흥미도 없었다. 그러니 당연히 정보도 잘 몰랐고, 그런 점에서 볼 때 문제가 많았다.

스스로도 그런 점은 잘 알고 있다. 그렇긴 하지만 딱히 출세하고픈 욕심이 있는 것도 아니고, 그저 여유 있게 살아갈 수 있으면 그걸로 만족했다. 그런 의미에서 보자면 불만은 없었다. 그런데도 불구하고 내가 신상품 개발 프로젝트 팀의 팀장으로 임명된 것은 인사에 얽힌 복잡한 사정 때문이었다.

무엇보다 완만하긴 하지만 분명히 하락해 가는 회사 실적이 간접적인 원인이었다. 물론 사원인 우리도 그런 사실을 모르는 건 아니었지만, 광성당은 역사와 전통이 있는 큰 회사였다. 그렇게 쉽게 무너질 리 없다는 자부심이 있었지만, 우리의 예상 이상으로 사태는 심각했던 모양이다.

광성당은 고급을 지향하는 화장품 제조 업체였고, 강력한 브랜드의 힘은 타사를 압도했다. '슈퍼뷰티' 시리즈를 중심으로 한 기초 화장품 세트는 가격이 다소 세긴 해도 높은 품질로 고객의 신뢰를 얻었다. 소비자 만족도나 호감도도 높았으니 문제될 게 없을 터였다.

그러나 문제는 있었다. 요약하자면 '슈퍼뷰티' 시리즈의 성공에 방심한 광성당의 경영진이 그 후속 모델 개발을 게을리 했던 것이다. 어떤 면에서는 너무 편하게 장사를 하다 보니 소비자 동향 파악이 늦어져 제때에 대응할 수 없게 된 것이다.

정신을 차려 보니 광성당의 상품은 차츰 시대에 뒤처진 산물로 변해 갔다. 갑자기 그렇게 된 건 아니다. 토대의 붕괴는 몇 년에 걸쳐 서서히 진행되었다. 회사가 정신을 차렸을 때는 이미 양발이 수렁에 빠져 꼼짝 할 수 없는 상황이었다.

예산 삭감, 비용 절감이라는 말이 귀가 따가울 정도로 들렸고, 가난하면 품위마저 떨어진다는 옛말처럼 막대한 경비를 들이던 홍보 활동이 어려워지자 결과적으로 상품은 점점 더 안 팔렸다.

이 년 전에 성과주의 제도를 도입했는데, 그것이 사태를 더욱 악화시켰다. 제도를 아무리 바꿔 본들 내부에 있는 사원이 변하는 것은 아니다. 몸은 옛날 그대로인데 옷만 갈아입는다고 갑자기 구체적인 성과가 나올 리 없었다. 오히려 사원들의 사기가 떨어지고, 의욕이 저하되었다는 해석이 옳을 것이다.

그런데도 회사는 계속 돌아갔다. '슈퍼뷰티' 시리즈가 쇠퇴하고는 있지만, 여전히 소비자의 뿌리 깊은 신뢰가 있었고 단골 고객도 많았다. 품질 면에서는 업계에서 최고였다.

그러니 회사나 사원들이 그다지 심각한 위기감을 못 느낀 것은 어쩔 수 없는 일이었을지도 모른다. 그러나 소비자 세대교체가 제대로 진행되지 못한 것은 숨길 수 없는 사실이었다. 신규 고객 증가율은 과거에 비해 눈에 띄게 저하되어 갔다. 광성당이라는 배는 완만한 속도로 침몰하기 시작한 것이다.

신상품 개발 프로젝트에 관한 이야기를 처음 꺼낸 사람은 와타나베 사장인 것 같다. 무슨 사정이 있었는지는 몰라도 광성당 상품 개발 연구소에서 새로운 성분이 포함된 향수 개발에 성공했다는 보고를 들은 게 계기였다고 한다.

그 이후 와타나베 사장은 중역 회의 석상에서 그동안 광성당이 별로 관심을 기울이지 않았던 젊은 세대 고객을 대상으로 완전히 새로운 향수를 개발해 보면 어떻겠느냐는 의견을 내놓았다.

사장도 나름대로 위기의식을 느꼈다는 뜻일까, 아니면 별 생각 없이 던진 말일까? 나같이 한참 밑에 있는 인간으로서는 알 수 없는 일이다. 그러나 동료들 얘기를 들어 보면, 가끔은 그럴듯한 말을 해야 했기 때문이었던 것 같다.

현 사장은 창업 이래 4대째 사장으로 광성당 중흥 역사의 시조라 불린다. '슈퍼뷰티' 시리즈를 탄생시킨 3대째 현 회장도 아직

건재하다. 사장 입장에서는 별 뜻 없이 내뱉는 말이었을지 몰라도 중역들에게는 특명이나 다름없는 일이었다.

원칙적으로는 주요 부서인 기획개발부가 담당해야 할 안건이었지만, 그쪽 임원은 이야기를 듣자마자 줄행랑을 쳤다고 한다. 그도 그럴 것이 광성당에서 향수 상품은 저승으로 들어서는 문이나 마찬가지였다.

십오 년 전, 유명 향수 브랜드와 제휴해 대대적인 판촉 활동을 벌였던 향수 시리즈 '실버비트'가 처참하게 실패했기 때문이다. 막대한 개발비, 여느 때의 두 배에 달하는 홍보비를 투자했는데도 '실버비트'는 전혀 안 팔렸다. 습도가 낮은 일본에서 향수가 팔릴 리 없다고 의기양양한 표정으로 말하는 사람도 있었다. 어쨌든 광성당은 수억 엔의 손해를 입고 향수 시장에서 물러났다.

그런데 이제는 더군다나 기존의 광성당 이미지와 맞지 않는 여중고생, 대학생 소비자층을 노리라고 하니 난관에 난관이 겹친 셈이다. 기획개발 담당 임원이 백기를 든 것도 무리는 아닐 것이다.

그러나 회사의 명령이니 어쩔 수 없다. 누군가는 떠맡아야 했다. 중역 회의에서 몇 차례에 걸쳐 검토를 했지만, 각 부서 중역들은 자기 부서에서 담당하긴 어렵다며 다른 부서로 미루는 데 급급했다. 말하자면 핀 뽑은 수류탄으로 공놀이를 하는 거나 마찬가지였다. 잘못 건드렸다간 어디서 폭발할지 알 수 없는 일이었다.

최종적으로 덤터기를 쓴 곳이 홍보부인가 싶었는데, 광성당 창업 이래 최연소로 중역 자리에 오른 사쿠라기 홍보부장은 능력은 물론 운까지 타고 났던 모양이다. 마침 진행된 조직 개편에서 그 동안 홍보부 소속이었던 광고과의 업무가 다소 확장되면서 홍보광고부라는 명칭으로 변했던 것이다.

전체 총괄은 사쿠라기 중역이 하지만, 구조상 광고부에도 부장이 필요했다. 사쿠라기 중역은 재빨리 향수 안건을 신임인 우에쿠사 광고부장에게 넘기고 뒷일을 맡겼다.

신임 부장이 되자마자 문제를 떠안게 된 우에쿠사 부장은, 아마도 사쿠라기 중역의 지시일 거라 짐작하지만, 각 부서에서 사람을 뽑아 프로젝트 팀을 결성하면 어떻겠느냐는 의견을 중역 회의에 냈다. 혼자 책임지고 싶지 않다는 영혼의 절규가 통했는지 이 제안은 받아들여졌고, 프로젝트 팀 인선이 시작되었다. 그리고 그 팀의 팀장으로 뽑힌 사람이 바로 광고부 차장으로 막 승진한 나였던 것이다.

본래 신상품 개발 프로젝트는 광고부에서 담당할 업무가 아니다. 기획개발이든 영업이든, 적어도 판매나 홍보를 주로 하는 부서에서 담당하는 게 통례다. 이번에도 그렇게 되는 게 마땅하지만, 실패할 게 뻔한 프로젝트 뒤치다꺼리를 누구도 떠맡으려 하지 않았던 모양이다.

럭비로 비유하자면 이렇다. 기획개발부는 영업부로 공을 던지고, 영업부는 판매부 쪽으로 패스했다. 판매부는 홍보부로 넘겼고, 엉망이 된 그 공을 주워 들어야 했던 사람이 우에쿠사 광고부장, 그리고 그가 잘 닦아 놓으라며 주운 공을 건넨 사람이 바로 나였다.

내가 요령이 없는 것은 이쯤에서 여실히 드러난 셈이다. 공을 받아 들고 주위를 둘러보니 운동장에는 개미 새끼 한 마리 보이지 않았다. 정신을 차려 보니 나는 어느새 프로젝트 팀의 팀장으로 임명된 것이다. 각 부서에서 모인 열일곱 명의 멤버와 함께 팀을 꾸려 갈 수밖에 없는 입장으로 내몰린 것이다.

열일곱 명인 까닭은 광성당의 주요 부서가 열일곱 개이기 때문이고, 모두 평등하게 사원 한 명씩을 내놓는다는 게 모든 중역들이 합의한 내용이었기 때문이다.

내게는 열일곱 명의 구성원들에 관한 선택권도, 각 부서가 내놓은 사원에 대해 거절할 권리도 없었다. 옥석이 뒤섞였다고 하면 그럴듯하게 들리겠지만, 솔직히 말해 돌이 많을 것이었다.

회사의 운명이 당신들에게 달려 있다는 우에쿠사 부장의 어린애를 속이는 듯한 연설과 함께 프로젝트는 출발했다. 그것이 여덟 달 전의 일이다.

05_

프로젝트를 처음 시작했을 때는 구성원들의 사기도 높았다. 어쨌든 사장 의견이 계기가 되어 시작한 일이었다. 말하자면 전투의 선봉에서 깃발을 치켜든 거나 마찬가지였다.

우에쿠사 부장 말로는 예산도 풍부하고 필요하면 증원도 검토

하겠다고 했다. 물론 각 부서에서 최대한 협력하는 건 당연했다.

그러나 프로젝트가 시작된 지 채 며칠도 안 되어 얘기가 다르다는 걸 알게 되었다. 사장을 비롯한 중역들이 과거 향수 상품에 관해 면밀한 조사를 해 본 결과, 광성당은 물론이고 다른 회사에서도 성공한 예가 없다는 걸 알게 된 것이다. 유행했던 향수는 모두 해외 브랜드 상품이었다.

회사는 그 시점에서 중지 명령을 내려야 했다. 그러나 이미 회사 예산에 들어간 프로젝트를 조령모개로 중단할 수는 없었다. 그거야말로 누군가의 책임 문제가 될 터였다.

결국 프로젝트는 '일단은' 존속시키기로 했다. 그러나 '일단 하기로' 하자는 어중간한 일에 의욕을 가질 사원은 없다. 프로젝트 팀의 사기는 나날이 떨어졌고, 내 힘으로는 그런 상황을 어찌해 볼 도리가 없었다.

예산은 사정없이 삭감되었고, 증원은 고사하고 인원을 정리하는 문제까지 검토될 정도였다. 다른 부서의 협력도 기대할 수 없는 상태로 다섯 달이 지났고, 그 단계에서 프로젝트 팀은 젊은 층 고객을 타깃으로 한 새로운 향수 상품 기획안을 중역 회의에 제출했다.

예산, 시간, 인력, 어느 것 하나 변변한 게 없었지만, 그런 것치고는 나름대로 준비를 잘했다고 생각했다. 단기간 안에 참신한 아이디어를 쏟아 부은 기획안에 프로젝트 팀원 모두가 자신감을 가졌다고 할 수 있다. 그때까지는 의욕이 바닥난 건 아니었다. 그러나 첫 번째로 올린 그 기획안은 단번에 거절당했다.

그보다 다섯 달 앞서 연말 결산이 있었다. 광성당은 몇몇 사업체를 끌어안은 회사였고, 특히 최근에는 부동산 부문에서 큰 이익을 올리고 있었다. 그래서 그룹 전체로 봐서는 흑자였지만, 바탕 사업이며 흑자의 큰 기둥이었던 화장품 부문은 창업 이래 처음으로 수익이 감소했다.

그로 인해 중역 회의에서는 예산 수정을 시도했고, 첫 공격 대상으로 떠오른 것이 신상품 개발 프로젝트였다. 예산은 삭감에 삭감을 되풀이했다. 그래도 간신히 텔레비전 광고를 내보낼 최소한의 예산은 확보했는데, 아무런 설명도 없이 또다시 칼질을 당해 홍보비는 물론 판매 촉진비 등 거의 대부분의 예산이 깎였다. 그리고 그 예산으로는 우리의 기획안이 실행 불가능하다는 게 중역 회의에서 내놓은 이유였다.

나는 프로젝트 팀을 대표해서 상황이 그렇게까지 안 좋으면 프로젝트 전체를 중지해야 하는 게 아니냐고 건의했지만, 그럴 수는 없다는 대답만 돌아왔다. 이미 작년에 언론 발표도 했고, 사장이 내놓은 프로젝트를 중지하는 건 상상도 할 수 없는 일이라고 했다.

탐관오리에게 핍박받는 백성들의 비애가 바로 이런 것일까. 나리, 차라리 죽여 주시옵소서!

게다가 예산만이 아니라 기획안 자체에도 문제가 있다는 지적을 받았다. 이제까지 광성당의 방식과는 너무 다르다는 게 중역들의 역정을 샀던 모양이다.

당연한 일이지만, 이제껏 광성당이 거의 손을 대지 않았던 향수 상품이니 비법 같은 게 있을 리 없었다. 또한 젊은 층을 타깃으로 하는 이상, 기존의 방식이 통하지 않는다는 것은 어린애들도 알 만한 일이다.

그렇게 새로운 판로, 새로운 홍보, 새로운 전략을 택해야 했지만, 회사에서는 강한 저항감을 드러냈다. '이건 광성당의 방법이 아니다.' 라는 게 그들이 내려 보낸 답변이었다.

팀원들의 사기는 점점 더 떨어졌고, 침체된 분위기가 팀 전체를 뒤덮었다. 지금까지의 방식에 따를 거라면 굳이 프로젝트 팀을 새로 편성할 필요도 없었을 텐데, 회사는 자기 모순을 깨닫지 못했고 몇 번이나 회의를 되풀이해도 이해해 줄 생각이 없는 듯했다. 회사에는 회사의 사정이라는 게 있고, 어른들 세계에는 또 그들 나름의 사정이라는 것도 있을 테지.

하는 수 없이 우리는 사무적으로 일을 진행했고, 결국 지금까지의 광성당 노선의 연장선에서 기획안을 제출했다. 그런데도 몇 번이나 수정을 요구했고, 가까스로 최종안을 낸 것이 한 달 전쯤의 일이다. 일곱 종류의 아로마 향수, '레인보우 · 드림', 즉 일곱 빛깔의 꿈.

진부하다고 보면 진부하겠지만, 우리는 더 이상 어찌해 볼 도리가 없었다. 회사 측도 사정이 있어서 작년에 계획한 이 프로젝트를 올 상반기 안에 어떻게든 결론을 내야만 했다. 더 이상 끌다가는 주주총회에서 무슨 일이 벌어질지 알 수 없기 때문이다. 그런 이유 때문에라도 가까스로 신상품 기획안이 받아들여졌다.

최종적으로는 약 열흘 후에 열리는, 사장도 참석하는 어전 회의, 즉 요란하기 그지없는 명칭의 그 회의에서 결재받기로 했는데, 어쨌거나 여기까지 일을 진행시키는 것만으로도 고생이 이만저만이 아니었다.

다시 정확하게 말하면 이 주 후 화요일에 열리는 어전 회의에 대비해, 다음 주에는 자료 작성과 부서 간 조정, 사전 협의 등에 쫓겨 바빠질 것이다. 그래서 나는 팀원들에게 이번 토요일, 일요일만은 잠시 일을 잊고 쉬자고 제안했다.

내가 아랫사람을 잘 통솔하는 스타일은 절대 못 되지만, 그 제안에는 모두가 환영의 뜻을 보였다. 그런 까닭에 나도 어제와 오늘은 충분히 휴식을 취하고, 생쾌한 기분으로 새로운 주를 맞아 업무를 시작할 작정이었다.

"여보! 휴지를 그런 데 두지 말라고 몇 번이나 더 말해야 알아들어요?"

절망에 빠진 예술가처럼 한숨을 내쉬며 아내가 일어섰다. 나에게는 코를 푼 휴지를 테이블 위에 아무렇게나 던져 두는 나쁜 버릇이 있다. 늘 반성은 한다. 아내가 시키는 대로 여기저기 널린 휴지를 모아 잠옷 웃옷 주머니에 쑤셔 넣었다.

"당신이 있으면 청소하기도 더 힘들어요."

그렇게 한가하면 산책이라도 하고 오란다. 가정이란 일하는 가장에게 편안함을 제공하는 장소가 아니었던가!

"경마 좀 볼게."

'모처럼 쉬는 일요일이잖아.' 라고 덧붙였지만, 갑자기 집이 떠나갈 듯 울리는 발소리에 파묻혀 버렸다. 고우메가 계단을 두 개씩 뛰어 내려오는 소리였다.

"잠깐 나갔다 올게!"

비명 같은 소리가 울려 퍼졌다.

"어디 가니?"

아내가 소리쳐 물었지만, "몰라!"라는 대답뿐이었다.

모른다니, 그게 말이나 돼? 지가 멧돼지인 줄 아나? 자기가 어디로 가는지도 모른 채 무작정 뛴다고?

부서질 듯 문이 닫히고 자전거 구르는 소리가 들렸다. 순식간에 다시 고요해졌다. 게에게 입술을 물린 사람의 비명이 텔레비전에서 흘러나올 뿐이었다.

그 후 채널을 이리저리 바꾸며 건성으로 경마 중계를 봤고, 아내가 내온 차 두 잔을 비웠다. 그래도 시간이 남아돌아 아내 명령에 따라 밖으로 나가기로 했다. 저녁 먹을 때까지는 돌아오라고 해서 그게 몇 시쯤이냐고 묻자, 잘 모르겠다는 말만 들었다. 이 집에는 모르는 인간들만 사는 모양이다.

06_

역 근처 OZ쇼핑센터에 자전거를 세웠다. 이제 와서 일이 분

일찍 도착한들 변하는 건 아무것도 없다.

벌써 3시가 가까웠다. 모두들 시간 맞춰서 모였다면 한창 신나게 놀 시점이다. 중간에 들어가는 게 무척 쑥스러웠다.

그래도, 아무리 그렇다 할지라도, 겐타 선배가 있다니 무슨 일이 있어도 가야 해!

쇼핑센터 화장실로 들어가 옷과 머리를 다듬었다. 옷은 그렇다 치고, 전속력으로 자전거를 달린 탓에 머리가 엉망진창이었다.

드라이어가 있을 리 없으니 좀처럼 머리가 정리되지 않았다. 울고 싶었다. 게다가…… 나, 땀까지 흘리잖아.

캐미솔 등에 땀이 번져 있었다. 아, 어떡해. 땀에 절어 있다니. 이건 정말 꼴불견이야, 안 그래?

그러나 어쩔 수 없다. 땀을 조금이라도 식히기 위해 손수건으로 목 언저리에 부채질을 했다. 왜 하필 어젯밤에 목욕을 안 했을까. 머리라도 감아 둘걸.

후회해도 소용없는 일. 가방에 넣어 둔 땀 냄새 제거제를 꺼내 닥치는 대로 옷과 목덜미에 뿌리자, 화장실 방향제와 뒤섞여 속이 울렁거렸다. 바보 멍청이 리쓰코, 좀 일찍 알려 줄 것이지.

마지막으로 핑크색 립글로스를 정성 들여 바르고 화장실을 나왔다. 역 오른쪽 출구에 있는 노래방 '노래광장'은 걸어서 일이 분 거리였다. 일주일에 한 번 정도는 가는 곳이라 종업원들과도 친했다. 리쓰코 일행이 2층에 있다고 알려 줘서 계단을 올라가자 "해피 데이즈! 해피 데이즈!"라는 후렴구가 들려왔다. 오오츠카 아이의 노래였다.

리쓰코는 요즘 오오츠카 아이의 노래만 부른다. 자기랑 좀 닮지 않았냐며 머리 모양까지 똑같이 했다. 그래서 뭘 어쩌겠다고?

나는 작은 창으로 안을 들여다보았다. 리쓰코가 한 단계 높은 무대 위에서 날뛰고 있었다. 파란색 소파에는 고세키 선배, 시바모토 선배, 그리고 겐타 선배가 나란히 앉아 있었다.

리쓰코가 고세키 선배와 사귄 지 석 달이 지났다.

선배로 하여금 고백하게 만들기까지 자신이 얼마나 힘들었는지 모른다며 리쓰코는 나에게 말했다. 일 년 내내 노력하는 리쓰코를 관객의 입장에서 지켜본 나 역시 정말 잘된 일이라고 생각한다.

리쓰코는 중학교 때부터 친구다. 늘 씩씩하고 밝은 성격이라 남자 애들한테 인기가 많았다. 본인도 잘 알고 있다. 그렇지만 실은 꽤 외골수였고, 그 애야말로 사이온지에 들어갈 만큼 성적이 좋았는데도 굳이 우리 학교를 선택해 들어왔다.

중3 때, 지역의 몇몇 고등학교 1학년 학생들이 모여 축구 대회를 열었다. 그 경기를 보러 갔던 리쓰코는 우리 고등학교의 선수였던 고세키 선배를 보고 첫눈에 사랑에 빠져 버린 것이다.

리쓰코는 그 사람과 얘기를 나누고 싶다는 단순한 이유만으로 우리 고등학교를 선택했고, 희망이 이루어져 축구부 매니저까지 되었다. 리쓰코는 일 년 내내 오로지 고세키 선배만 바라봤다.

"그 선배, 너무 무뎌."

석 달 전, 가까스로 고세키 선배의 고백을 받았다며 잔뜩 화가 난 것처럼 말했다. 그러나 나는 기쁨을 감추지 못하는 리쓰코의 눈빛을 놓치지 않았다. 휴, 이제야 안심이군.

"고우메! 너 대체 뭐하는 거야! 왜 이렇게 늦었어?"

무대에 서 있던 리쓰코가 나를 알아보고 노래를 멈췄다. 그러고는 마이크를 고세키 선배에게 던지더니 무대에서 뛰어 내려와 문을 부술 듯한 기세로 열어젖히고 나를 안으로 끌어당겼다.

"야! 너 그렇게 시간 개념 없으면 따 당한다."

나는 미안하다고 중얼거리며 빈자리에 앉았다. 고세키 선배와 시바모토 선배 사이. 이게 뭐야, 혹시 일부러 이러는 거야? 겐타 선배는 시바모토 선배 옆자리. 리쓰코, 어떻게 좀 해 봐.

"고세키 오빠."

리쓰코가 고세키 선배를 무대로 불러냈다. 어느새 오빠라는 호칭으로 부르게 된 모양이다.

처음에는 리쓰코가 일방적으로 달라붙었지만, 이제는 고세키 선배가 기를 못 펴는 것 같았다. 두 사람이 나란히 서서 사이좋게 노래를 고르기 시작했다.

"다음은 「유메쿠이(오오츠카 아이의 신조어로 사람들의 악몽을 먹고 사는 전설의 동물을 가리킨다.—옮긴이)」 입니다."

리쓰코가 소리쳤다.

"오랜만이다."

시바모토 선배가 내 어깨에 팔을 감으며 말했다. 축구부 주장이자 에이스 스트라이커. 다만 외모가 운동 신경에 반비례한다는 점이 문제다. 또 하나, 사람을 안 가리고 몸을 터치해 대는 버릇은 고치는 게 신상에 좋을 것이다.

"안녕?"

겐타 선배가 자기 자리에서 손을 흔들어 보였다. 난 "안녕하세요?" 라고 대답하며 고개를 숙였지만, 신이 날 대로 난 리쓰코가 마이크에 대고 소리를 질러 대는 바람에 선배는 그쪽으로 시선을 돌려 버렸다. 리쓰코는 가끔 이런 식으로 아무 생각 없이 행동할 때가 있다.

"고우메, 늦게 온 벌칙으로 한 곡 불러야지. 뭐 부를래, 응?"

배경 음악으로는 여전히 오오츠카의 「해피 데이즈」가 흘러나오고 있었다. 눈곱만큼도 행복하지 않다. 차라리 안 오는 게 나았을지도.

"자, 가와하라 고우메 노랩니다!"

상황이 이렇게 되면 자포자기다.

"유키의 「한심해」!"

진짜 한심하네.

"괜찮지?"

시바모토 선배가 또다시 끈적끈적 땀이 밴 손으로 내 몸을 만지기 시작했다.

제발 그만 좀 하지! 엄청 거슬리거든.

07_

두 시간 정도 노래방에 있었다. 고세키 선배는 리쓰코의 명령에 두말없이 복종하며 음료수 서빙, 노래 입력, 박수, 탬버린, 마라카스까지 뭐든 척척 해치웠다.

겐타 선배도 몇 곡 불렀다. 스키와 스위치와 히라이 켄 노래. 꽤 잘 불러서 살짝 넋을 잃고 빠져들었다.

시바모토 주장은 여전히 내 어깨에 팔을 두르고 이따금 스커트 위로 다리를 부딪쳐 왔다. 야, 너 아저씨야? 어유, 왜 하필 이 자리냐고.

내가 겐타 선배를 의식하게 된 것은 작년 가을이었다. 다른 학교와 시합에 나간 선배를 보고 너무 멋지다는 생각이 들었다. 겐타 선배는 누구보다도 진지하게 그라운드를 누볐다. 그것이 시작이다.

여고생들은 대개 잘생긴 선배를 아이돌 스타처럼 떠받들며 소리를 지르고 그걸로 만족해 버리는 경향이 있다. 전에는 나도 그랬다. 모두들 멋지다고 하니까 엉겁결에 그 흐름에 휘말려서 남자 애 몇 명을 사귄 적도 있다. 그렇지만 그건 단지 그저 좋은 관계일 뿐, 좋다거나 사랑한다거나 하는 건 난 잘 몰랐다.

그러나 겐타 선배는 다르다. 지금까지와는 완전히 다르다. 나는 어떻게 하면 좋으냐며 리쓰코에게 울며 매달렸다.

역시 친구는 반드시 있어야 할 존재다. 리쓰코는 어떻게든 손을 써 보겠다고 약속했다. 축구부 매니저라는 직권을 남용해 미팅을 주선해 주겠다고 했다.

그 자리에 나온 사람은 축구부 1학년인 이카리와 2학년 도키무네 선배, 그리고 겐타 선배였다. 리쓰코가 신경을 써 준 덕분에 나는 겐타 선배 옆에 앉을 수 있었다.

그런데 선배는 아무 말도 건네지 않았다. 최선을 다해 노력했지만 소용없었다. 나는 주스를 따라 주고, 음식을 덜어 주고, 성심성의껏 미소를 지었다. 할 수 있는 일은 모조리 했건만…….

그런데도 겐타 선배는 별로 말이 없었다. "고마워, 미안해." 정도 말고는. 너무 슬펐다.

미팅이 끝나고 나서 리쓰코에게 전화를 걸었다.

"이제 끝이야. 내 인생은 끝났어. 생각해 보면 허무한 십육 년이었어. 지금껏 잘해 줘서 고마워, 안녕."

"야, 잠깐! 그게 아니야."

리쓰코가 웃으며 겐타 선배는 낯가림이 아주 심해서 남자든 여자든 처음 보는 사람과는 말을 전혀 안 하는데 오늘은 평상시보다 말을 많이 한 편이라고 위로해 주었다.

"고우메, 너 웬일이니? 이렇게 심각한 적 없었잖아."

"시끄러워."

"아, 역시 사랑의 힘은 무섭구나."

리쓰코는 나를 놀리면서도 힘을 내라고 용기를 북돋아 주었다. 나 역시 포기할 수 없었기 때문에 좀 더 도전해 보기로 했다. 그래서 시합 응원을 가거나 이따금 음료수를 건네주었다.

반년쯤 그런 분위기로 미묘한 관계가 계속되었다. 마주치면 인사도 하고, 아주 가끔은 서서 대화를 나누기도 했다.

기회만 생기면 일이 잘될지도…….

그러나 기회는 오지 않았다. 선배는 올해 3학년이 되었기 때문에 여름 대회를 끝으로 은퇴한다. 그때까지는 연습량이 엄청 늘어서 특별한 만남은 더 어려워질 것 같다고 리쓰코가 미안한 표정으로 전했다.

그런데 너랑 고세키 선배는 왜 만나냐고 따지고 들자, 그건 입장이 다르다며 가볍게 웃어넘겼다. 아, 그러세요? 어머머, 몰라봐서 죄송합니다.

그래도 전에 받은 선배의 연락처가 있어서 나는 짜증이 안 날 정도의 간격인 일주일에 한두 번쯤 문자를 보냈다. 그러나 돌아오는 답장은 다섯 번에 한 번 정도.

역시 안 되는 모양이라고 생각했다. 그도 그럴 것이 겐타 선배는 너무 잘생기고 어른스럽고 키도 크고 머릿결도 부드러워서 앞에 서 있으면 눈이 부실 정도였다.

나는 지금껏 동갑내기랑 사귄 경험밖에 없다. 그래서 1학년 위의 선배와는 어떤 얘기를 나눠야 좋은지도 몰랐다.

선배가 나를 대하는 것이 여동생 다루는 것처럼 느껴지기도 했다. 역시 힘든 일일까? 어차피 안 되겠지? 리쓰코가 겐타 선배는 여자 친구가 없다고 했지만, 없을 리가 없어. 틀림없이 있을 거야.

실은 포기했었다. 그런데 어제 난데없이 선배가 문자를 보낸 것이었다. 처음 있는 일이었다. 어떻게 해야 좋을지 몰랐다. 그리고 오늘.

아아, 그렇지만 역시 어렵다. 나는 티가 나지 않게 시선을 왼쪽으로 돌렸다. 겐타 선배가 시바모토 선배와 무슨 얘기를 나누고 있었다. 무척이나 재미있게. 내 앞에서도 저렇게 웃어 주면 얼마나 좋을까. 꿈 깨야겠지. 갑작스레 기분이 가라앉았다. 나 자신도 눈치 채지 못했지만, 은근히 기대를 했던 모양이다. 어제 문자, 그리고 오늘. 분명 뭔가가 있을 거라 예상했다.

그러나 변한 건 아무것도 없었다.

겐타 선배는 나 같은 건 안중에도 없는 거야. 틀림없어.

그로부터 삼십 분, 꾹 참고 앉아 있었다. 그러나 거기까지가 한계였다. 나는 자리에서 일어섰다.

"집에 일이 있어서 먼저 일어날게요."

시바모토 주장이 붙잡았지만 뿌리치고 노래방을 나왔다.

어쩔 수 없어, 고우메. 애초부터 안 되는 일이었다고. 알고는 있었지만 자꾸만 눈에서 눈물이 나와 멈추지 않았다. 화장실에 들어가 한참 동안 실컷 울었다.

얼마나 시간이 지났을까. 세수를 하고 거울을 보면서 오늘로 끝이라고 중얼거렸다. 짝사랑은 그만두자. 너무 괴로워.

간단히 메이크업을 고치고 건물 밖으로 나왔을 때, 지금까지의 내 삶에서 가장 놀랄 만한 광경이 펼쳐져, 나도 모르게 발걸음을 멈췄다. 밖에 겐타 선배가 서 있었던 것이다.

08_

선배는 발돋움을 하고 거리 이쪽저쪽을 두리번거리고 있었다. 표정은 약간 초조해 보였다. 사람을 찾는 것 같았다.

잠시 후 뒤를 돌아본 겐타 선배와 눈이 마주쳤다. 선배는 그제야 안심이 된 듯 발꿈치를 땅에 디디고 살며시 한숨을 내쉬었다.

"못 들었어."

어?

"으음, 그게…… 그러니까 너 가는 줄 몰랐거든. 근데 갔다고 해서……."

이렇게 말하는 선배의 손이 사방으로 바쁘게 움직였다.

"그랬는데, 으음, 그렇지, 그래서……."

무슨 말인지 전혀 알아들을 수가 없었다. 잠시 후 선배는 내 얼굴을 들여다보며 "자전거?" 라고 물었다.

"네."

"바래다줄게."

바래다줘? 누굴? 나를? 왜?

"그렇지만……."

"자전거, 어디 있니?"

OZ쇼핑센터에 있다고 대답하자 선배가 앞장서서 걷기 시작했다. 내 발걸음이 불안하게 떨렸지만, 어쨌든 그 뒤를 따랐다. 이따금 선배가 멈춰 서기도 했다. 우리의 보폭이 다르다는 걸 새삼 실감했다. 당연하지, 난 155센티미터, 선배는 180센티미터나 되는걸.

주차장에서 자전거를 꺼내자 선배가 핸들을 잡았다. 난 어떻게 할지 궁금했는데 선배는 그대로 자전거를 밀며 걷기 시작했다.

"저어, 괜찮아요? 다들 아직 있는데. 그리고……."

나는 노래방 쪽을 손가락으로 가리키며 말했다.

"한참 더 놀 것 같아, 이제 막 흥이 나기 시작했으니까."

흥이 난 사람은 리쓰코뿐인 것 같았지만, 아직 끝날 분위기가 아닌 건 확실했다.

"그러니까 괜찮아."

선배가 내 머리를 가볍게 콩콩 두드렸다.

일요일이라 쇼핑을 나온 사람들과 한가하게 산책을 즐기는 학생들로 가득했지만, 그곳을 통과하자 거리는 한적해졌다. 저녁놀이 무척 아름다웠다. 자전거를 미는 선배, 그리고 그 옆에 걸어가는 나.

선배는 별로 말을 하지 않았다. 내 쪽에서 말을 거는 게 좋겠다는 생각은 들었지만, 도무지 입이 떨어지질 않았다. 이런 때는 무슨 말을 해야 되지?

'입시 준비, 어떠세요?'

아냐, 그건 어제도 깊이 반성했던 일. 입시 얘긴 안 돼, 절대로.

'축구 시합, 이길 것 같아요?'

화제로는 그런대로 괜찮지만, 그것 역시 무리. 나는 아무리 봐도 축구의 규칙을 이해하기 힘들었다. 깊이 들어가면 약점이 드러난다.

'선배는 잘생겼어요.'

탈락. 그건 너무 바보 같잖아.

'노래방 자주 가세요?'

이게 괜찮을지도 모르겠다. 방금 거기서 나왔으니까. 시기를 생각해 봐도 적절한 거 아냐?

"노래방 자주 가니?"

순간 선배의 목소리가 들렸다. 내가 막 물어보려던 질문을 선배가 한 것이라는 걸 알아챌 때까지 시간이 조금 필요했고, 그것이 치명적이었다.

나는 제대로 대답도 못 하고 "가끔."이라고 기어드는 목소리로 말했다.

"그렇구나."

선배가 고개를 끄덕였고, 대화는 그걸로 끝났다.

나, 완전 바보 아냐! 선배가 모처럼 기회를 줬는데……. 평소에는 훨씬 말 잘하면서, 이건 최악이야.

선배가 집이 어느 쪽이냐고 물으며 삼거리 교차로에 멈춰 섰다. 나는 작은 공원이 보이는 오른쪽을 손가락으로 가리켰다. 벌써 역 앞에서부터 십 분이나 걸어왔다. 이 언저리까지 오면 밭 같은 게 아직 남아 있어서 조금 부끄러웠다.

말없이 공원을 끼고 오른쪽으로 돌아서자 큰길이 나왔다. 꽤 넓은 길로 경사가 급한 내리막길이다. 자동차 통행량도 많다.

"어디 사세요?"

가까스로 한 가지 떠올린 질문을 던졌다.

"히바리가오카."

선배가 대답했다.

"아, 네에."

나는 고개를 크게 끄덕였다.

실은 알고 있었다. 오이즈미 학원 역에서 두 정거장 지나서이다. 혼자 가 본 적도 있다.

"역은 알아요. 친구가 거기 살아서."

"어디쯤?"

헉, 어떡해. 친구가 산다는 건 거짓말이다. 리쓰코에게 겐타 선배가 히바리가오카에 산다는 말을 듣고, 어떤 곳인지 궁금해 도저히 참을 수 없어서 혼자 가 보았을 뿐이다.

그저 역에서 주위를 둘러봤을 뿐이라 자세한 건 모른다. "으음."이라고 뜸을 들이며 변명할 말을 찾았다.

"……조금 오래돼서 기억은 잘 안 나요."

"그럼, 거긴 아니?"

갑자기 선배가 빠른 말투로 이야기하기 시작했다.

"역 앞에 서점 있잖아. 그 서점에서 왼쪽으로 조금 들어가면 라면집이 나와. 거기가 우리 반 친구 고이케네야. '고이케 라면' 이라는 곳인데, 가게 이름이 너무 뻔하다고 할까……."

나는 선배 목소리를 멍하니 들으며 보드라운 바람이 마음속 깊은 곳으로 조금씩 스며드는 것을 느꼈다.

시시한 얘기 같지만, 선배가 나와 대화를 하려고 열심히 노력하는 게 느껴졌다. 그런 절절함이 가슴에 와 닿아 너무도 기뻤다.

선배와 내가 앞으로 어떻게 될지는 알 수 없다. 그렇지만 나는 분명 오늘 일을, 저녁놀이 드리운 길을 둘이서 걸었던 일을 평생 잊지 못할 거라는 생각이 들었다.

정신을 차려 보니 이야기를 마친 선배가 조금 불안한 표정으로 물었다.

"재미없니?"

나는 "아니요."라며 미소를 지었다. 얘기를 더 듣고 싶은 마음은 간절했지만, 내리막길은 다 끝나고 집이 보였다.

역에서 너무 멀다고 엄마한테 늘 불평만 늘어놓았었다. "아빠가 부동산에 사기당한 거 아냐?" 라고.

그러나 오늘만은 달랐다.

집이 역에서 좀 더 멀었으면 좋았을걸. 10킬로미터라도, 20킬로미터라도 좋다. 그러면 선배랑 더 오래 걸을 수 있었을 텐데.

"우리 집, 저기예요."

나는 큰길에서 안쪽으로 조금 들어간 곳에 보이는 빨간 지붕 주택을 손가락으로 가리켰다. 선배가 그러냐며 내게 자전거 핸들을 넘겨주었다. 신호가 파란색으로 바뀌었다.

선배가 살며시 미소 띤 얼굴로 손을 흔들었다.

나는 용기를 다 짜내 입을 열었다.

"저…… 어제, 문자 받고 기뻤어요."

선배가 살며시 시선을 피했다. 역시 이 말은 안 할걸 그랬나? 모처럼 분위기 좋았는데, 막판에 쓸데없는 말은 왜 꺼낸 거야. 어유, 진짜.

"미안해, 도중에 어색하게 문자 끊어 버려서."

"아니……."

애매하게 고개를 저었다. 뭐라고 대답해야 좋을지 몰랐다.

"실은…… 그거 내가 보낸 게 아니야."

무슨 소리야?

"집에서 보낸 게 아니었어. 어제 연습 마치고 다 같이 밥 먹으러 갔는데……시바모토가 내 휴대전화로 자기 멋대로 보낸 거야……. 미안."

그러면 그렇지, 어쩐지 이상하더라. 겐타 선배가 먼저 문자를 보낼 리가 없지.

"괜찮아요. 정말 괜찮아요."

나는 고개를 저었다. 실은 짐작했던 일이다. 그래서 울지도 않았다. 그런 일로 울면 너무 꼴불견일 테니까.

그때 선배 얼굴이 발갛게 물든 것은 저녁놀 때문이었을까?

"아니야."

선배가 목소리를 조금 높였다.

"그러니까 내 말은, 시바모토가 나쁜 뜻이 있었던 건 아니고…… 내가 너무 우유부단하니까…… 대신 문자를 보내 줬다고 할까."

잘 모르겠어. 무슨 말을 하고 싶은 거지? 선배가 쑥스러운 듯 고개를 옆으로 돌렸다.

"으음, 그러니까 실은 내가 보냈어야 했는데, 그런 일에 너무 서툴러서……그래서 시바모토가 기회를 만들어 준 셈이지."

나는 자전거 핸들을 힘껏 움켜쥐었다.

"저어 선배, 지금 그 말의 뜻이 혹시 내가 생각하는 것과 같은 건가요?"

그렇다는 듯 선배가 힘 있게 고개를 끄덕였다.

"오늘 집에 가서…… 문자 다시 보내도 될까? 이번에는 정말 내가 보낼게."

나는 언제든 좋다고 대답하며 방긋 웃었다. 아마도 그 미소는 내 생애 최고의 미소였을 게 분명하다.

"기다릴게요."

"자, 그럼."

겐타 선배는 크게 손을 흔든 후 건널목을 건넜다. 선배의 뒷모습을 바라보고 있자니, 엄청난 일이 시작될지도 모른다는 예감이 들었다.

선배, 저요, 꽤 열정적이거든요.

09_

샌들을 신은 채 역 근처 빠찡코에 들어가 사천 엔을 날리고 마일드세븐 두 갑을 땄다. 전 세계적으로 상당히 비싼 담배가 되는 셈이다.

빠찡코를 나오자 해가 지기 시작했다. 내일부터는 다시 출근이다. 갑자기 다리가 무거워졌다.

집 근처에 도착했을 때, 빠른 걸음의 키 큰 소년과 마주쳤다. 요즘 젊은 녀석들은 셔츠 앞자락을 풀어헤치고도 어찌 저리 당당한 건지. 앞가슴 단추가 세 개나 풀려 있었다. 나로서는 도무지 이해할 수 없는 일이었다.

언뜻 건널목 맞은편에 고우메가 보였다. 자전거 핸들을 잡은 채 넋을 잃고 멍하니 서 있었다. 반대편에서 내가 걸어오는 것도 알아채지 못한 것 같았다. 시선을 따라가 보니 아무래도 누군가를 배웅하는 것 같았다. 배웅? 설마, 저 녀석을?

뒤를 돌아보았다. 키가 큰 실루엣이 석양을 마주하며 성큼성큼 멀어져 갔다. 고우메가 바라보는 것은 그 녀석의 등이었다. 틀림없다.

소리를 질러 말을 붙이려는 순간, 고우메가 나를 알아보았다. 그리고 자전거를 밀며 정신없이 달아나기 시작했다. 반사적으로 도망치는 그 모습은 흡사 도둑질하다 들킨 어린애 같았다.

뒤를 쫓으려 했지만, 신호가 빨간색으로 바뀌었다. 자동차 두 대가 눈앞을 스쳐 지나갔다.

이 도로를 달리는 차들은 속도를 많이 내기 때문에 위험하다. 그때 고우메가 집 안으로 뛰어드는 모습이 보였다.

내가 현관문을 열어젖힌 것과 2층으로 뛰어 올라간 고우메가 자기 방문을 걸어 잠근 것은 거의 동시에 일어난 일이었다. 농성 작전이라. 난 그 작전에는 유난히 약했다.

반년 전쯤, 지우개를 빌리러 말없이 고우메 방에 들어갔다가 고우메가 광분하여 날뛰는 바람에 곤욕이 이만저만 아니었다. 그 일 이후, 고우메의 방은 성역이 되었다.

하는 수 없이 냅다 부엌으로 달려갔다.

"된장국 금방 다 돼요."

태평하기 이를 데 없는 목소리로 아내가 말했다.

나는 나도 모르게 무척이나 기분이 상해 있었다.

"이것 봐, 고우메한테 그 뭐냐, 남자 친구 같은 거 있어?"

"그야 당연히 있겠죠. 공립 고등학교잖아요, 남녀공학이고. 없는 게 이상한 거 아닌가?"

그건 알아, 이 둔한 여편네야. 그런 뜻이 아니라고.

"아, 아니, 남자 친구 말이야!"

방금 봤다며 밖을 향해 손가락질을 했다. 남자 애가 집까지 바래다줬다고, 지금 된장국이나 끓이고 있을 때가 아니라고 말했다.

"어머, 매너 있네."

아내가 채 썬 무를 냄비 안에 넣으며 말했다.

"당신은 어떻게 그리 태평해?"

"요즘 애들치고는 착하네. 아직 해도 안 떨어졌는데 집까지 바래다주다니."

그것도 일리 있는 말일지는 모르지만, 나는 도무지 납득할 수 없었다. 순간 아내가 뒤를 돌아보더니 신경질적으로 소리를 질렀다.

"여보, 당신 지금 뭐 하는 거야! 샌들 신은 채로 들어오면 어떡해!"

너무 흥분한 나머지 샌들도 벗지 않고 부엌으로 뛰어들어 갔던 것이다.

"아이, 정말 못살아. 오랜만에 청소기 돌렸는데."

아내가 쨍쨍거리며 걸레를 집어던졌다. 나는 미안하다고 사과하고 마루를 닦기 시작했다.

Part 2

딸의 아빠는 딸

01_

월요일, 9시 15분.

나는 회사 책상에 앉아 있었다. 출근 시간은 9시 30분이지만, 늘 십오 분 전에 출근한다. 젊었을 때부터의 습관이다. 그러나 프로젝트 팀원들의 평가는 좋지 않다. 아침부터 관리당하는 느낌이 드는 모양이다. 난 그럴 마음도 없고, 팀원들이 9시 30분에 오든 10시에 오든 출근 시간 같은 것으로 야단친 일도 없다.

"아무리 그래도 팀장님이 일찍 오면 모두 그 시간에 맞춰야 하잖아요."

나와 같이 광고부에서 일하다 프로젝트 팀에 합류한 나카지마가 언젠가 술집에서 은근히 주의를 준 일이 떠올랐다. 올해 서른이 된 나카지마는 광고부에서 내 직속 부하였기 때문에 팀원들이 그런 역할을 떠맡긴 모양이다.

"내가 뭐라고 한 적은 없잖아?"

"물론 없죠, 그렇지만 다 그렇고 그런 거 아닙니까, 회사라는 조직이."

오늘날 샐러리맨의 전형이라 할 수 있는 나카지마는 그렇게 말하며 큰 소리로 웃어 젖혔다. 무소속 무파벌, 누구의 편도 적도 아니고 적당한 거리를 두고 모두와 잘 지낸다. 그래서 모두에게 평판이 좋다. 나도 나카지마처럼 되고 싶은 생각은 굴뚝같다.

"안녕하세요?"

니시노 와카코가 내 책상에 찻잔을 내려놓았다. 그녀는 비서과에서 파견 나온 직원이었다.

"고마워요."

나카지마를 제외하면 열일곱 명의 팀원 중 그녀만이 유일하게 거리를 두지 않고 나를 대한다. 역시 비서과는 교육을 잘 시키는 것 같다.

비서과는 이렇게 미인에 성격까지 좋은 아가씨를 왜 프로젝트 팀으로 보냈을까. 늘 풀리지 않는 의문이었지만, 어찌 되었든 고맙기 그지없는 일이다.

둘러보니 열 명쯤 되는 팀원들이 각자 업무에 들어갈 채비를 하고 있었다. 신문을 읽는 사람, 메일을 체크하는 사람, 거래처와 전화 통화를 하는 사람도 보였다.

여직원 둘은 패션 잡지를 읽으며 일과는 아무 상관 없는 연예인 가십거리를 떠들어 대고 있었다. 그러나 그것도 일종의 업무라고 받아들여야겠지.

나는 메모 보드로 시선을 돌렸다. 공장으로 직접 출근한 사람, 다른 부서와 사전 협의가 있다며 외출한 사람 등이 있지만, 그런 부분은 각자의 책임에 맡겨 둘 생각이다.

"팀장님."

그때 나카지마가 의자로 미끄럼을 타듯 다가와 목소리를 낮추고 속삭였다.

"그런 시선으로 쳐다보니까 아랫사람들이 거북해하잖아요. 요즘 친구들은 그냥 못 본 척 내버려 두는 게 제일이라니까요."

별다른 의미가 있었던 건 아니라고 대답했다. 정말이지 아무 생각도 없었다. 다만 일단 확인은 해 둬야 할 것 같아서 그런 건데.

"팀장님, 잠깐 시간 괜찮습니까?"

고개를 들어 보니 영업부에서 파견 나온 마에다가 두툼한 파일을 품에 안고 벌겋게 상기된 얼굴로 다리를 쩍 벌리고 서 있었다.

"예산 건인데요."

그는 말문을 열며 멋대로 의자를 끌어다 자리를 잡고 앉았다.

"아무리 봐도 이번 프로젝트 판촉비는 턱없이 부족합니다. 다음 주 어전 회의 프레젠테이션에서 기획안이 통과되면, 이대로 가야 한다는 소리 아닙니까? 그렇게 되면 영업 쪽 의욕은 저하될 수밖에 없고……."

마에다는 성실하지만, 무슨 일에나 지나치게 힘이 많이 들어가는 사람이었다. 이 프로젝트에 파견된 팀원들은 일은 잘하는데 성격에 문제가 있거나, 성격은 좋은데 일은 못하는 부류 중 하나인 경우가 대부분이고, 마에다는 전형적인 후자 스타일이었다.

사내 주요 부서에서 모인 직원들로 구성된 프로젝트 팀은 일하기에 편리하다고 보면 편리하다. 각 부서 대표라는 형식을 띠기 때문에 기획 방향이나 진척 상황도 각 부서에 곧바로 연락할 수 있었다. 상품 개발 이후에는 각자 본래의 부서로 돌아가 계속 그 업무를 담당하기로 계획되어 있었다.

그러나 문제가 전혀 없는 건 아니다. 프로젝트 팀의 주요 업무는 상품 개발과 홍보 및 판매 방법의 계획이다. 실제로 그 업무가 수행되는 것은 그들이 자기 부서로 돌아간 후의 일이다.

눈치가 빠른 사람은 이미 뒷일을 염두에 두고 있다. 구체적으로 말하자면, 삭감된 예산 안에서 자기의 부서 몫을 어떻게 확보할 것인가가 관건인 셈이다. 각자 자기 부서의 편의를 우선시하기 때문에 결과적으로는 원만한 예산 분배가 불가능하다.

다들 자기 부서 편의만 내세우며 예산 쟁취 전쟁에서 한 발짝도 물러서지 않았다. 결국 프로젝트 팀장인 내가 양보할 수밖에 없었다.

그렇지 않아도 부족한 광고비는 급기야 몇 십만 엔 단위까지 떨어져 버렸다. 없는 살림에 치맛자락을 잡고 늘어지는 아이들을 달래며 가정을 꾸려 나가는 어머니 심정이다.

아침 일찍부터 상황이 이 모양이면 뒤는 보나 마나다. 그렇긴 하지만 다음 주가 어전 회의 프레젠테이션이니 이번 주 중에는 최종적으로 모든 조정을 마쳐야 한다. 중압감에 못 이겨 위가 따끔따끔 쓰리기 시작했다.

마에다를 물리치는 데 한 시간 가까이 걸렸다. 그 후에는 차장 회의가 있었고, 늦은 점심을 먹고 자리로 돌아오자 판매 촉진부 여직원 세 명이 잔뜩 찌푸린 얼굴로 기다리고 있었다. 그들은 프로젝트 팀원은 아니었지만, 신상품 개발의 노벨티(novelty, 효과적인 광고를 위해 고객에게 제공하는 열쇠고리, 볼펜, 라이터 등의 실용 소품.—옮긴이) 상품을 담당하고 있었다.

"후보는 세 종류인데요, 슬슬 결정해 주시지 않으면 시간을 맞출 수가 없어요."

대표자 한 사람이 느릿느릿한 말투로 말했다. 다른 두 사람은 응원 역할인 듯했다. "그럼요, 그럼요."라고 동조하며 연거푸 고개를 끄덕였다.

"그런데 좀 빠르지 않나? 아직 기획안도 확실히 통과된 게 아닌데."

난 좀 힘들 것 같다며 어깨를 움츠렸다. 그리고 애당초 그런 결정권이 나에게 있을 리가 없다.

"쓰치야 과장님이 이제 다 됐다던데."

쓰치야는 판촉 과장으로 프로젝트 팀의 정식 팀원인데 늘 음울한 표정이다. 나보다 오 년 정도 아래 기수일 텐데, 성격이 강해서 뭐든 제멋대로 결정해 버리는 구석이 있다.

"팀장님만 결재하면 괜찮을 거랬어요."

제발 그 팀장님이라는 호칭 좀 그만 쓸 수 없나.

"아무래도 잠시 보류해야 할 것 같군요."

난 늘 그렇듯이 일단은 후퇴하는 방법으로 다급한 상황을 넘기기로 했다. 곤란한 상황은 지나가게 내버려 두기로 결정한 지 오래다.

"프로젝트 팀 회의에도 상정시키고, 사쿠라기 이사님이나 윗선의 확인도 받고 싶은데……."

일곱 가지 과일 모양의 휴대전화 고리, 일곱 가지 동물 모양의 소형 선풍기, 일곱 가지 꽃 모양의 양초. 내 책상 위는 잡화점 진열대처럼 어질러져 있었다.

"시간, 별로 없는 건 맞죠?"

그때까지 입을 다물고 있던 중년 여자가 나지막이 말했다. 감히 누구도 함부로 대적하지 못하는 안방마님 같은 존재, 우치자키라는 여직원이었다. 그런 것 하나 혼자 결정 못 하느냐는 말투였다. 그렇다, 나에게는 그런 권한조차 없다.

그들은 불만을 늘어놓긴 했지만 결국은 물러섰다. 정말 스트레스 쌓인다. 땅이 꺼져라 한숨을 내쉬는 찰나, 니시노 와카코가 커피를 들고 왔다.

"신경 쓰지 마세요."

그녀는 내 귀에 대고 부드럽게 속삭였다. 달콤한 향수 냄새가 코끝을 간질였다.

"쓰치야 과장이 팀장님에게 확인도 안 받고 일 처리를 해서 순서가 뒤바뀐 거잖아요."

나는 고개를 끄덕였다. 모르긴 해도 그 말이 맞을 것이다. 그래서 그들에게는 아무 말도 안 했다.

그녀는 쟁반을 품에 안은 채 걱정스러운 눈으로 나를 봤다.

"힘드시죠? 조금만 참으세요. 벌써 10일이니까 다음 주 화요일에 기획안만 통과되면 이런 일도 없을 거예요."

제발 그렇게 되길 간절히 바랄 뿐이다. 나는 커피 잔을 입으로 가져갔다. 부드러운 크림 맛이 혀끝에 감돌았다.

"그런데⋯⋯ 저는 끝나는 게 서운해요."

"그래? 난 솔직히 얼른 끝났으면 좋겠어."

실질적인 의미에서 보면 프로젝트는 거의 종료된 거나 다름없었다. 기획 내용과 관련해서는 각 담당자들의 승인도 얻어 냈다. 어전 회의라는 형식이 남아 있긴 하지만 거기서 완전히 뒤집힌 예는 아직 없었다. 모든 것이 끝나면 프로젝트 팀원들은 원래 근무하던 부서로 돌아간다.

직원들이 긴장감이 느슨해진 데에는 그런 원인도 있었다. 신상품 개발이 성공하든 실패하든 그들은 책임질 필요가 없다. 책임을 추궁당하는 대상은 팀장인 나 혼자뿐이다. 이것 역시 어른들의 사정이라는 거겠지.

샐러리맨 사회는 아주 교묘하게 잘 만들어져서 누군가는 반드시 책임을 지게 되어 있다. 그리고 기본적으로 그 역할은 직접 담당한 사람이 짊어지게 마련이다. 상급 직책에게 흠이 가지 않게 하기 위해서는 그렇게 할 수밖에 없다.

나는 그건 어쩔 수 없는 노릇이라고 포기하고 있었다. 솔직히 프로젝트를 막 시작했을 때에는 사기도 높았다. 그것은 나뿐만 아니라 다른 팀원들도 마찬가지였다.

회사로서는 거의 최초로 도전하는 미개척 분야. 게다가 완전한 신상품 개발. 위험은 크지만 잘만 되면 이익도 그만큼 크다. 회사원 중에 실적을 올리고 싶지 않은 사람은 없을 것이다. 모두 이번 일이 어떤 면에서는 기회라고 느꼈을 게 분명하다.

당초 계획대로라면 그렇게 되었을지도 모른다. 그러나 사운을 건 신사업이 되어야 할 프로젝트는 시간이 지날수록 방향 전환, 명령 변경, 예산 삭감이 거듭되어 흔히 있는 단순한 신상품 개발 수준으로 떨어져 버렸다. 회사 내에서는 이미 잔무 처리 분위기까지 감돌았다.

그래서 얼른 끝나 주기만을 바랐다. 어차피 실패할 바에는 빨리 결론을 내는 편이 낫다. 회사에서도 별다른 기대를 거는 일이 아니었다.

이도 저도 아닌 상태로 질질 끄느니 차라리 한직으로 내몰리는 편이 마음이 편할 것 같았다.

"그렇지만……."

니시노가 다시 입을 열었다.

"그렇지만?"

그녀가 나를 물끄러미 쳐다보았다. 어색한 침묵이 흘렀다. 무슨 말을 하고 싶은 거지?

"전…… 우리 팀이 좋아요."

아, 역시 그렇군. 소문이 사실이었던 모양이다. 내가 작은 목소리로 물었다.

"흠…… 비서과가 여러 가지로 복잡하다던데, 정말 그런가?"

차장인 나에게는 비서가 없다. 중역 이상의 직책에 오른 사람만 누리는 특권이다. 그런데 비서들 사이에 갈등이 심하다는 이야기는 회사 사정에 둔한 나한테까지 알려졌을 정도다. 사장 비서가 최고의 권력을 움켜쥐고 있으며 그를 둘러싸고 나머지 비서들 사이에는 파벌도 있고, 갖가지 성가신 일이 많다는 소문이었다. 비서과로 돌아가고 싶지 않은 것도 무리는 아닐 것이다.

그녀는 스물일곱 살, 입사 오 년째다. 미스 광성당이라 불릴 만큼 빼어난 미인이지만, 여자들 사회에서는 미인이란 조건이 오히려 견디기 힘든 걸림돌이겠지.

그런데 단지 그 의미만은 아닌 듯했다. 그녀가 고개를 숙인 채 자기 자리로 돌아가자마자, 교대라도 하듯 나카지마가 수화기를 높이 쳐들고 소리쳤다.

"팀장님! 전화 왔습니다. 사모님 비슷한 여자한테서요."

상사 배우자에게 사모님 비슷한 여자라니. 나는 부하직원 교육을 잘못 시켰다고 반성하며 전화를 받았다. 나카지마 말대로 아내였다.

"웬일이야?"

"미안해요. 회사로 전화해서."

휴대전화로 몇 번이나 걸었지만 안 받아서 어쩔 수 없었다고 했다. 회의 때 꺼 두고 잊어버린 것이다.

무슨 일이냐고 다시 물으려는 순간, 수화기 저쪽에서 오열이 터져 나왔다. 대체 무슨 일이지?

"고우메한테 무슨 일 생겼어?"

엉겁결에 자리를 박차고 일어섰다.

02_

수업은 따분해.

여름에는 유독 더 늘어진다. 우리 학교에는 에어컨이 없다. 블라우스 속에서 땀이 번질거려 기분이 나쁘다.

얼른 좀 끝내지!

여섯 시간째, 과목은 국사. 창밖의 날씨는 더할 나위 없이 맑았다. 그러나 교실 안에는 끈적끈적한 공기가 떠다녔다.

교단에 선 목어(나무를 잉어 모양으로 만들어 매달고 불사할 때에 두드리는 기구.—옮긴이)는 노부나가(일본 전국시대의 장군.—옮긴이)의 오케하자마 전투에 관해 신나게 떠들어 대고 있었다. 목어가 별명인 국사 선생님은 예순이 다 된 노인으로, 무슨 까닭인지 입 주위를 늘 움츠려서 그렇게 불린다.

난 오케하자마 전투 따윈 관심도 없다. 알 게 뭐야, 그깟 옛날 일. 중요한 건 현재. 어제, 오늘, 내일, 그리고 이번 주 토요일.

어젯밤, 겐타 선배가 문자를 보냈다. 심장이 사정없이 뛰었다.

우아, 정말 보냈네.

지극히 평범한 안부 문자였다, 오늘 먼저 가서 아쉬웠다는.

나는 답장을 보냈다.

나도 집에 오기 싫었어요.

그러자 다시 문자가 왔다. 답장을 보냈다. 또 왔다. 답장. 다시 문자 수신.

모르긴 해도 최근 반년 동안 주고받은 것보다 더 많은 문자가 어젯밤에 오갔을 것이다. 내가 점점 깊이 빠져 드는 게 느껴졌다.

어떡해. 무슨 말이든 다 할 수 있을 것 같아. 선배에 관한 건 뭐든 알고 싶어. 나에 대한 것도 다 알았으면.

뭐든 상관없다. 고백 같은 게 아니라도 상관없다. 문자를 계속 주고받고 싶다. 그리고 선배도 똑같은 마음일 거란 생각이 들었다. 이건 정말 대단한 일이야.

지금까지의 경험과는 다르다. 설명할 수는 없어도 분명히 다르다. 문자를 보낼 때마다, 답장이 올 때마다 그런 직감이 들었다.

정신을 차려 눈을 떠 보니 어느새 새벽 2시였고, 나는 휴대전화를 손에 쥔 채 잠들어 있었다. 휴대전화에는 이런 문자가 남아 있었다.

이번 주 토요일, 시간 있니?

아주 잠깐 잠들었는지 문자 도착 시각은 1시 55분이었다. 손가락이 저절로 움직였다.

네.

——

시험 전이라 좀 그렇긴 한데, 놀러 안 갈래? 잠깐은 기분 전환에 좋지 않을까?

일 분도 지나지 않아 답장이 왔다. 물론 나도 답장을 보냈다.

기꺼이.

언제 어디서든 선배 말이면 다 따를게요. 죽어도 갈 거예요. 무슨 일이 있어도 반드시!

다행이다. 꽤 용기 내서 한 말인데.

선배의 문자를 떠올리며 행복한 마음으로 잠에 빠져 있는데, 난데없이 쩌렁쩌렁 울리는 목어 목소리가 들렸다.

"노부나가는 오케하자마, 정확하게는 덴가쿠하자마입니다만,

이곳에서 이마카와 요시모토를 격파시킨 거죠."

제발 분위기 파악 좀 해 줘. 모처럼 맛보는 로맨틱한 기분이 엉망이 되어 버렸다.

아, 어떡하면 좋아. 수업 중이긴 하지만 선배에게 문자를 보내 볼까.

오늘 아침, 일어나서 짧은 문자를 보냈다.

안녕히 주무셨어요?

곧바로 답장이 왔다.

안녕~

세상에 '안녕~'이라니. 입이 절로 헤죽거렸다. 이 얼마나 멋진 말인가. 그것을 지금까지는 까맣게 몰랐다.

그러나 그쯤에서 꾹 참았다. 문자를 너무 자주 보내면 짜증스러울 테니까. 선배에게 미움 받는 일만은 피하고 싶다.

그러나 더 이상은 참을 수 없다. 일곱 시간이나 지났으니 이젠 보내도 되겠지?

책상 밑에서 휴대전화 폴더를 열었다. 뭐라고 쓰지? 토요일에 어디 가죠? 흠, 내 쪽에서 꺼낼 말은 아니야. 그건 겐타 선배에게 맡기는 게 좋아.

아, 그건 그렇고 어디로 가게 될까. 내가 도시락을 싸야 하나? 아냐, 처음부터 그러는 것도 이상할지 몰라. 너무 나대는 것 같아서 오히려 한발 물러설지도 모르고.

그래도 도시락은 만들어 보고 싶어. 선배는 뭘 좋아할까? 햄버거나 나폴리탄 스파게티 같은 양식은 그럭저럭 만들 수 있을 것 같다. 최악의 경우에는 냉동식품도 있고.

그렇지만 니쿠자가(감자를 곁들인 쇠고기조림.—옮긴이)나 야채 찜 종류는 곤란하다. 아니, 불가능하다. 한번도 해 본 적이 없으니까.

뭘 만들까 생각을 하다 보니 신기하게도 눈 깜짝할 사이에 시간이 흘러갔다. 결국 샌드위치로 결정했다. 품위 있고 겉보기에도 그럴싸하고 게다가 간단하기까지.

햄, 토마토, 양상추, 달걀, 참치 등을 얇게 썬 빵 위에 올리고 빙글빙글 랩을 돌려서 포장하자. 그리고 유일하게 자신 있는 감자 샐러드와 말끔하게 껍질을 벗긴 오렌지를 곁들이면 색깔도 예쁘다. 그게 최고다.

메뉴가 정해진 것과 동시에 차임벨이 울렸다. 수업 종료. 이제 문자 보내도 되겠지. 뭐 하고 있을까? 오늘도 축구 연습이 있나?

별안간 손에 든 휴대전화가 울렸다. 교탁에서 자료를 정리하고 있던 목어가 언짢은 표정을 지었지만, 수업 끝났으니 오케이. 전화기를 보니 액정에 '엄마' 라고 떴다. 무슨 일이지?

"여보세요?"

"……고우메니?"

어쩐지 불길한 예감. 이렇게 불안한 엄마 목소리는 들어 본 적이 없다.

"고우메, 놀라지 말고 들어."

엄마가 어두운 목소리로 입을 열었다.

"할머니가 쓰러지셨대. 위독하신가 봐."

나는 엉겁결에 "뭐?"라고 소리치며 자리를 박차고 일어섰다. 지바에 사는 히소카(일본어로 '몰래, 은밀히'라는 뜻이 있음.—옮긴이) 할머니. 엄마의 엄마, 즉 외할머니다.

할머니는 이모 부부와 함께 기사라즈 골짜기의 외딴 마을인 가즈사카메야마에 살고 있다. 중학교 때까지는 자주 놀러 다녔다. 건강하고 명랑하고 재미있고 나를 무척이나 귀여워해 주는 너무 좋은 할머니다.

"왜?"

"모르겠어. 아마 뇌출혈 같은데……, 할머니 전부터 혈압이 높았잖아……. 그런데 이모하고도 연락이 안 돼. 아, 어떡해. 어쨌든 일단 가 봐야겠어."

"엄마, 진정해."

외할아버지, 즉 엄마의 아버지는 이미 십 년 전쯤 돌아가셨다. 동요하는 엄마의 심정은 이해가 가지만, 이런 상황일수록 내가 정신을 똑바로 차려야 한다.

"엄마, 지금 어디야?"

무슨 일이냐며 반 친구들이 가까이 몰려들었다. 맨 앞에 선 리쓰코가 걱정스러운 시선으로 바라보았다. "역."이라고 대답하는 엄마 목소리가 들렸다.

"기다려, 내가 지금 그리로 갈게!"

"으응, 알았어."

엄마가 울먹이는 목소리로 대답했다. 엄마를 도저히 혼자 둘 수는 없다는 생각이 들었다. 그 순간만큼은 겐타 선배도 내 머릿속에서 사라졌다. 정말로.

"지금 학교에서 출발해. 십오 분, 아니 십 분만 기다려. 금방 갈게."

"응…… 기다릴게."

엄마는 마치 어린애 같았다. 아빠한테 연락은 했느냐고 묻자, 기어드는 목소리로 대답했다.

"응. 아빠도 곧 출발한대."

"알았어. 꼼짝 말고 기다려, 알았지?"

대체 누가 부모인지 헷갈리는 상황. 전화를 끊자 리쓰코가 무슨 일이냐고 물으며 내 팔을 붙잡았다. 교실 밖으로 뛰쳐나가며 사정 얘기를 했다.

따라오던 리쓰코가 복도 한가운데에 멈춰 섰다.

"알았어, 고우메. 조심하고 무슨 일 있으면 문자 보내."

"응! 그럼, 부탁한다."

나는 정신없이 달리기 시작했다. 아 참, 깜박했네.

"아, 근데……."

"뭐?"

리쓰코가 걱정스러운 표정으로 뒤를 돌아보며 물었다.

"겐타 선배, 샌드위치 같은 거 좋아할까?"

리쓰코가 빨리 가기나 하라며 손사래를 쳤다. 나는 자전거 주차장을 향해 전속력으로 달렸다.

03_

아내의 전화를 받자마자 우에쿠사 광고부 부장에게 보고했다. 회사원들은 무슨 일이든 호렌소(일본어로 호코쿠(보고), 렌라쿠(연락), 소단(상담)의 앞 글자를 따서 만든 말.—옮긴이)가 기본이다.

"그거 곤란하게 됐군."

부장은 평상시와 다름없이 우유부단한 표정을 지었고, 일단 사쿠라기 중역과 상의해 보겠다며 자리에서 일어섰다.

몇 차례의 조직 개편 후, 광성당의 홍보부와 광고부는 같은 층에 배치되었다. 구조적으로는 홍보와 광고는 동격이었고, 정식으로 말하면 나는 홍보 및 광고 부서의 광고부 차장, 가와하라 교이치로다.

그런데도 광고는 늘 홍보 밑에 위치한다. 우에쿠사 부장은 연차로 치면 홍보부장을 겸하는 사쿠라기 중역보다 사 년이나 위지만, 임원이 되려면 상당한 세월이 필요할 거라는 게 한결같은 소문이었다.

화장품 회사의 광고부 부장보다는 공무원이 더 어울릴 것 같은 우에쿠사 부장은 아무리 내 상사라고는 해도, 인품은 그렇다 치고 능력은 별로라고 말하지 않을 수 없다. 입사 이래 홍보부의 최고 엘리트로 군림하는 사쿠라기 중역과 비교한다는 것 자체가 가엽게 느껴질 정도였다. 우에쿠사 부장이 '레인보우 · 드림' 프로젝트를 떠안게 된 것도 결과적으로는 사쿠라기 중역의 설득에 굴복했기 때문이라는 말이 들렸다.

뭐, 그야 어쩔 수 없는 일이었다고 치더라도, 여하튼 우에쿠사 부장에게는 판단력이란 게 없다. 무슨 일이든 하나부터 열까지 상사와 상의하고 판단을 미루는 게 우에쿠사 스타일이다. 이 사람은 그렇게 해서 큰 실수 없이 지금까지 샐러리맨의 삶을 유지해 온 것이다.

하긴 나 역시 남의 말을 할 입장은 아니다. 나의 무사안일주의는 우에쿠사에 버금가는 수준이라 할 만하다. 그렇지만 그것도 나름대로는 매우 편안한 삶의 방식이다.

다음 주 화요일에 열리는 어전 회의 프레젠테이션을 앞두고 프로젝트 팀장이 현장을 이탈한다는 상황에 대해 사쿠라기 중역은 언짢은 표정을 지었지만, 완충제 역할을 하는 말랑말랑한 우에쿠사 부장이 끼어 있어서 결론적으로는 이야기가 잘 마무리되었다.

내 설명이 서툴렀는지는 몰라도, 나중에 들어 보니 두 사람 다 나의 친어머니가 쓰러졌다고 착각했던 모양이다. 그러나 그때는 나도 마음이 급해서 정신이 없었다.

그 후 프로젝트 팀원들에게 사정을 설명하고 뒷일을 부탁한 후, 회사를 나왔다. 아내 예상대로라면 오늘 밤이 고비였다. 혹시 내일 밤에 장례를 치르게 되는 건 아닐까. 상복 준비도 못 했지만, 그거야 나중에 어떻게든 되겠지.

문제가 생기면 일단 현장으로 달려갈 것. 그것이 이십오 년간 샐러리맨 경험을 통해 내가 얻은 교훈이다.

아내의 친정집이 있는 가즈사카메야마는 기사라즈에서 지방 철도인 구루리 선으로 갈아타고 한 시간 이상 들어가는 곳이다. 경치는 좋지만 교통이 불편하고, 무엇보다 전차가 자주 다니지 않는다. 그러나 오늘 안에는 도착할 수 있을 것이다.

예상보다 시간이 많이 걸려서 결국 회사를 나선 것은 5시가 넘어서였다. 긴자에서 택시를 타고 도쿄 역으로 향했다. 빨리 가는 방법을 알아봐 준 사람은 니시노 와카코였다.

가장 빨리 도착하는 특급은 놓쳤지만, 소부 선 쾌속 전차가 플랫폼으로 들어오기에 재빨리 올라탔다. 지바에서 우치보 선으로 갈아타고, 가사라즈에서 또다시 구루리 선으로 갈아타면 종점이 가즈사카메야마다.

우치보 선에 탔을 때, 나카지마에게 전할 말을 잊었다는 생각이 났다. 광고에 기용할 모델 후보 보고서를 만들어 두라고 지시해야 했는데. 그래서 전화를 하려 했지만, 휴대전화는 주머니에도, 가방에도 없었다.

어딘가에 놓고 왔군.

"다음 정차할 역은 가즈사카메야마, 가즈사카메야마."

종점을 알리는 차내 방송에 눈을 떴다. 반사적으로 시계를 보았다. 9시가 지나 있었다. 시간이 벌써 이렇게 됐나?

재킷을 입었다. 전차가 서서히 멈췄다. 나는 가방을 들고 차에서 내렸다.

내리는 승객은 거의 없었다. 어느 쪽으로 가야 할지 몰라 잠시 망설였다. 마지막 들른 게 이 년 전이다. 개찰구가 어디였지?

"여보!"

소리가 들리는 쪽을 바라보니 아내와 고우메가 서 있었다. 그 쪽으로 허겁지겁 내딛던 내 다리가 갑자기 얼어붙었다. 두 사람 뒤에서 힘차게 손을 흔들고 있는 사람은 틀림없는 장모님이었다.

04_

도시코 이모가 역에서 기다리고 있었다. 개찰구를 나섰을 때부터 왠지 이상한 느낌이 들었다. 이모 얼굴은 우는 건지 웃는 건지 화가 난 건지, 아니 그 모든 게 뒤섞인 표정이었다. 이모는 "언니!" 라고 소리치며 달려가는 엄마를 향해 사죄라도 하듯 두 손을 모아 쥐었다.

이모는 고개를 숙인 채 말했다.

"미안해, 리에코. 어머니, 다시 살아났어."

엄마가 기겁하듯 주저앉았다. 대신 내가 물었다.

"대체 그게 무슨 소리야. 위독하다며?"

“진짜 위독했어.”

오늘 낮 화장실에 쓰러져 있는 히소카 할머니를 발견한 건 도시코 이모였다. 의식이 없고 불러도 대답이 없었다.

“구급차로 근처 병원으로 옮겼어. 일흔둘이나 되셨으니 뇌출혈일 거라 짐작했지. 의사 선생님도 점점 혈압도 떨어지고 호흡에 심장 박동까지 느려지니 위험한 상태라고 했고. 그래서 너한테 전화한 거야.”

이모가 주저앉은 엄마에게 설명했다.

“그런데?”

“급히 수술해야 한다는 거야. 그런데 그 병원에선 안 되니까 지바에 있는 큰 병원으로 옮기라고…….”

그래서 할머니는 다시 구급차에 탔고, 요란한 사이렌 소리를 울리며 지바로 향했다. 그런데 가사라즈를 지났을 무렵 할머니가 벌떡 일어나더니 이렇게 말했다고 한다.

“왜 이렇게 시끄러워!”

할머니는 잠 좀 푹 자게 놔두라며 옆에 있는 구급 대원에게 역정을 냈다. 덧붙이자면 할머니는 ‘히소카’라는 귀여운 이름치고는 입도 거칠었고 잔소리도 심하다.

함께 탔던 구급 대원은 경악을 금치 못하고 시체가 말을 했다며 난리 법석을 피운 모양이다. 곧바로 가사라즈 종합병원으로 행선지를 바꾸고 할머니는 그곳에서 진찰을 받았다. 그리고 의사 선생님은 건강에 아무 이상이 없다는 진단을 내렸다.

가즈사카메야마 병원의 진단이 잘못된 게 아니라, 이유는 알 수 없지만 어쨌든 뇌혈관에 막혀 있던 핏덩이가 다시 흘러내려서 할머니는 이 세상으로 돌아올 수 있었던 모양이다. 병원을 끔찍이 싫어하는 할머니는 당장 집으로 돌아가겠다고 고집을 피웠고, 그 기세에 눌려 병원 의사들도 정중하게 보내 주었다고 한다.

그런 혼란과 대소동을 치르느라 도시코 이모는 엄마에게 연락할 겨를도 없었다. 겨우 정신을 차린 게 가사라즈에서 탄 택시 안이었다고 이모는 말했다.

"참 나, 기가 막혀서. 어머니 해도 해도 너무해. 내가 괜스레 요란을 떨어서 창피하다느니, 조심성 없이 덜렁댔느니 하면서 계속 화만 내는 거야. 나도 화가 나서 쏘아붙였지. 돌아가시려면 제대로 돌아가시라고. 아, 너무 피곤해. 울었다, 웃었다, 정신을 쏙 빼놨으니."

이제 와서 연락해 봐야 늦었을 테고, 어떻게 해야 좋을지 몰라 망설이고 있을 때 우리가 전차에서 내렸던 모양이다.

엄마가 천천히 일어섰다. 약간 무서운 표정이었지만, 그 심정은 이해가 갔다.

이게 뭐야, 진짜 황당하네. 나는 우리가 빼앗긴 네 시간 반을 돌려 달라고 이모에게 따지고 싶었지만, 할머니가 정신을 차리셨다니 그걸로 용서해 주기로 했다.

"언니……, 그럼 어머니는 지금 어디 있어?"

"저기."

이모가 역 앞에 서 있는 택시를 가리켰다. 창문이 스르르 열리더니 밖으로 몸을 내민 할머니가 손을 흔들었다. 엄청 건강해 보였다.

"어머머, 이 일을 어째!"

갑자기 소리친 엄마가 허겁지겁 휴대전화를 꺼냈다.

"아빠한테 연락해야지."

요즘 아빠는 회사 일로 많이 바빠 보였다. 잘은 모르지만 중요한 프로젝트 팀장인가 뭔가를 맡았다며 자랑스러운 듯 말했다.

내 생각에도 할머니가 건강을 되찾았으니 아빠가 굳이 가즈사카메야마까지 올 필요는 없을 것 같았다. 그러나 아빠는 전화를 받지 않았다. 엄마가 불안한 표정으로 고개를 갸웃거렸다.

"벌써 회사에서 출발했나?"

엄마는 다른 번호를 눌렀다. 전화를 받은 회사 직원이 한참 전에 나갔다고 가르쳐 주었다.

"이를 어째, 대체 어떻게 된 거야, 아빠가 왜 전화를 안 받지? 고우메, 너도 좀 걸어 봐."

왜 또 나한테 화살이야. 난 아빠 전화번호도 모른다고.

아빠와 연락도 안 되고, 맘대로 택시에서 내린 할머니는 밖은 역시 덥다고 투덜거렸고, 이모는 몸도 안 좋으니 다시 택시에 타라고 화를 냈다. 결국 엄마가 매점에서 음료수를 사 와 개찰구 언저리에 모인 여자 넷은 이도 저도 아닌 시시한 이야기를 나누기 시작했다.

해가 지자 도쿄와는 달리 역 주변이 굉장히 컴컴했다. 그런 분위기는 싫지 않았다. 형광등 주위로 벌레가 날아다니는 모습도 왠지 모르게 정겹게 느껴졌다.

할머니는 건강해 보였고 병원에 계실 필요는 없는 것 같았다. 엄마와 이모에게는 괜한 호들갑을 떨었느니 뭐니 심한 말을 했지만, 내가 많이 걱정했다고 말하자 살짝 기가 꺾여 미안하다고 고개를 숙였다.

"진즉 그렇게 나오시지."

엄마도 그제야 기세등등하게 말했다.

"애 다음 주부터 시험이야. 여기까지 오게 만들어 놓고, 대체 어떻게 책임질래요?"

나도 고개를 끄덕였다. 월요일부터 시작되는 기말 고사쯤이야 아무래도 상관없지만, 일단은 그렇게 해 두는 게 좋겠지?

실은 머릿속에는 온통 선배 생각뿐이었다. 무슨 일이 있어도 난 토요일에 도쿄에 있어야 한다. 할머니가 무사하다는 걸 확인한 이상, 당장이라도 돌아가고 싶을 정도였다. 수험생 선배가 시험 전인데도 만나자고 했으니 완벽하게 준비해야 한다.

그렇지만 이젠 전차도 없고, 모처럼 왔으니 자고 가라며 할머니가 붙잡았다. 내일 첫차를 타면 학교에 늦지 않을 거고, 가끔은 할머니에게 효도하는 것도 나쁘지 않을 것 같아 포기했다. 내일 가도 되겠지. 아직 화요일인걸 뭐.

그렇게 한 시간이 지났다. 구루리 선은 지역의 단선 궤도라 전차가 한 시간에 하나밖에 안 다닌다. 밤 9시가 지났을 무렵, 아빠가 전차에서 내렸다. 힘차게 손을 흔드는 할머니를 본 아빠는 플랫폼에 멍하니 멈춰 서 버렸다.

05_

"소란을 피워서 정말 미안하네."

장모님이 과자가 든 봉투를 건네주었다. 나는 졸린 눈을 비비며 괜찮다고 대답했다.

새벽 5시, 가즈사카메야마 역. 고우메와 나는 첫 전차를 타기 위해 플랫폼에 서 있었다.

도대체 어떻게 된 일인지 영문을 알 수가 없었다. 어젯밤 개찰구에 서 있던 장모님의 모습은 한동안 잊지 못할 것 같다. 나는 심지어 장례 인사말까지 생각해 두었다.

장모님이 무사해서 다행이긴 하다. 이럴 줄 알았으면 오지 않았을 텐데. 나는 요즘 그리 여유 있는 사람이 못 된다. 어젯밤에 곧바로 회사로 돌아가려 했지만, 도쿄로 가는 전차가 이미 끊긴 후였다. 첫차를 타면 평상시대로 회사에 도착할 수 있다는 걸 알고, 장모님이 걱정되기도 해서 하룻밤만 묵기로 했다.

밤에 장모님은 자기가 죽음의 구렁텅이에서 어떻게 살아왔나를 긴장감 있게 재현해 가며 좀처럼 우릴 재우려 하지 않았다. 간신히 이야기가 끝나고 잠자리에 들자, 이번에는 밖이 너무 고요해서 잠이 오질 않았다.

나는 하품을 참으며 건강히 잘 지내시라고 고개 숙여 인사했다.

"고우메, 또 놀러 오너라."

장모님이 말하면서 내 옆에서 생글생글 웃으며 "네에."라고 대답하는 고우메에게도 도시락과 차가 든 봉투를 건넸다.

"조심해서 가요."

아내가 옆에서 말을 건넸다.

"고우메, 학교 도착하면 전화 꼭 하고."

고우메는 성가시다는 듯 고개를 끄덕이며 봉투 안을 손으로 더듬거렸다.

아내는 한동안 친정에서 지내기로 했다. 장모님은 아주 건강해 보였지만, 연세가 있으니 걱정된다며 며칠 있다 오겠다고 했다.

속마음은 모처럼 친정에서 푹 쉬고 싶은 거겠지만, 그것도 나쁠 건 없겠지. 아직은 완전히 마음을 놓을 수도 없을 테고.

그런 이유로 고우메와 나는 오랜만에 둘이서 몇 시간을 함께 보내게 되었다. 이런 기회가 몇 년 만인가.

덜거덕거리는 소리를 내며 낡은 전차 두 량이 플랫폼으로 들어섰다. 우리는 전차에 올라 나란히 앉았다. 창을 열고 플랫폼에 있는 아내와 장모에게 인사를 하는데 출발을 알리는 벨이 울리며 전차가 서서히 움직이기 시작했다.

두 사람의 모습이 보이지 않게 되자, 고우메는 잽싸게 맞은편 자리로 옮겼다. 도시락과 차가 든 봉투를 창가 선반에 올리고 가방에서 휴대전화를 꺼냈다. 물끄러미 화면을 내려다보는가 싶더 아내의 전화를 받자마자 우에쿠사 부장에게 달려갔다. 그리고 사쿠라기 중역의 허락을 받은 후, 부하 직원들에게 지시를 내리고 황급히 택시에 올라탔다. 그사이에 책상에 놓고 잊어버린 모양이다. 난감했지만 후회해도 소용없는 일이었다. 다시 가지러 갈 수도 없고.

할 수 없이 가사라즈에서 기차를 갈아탈 때, 공중전화로 회사에 연락했다. 나카지마가 태평한 목소리로 내 휴대전화는 책상 위에 있다고 말했다.

역에 도착하면 연락하겠다고 했는데, 나는 심지어 아내의 친정집 전화번호도 휴대전화 번호도 외우지 못했다.

"미안하지만, 여러 가지로 잘 부탁하네."

"걱정마세요."

나카지마는 밝은 목소리로 대답했다. 너희를 못 믿으니까 이렇게 안절부절못하는 거 아니냐고 쏘아붙이고 싶었지만, 그 말은 차마 입 밖에 낼 수 없었다.

기차를 놓치는 바람에 가사라즈 역에서 삼십 분 정도 구루리선을 기다려야 했다. 해는 완전히 기울었다. 한참 후에야 도착한 전차를 타고 자리를 잡자, 나도 모르게 꾸벅꾸벅 잠들었다.

꿈을 꾸었다. 우치자키라는 기 센 안방마님 직원이 날 찾아와 뭔가를 상의하는 꿈이었다. 커다란 눈에 눈물이 맺혀 있었다. 내가 무슨 심한 말이라도 했나? 언제 나타났는지 옆 자리에 앉은 아내가 동정하듯 계속 고개를 끄덕거렸다.

니 계속해서 문자를 입력했다. 그러고는 수줍은 듯한 미소를 지으며 눈을 감아 버렸다. 나와 대화할 마음은 조금도 없는 듯했다.

할머니가 건강하셔서 다행이다. 학교는 어떠니? 친구들과 사이좋게 지내니? 다음 주에 시험이라면서? 입시 준비도 슬슬 생각하고 있니? 요즘도 스마프(SMAP, 일본의 아이돌 그룹.—옮긴이)가 인기 있니?

말을 건넬 소재들은 이것저것 준비해 두었지만, 입 밖에 낼 용기가 없었다.

나는 하는 수 없이 역에서 산 스포츠 신문을 훑어보고, 딱히 할 일도 없어서 도시락을 먹었다. 지금 난 고독하다. 세상에 육십 억이나 되는 인간이 있다고 하지만, 그 누구에게도 뒤지지 않을 만큼 난 외톨이다.

배가 차자 자연히 눈꺼풀이 무거워졌다. 어젯밤에 제대로 못 잔 데다 새벽에 일찍 일어난 탓이다. 오늘도 보나 마나 바쁜 하루가 될 것이다. 조금 자 두자. 그렇게 생각한 순간, 이미 잠에 빠져들었다.

얼마나 지났을까. 오 분, 십 분? 충격을 느끼고 눈을 떴다. 바닥에서 뭔가가 밀려 올라오는 것 같은 강력한 충격이 느껴졌다. 맞은편에 앉아 있던 고우메가 불안한 표정으로 고개를 들었다.

"긴급 정지!"

내지르는 듯한 차내 안내 방송이 울려 퍼졌다. 바로 그 순간, 눈앞의 모든 것들이 거꾸로 뒤집혔다.

06_

플랫폼을 벗어나자마자 자리를 옮겼다. 아빠와 나란히 앉다니, 말도 안 돼!

아빠는 무슨 말을 걸고 싶어 하는 눈치였지만, 난 완전 무시. 어젯밤 도착한 친구들 문자에 답장을 보내야 한다. 아마 리쓰코한테 들었겠지. 반 아이들 대부분이 문자를 보냈다.

할머니 괜찮으시니? 고우메, 언제 오니?

대개 그런 문자들이다. 친구들이 많이 걱정해 주니 기뻤다.

리쓰코, 피탄, 미카린 등등 몇 명에게 답장을 보냈다.

다른 애들한테 전해 줘. 할머니는 깨어나셨어. 오늘 학교 가면 자세히 얘기해 줄게. 걱정시켜서 미안.

그리고 마지막으로 어젯밤에 받은 겐타 선배의 문자를 다시 한 번 읽었다.

토요일, 어떻게 할까?

어제 상황에서 보면 꽤나 태평한 문자였지만, 선배 반에까지 할머니 얘기가 전해지진 않았을 테니 당연한 일이다. 아, 역시 진지하게 꺼낸 얘기였어.

할머니가 돌아가시지 않아서 천만다행이야. 돌아가셨으면 토요일 데이트, 취소할 수밖에 없었겠지. 오래오래 사세요, 할머니!

선배에게 맡길게요.

나는 어젯밤에 선배에게만 답장을 보냈다. 어디로 가게 될까. 첫 데이트이니 이끌어 주길 바랐다.

리쓰코나 다른 친구들은 이런저런 얘기를 하지만, 난 남자가 박력 있게 끌어 주길 원하는 타입이다. 게다가 겐타 선배이니 두말할 필요도 없다.

도시마엔(젊은이들이 많이 찾는 유원지 이름.—옮긴이)으로 할까? 아니면 영화 보러 갈까?

우아, 너무 멋져! 어떡해. 첫 데이트에 유원지, 너무 근사하잖아? 그렇긴 한데 어쩐담? 무슨 얘길 해야 좋을지 모르겠단 말야.

대화가 끊기기라도 하면 어색하지 않을까. 영화는 그런 걱정은 없겠지. 두 시간 내내 입 다물고 있어도 괜찮고. 유원지에도 가고 싶은데, 그렇지만.

영화도 괜찮을 것 같아요.

안전책이긴 하지만, 첫 데이트이니 그게 나을 것 같았다. 도시락 준비할 필요도 없고, 월요일부터 기말 고사가 시작되니 너무 늦어도 안 되니까.

어젯밤 문자 주고받기는 그렇게 끝냈다. 도쿄에 돌아가면 다시 보내야지. 요즘 영화, 뭐가 괜찮을까? 공포 영화 같은 건 좀 곤란하다. 그렇지만 로맨스 영화는 선배가 싫어할지도 모른다. 아, 고민이네. 코미디 풍에 살짝 로맨스를 곁들인 영화면 좋을 텐데.

그런 생각을 하다가 어느새 잠들어 버렸다. 눈을 뜬 것은 우연이었는지 뭔가가 느껴졌기 때문인지 알 수 없다. 눈앞에 불안한 아빠의 얼굴이 보였다.

"긴급 정지!"

잡음이 뒤섞인 안내 방송이 울려 퍼졌다. 긴급이라니 뭐가? 그런 생각을 할 틈도 없이 차량이 좌우로 크게 흔들렸다.

아빠가 자리에서 일어섰다. 다른 자리에서도 승객들이 일어서는 모습이 보였다. 뭔데, 무슨 일이야?

"정지! 정지!"

차내 안내 방송은 절규하듯 울려 퍼졌다. 바로 그 순간, 갑자기 내 몸이 앞으로 튕겨 나갔다. 그리고 아빠의 가슴에 사정없이 부딪쳤다. 금속성 소리, 귀가 아팠다. 주위에서 비명이 터졌다.

"아빠!"

내 쪽에서 말을 건네는 건 아마도 일 년 만인 것 같다. 이게 대체 무슨 일이야?

아빠는 모른다고 고개를 저었다. 정신 똑바로 차려, 아빤 어른이잖아.

그러나 그럴 수 있는 상황이 아니었다. 돌연 내 몸이 무중력 상태처럼 붕 떠올랐다. 나뿐만이 아니었다. 아빠도, 다른 승객들도, 짐과 옷, 페트병과 도시락, 그리고 잡지와 신문까지 모조리 다 붕 떠올랐다. 또다시 울려 퍼지는 비명.

"엎드려!"

아빠가 내 등을 눌렀다. 조금 늦었는지도 모른다. 엄청난 소리와 함께 진동이 계속되더니, 차량이 기울기 시작했다. 말도 안 돼! 이게 무슨 일이야!

"고우메!"

아빠가 부르짖는 소리가 들렸다. 아빠는 나를 감싸 안으며 그대로 좌석에 엎드렸다. 바닥에서 격렬한 괴성이 울리고 통로가 심하게 흔들렸다. 이제 틀렸어. 이렇게 죽나 봐.

차내 조명은 계속해서 깜박거렸다. 그로부터 몇 초인지 몇 십 초인지는 몰라도 차량이 격렬하게 요동치더니 옆으로 엎어져 버렸다. 유리 깨지는 소리.

아빠와 나, 그리고 모르긴 해도 승객 모두가 바닥에 내동댕이쳐졌다. 울부짖는 소리. 이대로 죽고 싶지 않아, 살려 줘, 적어도 토요일까지라도 기다려 줘!

아빠와 내 몸이 또다시 공중으로 붕 떠올랐다가 머리부터 바닥으로 떨어졌다. 그 후의 일은 아무것도 기억나지 않는다.

오로지 칠흑 같은 어둠. 그것뿐이었다.

07_

안개 속이었다. 내 손도 보이지 않을 만큼 짙은 안개 속에서 방향을 잃었다. 어디로 가야 하나.

고우메! 어디 있니?

도대체 어떻게 된 거지. 이 안개는 또 뭐고. 왜 아무것도 안 보여. 소리를 지르려고 해도 입이 움직이지 않는다는 걸 알았다.

이게 바로 죽음이라는 것인가. 고우메, 아빠는 어쩌면 죽어 버렸는지도 몰라. 그렇게 심한 사고를 당했으니 어쩔 수 없는 일인지도 모르지.

아빠는 아무래도 괜찮아. 그러나 네가 살아 있는 걸 확인할 때까지는 죽을 수 없어. 그것이 부모로서의 마지막 책임이야.

그러나 어떻게 해야 좋을지 몰랐다. 아무것도 보이지 않았다. 목소리도 나오지 않았다. 대체 어떻게 해야 한단 말인가.

제발 도와줘. 고우메만이라도 구할 수는 없을까. 그 애는 이제 겨우 열일곱 살이고 앞날이 창창하다. 대학에 진학하고, 사랑을 하고, 취직도 하고, 결혼해서 아이도 낳고. 이제 겨우 시작일 뿐인데. 신이시여, 용서하소서. 부디 못 본 체 눈감아 주소서!

"아빠!"

소리가 들렸다. 고우메인가? 귀를 기울였다.

"아빠!"

좀 더 또렷한 목소리. 고우메, 무슨 일이 있어도 아빠가 널 구해 줄 거야, 반드시. 네가 아빠를 어떻게 생각하든 그건 아무래도 상관없어. 아빠는 널 사랑한다.

예전에도 이런 일이 있었던 것 같다. 그게 언제쯤이었을까? 고우메를 등에 업고 병원으로 달려갔었다.

그때도 얼마나 기도를 했던가. 입에 발린 소리가 아니다. 고우메, 넌 내 목숨보다 소중해. 어디 있니, 아빠는 여기 있어.

"아빠!"

그래, 잘 들려. 절대 널 혼자 두지 않을 거야. 나는 고우메의 목소리가 들리는 쪽으로 고개를 움직였다.

좀 더 큰 소리로 외쳐다오. 무슨 일이 있어도 널 구해 낼 거야. 약속하마, 아빠는 반드시…….

"따님이……."

누군가의 목소리와 움직이는 기척이 들렸다.

"고우메!"

외침 소리. 아내다.

"의식을 되찾은 것 같군요."

누군가의 손이 이마에 닿더니 뭔가를 벗겨 냈다. 서서히 안개가 걷혔다. 눈에 거즈를 감아 두었던 것이다.

나는 살며시 눈을 떴다. 얼굴이 넙적한 남자가 내 앞에 서 있었다. 그는 흰 가운을 입고 있었다. 그리고 그 뒤로 눈시울을 붉힌 아내가 보였다.

아내는 눈물을 뚝뚝 흘리면서 가까이 다가왔다.

"어머님, 안 돼요."

남자가 부드러운 말투로 제지시켰다. 남자는 손가락 두 개로 내 눈을 벌리더니 펜라이트를 비췄다.

"자, 손가락을 보세요."

남자의 집게손가락이 움직였다. 나는 시키는 대로 눈으로 손가락을 쫓았다. 남자가 옆에 서 있는 마른 남자에게 물었다.

"뇌파는?"

"뇌파, 혈압, 모두 정상입니다."

자리에서 일어서려는 나를 남자가 만류했다.

"움직이지 마세요. 내가 하는 말이 잘 들립니까?"

살며시 고개를 끄덕였다. 오감이 되살아나기 시작했다. 손가락도 움직였다.

"지금 어디 계신지 아시겠어요?"

눈동자로만 주위를 둘러봤다. 침대, 하얀 벽, 울고 있는 아내, 갖가지 의료 기구, 흰 가운을 입은 남자, 틀림없는 병원이다.

"병……."

대답은 할 필요 없다고 남자가 속삭이듯 말했다. 의사인 모양이다.

"어머니 알아보시겠죠?"

아내가 남자를 밀치고 달려들 듯 다가왔다. 그리고 울면서 내 어깨를 잡고 매달렸다. 이봐, 그만두지 못해? 다른 사람들이 보고 있어. 부끄럽지도 않아?

"고우메는?"

얼버무리는 소리로 들렸는지 아내는 아무 대답도 없이 팔에 잔뜩 힘을 넣었다. 불안감이 되살아났다. 난 아무래도 좋아. 고우메는 어디 있느냐고?

"됐습니다."

남자가 고개를 끄덕이며 말했다.

"괜찮아요, 상처 난 곳도 없고요. 다만 머리를 세게 부딪쳤으니 한동안 병원에서 안정을 취해야 합니다. 아시겠죠?"

"살아 있어?"

아내가 울면서 대답했다.

"으응. 괜찮아, 이제 괜찮아. 내가 있으니까, 엄마가 늘 곁에 있을 테니까."

"기적에 가깝군."

남자가 간호사에게 말하며 마음이 놓인 듯 미소를 지었다.

"그렇게 심한 사고였는데 얼굴에 상처 하나 안 났다니. 사모님, 아주 훌륭한 남편을 두셨네요. 따님을 구해 냈잖아요."

아내가 "네."라고 대답하며 나를 가슴에 끌어안고 흐느끼기 시작했다. 그야 당연한 일이지. 그렇게 말하고 싶었지만 아내 때문에 입을 움직일 수 없었다.

"흔한 일이 아닙니다. 남편 분도 검사 결과 수치는 정상입니다. 이제 곧 의식을 찾으실 테죠. 정신이 돌아오면 칭찬해 드려야겠어요."

남자가 살며시 미소를 지었다. 병실에는 부드러운 공기가 떠다녔다.

"그럼요, 그럼요."

아내는 연거푸 대답을 했다. 그렇군, 무사했어. 온몸에서 힘이 빠져나갔다.

잠깐!

근데 뭐가 좀 이상하잖아. 의사, 간호사, 그리고 아내가 대체 무슨 소릴 하는 거지? 지금 나를 두고 한 말은 대체 무슨 뜻이야?

내 눈동자를 검사하고 반응을 살펴본 건 또 뭐야. 나에게, 가와하라 교이치로에게 의식이 있다는 건 이미 알잖아.

"꺄악!"

별안간 병실 안에 비명이 울려 퍼졌다. 옆 침대에서 남자가 일어나 내 쪽을 본 것이다. 나도 그 모습을 보고 숨이 멎을 만큼 놀랐다.

그건 바로 나였다.

08_

엄마 목소리가 시끄럽다.

머리가 아팠다. 심장 박동과 같은 리듬으로 머리가 지끈거렸다. 내가 대체 어떻게 된 거지?

난데없이 전차가 흔들리기 시작했다. 어떻게 하면 좋을지 생각할 겨를도 없었다. 얼굴이 시퍼렇게 질려서 일어선 아빠, 선반에서 떨어진 누군가의 가방. 비명을 질렀던 건 기억난다.

곧바로 차량 전체가 기울었고, 아빠가 나를 감싸듯 달려들었다. 그 후의 일은 아무것도 기억나지 않는다. 무슨 일이 벌어진 걸까?

"고우메."

알았어, 엄마. 알았다고. 일어날게. 근데 잠깐만 기다려. 재촉 좀 하지 마. 머리 아프단 말이야.

"괜찮아요, 상처 난 곳도 없고."

누구야, 제대로 알지도 못하면서 맘대로 지껄이긴. 괜찮긴 뭐가 괜찮아, 머리가 이렇게 아픈데.

"다만 머리를 세게 부딪쳤으니……."

흠, 그래서 머리가 이렇게 아픈가. 혹이라도 났으면 어쩌지. 나는 손을 머리로 옮겼다. 여기 저기 만져 보았지만, 별 문제는 없는 듯했다. 다행이다.

눈을 살며시 떴다. 흰 가운을 입은 남자의 뒷모습이 보였다. 그리고 엄마. 엄마가 옆 침대에서 울고 있었다.

천천히 아래쪽으로 시선을 돌렸다. 내 몸이 담요 같은 걸로 감싸져 있었다. 옆에는 가느다란 튜브로 내 몸과 연결된 커다란 기계가 있었다.

차차 상황 파악이 됐다. 나는 지금 병원에 있는 것이다. 희미하게 기억이 되살아났다.

구급차의 사이렌 소리, 빙글빙글 돌아가는 빨간 불빛, 들것을 옮기는 남자, 무전기에서 흘러나오는 거칠고 다급한 목소리.

"한동안 병원에서 안정을 취하셔야 합니다, 아시겠죠?"

남자 목소리가 들렸다. 정말? 으윽, 운도 지지리도 없지. 끝장이야. 이를 어쩐담. 빨리 도쿄로 돌아가야 하는데. 저어, 토요일에 겐타 선배와 첫 데이트가 있는데 그때까지는 나을 수 있을까요?

"괜찮아."

엄마 목소리가 들렸다.

"괜찮아, 엄마가 늘 곁에 있을 테니까."

네, 네, 고맙습니다. 그건 그렇고 목소리 좀 낮출 수 없나? 엄마 목소리 엄청 컸나 보네.

"따님을 구해 내셨잖아요."

남자가 말했다. 아빠 얘기다. 그래서 내 얼굴에는 상처 하나 나지 않은 모양이다.

그렇다. 나는 그때 아빠 몸 아래로 숨었다. 위에서 떨어지는 가방, 깨진 유리, 다른 승객들, 수많은 위험에서 날 지켜 준 거겠지.

고맙게 여기고 감사하는 마음도 있지만, 그렇게 절절하게 얘기할 것까진 없잖아. 혹시 저 사람도 딸이 있나? 같은 아버지 입장이라 애틋한 마음을 이해한다는 건가? 뭐, 아무렴 어때. 어쨌든 고마운 말씀이네. 네네, 고마워하고 있어요.

"남편 분도 검사 결과 수치는 정상입니다."

남자가 말했다. 흠, 아빠도 무사했군. 다행이다. 마음이 좀 놓였다. 성가시긴 해도 돌아가시는 건 싫다. 지금 돌아가시면 난 대학도 못 가잖아. 날 위해 좀 더 고생을 해 주셔야지.

나는 살며시 손가락 끝에 힘을 넣었다. 움직였다. 다행이다. 감각도 또렷이 느껴졌다.

담요 속에서 손을 꺼내 보았다. 팔뚝 안쪽에 주사 바늘이 꽂혀 있었다. 고개를 돌려 보니 링거까지 튜브로 연결되어 있었다. 어라, 내 팔뚝이 언제부터 이렇게 두꺼웠지? 이상하네. 어머, 근육도 꽤 있잖아.

왼팔을 뒤집어 봤다. 색이 검다. 왜 이래, 더러워서 그런가?

손가락 끝을 보았다. 손톱. 이건 또 뭐야, 매니큐어가 다 벗겨졌잖아.

아니다, 그게 아니다. 이건 내 손가락이 아니다. 손톱을 이렇게 짧게 자른 기억이 없다.

자, 잠깐, 고우메, 침착해야 해. 사고를 당해서 치료하느라 깎았을지도 모르잖아. 그렇다면 이해가 간다. 팔뚝이 두꺼워진 건 타박상 때문일 수도 있고.

아냐, 그럴 리가 없어.

나는 담요를 걷어차고 상반신을 일으켰다. 의사 두 명, 간호사,

그리고 엄마가 보였다. 모두 내 쪽으로 등을 지고 옆 침대를 들여다보고 있었다. 아빠다. 괜찮은가?

잠깐, 나도 그쪽으로 갈게. 침대에서 내려서려는 순간, 벽에 걸린 거울에 얼굴이 비쳤다. 아빠, 무사했네.

나는 오른손으로 머리를 매만졌다. 낯선 감촉이 느껴졌다. 거울 속 아빠도 똑같이 머리를 매만졌다. 하지 마. 흉내 내지 말라고 눈을 깜박였다. 거울 속 아빠도 똑같이 눈을 깜박였다. 잠깐, 이게 뭐야?

손을 살폈다. 손에 털이 나 있었다. 이건 또 뭐야. 대체 뭐가 어떻게 돌아가는 거냐고? 기분 나빠. 얼굴을 만져 보았다. 거울 속에서 아빠의 손이 코 아래쪽을 감쌌다. 까칠까칠한 이 감촉은 뭐지? 혹시 수염?

나는 다시 한 번 팔뚝을 확인하고, 입고 있던 흰 셔츠 위로 가슴을 더듬어 보았다. 그러고는 힘껏 숨을 들이마셨다.

"꺄악!"

굵직한 남자 목소리가 병실에 울려 퍼졌다.

09_

무슨 일이 벌어졌는지 알게 된 건 다음 날이었다. 지진이었다.

지바 현 북서부가 진원지였던 지진은 진원 깊이 약 15킬로미터, 매그니튜드 7, 진도 6, 이른바 직하형 지진으로 범위는 넓지 않지만 격렬한 진동을 동반했다. 그로 인해 선로까지 휘어졌고 달리던 구루리 선 전차까지 탈선했던 것이다.

몇 년 전쯤 주에쓰 대지진 때에도 똑같은 일이 발생했다. 이번에도 그때와 똑같았다. 부상자는 있지만 사망자는 없는 게 그나마 불행 중 다행이었다. 그러나 큰 문제가 있었다. 그것은 고우메와 내게 일어난 일이다.

우리가 의식을 잃은 것은 사고 직후 약 열두 시간 정도였다고 한다. 화요일과 수요일, 정밀 검사가 되풀이되었다. 나도 고우메도 가벼운 타박상과 찰과상은 입었지만 골절 같은 건 없었다. 경상이라는 진단이 나왔다.

같은 차량에 탔던 승객 중에는 다리가 부러지거나 유리 파편에 찔려 출혈 과다로 죽음의 고비를 넘긴 사람도 있다고 하니 우리는 행운아에 속할 것이다. 고우메와 나의 몸이 서로 뒤바뀐 일만 제외하면.

처음에는 무슨 일이 일어난 건지 도통 이해할 수 없었다. 나는 사십칠 년간 남자로 살아왔다. 그런데 난데없이 여자 고등학생의 몸이 되어 버렸으니 모든 게 문제투성이였다.

그중에서도 가장 큰 문제는 역시 화장실이었다. 대변은 그렇다 치더라도, 아무래도 소변은 문제가 될 수밖에 없었다. 처음에는 고우메가 하도 울어서 곤혹스럽기 이를 데 없었다. 내용인즉슨, 소변 보는 모습은 절대 보일 수 없다는 것이다.

그 마음은 충분히 이해한다. 그러나 부디 내 입장도 이해해 줬으면 좋겠다. 배설은 인간으로서 지극히 본능적인 행위다.

가까스로 설득을 시키고 거기는 절대로 안 보겠다는 약속을 주고받은 후에야 간신히 허락을 얻었다. 그런데 고우메는 자기가 서서 소변을 보는 일은 아무렇지도 않은 듯했다. 남녀 차별이라는 생각이 드는데, 안 그런가?

그건 뭐 그렇다 치고 아무튼 험난한 일의 연속이었다. 일단 여자 화장실에 들어가는 것 자체가 난생처음 있는 일이었다. 처음 들어갔을 때는 손을 씻고 있는 임산부와 맞닥뜨려 하마터면 비명이 터져 나올 뻔했다. 곰곰이 생각해 보니 여고생이 여자 화장실에 들어가는 건 너무나 자연스러운 일이었다.

자세하게 설명할 생각은 없지만, 남자의 소변과 여자의 소변은 역시 달랐다. 그것은 주로 방향의 문제다. 손으로 받칠 수도 없고 도대체 어떻게 해야 하는 건지 걱정이 많았는데, 변기에 앉는 걸로 다 끝나서 안심했다. 인체의 신비는 정말 무궁무진하다.

그 밖에도 당혹스러운 일은 많았다. 아내는 나에게 '고우메'라고 불렀다. 물론 고우메는 '여보'다. 의사나 간호사도 우리를 그렇게 대했다.

입원 기간 동안, 병실 출입을 허가받은 사람은 의사와 간호사, 그리고 아내뿐이었다. 검사는 계속되었지만 밤이 되면 둘만 남았다.

우리가 입원한 지바 시립병원에는 탈선 사고로 실려 온 부상자가 많았는데, 부녀지간이라는 이유로 2인 병실에 들어가게 된 것이었다.

고우메와 나는 화요일과 수요일 밤, 아무도 없는 병실에서 소곤소곤 얘기를 나눴다. 고우메가 이따금 히스테리를 부렸지만, 결론은 하나뿐이었다. 아무리 자세히 설명한들 이런 상황은 누구도 이해해 주지 않을 거라는 것이다.

사고를 당해 의식 불명이 될 정도로 온몸을 강하게 부딪쳤다. 그것은 사실이다. 그렇다고 그로 인해 아빠와 딸의 몸이 서로 뒤바뀌다니, SF작가라도 납득 못할 일이다. 모르긴 해도 우리는 끊임없이 정밀 검사를 받게 될 게 뻔하다.

사실을 있는 그대로 인정해 주기를 바라는 마음이 있었지만, 정말 그대로 받아들여질 수 있을지는 여전히 의문이었다.

병원에서 온갖 검사를 다 한 후, 정신과 병동에 입원시키는 건 아닐까. 그 후에도 이 사실이 인정받을 리 없으니 입원 생활은 오래도록 이어지겠지. 사회 복귀는 언제쯤이 될까. 반년 후, 일 년 후, 십 년 후?

설령 의사들이 우리의 말을 믿어 준다고 해도, 과거에 이런 사례가 없었으니 치료 방법을 알 리도 없다. 원인을 모르니 제아무리 훌륭한 의사나 과학자가 나타나도 어쩔 도리가 없다.

고칠 수 없다면 입을 다물 수밖에 없다. 그것이 우리의 결론이었다. 어쨌든 우리의 몸은 건강했고, 신체적으로는 아무 문제도 없었다.

시퍼런 팔뚝의 멍도 며칠이면 사라질 테고, 몸 여기저기가 아픈 건 사실이지만, 그것도 일주일 정도면 나을 것이다. 의사가 지금 바로 퇴원해도 좋다는 진단을 내렸다.

그렇다면 일단 병원을 나가야 한다. 어떻게 하면 몸이 다시 제자리를 찾을 수 있을지, 나가서 생각해도 늦지 않다.

아니, 생각할 필요조차 없을지 모른다. 우리의 몸이 바뀌어 버린 건 사실이지만, 이유가 없다. 거꾸로 말하면 또다시 이유 없이 원래대로 돌아갈 수 있다는 말 아닌가. 내가 그렇게 말하자, 틀림없이 그럴 거라며 고우메가 힘차게 고개를 끄덕였다.

"토요일까지는 원래대로 돌아갈 거야!"

무슨 근거가 있는지는 몰라도 고우메는 그렇게 단언했다. 그럴지도 모른다. 그렇게 되길 바란다.

같이 달리는 자동차 앞으로 뛰어들어 보자는 얘기도 꺼냈지만, 고우메는 이게 무슨 만화인 줄 아느냐며 언짢은 표정을 지었다. 맞는 말이다. 우리가 원하는 대로 간단히 끝날 리가 없다.

나는 빨리 퇴원해야 할 이유가 있다. 업무 때문이다. 어전 회의는 다음 주 화요일로 코앞에 다가왔다.

별 도움도 안 되는 팀장이라고는 하지만, 어쨌거나 대표자인 내가 부재중이면 팀원들도 곤란할 수밖에 없다. 해야 할 일이 산더미처럼 쌓여 있었다. 한가하게 병원에 있을 상황이 아니었다.

수요일 저녁, 회사에 두고 온 내 휴대전화와 회의용 자료를 들고 총무부장이 병문안을 와 주었다. 말로는 푹 쉬라고 하지만, 그럴 수는 없는 일. 이래 봬도 책임감 하나는 강한 편이다.

병원에 더 있어 본들 변하는 건 아무것도 없다. 그것은 나 혼자

만의 판단이 아니다. 의사들은 우리의 몸에 관한 검사와 치료에는 만전을 기해 주었지만, 정신적인 면까지 헤아려 줄 기미는 없다.

우리도 이 불가사의한 현상에 관해 밝힐 생각은 없다. 그렇다면 입원해 있어도 나아질 게 없다.

내 의견에는 무조건 반발만 하던 고우메였지만, 이때만은 두말없이 찬성했다. 다음 주 기말 고사 때문이라고는 하는데, 아무래도 뭔가 숨기고 있는 느낌이 들었다. 아무리 캐물어도 끝내 대답은 안 한다.

어쨌거나 우리는 의견의 일치를 보았다. 아무에게도 말하지 않고 그대로 퇴원하는 것이다. 운이 좋으면 우리 몸은 내일이라도 본래 자리로 되돌아갈 것이고 그렇게만 된다면 아무 문제도 없다.

사흘째 되는 날 아침, 우리를 마중 온 아내의 차를 타고 집으로 돌아갔다. 목요일이었다.

10_

이건 너무해.

정말이지 그런 마음이 들었다. 이게 뭐야, 도대체 어떻게 된 거야? 이런 거 너무 싫어. 하고 많은 사람 중에 왜 하필 아빠냐고?

그러나 아무리 그런 말을 해 봐야 소용없었다. 문제는 지금 나는 아빠라는 것이다. 아니, 사실은 나지만, 어쨌든 겉모습은 아빠다. 정확하게 말하면 마음은 나지만 몸은 아빠라는 뜻이다.

운전하던 엄마가 걱정스러운 듯 나를 쳐다보며 물었다.

"괜찮아요, 차멀미?"

나는 기분이 안 좋다고 대답했다. 정말 기분이 나쁘다. 조수석에 앉아 거울에 비치는 내 얼굴을 보니 머리가 빙글빙글 돌았다. 중년 남자가 그 안에 있는 것이다. 어쩐지 몸도 무거웠다.

"고우메도 괜찮니?"

신호에 걸려 멈추자, 엄마가 뒷자리를 돌아다보며 물었다.

"입원을 더 할 걸 그랬나?"

"이쪽은 문제없어."

내 얼굴을 한 아빠가 대답했다. 바보, 그런 말투를 쓰면 어떡해. 내가 '문제없어.' 같은 말을 할 리가 없잖아. 어유 정말, 애드리브 정도는 알아서 해야 할 거 아냐.

"어쨌든 둘 다 무사해서 다행이야."

엄마가 내 손을 어루만졌다. 엉겁결에 손을 홱 뿌리치고 말았다. 엄마가 놀란 표정으로 쳐다봐서 엄청 당황스러웠다.

"파란 불이야."

아무렇지 않은 척 그렇게 말하는 게 다였다. 맞아, 난 아빠니까 엄마 손을 잡아 주는 게 자연스러운 일이겠지. 으악! 어떡해. 징그러워, 너무 징그러워.

도대체 어쩌다가 이렇게 된 걸까?

한숨이 절로 났다. 이런 일이 생길 줄 알았으면 그날 아빠랑 돌아오는 게 아니었는데.

"왜 그래요?"

엄마가 브레이크를 밟으며 걱정스러운 듯 나를 쳐다봤다. 나는 아무것도 아니라고 대답하고 시선을 뒷자리로 돌렸다. 내 모습을 한 아빠가 살며시 고개를 저었다.

"마음이 안정되질 않아서……, 이제 괜찮아."

그럼 다행이라며 엄마가 깜빡이를 켜고 차선을 바꿨다. 뭔가 엄청나게 부자연스럽다. 뒤를 돌아보면 내가 있고, 내가 날 바라본다. 현기증이 났다.

침착해야 해. 엄마는 물론 누구에게도 이 상황을 밝힐 순 없어.

아빠와 나는 입원해 있을 동안 앞으로 어떻게 할지 의논했다. 의사나 엄마에게 우리가 어떻게 됐는지 밝히는 건 간단하지만, 그래 봐야 나아질 건 아무것도 없었다. 엄마는 우리가 미쳤다고 생각할 테고, 어쩌면 정말 그럴지도 모른다. 적어도 상식적으로는 상상조차 할 수 없는 일인 건 분명하니까. 아무리 설명해도 이해하지 못할 것이다.

일단 지금 상황에서는 방법이 없다. 정신병원에 입원하거나 실험동물 취급을 받는 것만은 사양하고 싶었다. 한동안 상황을 살펴볼 수밖에 없다는 아빠 말이 옳다.

그래서 나는 아빠의 의견을 받아들이기로 했다. 안 그러면 오랫동안 병원에서 퇴원할 수 없었을 것이다.

어쩌다 일이 이렇게 된지는 몰라도 아무튼 오늘은 아직 목요일이다. 내일 중으로 우리가 원래대로 돌아갈 가능성도 얼마든지 있다. 그렇게만 된다면 선배와의 데이트도 아무 문제 없다.

인생에서 단 한 번뿐인 기회를 이런 일 때문에 포기할 수는 없다. 그렇지만, 그건 그렇지만…….

앞으로 어떻게 될까? 아, 정말 싫어, 이건 너무해.

"자, 도착했어요."

엄마가 차를 주차장에 넣은 것은 그로부터 삼십 분이나 지나서였다. 차고가 좁아서 평소에는 아빠가 주차하는데, 나는 자전거 면허도 없으니 어쩔 도리가 없었다. 엄마는 이제 막 병원에서 퇴원했으니 하는 수 없다며 빙그레 미소를 지었다.

"어쨌든 둘 다 무사해서 다행이야."

엄마의 눈에서는 계속해서 눈물이 흘러내렸다. 엄마도 많이 힘들었을 것이다. 지진 후에도 지바 일대는 혼란의 연속이었다.

우리 두 사람은 열두 시간 가까이 의식불명 상태였으니 얼마나 마음을 졸였을까. 너무 긴장해서 제정신이 아니었을 것이다.

게다가 병원에서 집까지 먼 길을 운전했으니 긴장이 풀릴 만도 하겠지. 아빠와 나는 번갈아 고맙고 미안하다며 엄마를 달랬다.

"자 그럼, 오늘은 퇴원 축하 파티를 해야지."

눈물을 훔친 엄마가 우리에게 차에서 내리라며 말했다.

"나는 잠깐 장 좀 봐 올게요. 맛있는 거 해 줄 테니 먼저 들어가 있어요."

슬쩍 아빠를 보니, 엄마가 눈치 채지 않게 살며시 고개를 끄덕였다. 나는 번거롭게 해서 미안하다고 대답했다. 엄마가 핸들을 잡은 채로 창을 반쯤 내렸다.

"고우메, 목욕 못해서 끈적거리지? 샤워하고 옷 갈아입어. 아빠도."

엄마는 열린 창 사이로 손을 흔들며 차고에서 나갔다.

자, 잠깐. 목욕?

우리는 짐 가방을 품에 안은 채 집으로 뛰어 들어갔다.

11_

"아, 난 몰라, 몰라!"

"어떡하냐, 어떡해!"

우리는 짐 가방을 현관에 내팽개치고 동시에 소리를 질렀다. 샤워, 목욕. 생각지도 못한 일이었다.

입원해 있는 동안은 간호사나 엄마가 물수건으로 몸을 닦아 주었고, 그걸로 끝이었다. 의사 선생님이 병원에 있는 동안은 목욕하지 말라고 했기 때문이었다.

병원에 있을 때도 화장실 문제는 큰 골칫거리였다. 아빠의 영혼이 내 몸에 들어갔는데, 그 상태로 소변을 보다니! 말도 안 돼! 있을 수 없는 일이야! 그런 짓을 하면 난 콱 죽어 버릴 거야!

그러나 곰곰이 생각해 보니 내가 죽기 전에 아빠가 먼저 요독증이나 방광염으로 죽어 버릴 것 같았다. 그리고 죽는 건 아빠가 아니라 내 몸이다. 하는 수 없었다. 절대로 몸은 안 보겠다는 약속을 받아 낸 후, 화장실만은 허락해 주었다.

문제는 아빠 쪽에만 있는 게 아니었다. 나 역시 곤란하긴 마찬가지다. 난 십육 년 전, 여자로 태어나 여태껏 여자로 성장해 왔다. 여자니까 당연한 일이지.

그런데 하루아침에 남자, 그것도 아저씨 몸이 되어 버리다니 그게 말이 되는 소린가. 그렇지만 소변은 도저히 참을 수가 없었다. 으악, 진짜 토할 것 같아.

난 지금까지 엉큼한 짓은 안 했지만, 남자 애를 사귄 경험도 있고 어느 정도 성 지식도 있다. 어느 학교나 유난히 그런 얘길 잘 하거나 경험이 풍부한 애들이 반드시 있게 마련이다. 옛날에는 어땠을지 몰라도 요즘은 인터넷 같은 데서 불법 사이트나 비디오를 뒤져서 동영상을 구워 학교에 들고 오는 애들도 있다. 작년 겨울이었던가, 며칠 동안이나 방과 후에 아이들이 모여서 학교 컴퓨터로 감상회를 열었을 정도다. 난 금세 싫증 나서 그만두긴 했지만.

그래서 난 남자의 그곳이 어떤지 전혀 모르는 건 아니었다. 그렇지만 그건 어디까지나 평면인 컴퓨터 화면 상의 얘기일 뿐이다. 도저히 소변을 참을 수 없어 화장실로 달려갔더니 그것은 무척이나 입체적이었다. 난 눈을 어디에 둬야 할지 난감했다.

……미안, 이건 거짓말. 사실 처음에는 넋을 잃고 뚫어져라 쳐다보고 말았다!

징그럽긴 하지만 무서운 걸 봤을 때의 느낌이랄까. 나도 모르게 눈길이 자꾸만 그쪽으로 향해 버렸고, 방향을 잡지 않으면 소변도 제대로 나가질 않았다. 남자와 여자, 정말이지 그 차이는 엄청났다.

그렇지만 습관은 쉽게 바뀌지 않는 것인지 오늘 아침에야 나는 처음으로 서서 소변을 보았다. 솔직히 말하면 한 번쯤 해 보고 싶었는데 막상 해 보니 별로 대단한 일도 아니었다.

흠, 뭐 그야 그렇다고 치고, 어쨌든 아빠와 난 그럭저럭 그 문제를 해결해 나갔다. 그렇지만 목욕은 차원이 다른 문제다. 목욕은 겉옷과 속옷을 다 벗어야 하는 행위이며 그 말은 곧 내가 알몸이 된다는 얘긴데, 그렇다면…….

"나, 죽어 버릴 거야!"

이 말이 저절로 입에서 튀어나왔다.

"정말 죽을 거야. 아빠한테 내 몸을 보여 주느니 차라리 죽는 게 낫다고!"

화장실은 그나마 참아 줄 수 있었다. 화장실은 잠옷과 팬티를 살짝 내리고 소변을 보면 그걸로 끝. 그렇지만 목욕은 전신이다. 말도 안 돼, 정말 죽을 수밖에 없는 거잖아?

"잠깐 진정해."

아빠가 위협적인 표정으로 말했다.

"고우메, 그런 말을 함부로 하면 못 써."

"진짜라고! 콱 죽어 버릴 거야!"

나는 발을 동동 구르며 악다구니를 쳤다.

믿을 수가 없어. 내 인생 최악의 상황이다. 백 년을 산다 해도 이보다 나쁜 일은 일어날 리 없다.

"침착하라니까."

침착과는 거리가 먼 목소리로 아빠가 말했다.

"죽는다는 소린 그만 해. 그건 아빠 몸이야. 아빠를 죽일 작정이니?"

"그건 나도 알아!"

죽을 수도 없단 말이야? 으악, 정말 돌겠어. 그럼 나더러 어쩌라고!

그러나 샤워는 하고 싶다. 여름이라는 계절도 나의 불행을 한몫 거들었다. 온몸이 땀으로 번질거려 기분이 나빴다.

"……그럼 절대 보면 안 돼. 목욕탕에 들어갈 땐 눈 감아야 해. 몸 씻을 때도 마찬가지야. 내 말 듣고 있어?"

난 아빠의 블라우스 자락을 잡아 뜯을 듯 움켜잡았다. 역시 남자는 힘이 셌다. 아빠가, 다시 말해 내 몸이 그 순간 위로 붕 떠올랐다.

"알았어, 알았다고."

놀란 아빠가 눈을 희번덕거리며 고개를 끄덕였다.

"그런데 눈을 감고 어떻게 몸을 씻니?"

"낸들 알아! 그런 건 스스로 생각해야지! 어쨌든 절대 보면 안 돼! 만약에 봤다간 난 정말……."

내 눈에서 눈물이 주르르 흘러내렸다.

"……정말 죽어 버릴 거야."

"아, 알았어."

아빠가 숨이 막힌지 기침을 해 댔다. 나는 그제야 간신히 손을 풀었다.

"너도 보지 마."

바보 아냐? 아빠 몸 따윈 거저 줘도 안 봐.

나는 내 방으로, 아빠는 안방으로 들어가 각자 갈아입을 옷을 들고 나왔다.

내가 소리쳤다.

"빨리 눈 감아. 속옷도 쳐다보지 말란 말이야!"

"딸 빤스 같은 건 관심도 없어!"

"빤스가 아니라 팬티야!"

돌아 버릴 것 같았다. 그렇지만 눈을 감고 옷을 갈아입는 건 꽤 어려운 일이라는 것도 이해는 됐다. 앞뒤도 있고, 브래지어 푸는 방법도 모를 테고.

잠깐 기다리라고 하고 2층 내 방으로 달려가 두건을 들고 왔다. 그걸 얇게 접어서 아빠의 눈을 가렸다. 있는 힘껏 묶었더니 아빠는 아프다며 여자처럼 소리를 질렀다. 앗, 지금은 여자 맞지. 나는 "자, 간다."라며 팔을 잡아끌었다.

"어디로?"

아빠가 불안한 걸음으로 걷기 시작했다. 어디긴 어디야, 목욕탕이지.

"아빠를 좀 믿어 주면 안 되겠니?"

아빠가 처량하기 그지없는 목소리로 애원했지만, 그건 불가능하다. 있을 수 없는 일이다. 탈의실까지 가서 아빠 옷을 벗겼다.

아, 말로 표현할 수 없을 만큼 황당한 이 기분. 브래지어와 팬티만 걸친 내가 눈앞에 있었다. 거울로 보는 것과는 너무도 다른 입체적인 몸.

음, 내 몸이 이렇게 생겼군. 옆구리 지방이 은근히 신경에 거슬렸다. 무심코 손가락으로 꼬집어 보았다.

"앗, 아파, 이 멍청아!"

아빠가 몸을 비틀었다. 본격적인 다이어트에 돌입해야 되겠다는 생각이 들었다.

"빨리 좀 해라. 창피하잖아."

눈가리개를 한 아빠가 팔로 몸을 가렸다.

어유, 바보 같은 소리 좀 작작하시지. 나라고 창피하지 않은 줄 알아?

나는 뒤에서 브래지어를 풀었다. 이런 부녀지간은 세상을 다 뒤져도 없겠지.

어쨌든 우린 시간이 별로 없었다. 장 보러 간 엄마가 언제 들이닥칠지 모른다. 그때까지는 어떻게든 끝내야 한다.

"쳐다보지 마."

아빠가 팔을 앞으로 막자 가슴이 다 가려졌다. 살짝 기분이 가라앉았다. 생각보다 좀 작았다. 선배는 어떨까? 다른 남자 애들처럼 큰 걸 좋아할까?

그리고 팬티를 벗겼다. 난생처음으로 내 몸을 객관적으로 볼 수 있었지만, 그런 감상에 젖어 있을 상황이 아니었다. 나는 아빠의 손을 끌고 목욕탕으로 들어갔다.

"문턱에 걸리지 않게 조심해."

주의를 주었지만 이미 늦었다. 알몸 상태의 나는 앞으로 고꾸라졌다. 제발 부탁이야, 좀 소중히 다뤄. 그건 내 몸이라고.

아빠를 목욕 의자에 앉혔다. 아빠는 점점 더 몸을 움츠리며 불안한 듯 고개를 좌우로 두리번거렸다.

적당한 온도로 샤워 시키는 친절함은 내게도 있었다. 더운물을 틀어 놓고 왼손에는 샤워기, 오른손에는 바디 샴푸를 쥐여 주었다. 그리고 수건을 어깨에 걸쳐 주며 말했다.

"이게 내 수건이야. 머리는 반드시 샴푸로 감아야 해. 바디 샴푸로 감으면 가만 안 둘 거야. 그리고 린스도 절대 잊지 말 것."

아빠가 머뭇머뭇 손을 움직였다.

"뭘 어떻게 하라는 거야? 린스가 어디 있는지 알 수가 있나."

그렇다. 아빠는 아무것도 안 보인다. 어유 정말, 귀찮아 죽겠네. 나는 하는 수 없이 입고 있는 양복 단추로 손을 옮겼다. 그런데 잘 벗겨지질 않았다. 이유는 간단했다. 남자 양복은 단추가 왼쪽에 달려 있는 것이다. 모든 게 반대이니 익숙한 건 눈 씻고 찾아봐도 없다.

재킷과 와이셔츠, 그리고 바지를 벗어서 세탁기 위로 던졌다. 러닝셔츠와 트렁크스 차림이 되었다. 참 나, 패션 감각이 정말 의심스럽다. 대체 와이셔츠 속에 러닝은 왜 입어?

"움직이지 마. 내가 씻어 줄 테니까."

그러는 편이 빠르다.

아빠는 부끄러운 듯 그러겠다고 대답했다.

12_

고우메가 능숙한 손놀림으로 몸을 닦아 주었다. 다른 사람이 몸을 닦아 준 기억은 없다. 어릴 때 이후로는 처음 있는 일이다.

말할 수 없이 창피했지만, 이 몸은 나이면서도 내가 아니다. 고우메가 고우메의 몸을 닦는 것이니 이상할 게 없다고 스스로를 타일렀다.

십 분 남짓 걸려 몸뿐만 아니라 머리 샴푸까지 끝났다. 평상시 고우메는 목욕을 오래 해서 한 시간 가까이 탕에 있었지만, 지금은 비상사태이니 그 정도로 끝낼 수밖에 없다. 아내가 돌아와서 우리 모습을 보면 무슨 난리가 벌어질지 모른다.

고우메는 나를 곧바로 탈의실로 데리고 가서 목욕 수건으로 몸을 닦아 주었다. 어쩐지 어린애로 돌아간 기분이 들었다. 그러고는 팬티와 브래지어를 입혀 주었다. 나 혼자서는 아무것도 할 수 없었다. 마지막으로 티셔츠와 반바지를 건네주었다. 그 정도는 감촉으로도 알 수 있었다.

"알아서 입어!"

알았다고 고개를 끄덕였다. 눈가리개를 했지만 반바지에 다리를 끼우는 정도는 가능했다. 셔츠를 입고 나니, 그제야 눈가리개를 풀어도 좋다는 허락이 떨어졌다. 하지만 매듭이 좀처럼 풀리질 않았다.

"야, 뭐 한다고 이렇게 세게 묶었어?"

악전고투를 하며 가까스로 눈가리개를 풀었다. 눈이 아팠다.

"얼른 방에 가서 드라이어로 머리 말려. 약한 바람으로 해, 머리카락 상하니까. 최대한 머리에서 멀리 떼고."

고우메의 명령이 떨어졌다. 그리고 잠시 후 고우메는 내 앞에서 러닝셔츠를 벗기 시작했다.

"난 이제부터 샤워할 거야. 쓸데없는 행동 하면 안 돼. 방에 있는 물건 만지지 말고. 부탁이야, 꼼짝하지 마. 숨도 쉬지 말고."

고우메는 나에게 팬티를 집어던지더니 부서져라 목욕탕 문을 닫았다. 하는 수 없이 고우메가 시키는 대로 방으로 올라갔다. 몸이 가벼웠다. 젊다는 게 이런 거구나, 하는 생각이 들었다.

13_

알몸으로 목욕탕으로 들어왔다. 머릿속은 아빠 생각으로 가득했다.

내가 시킨 대로 드라이어로 머리를 말리고 있을까. 딴 맘 먹고 장롱이라도 열어 보면 큰일인데. 앗 이런, 드라이어가 어디 있는지 안 가르쳐 줬네.

"아빠!"

목욕탕 문을 열고 아빠의 몸, 아빠의 목소리로 고함을 쳤다.

"드라이어, 책상 맨 아래 서랍에 있어!"

대답이 없었다. 벌써 2층으로 올라갔나? 여고생 몸이라 행동이 몰라보게 빨라진 건가?

할 수 없지. 일단 샤워부터 하자. 차에 탔을 때부터 온몸에서 풍기는 아저씨 냄새 때문에 기분이 나빴다.

샤워를 시작했다. 물줄기가 힘차게 쏟아져 내렸다. 수증기로 목욕탕 거울이 뿌옇게 흐려졌다. 손가락으로 문지르자 거울에 아빠 모습이 비쳤다.

"윽, 짜증 나."

제발 좀 봐줘. 아, 정말 무슨 방법이 없을까?

난 중학교 3학년 때, 학교 미인 대회에서 4위에 든 적도 있다. 비공개 기록이긴 하지만.

남자 애들한테도 나름 인기가 있었고, 고백을 받은 경험도 몇 번인가 있다. 그리고 올해 열일곱 살, 지금부터 가장 멋진 시기가 시작될 텐데. 그런데 이렇게 후줄근한 아저씨가 되다니, 기가 막혀 말문이 막혔다.

아빠는 마흔일곱 살이니 중년, 아니 좀 심하게 말하면 초로(初老)다. 거울에 비친 모습은 늙은 아저씨의 몸이었다. 뚱뚱하진 않아도 배는 불룩 나와 있고, 전체적으로 탄력이 없고 왠지 축 늘어진 느낌.

시험 삼아 샤워기를 어깨에 대보니 피부는 물을 튕겨 내는 게 아니라 빨아들이는 듯했다. 게다가 왠지 몸도 무겁고, 아빠 몸에 익숙지 않아서 균형도 잘 안 잡혔다. 샤워기를 대에 걸다가 심하게 손을 부딪쳤다. 앗! 윽, 열 받아!

그렇긴 해도 사흘 만의 샤워는 역시 기분이 좋았다. 다시 살아난 것 같은 기분이었다. 느긋하게 샤워를 즐기고 싶었지만, 시간이 없어서 서둘러 머리를 감았다.

깜짝 놀란 사실은 아빠의 머리숱이 의외로 적다는 것. 겉보기에는 꽤 풍성했는데 나름 고생이 심한지도…….

그래도 덕분에 샴푸는 생각보다 빨리 끝났다. 머리가 짧으니 훨씬 편했다. 탕에서 나와 수건으로 닦자 금세 말랐다. 살짝 감동했다.

팬티를 입고 그 위에 잠옷을 입었다. 집에서 입는 아빠의 유니폼이다. 그건 그렇고, 트렁크스라는 이 팬티는 왜 이리 팔랑거려.

"아빠!"

다시 한 번 소리를 쳤다. 대체 뭘 하는 거지? 설마 이상한 짓을 하는 건 아니겠지.

여전히 대답이 없었다. 직접 가 볼 수밖에. 성큼성큼 계단을 뛰어 올라가다가 발이 엉켜 넘어졌다. 이건 백 퍼센트 내 손해야. 정말 싫어, 어서 내 몸을 돌려줘!

14_

방문을 열었다. 반년 전쯤 들어왔을 때와는 분위기가 사뭇 달랐다. 그때 방에는 잡지니 만화니 여하튼 온갖 물건들이 넘쳐났던 기억이 난다.

그런데 지금은 깨끗하고 말끔하게 정리되어 있었다. 그새 어른이 된 건가?

문 안쪽에 코르크 판이 붙어 있고, 사진 몇 장이 핀으로 꽂혀 있었다. 친구들 사진. 리쓰코도 보였다. 중학교 때부터 집에 자주 놀러오는 아이다.

거의 대부분 여자 애들 사진이라 안심이 되었다. 딱 한 장, 축구부인지 유니폼을 입은 남학생의 사진이 꽂혀 있었지만 무시하기로 했다.

그리고 아래쪽에는 고우메의 어릴 적 사진이 있었다. 아마 유치원 무렵일 테지. 그때 일을 떠올리니 눈물이 날 것 같았다.

안 돼! 세차게 머리를 흔들었다. 지금은 추억에 잠겨 있을 때가 아니야.

침대로 시선을 돌렸다. 베개 옆에 자그마한 봉제 인형들이 산더미처럼 쌓여 있었다. 다 오락실에서 따 왔을 테지.

겹겹이 쌓인 캐릭터 인형들 밑에 곰 인형 푸우가 파묻혀 있었다. 중학교에 들어갔을 때 내가 사다 준 인형이다. 가엾기도 하지. 어쩔 수 없는 일이라 생각하며 다시 한 번 고개를 저었다.

그런데 드라이어는 어디 있지? 아무것도 만지지 말라고 했지만, 머리를 말리는 게 우선순위인 건 분명했다. 이리저리 둘러보았지만, 시선이 닿는 곳에는 없었다.

책상에는 미니 오디오가 올려져 있고, 책꽂이에는 만화 단행본과 패션 잡지들이 잔뜩 꽂혀 있었다. 그런 곳에 드라이어가 있을 리 없었다. 하는 수 없이 붙박이장을 열어 봤다.

바로 앞에 여름옷 몇 벌이 걸려 있었다. 처음 보는 옷도 있었다. 언제 샀지? 아내는 알고 있나?

왼쪽 끝에 옷걸이에 걸린 세일러 교복이 눈에 띄었다. 나는 어쩌면 내일 저걸 입어야 할지도 모른다. 몇 개월 전인가, 나카지마에게 끌려갔던 코스프레(costume play, '복장'을 뜻하는 'costume'과 '놀이'를 뜻하는 'play'의 합성어. 일본어로는 줄여서 코스프레라고 하고 영어로는 코스플레이cosplay. 청소년들이 좋아하는 대중 스타나 만화 주인공과 똑같이 분장하고 제스처까지 흉내 내는 놀이이다.—옮긴이) 팝이 떠올랐다.

나도 모르게 세일러 교복으로 손을 뻗은 건 어디까지나 우연이었다. 당연한 소리겠지만, 그런 옷은 한 번도 입어 본 일이 없다. 어떻게 생겼는지 보고 싶었을 뿐이다.

교복을 몸에 대고 붙박이장 문에 달린 거울에 비춰 보았다. 음, 이런 느낌이군. 스카프처럼 생긴 이건 어떻게 두르지?

그 순간 방문이 벌컥 열렸다. 뛰어들어 온 사람은 잠옷을 입은 나, 즉 고우메였다.

고우메는 내 손에서 세일러 교복을 낚아챘다.

"변태 아빠, 지금 뭐 하는 거야! 이 바보, 맘대로 손대지 말랬잖아!"

나는 고개를 휘저으며 절대 이상한 맘 먹고 그런 게 아니라고 해명했다.

"그, 그게, 그런 게 아냐. 오해야, 잠깐 내 말 좀 들어 봐."

잠옷을 입은 중년의 남자가 분노로 온몸을 떨며 가까이 다가왔다. 내 마음을 온통 사로잡은 것은 틀림없는 공포였다.

"약속했잖아, 아무것도 안 건드린다고!"

"그래그래, 아빠가 잘못했어. 드라이어 찾다가 그런 것뿐이야."

중년의 남자는 미칠 듯 날뛰며 부서져라 내 어깨를 움켜잡았다. 아, 아파. 난 그저 멍하니 역시 남자는 힘이 세다는 생각을 했다.

그때 현관에서 인기척이 들렸다.

"다녀왔어요!"

아내였다. 고우메의 동작이 멈췄다.

"여보! 고우메! 누구든 나와서 나 좀 도와줘. 너무 많이 샀나 봐."

우리는 동시에 2층 복도로 뛰어나가 계단 아래를 내려다봤다. 아내는 놀란 표정으로 올려다보았다.

"어머, 웬일로 둘이 같이 있어? 무슨 일 있어?"

고우메가 입을 열었다.

"아냐. 고우메가 걱정돼서 잠깐 올라온 것뿐이야."

나도 그 말에 동의하듯 고개를 끄덕였다. 그러냐며 아내가 양손에 들고 있던 비닐봉지를 마루에 내려놓았다.

"얼른 내려와. 아직 차에 잔뜩 있어."

고우메가 내 다리를 찼다. 어서 가라는 뜻이다. 평상시라면 그건 분명 내가 할 일이다. 그렇지만 지금 상황에서 내가 내려가는 건 이상하지 않겠냐고 고우메의 귀에 대고 속삭였다.

"네가 아빠잖아."

"……그야 그렇지만."

한동안 생각에 잠겨 있던 고우메는 결국 포기한 듯 나를 째려보더니 계단을 내려갔다. 그 모습을 바라보던 나는 앞일에 대한 걱정에 땅이 꺼져라 한숨을 내쉬었다.

Part 3

아빠의 딸은 아빠

01_

엄마는 단순한 사람이라 축하할 일이 있을 때는 늘 스키야키(쇠고기나 닭고기 등을 두부, 파 등과 함께 국물을 조금 부어 끓이면서 먹는 전골 비슷한 냄비 요리.—옮긴이)를 만든다. 오늘도 마찬가지이다. 한여름인데도 식탁 위에는 두툼한 냄비와 휴대용 가스레인지가 올라갔다.

커다란 접시에는 비싼 쇠고기가 푸짐하게 담겨 있었다. 물론 파, 곤약, 두부 같은 다른 재료들도 가득했다.

그것뿐만 아니라 아빠와 내가 좋아하는 음식들도 많이 차려져 있었다. 시저 샐러드, 달콤한 계란말이, 닭고기 경단, 오징어 젓갈 등.

엄마가 병맥주와 크고 작은 잔들을 들고 와서 내 옆에 앉았다.

"오늘은 엄마도 좀 마셔 볼까?"

엄마는 마냥 기분이 좋은 듯 작은 유리잔을 내밀며 말했다. 분위기로 보건대 내가 따라야 할 것 같았다. 술을 따르자 거품투성이 맥주가 식탁 위로 흘러넘쳤다.

"그렇게 급히 따르면 어떡해요?"

엄마가 내 손에서 병을 빼앗았다.

"자, 당신도 한잔해요. 오늘은 퇴원 기념이잖아."

헉, 어쩌면 좋아. 난 알코올은 안 맞는다. 고1 때 친구 생일파티에서 맥주를 조금 마시고 몸이 안 좋았던 적이 있어서 그 후로는 한 번도 술을 마신 적이 없다. 대체 술이 뭐가 좋다는 건지.

"나도."

내 얼굴을 한 아빠가 잔을 앞으로 내밀었다.

엄마가 웃었다.

"까불기는. 고우메, 넌 이게 있잖아."

엄마는 식탁 위에 올려진 콜라 페트병을 손가락으로 가리켰다. 아빠는 단 것을 몹시 싫어했고, 특히 콜라는 질색이었다.

몸이 뒤바뀌니 불편한 게 이만저만이 아니었다. 싫어하는 음식만 강요당하는 기분이 들었다.

"오늘만 마시면 안 돼?"

아빠가 저항했지만 엄마는 들은 척도 안 했다. 그야 당연하지, 고2 딸에게 맥주를 마시게 하는 엄마가 있단 말은 들어 본 적도 없다.

아빠는 포기한 듯 페트병 뚜껑을 열고 얼음이 가득 든 잔에 콜라를 따랐다. 뭐야, 제발 내 몸 생각 좀 해.

아빠, 설마 그 잔에 입을 댈 생각은 아니겠지? 그건 내가 무지무지 아끼는 나만의 보헤미안 크리스털 잔이라고.

아빠는 구시렁구시렁 투덜대며 손가락으로 잔에 든 얼음을 휘저었다. 으이그 정말, 남의 마음은 손톱만큼도 헤아리질 못한다니까.

아빤 그나마 다행이지. 좋아하는 건 아니라도 일단은 마실 수 있잖아. 그렇지만 난 맥주는 안 돼. 정말 못 마셔.

"자, 어쨌든 두 사람 모두 환영합니다. 아빠도 고우메도 퇴원 축하해요!"

엄마가 잔을 높이 들고 말했다.

"응."

"고맙습니다."

진심으로 기뻐하는 엄마와는 달리 우리는 약간 자포자기한 사람의 말투로 대답했다. 이어서 "건배!"를 외친 엄마가 맥주잔을 절반 가까이 비웠다. 그러고는 기껏 그 정도에 얼굴이 벌겋게 달아올랐다. 내가 알코올에 약한 건 엄마를 닮아서겠지.

결국 아빠는 냉장고에서 생수를 꺼내 와서 마시기 시작했다. 단 콜라보다는 물이 낫다는 건가? 난 어쩌지. 맥주잔 안에서 미세한 거품들이 위로 올라왔다.

"여보, 왜 그래요? 의사 선생님이 술 마셔도 된다던데."

엄마가 내 얼굴을 들여다봤다. 상황이 이렇게 되면 안 마시고 버틸 수만은 없는 일. 그건 알지만, 그렇지만.

"건배!"

엄마가 내 잔에 자기 잔을 부딪쳤다. 어쩔 수 없다. 각오를 굳게 다지고 고개를 끄덕인 순간, 아빠가 나지막이 입을 열었다.

"안 마시는 게 낫지 않을까? 이제 막 퇴원했는데."

아빠치고는 꽤 그럴듯한 핑계 거리였다.

"아무래도 그게 좋겠지."

나는 잔을 식탁에 다시 내려놓았다.

그 말도 일리가 있다며 떨떠름한 표정으로 고개를 끄덕인 엄마는 자리에서 일어섰다.

"자 그럼, 이제 먹어 볼까?"

엄마는 냄비에 기름을 두르고 고기를 굽기 시작했다. 우아, 맛있는 냄새.

배가 많이 고팠다는 걸 그제야 깨달았다. 아니 그보다는 병원 음식이 맛이 없어서였는지 평소보다 훨씬 맛있을 것 같은 예감이 들었다.

아 참, 그렇지. 지금 몸은 아빠니까 다이어트 같은 건 신경 안 써도 되겠네. 아빠와 몸이 뒤바뀐 후로 처음 맛보는 '행운'이라는 생각이 들었다.

"잠깐만 기다려요, 금방 되니까."

엄마가 반쯤 일어난 엉거주춤한 자세로 고기를 뒤집었다.

"그쪽 접시에 고우메가 좋아하는 시저 샐러드 있잖아. 그것부터 먹으렴. 당신도 닭고기 경단 옆에 있잖아요."

내가 제일 좋아하는 시저 샐러드와 계란말이는 아빠 옆에 있고, 아빠가 늘 맥주 안주로 즐기는 닭고기 경단과 오징어 젓갈은 내 앞에 놓여 있었다. 나는 엄마 눈을 피해 계란말이로 젓가락을 가져갔다.

"오늘 계란말이는 많이 달아요. 보통 때보다 설탕을 더 넣었거든."

갑자기 엄마 목소리가 들렸다. 내 젓가락은 허공을 맴돌았다. 할 수 없이 젓가락을 닭고기 경단에 찔렀더니 이번에는 매너가 없다며 째려봤다.

"자, 접시 이리 줘요. 내가 덜어 줄게."

엄마가 능숙한 솜씨로 아빠와 내 개인 접시에 각자 좋아하는 음식을 나눠 담았다. 그러나 결과적으로는 반대가 된 셈이다. 흑, 난 젓갈은 잘 못 먹는데. 아니지, 따지고 보면 여고생이 젓갈을 좋아하는 게 오히려 이상한 거 아닌가?

내 얼굴을 한 아빠도 떨떠름한 표정으로 계란말이를 이리저리 뒤집었다. 단 음식을 싫어하기 때문이다.

아빠가 조금 전 나를 구해 줬으니 나도 보답은 해야지. 이래 봬도 예의범절은 좀 있거든.

"어디 어디, 얼마나 달다고 그래?"

나는 젓가락을 내밀고 접시에서 계란말이를 집어 잽싸게 입 안으로 쏙 넣어 버렸다. 엄마의 맛이다. 아, 맛있어. 그러나 그런 표정은 절대 금물. 부자연스러움의 극치.

"야, 너무 달다."

"당신 먹으라고 만든 게 아니잖아요."

엄마가 살짝 화난 말투로 말을 받아쳤다.

"맛은 있네."

나는 억지 표정을 지으면서 또 한입 베어 물었다. 아빠가 감사의 시선으로 나를 바라봤다.

지금 아빠와 나의 몸은 서로 뒤바뀌어 있다. 나는 아빠 안에 있고, 아빠는 내 안에 있다. 이제껏 그런 생각은 해 본 적도 없지만, 역시 몸을 제어하는 것은 마음인 모양이다. 먹거나 마실 때, 몸은 어떨지 몰라도 마음이 먼저 거부해 버린다. 나에게는 술이 그랬고, 아빠에겐 단 음식이 그랬다.

그러고 보니 조금 전 아빠가 잔에 든 얼음을 손가락으로 휘저었는데, 그건 아빠의 평소 버릇이었다. 그리고 나 역시 지금까지 해 왔던 표정이나 몸짓을 아무 생각 없이 해 버렸을지 모른다. 티셔츠 소매 냄새를 맡는다거나 하는 행동들.

말투도 예외는 아니라 정신을 똑바로 차리지 않으면 어느새 원래 내 말투가 튀어나온다. 정신을 바짝 차려야 한다. 마흔일곱 살이나 먹은 아저씨가 "있잖아."라며 말을 꺼내기라도 하면 너무 징그럽잖아?

그건 아빠도 마찬가지다. 열일곱 살 여고생이 "내 생각은 그렇네."라고 말한다면 분명 반에서 따돌림을 당할 것이다.

"흠, 스키야키도 맛있어 보이는데."

엄마가 고기와 곤약 같은 걸 접시에 담아 주었다. 오늘 엄마의 서비스는 최고다.

그 후 우리는 밥을 먹었다. 정겨운 대화를 나누진 않았지만, 그야 뭐 어제오늘 일도 아니니 새삼스러울 것도 없었다.

그건 그렇다 치고, 가장 곤란한 일은 아빠가 샐러드니 스키야키니 모두 닥치는 대로 먹으려 든다는 것이다. 그래서 몇 번이나 식탁 밑으로 아빠의 다리를 걷어차야 했다.

난 지금 다이어트 중이고, 게다가 내일모레 겐타 선배와 첫 데이트를 앞둔 몸이라고. 그렇게 닥치는 대로 덥석덥석 먹어 대지 말란 말이지. 반년 동안 지켜 온 노력이 물거품이 되잖아.

한참이 지나서야 아빠도 겨우 내 생각을 알아차린 모양이다. 게다가 평상시 나는 아빠와 함께 밥을 먹는 일이 거의 없었고, 있다고 해도 먹자마자 곧바로 내 방으로 사라졌다.

물론 큰 사고를 당한 후라 오늘쯤은 같이 먹는 게 자연스러울지도 모르지만, 마냥 뭉그적거리면 엄마가 이상하게 생각할지 모른다.

아빠는 살짝 원망이 깃든 시선으로 나를 째려보더니 "잘 먹었습니다."라고 인사하며 자리에서 일어섰다. 고기에는 거의 젓가락도 못 댄 상태였다.

걱정 마, 아빠! 아빠 건 내가 깨끗이 먹어 줄게!

02_

거실 유리창이 열리더니 "여보?" 라고 부르는 아내 목소리가 들렸다. "왜……." 라고 말을 꺼냈다가 허겁지겁 양손으로 입을 틀어막았다. 나는 지금 고우메다.

신기하게도 고우메와 나는 몸이 바뀌었는데도, 정신만 바짝 차리면 상대방의 말투로 말할 수 있었다. '몸이 기억하고 있다' 는 뜻이겠지. 그러나 아무 생각이 없을 때 누가 갑자기 부르거나 하면 반사적으로 마음속의 자신이 대답을 해 버린다. 정신을 똑바로 차리지 않으면 곤란한 일이 생길 것이다.

"왜, 엄마?"

있는 힘을 다 짜내 귀여운 목소리로 대답했다.

"어머나, 고우메였니?"

슬리퍼를 대충 꿰신은 아내가 정원으로 내려왔다.

"왜는 무슨 왜야, 너야말로 거기서 뭘 해?"

칠 년 전에 산 이 집에는 조그맣긴 해도 정원이 딸려 있다. 열 평 남짓한 공간인데 그럭저럭 잔디도 심어 놓고, 전에 살던 주인이 가꾸던 화단에는 수국도 있었다.

난 옛날 사람이라 그런지 몰라도 정원이 딸린 단독주택에서 사는 게 오랜 꿈이었다. 처음 이 집에 이사 왔을 때는 주말마다 아내랑 고우메랑 정원에 바비큐 세트를 설치하기도 했다. 그것도 처음 일 년뿐이긴 했지만.

그래서 정원 한구석에는 그때 쓰던 자그마한 흰 테이블과 의자가 놓여 있다. 저녁식사 후 거기 앉아서 맥주를 마시는 게 몇 년 전부터 습관이 되었다. 어쩌다가 그런 습관이 생겼을까? 분명 고우메와 관련된 무슨 일이 있었을 텐데, 마음속 깊은 곳에서 그 기억을 떠올리는 걸 거부하는 듯했다.

"멍하니 앉아 있어서 아빠인 줄 알았잖아."

고개를 돌려 보니 아내가 테이블 옆에 서 있었다. 아내 말이 맞다. 셋이 퇴원 축하 저녁 식사를 마친 후, 나도 모르게 평상시처럼 정원으로 나와 버렸는데, 그것은 바로 아빠인 나의 습관 때문이었다.

고우메였다면 곧바로 자기 방으로 올라갔을 텐데, 치명적인 실수다.

"아니 그냥…… 왠지 바깥 공기가 좋을 것 같아서."

스스로 생각하기에도 서툰 핑계를 대자, "이렇게 더운데?"라며 아내가 오른손을 왼쪽 팔꿈치에 괴고 걱정스러운 표정을 지었다. 아무래도 딸의 건강이 염려되는 모양이었다.

"어쨌든 들어가자, 빙수 다 됐어."

사춘기 여자 애들에게 흔히 있는 일이지만, 고우메도 한 가지 음식에 몹시 집착하는 경향이 있었다. 중학교 때는 '모리나가 소프트 하이츄'라는 캐러멜이었다. 하루에 네 개쯤은 거뜬히 먹어치웠다. 작년에는 분명 우마카보(바닐라 아이스크림에 초콜릿과 땅콩을 입힌 군것질 거리.—옮긴이)였던 것 같고, 올해는 빙수다. 아내 말을 들어 보니 아무래도 다이어트 효과를 믿는 듯했다. 지난 달, 통신

판매로 1,980엔 하는 빙수 기계를 산 뒤로는 뭐에 홀리기라도 한 듯 직접 얼음을 갈아 먹는 모습을 몇 차례나 보았다.

그런데 고우메는 얼음 위에 딸기, 멜론, 연유, 커피 같은 갖가지 시럽을 듬뿍 뿌려 먹는다. 그래서야 도무지 다이어트가 될 성싶진 않았지만, 그런 말을 꺼냈다간 시끄러워질 것 같아서 오늘까지 침묵을 지켰다.

아내가 빨리 오라고 손짓을 했다. 곤혹스러운 상황이었지만 일단은 자리에서 일어났다.

나는 빙수를 싫어한다. 그렇지만 거절하면 이상하게 여기겠지? 날마다 먹던 걸 오늘부터 갑자기 안 먹겠다고 하는 것도 이상한 얘기다.

마지못해 거실로 들어가 의자에 앉았다. 아내는 곧바로 얼린 유리 그릇에다 만만찮은 양의 빙수를 담아 나왔다. 위에는 빨강, 초록, 노란 시럽들이 듬뿍 뿌려져 있었다.

"퇴원 축하니까 오늘은 스페셜이야."

맞은편에 앉은 아내가 미소를 지었다.

이건 새로 개발된 학대 방법인가? 나는 눈치 채지 못하게 한숨을 내쉬며 스푼으로 빙수 산을 쿡쿡 찌르며 허물기 시작했다.

03_

저녁을 다 먹고 곧바로 2층으로 올라가는 중이었다. 아니, 아니야, 난 지금 고우메가 아니라 아빠잖아. 습관은 무섭다. 엄마가 눈치 못 챘어야 하는데…….

허둥지둥 계단을 내려오다가 작은 창을 통해 아래를 내려다보니 내 모습을 한 아빠가 정원 테이블에 앉아 있었다. 아빠의 행동 양식도 평상시와 다름없다. 피는 못 속인다더니.

뭐야, 지금 그렇게 감상에 젖어 있을 상황이 아니라고. 위험해, 지금 아빠는 나인데 정원에 앉아 있으면 어떡해.

설거지를 마친 엄마가 정원으로 나갔다. 잠시 후 아빠와 무슨 얘기를 나눈다. 앗, 큰일이다. 아빠는 거짓말에 서툰데 무사히 넘어갈까? 비상사태다.

그때 반바지 주머니에서 수신음이 울렸다. 휴대전화를 꺼냈다. 문자, 겐타 선배가 보낸 것이다.

안녕(^^) 다친 데는 없니? 토요일, 어떡하지?

사고가 났던 화요일부터 오늘까지 리쓰코를 비롯한 반 아이들 모두에게 위로 문자를 받았다. 그중에는 물론 선배가 보낸 것도 있었다.

리쓰코 말에 따르면 전차 탈선 사고는 신문과 텔레비전에서 큰 뉴스거리여서 학교에서도 적잖이 소동이 벌어졌던 모양이다. 선배도 내가 탈선한 전차에 타고 있었다는 얘기를 누군가에게 전해 들었을 것이다. 선배는 물론 모두에게 상처는 없으니 걱정하지 말라고 답장을 보냈는데도 선배는 여전히 신경이 쓰이는 듯했다.

정말 마음이 따뜻한 사람이야.

아무 문제 없어요! 몇 시로 할까요?

그다지 기다릴 필요는 없었다. 이 분 만에 금세 문자가 왔다.

정말 괜찮니?

——

진짜진짜 괜찮아요! 다친 데도 전혀 없고.

그리고 잠시 생각하다 한 줄을 더 입력했다.

선배가 보고 싶어요.

무척이나 용기가 필요했다. 그렇지만 진심이야. 선배가 제일 보고 싶어. 얼굴이라도 볼 수 있다면 감격해서 눈물을 흘릴지도…….

알았어(^^) 그럼, 토요일 1시에 이케부쿠로 파루코 정문에서 기다릴게.

——

네~에.

답장을 보냈다. 다행이다. 선배를 만날 수 있다!

마음이 놓여 어깨를 감싸 안은 순간, 엄청난 사실이 떠올랐다. 선배 문자에 흥분해 까맣게 잊고 있었던 것이다.

어떡해, 난 지금 나지만, 내가 아닌데!

무슨 일이 있어도 토요일까지는 아빠와 내가 원래 자리로 돌아가야 한다. 무슨 수를 써서라도 반드시.

그런데 어떻게 해야 되지? 방법은?

지금은 목요일 저녁 8시. 내가 느끼는 한 우리가 원래대로 돌아갈 분위기는 전혀 감지할 수 없었다. 오늘 아침까지는 아빠와 나도 곧 제자리로 돌아갈 거라는 얘기를 나눴지만, 이제 그런 태평한 소리나 주고받을 시간은 없다. 정말 어떡하면 좋아! 아빠, 어떻게든 좀 해 봐. 어른이잖아.

아빠 말로는, 이런 경우 영화에서는 몸이 뒤바뀐 원인이 된 사고를 다시 한 번 겪으면 해결된다고 한다.

그러나 그건 불가능한 일이다. 대지진을 일으키고 전차를 다시 전복시킨다니, 그런 일은 두 번 다시 일어날 수 없다. 전차를 옆으로 쓰러뜨리는 정도라면 어떻게든 가능할지 몰라도, 그런 짓을 저질렀다가는 범죄자 신분을 면할 수 없을 것이다.

이대로라면 병원에서 같이 얘기했던 최악의 상황이 되고 만다. 내가 아빠 회사로 가고, 아빠가 학교에 가야 한다. 그것뿐이라면 그나마 견딜 만하겠지만, 선배와의 데이트에도 내 모습을 한 아빠가 나가야 한다는 말이다.

첫 데이트인데 그런 비참한 상황이 말이나 되냐고? 제발 좀 봐줘!

계단을 내려갔다. 어쨌든 아빠와 얘기를 나눌 수밖에 없었다.

아빠는 거실에 있었고 엄마가 아빠에게 웃으며 무슨 말인가를 건네고 있었다. 아빠 앞에는 커다란 유리 그릇과 수북이 쌓인 빙수가 놓여 있었다.

대체 어쩔 셈이지? 아빠가 저렇게 많이 먹을 수 있나? 평소 단 음식은 질색하는데 겉모습은 나니까 맛있게 먹는 척은 해야 할 테고. 아 참, 지금 그딴 생각을 할 때가 아니지.

나는 거실 유리문을 밀고 "신문, 신문."이라고 중얼거리며 안으로 들어갔다. 내가 생각하기에도 형편없는 연기다. 그러나 그것 말고는 다른 방법이 없었다.

"아 참, 회사에 문자 보내야지."

갑자기 생각이 떠오른 것처럼 휴대전화를 꺼냈다. 그러나 엄마 눈에 띄면 곤란하다.

아빠 모습을 한 내가 요란한 핑크색 장식을 단 전화기를 쓸 리 없으니까. 그래서 엄마 등 뒤로 돌아가서 버튼을 눌렀다.

잠시 후 상의할 게 있음! 반드시!

문자를 보내자마자 아빠 엉덩이 뒷주머니에서 수신음이 울렸다. 윽, 뭐야. 하고 많은 곡 중에 왜 하필 장송행진곡이 수신음이냐고!

예상했던 대로 엄마가 고개를 살짝 갸웃거렸다. 나는 그 뒤에서 있는 힘껏 고개를 저었다. 여기서 보면 안 돼! 지금 휴대전화 꺼냈다간 다 들통 나!

그나마 안심이 된 것은 아빠가 꼼짝없이 빙수만 먹었다는 것이다. 의외로 차분한 스타일이군. 아빠가 조금은 달리 보였다.

04_

나는 그날 밤 침대에 들어가서도 신에게 간절히 기도했다. 예수 그리스도든 석가모니든 상관없다. 이렇게 된 이상, 누구라도 관계없다.

신이시여, 어느 분이든 제발 저희를 도와주소서! 바뀌어 버린 고우메와 저의 몸을 원래대로 되돌려 주십시오. 부디 모든 게 꿈이었던 걸로 원만하고 조용하게 해결해 주실 수는 없나요?

새벽녘까지 기도를 계속했다. 아마 고우메도 마찬가지였을 것이다. 그리고 새벽 5시, 우리는 약속이라도 한 듯 동시에 거실로 나왔다.

변한 건 아무것도 없었다. 여전히 내 영혼은 고우메 몸에, 고우메 영혼은 내 몸에 자리 잡고 있었다.

선택의 여지가 없었다. 우리는 병원에서 상의한 대로 행동할 수밖에 없었다. 구체적으로 말하면 서로의 입장을 바꿔서 나는 고우메 대신 학교에 가고, 고우메는 나 대신 회사로 출근하는 것이다. 달리 무슨 방법이 있겠는가.

고우메는 내가 자기보다는 상황이 낫다고 했다. 나는 입학식 때 고우메가 다니는 학교에 가 본 적도 있고 위치도 잘 안다. 친구들 몇 명의 얼굴과 이름도 알고 있다. 그리고 삼십 년 전에는 나도 고등학생이었기 때문에 그런 의미에서는 경험도 있다고 할 수 있다.

그러나 열일곱 살인 고우메는 회사원이라는 존재 자체를 이해할 턱이 없었다. 하긴 아르바이트 경험조차 없으니 그것도 무리는 아닐 것이다.

"어떻게 해야 하는지 하나도 모른단 말이야!"

거의 미친 듯 날뛰는 것도 당연한 일이었고 이를 진정시키는 데 꽤나 애를 먹었다. 그러나 다행스럽게도 내가 지금 몸담고 있는 프로젝트는 최종 단계에 접어들었다.

남아 있는 중대 사안이라고 해 봐야 다음 주 화요일에 열리는 어전 회의뿐이다. 물론 나는 팀장으로서 프로젝트 전체의 관리를 책임져야 할 입장이지만, 실무는 부하 직원들이 한다. 어전 회의 프레젠테이션도 나카지마가 하기로 정해 둔 상태다.

다시 말해 이쯤 되면 내 위치가 가지는 실질적인 의미는 거의 없고, 밑에서 올라오는 사항에 말없이 고개를 끄덕이며 도장을 찍어 주면 끝난다. 회사원들에게는 흔히 있는 일이지만, 고우메는 도저히 납득할 수 없는 모양이었다.

"그럼, 회사 갈 필요도 없잖아."

그 말이 틀린 건 아니지만, 그렇다고 안 갈 수도 없는 게 샐러리맨의 고통이다. 어쨌든 부서의 장은 아무 일도 하지 않더라도 자리를 지켜야 할 의무가 있다. 회사는 그런 구조로 만들어져 있다. 애들은 이해할 수 없는 일들이 세상에는 얼마든지 널려 있다. 그것이 바로 어른들의 세계라는 것이다.

"아래 직원들이 상의하러 오면 뭐든 고개만 끄덕이면 돼. '괜찮을 것 같은데, 맡겨 둘 테니 알아서 처리해.' 라는 식으로 대답하고. 그거면 충분하니까."

"아빠야말로 쓸데없는 소리 하지 마. 아저씨 티 팍팍 나는 썰렁한 개그는 절대 금물이야!"

고우메가 살기 어린 눈빛으로 째려봤다.

나는 알았다고 고개를 끄덕였다. 그저 입 다물고 조용히 있는 게 상책이라는 뜻일 테지.

어찌되었든 대지진을 만나 엄청난 사고를 당한 상황이다. 대화가 다소 어긋나더라도 대충 넘어갈 수 있을 것이다.

우리는 각각 회사와 학교로 가기 전에 핑크로 장식된 화려한 휴대전화기와 한 세대 전의 유물이라고 할 수 있는 무미건조한 검은색 휴대전화기를 서로 교환했다. 처음에는 아예 집에 두고 갈 생각도 해 봤지만, 무슨 일이 생길 경우 연락할 방법이 없으면 곤란해진다. 하지만 각자 자기 전화를 들고 갔다가 혹시라도 내 모습을 한 고우메가 화려한 핑크색 전화기로 통화하는 모습을 사람들에게 들키기라도 하면 회사원으로서의 경력에는 종말을 고하는 거나 다름없다. 가와하라 씨가 사고로 이상해진 것 같다는 소문이 돌 것은 불 보듯 훤한 일이다. 그것은 고우메 쪽도 마찬가지다.

제삼자에게 연락이 오거나 혹은 뜻하지 않은 사태가 발생한 경우에는 서로 문자를 주고받거나 또는 직접 통화해 대처하기로 했다. 거기까지 상의를 마치고 나자, 더 이상의 시간 여유가 없었다. 잠에서 깬 아내가 아침 준비를 시작했기 때문이다.

그동안 우리는 서로 옷을 챙겨 입기로 했다. 눈앞에서 중년 남자가 옷을 갈아입는 모습을 보는 건 처음이었다. 고우메는 별다른 어려움 없이 척척 옷을 입었다. 하긴 와이셔츠, 바지, 재킷 등의 양복 세트는 그다지 힘들여 입을 필요가 없을 것이다.

단 하나, 넥타이는 익숙하지 않아서 어떻게 할지 좀 망설였다. 하지만 가르쳐 주자 금방 능숙하게 맸다. 하긴 넥타이는 한번 매면 좀처럼 풀 일도 없으니 문제될 게 없다.

문제는 내가 세일러 교복을 입는 일이었다. 나는 변함없이 눈가리개를 한 상태에서 엄숙하게 옷을 갈아입었다. 고우메가 해주는 대로 가만있으면 끝나니 편하긴 했지만, 스커트는 내 인생일대의 큰 사건이었다.

특히 다리 사이가 허전한 느낌은 너무도 낯설었다. 게다가 대체 무슨 의도인지 스커트는 엄청나게 짧아서 수치심에 죽고 싶을 지경이었다.

고우메가 날카로운 목소리로 명령했다.

"계단 같은 데선 조심해야 돼. 남자들 다 쳐다본단 말이야. 에스컬레이터에서도 마음 놓으면 안 돼. 가방으로 엉덩이 가리는 거 절대 잊지 말고!"

"이렇게?"

나는 가방을 엉덩이 쪽으로 돌렸다. 그럴 바엔 짧은 치마를 안 입으면 될 것 아닌가. 아 정말, 어쩌다가 내가 이 신세가 되었나.

"교실에서도 절대 다리 벌리고 앉지 마."

고우메는 명령을 이어 갔다.

"다리 꼴 때도 주의해. 아니, 아예 꼬지 마."

"그야 그렇게 하겠지만……."

다리를 꼬거나 푸는 것은 의식하고 하는 행동이 아니다. 그런 경우가 정말 있을지 모르겠지만, 거의 대부분 무의식중에 나오는 행동이다. 그러나 내 의견은 철저히 무시당했다.

게다가 나는 한참 동안 스커트를 입은 채 방 안을 걸어 다녀야 했고, 일어서거나 앉을 때의 기본 동작을 연습하라고 강요당했다. 나의 사십칠 년간이 고작 이걸 하기 위해 존재했단 말인가.

십 분 정도 훈련을 받고 나자 밥이 다 됐다고 부르는 아내의 목소리가 들렸다. 그제야 가까스로 풀려났다. 어제 남은 스키야끼로 식사를 마치자, 어느새 출근 시간이 가까워졌다.

나는 내 모습을 한 고우메를 쫓아내듯 현관 밖으로 밀어내고, 그동안 쉬었으니 오늘은 좀 일찍 학교에 가겠다고 아내에게 핑계를 댄 후 곧바로 고우메 뒤를 쫓았다.

마음은 불안감으로 가득했는데, 그건 고우메도 마찬가지였던 모양이다. 역에서 헤어질 때, 절대로 이상한 짓 하면 안 된다고 악다구니를 쓰더니 개찰구를 향해 사라졌다.

나도 똑같은 심정이었지만, 그 말은 꾹 삼키고 자전거를 타고 학교로 향했다. 통학 길은 금세 알 수 있었다. 똑같은 교복을 입은 고등학생들이 많았기 때문이다.

십 분 정도 달리자 학교에 도착했다. 나는 다른 학생들처럼 자전거를 세우고 교실로 향했다.

별안간 귀청이 떨어질 듯 "안녕!"이라고 외치는 소리가 들렸다. 순간 나와 똑같은 짙은 남색 스포츠 가방을 품에 안은 여자애가 달려들었다.

"야, 고우메! 너 괜찮아? 얼마나 걱정했는데!"

"릿짱."

한동안 못 본 사이 꽤 어른스러워졌군. 괜찮다고 대답하자, "정말?"이라며 눈을 치켜떴다.

"고우메, 너 왜 그래? 릿짱이 뭐야, 중학교 때 이후로는 그렇게 안 부르잖아."

이키, 실수했나? 오늘 아침, 우리는 서로의 정보를 교환했다. 나는 회사까지 가는 방법, 회사 위치, 사무실 층수, 자리, 프로젝트 팀원들의 얼굴과 이름 등을 가르쳐 주었고, 고우메는 각 과목 선생님, 담임 선생님, 반 아이들 이름과 호칭을 가르쳐 주었다.

릿짱은 중학교 때부터 고우메와 같은 학교였고 집에도 자주 놀러왔다. 사람을 잘 따르는 붙임성 있는 아이라 나도 '릿짱' 이라고 부르며 귀여워했다. 무심코 옛날 버릇대로 불러 버린 것이다.

"뭐, 그건 그렇다 치고 얼른 가자. 다들 얼마나 걱정했는데."

릿짱이 내 팔을 잡고 뛰기 시작했다. '침착하자, 침착하자.' 라고 주문처럼 중얼거리는 사이 교실에 도착했다.

문을 열자 수많은 여고생들이 보였다. 사자 무리에 둘러싸인 얼룩말처럼 나는 눈 깜짝할 사이에 교실 안에 갇혀 버렸다.

열 명 남짓한 여고생들의 뜨거운 시선이 나에게 쏟아졌다. 난 생처음 경험하는 일이라 심장이 조여들었다.

"네 걱정 많이 했어."

"다친 데는 없니?"

모두들 한마디씩 하면서 내 얼굴을 들여다봤다. 그중에는 감정이입이 돼 버렸는지 훌쩍이는 아이까지 있었다. 가슴이 아플 만큼 그 마음이 고스란히 내게 전해졌다. 고우메는 친구가 많은 모양이다.

"고마워."

저절로 감사의 말이 흘러나왔다. 아버지로서 딸을 향한 친구들의 염려에 감사하고 싶었기 때문이었다.

"또, 또 그런다!"

다른 아이가 내 어깨를 힘껏 내리쳤다. 다카키 미카라는 아이였다.

"그만 해 고우메, 표정이 왜 그리 진지해?"

"아니, 그런 게 아니라."

당황해서 허둥지둥 손을 저었지만, 다른 아이들도 동조하듯 고개를 끄덕였다. 어쨌든 무사해서 다행이라며 릿짱이 내 팔을 감았다.

고마운 일이었지만, 문제가 전혀 없는 건 아니었다. 고우메는 평균적인 여고생이라고 해야 할까, 아니 어쩌면 발육에 살짝 문제가 있을지도 모른다. 다시 말해 아직은 어린애 같은 체형이라는 뜻이다. 그러나 릿짱은 예전부터 가슴이 꽤 컸고, 지금 그 가슴이 내 가슴에 닿아 있는 것이다. 도대체 이 엄청난 사태를 어찌 감당해야 한단 말인가. 게다가 왼손은 또 다른 아이가 움켜쥐고 있고, 나를 에워싸며 원을 만든 다른 여자 애들의 포위망도 점점 좁아지고 있었다.

여고생 특유의 새콤달콤한 향기와 비누 냄새가 풍겼고, 그런 상황을 경험해 본 적이 없는 나로서는 크나큰 문제가 아닐 수 없었다. 하는 수 없이 최후의 수단을 쓰기로 했다.

"앗, 아야!"

아이들은 무슨 일이냐며 동시에 물러섰다. 나는 살짝 얼굴을 찡그리며 대답했다.

"아니, 별것 아니야. 미안해, 사고 때 여기저기 부딪쳐서 아직 아픈 데가 남아 있어서."

"어머 세상에…… 안됐다!"

동정의 말들이 쏟아졌다. 릿짱이 미안하다고 내 어깨를 어루만지더니 자리까지 데려다 주었다.

"미카가 때려서 그렇잖아."

뒤를 돌아본 릿짱이 입을 삐죽 내밀었다.

"나 안 때렸어!"

미카라는 아이가 험악한 표정을 지었다. 아뿔싸, 또 실수, 이를 어쩌나. 나 때문에 릿짱과 미카짱이 싸웠다는 걸 고우메가 알면 얼마나 날뛸지 상상도 할 수 없다.

"됐어 됐어, 난 괜찮아. 아주 살짝 아픈 것 같다는 뜻이야."

내가 두 사람 사이로 끼어들자, 그럼 다행이라며 릿짱이 고개를 끄덕였다. 그 순간, 차임벨 소리가 들렸다.

"헉, 모로즈미 뜰 시간이다!"

조회가 시작되는 모양이다. 담임인 모로즈미 선생은 특히 조심해야 한다고 고우메가 지겨울 정도로 주의를 주었다. 나는 무릎을 가지런히 모으고 자세를 바로 하고 앉았다.

05_

회사에 도착하니 온몸이 땀투성이였다. 어유, 찝찝해. 마루노우치 선은 발 디딜 틈조차 없이 사람들로 가득했다. 아빠나 다른 어른들은 용케도 잘 참고 다닌다는 생각이 들었다.

광성당은 오랜 전통의 회사라 지하철 출구에도 회사 이름이 씌어 있어서 길을 헤맬 일은 없었다. 개찰구를 통과해 계단을 오르면 코앞이 광성당인걸 뭐. 아빠, 필요도 없는 지도는 뭐 하러 만들었어!

빌딩 입구에 경비원까지 서 있어서 왠지 번거로워 보였다. 그러고 보니 아빠가 ID카드가 어쩌고저쩌고했던 것 같기도 하다. 아마 여기서 보여 주는 거겠지? 엇, 근데 어디다 넣었더라?

"안녕하세요?"

목소리가 나는 쪽으로 돌아다봤다. 아름다운 여자가 서 있었다. 니시노 씨라는 사람이 분명했다. 아빠가 오늘 아침에 사진을 보여 줘서 또렷하게 기억이 났다.

"안녕하세요?"

니시노 씨가 약간 놀라는 표정으로 고개를 갸웃거렸다. 앗, 실수! 나는 다시 최대한 낮은 목소리로 "안녕?" 이라고 말했다.

"몸은 괜찮으세요?"

목소리를 낮춘 니시노 씨가 앞장 서 가라는 듯 손으로 앞을 가리키며 물었다. 나는 고개를 끄덕이고 앞서서 걷기 시작했다.

"괜찮아."

"모두 걱정 많이 했어요. 물론 저도."

"걱정 끼쳐서 미안하군."

"어, 팀장님!"

그때 맹한 목소리가 들려왔다. 뒤를 돌아보니 목소리처럼 맹하게 생긴 남자가 서 있었다. 그 사람은 사진을 안 봐도 안다. 아빠가 몇 차례 집으로 데리고 온 적이 있었다. 나카지마 씨, 아빠와 함께 광고부에 근무했던 후배. 나는 속으로 그 사람의 이력을 떠올렸다.

"몸은 좀 어떠세요? 워낙에 큰 사고 아닙니까? 그런 것치고는 아무 문제도 없어 보이네."

니시노 씨가 엘리베이터 버튼을 눌렀다. 곧바로 문이 열리고, 셋이 함께 올라탔다.

"저 애 좀 먹었습니다. 아무리 이름뿐이라고는 해도 역시 팀장님이 없으니까 이것저것 결정도 못 내리겠고."

잇몸을 훤히 드러내며 웃는 그의 얼굴에 살짝 뻐드렁니가 보였다. 아빠도 이 사람의 성격에 관해 그렇게 설명했다. 생각 없이 말을 막 하지만 나쁜 의도는 없다고. 분명 그렇게 보인다.

나는 약간 기분이 상해 입을 다물어 버리는 척하며 다시 문이 열리기를 기다렸다. 11층이라는 건 알지만, 무슨 일이라도 생기면 곤란하다. 오늘따라 갑자기 긴급회의가 열린다거나…….

그러나 그건 지나친 걱정이었다. 엘리베이터가 11층에 멈추자 우리는 복도로 걸어 나왔다. 아빠 책상만 따로 구분되어 있어서 자리도 쉽게 찾을 수 있었다.

내가 자리에 앉자마자, 니시노 씨가 차를 들고 왔다. 어, 뭐야? 차? 싫은 건 아닌데, 콜라 같은 건 없나?

"저…… 드세요."

니시노 씨가 쟁반을 가슴에 끌어안은 채 물끄러미 나를 쳐다봤다. 하는 수 없이 한 모금을 마셨다. 앗, 뜨거워! 윽, 정말 미치겠네. 난 원래 차나 커피는 별로 안 좋아한단 말이야.

"어머, 너무 뜨거웠나요?"

니시노 씨가 죄송하다며 손을 앞으로 뻗었다. 괜찮다고 말하는 순간, 손끼리 부딪쳤고 그녀는 또다시 죄송하다고 사과했다. 예의바른 사람이군. 감탄했다. ……아, 근데 좀 이상하지 않나? 손 정도 스친 게 무슨 대수라고.

아냐, 어른들은 다 이런가? 혹시 이게 성희롱이 될 수도 있나? 그렇다면 나도 사과해야 돼?

어떻게 해야 할지 몰라 망설이고 있는데, 자기 자리에 가방을 집어던진 나카지마 씨가 내 옆으로 다가왔다. 그러고는 멋대로 내 옆에 있던 동그란 의자를 끌어당겨 자리를 잡고 앉았다. 짧은 다리를 꼬고 나를 쳐다보는데, 대체 누가 팀장인지 구분이 잘 안 갔다.

"팀장님이 안 계시는 동안 노벨티 결정은 더 이상 미룰 수가 없어서 일단 소형 선풍기로 정했습니다. 어이, 와카코짱, 그것 좀 가지고 오지."

거만한 말투로 명령하는 그에게 니시노 씨는 순순히 "네."라고 대답하더니 화이트보드 아래에 쌓여 있던 작은 종이 상자를 품에 안고 다가왔다.

"이건데요."

나카지마 씨가 상자를 열고 노래방 마이크만큼이나 작은 선풍기를 꺼냈다. 나는 그것을 받아 들고 찬찬히 살펴보았다. 완전 꽝! 나라면 이런 건 절대 안 쓴다.

무엇보다 싼 티를 팍팍 풍기는 초록색이 압권이었다. 그렇지만 아빠가 쓸데없는 참견은 하지 말라고 누누이 강조했기 때문에 침묵을 지켰다.

"하하하, 사쿠라기 중역이 결정했으니 어쩔 순 없지만, 감각이 떨어진다고 할까……."

나카지마 씨는 목소리를 낮추더니 "어쩔 수 없잖아요."라며 어깨를 움츠렸다.

"말을 하지 그랬어."

엉겁결에 튀어나온 말이었다. 나카지마 씨가 또다시 잇몸을 드러내며 말했다.

"어떻게 그런 말을……. 사쿠라기 중역한테 그런 말을 꺼냈다간 무슨 일을 당할지 모르잖습니까. 참 나, 팀장님도 뻔히 아시면서 그러네."

살그머니 등을 편 나카지마 씨가 실내를 둘러보았다. 11층은 홍보 및 광고부 층이라 사쿠라기라는 중역도 같은 층에 있다고 아빠가 말해 주었다. 캐비닛으로 막혀 있어 건너편이 보이진 않지만, 아무튼 아직 안 나온 듯했다.

"미안, 미안."

나는 사과했다. 잠자코 있어도 되는 것까지 무심코 끼어드는 게 나의 나쁜 버릇이다. 학교에서도 그것 때문에 몇 번이나 쓸데없는 소동에 휘말린 적이 있었다. 정신 똑바로 차려야 해.

그건 그렇고, 사람들 좀 모자란 거 아냐? 감각이 떨어진다고 생각하면 그 자리에서 말하면 되지, 왜 말을 안 해?

"그렇게 됐으니 다음 진행은 잘 부탁 드립니다. 견적은 뽑아 놨습니다. 예산 문제도 없고요. 그리고 일단 제 선에서 처리는 해 뒀지만, 전표도 한번 살펴봐 주십시오."

꽤 많이 밀려 있다며 나카지마 씨가 미묘한 미소와 함께 상자에 가득 든 서류 다발을 내밀었다. 아빠의 말은 사실이었다. 아빠 업무는 정말로 도장 찍는 일뿐인 것 같았다.

아빠가 알려 준 대로 책상 오른쪽 위의 서랍을 열자, '川原(가와하라)' 라고 새긴 인감 도장이 굴러다녔다. 아빠는 지나칠 만큼 정리 정돈을 잘하는 사람이라 그런 면에서는 도움이 되었다. 그런데 대체 어디다 도장을 찍어야 할지 난감했다. 물어보면 이상하겠지?

"아무튼 건강해 보이셔서 안심입니다."

신경을 써 주는 듯한 말을 하더니 나카지마 씨가 자리에서 일어섰다. 나름 진지한 표정. 이 사람은 아빠를 싫어하진 않는다는 게 느껴졌다. 아, 몰라몰라, 역시 물어볼 수밖에 없어.

"도장 말인데, 난 어디다 찍어야 할지……."

'네?' 하는 표정으로 목을 길게 뺀 나카지마 씨가 "아 참, 그렇지."라며 손가락으로 서류를 짚었다.

"팀장님 자리에 제 도장을 찍어 버렸어요. 전 그럴 생각이 없었는데 경리과에서 그렇게 하라고 해서."

맹세를 하듯 그렇게 말하더니, 그 위 적당한 데다 찍으면 될 것 같다며 손가락으로 대충 짚어 주었다. 그래서 나도 적당히 고개를 끄덕인 후, 되는 대로 도장을 찍기 시작했다.

그러자 나카지마 씨가 "어?" 라며 팔짱을 꼈다.

"왜 그래? 뭐 잘못된 거라도?"

내가 지금 무슨 이상한 짓을 했나? 도장 찍는 방법도 따로 있어?

"아뇨, 왠지 평상시랑 좀 다른 것 같아서."

뭐가 다르냐고 물으며 도장을 계속 찍었다. 달리 할 일도 없었고, 나름 재미도 있었다.

"평소에는 숫자나 금액을 좀 더 꼼꼼히 살펴본다고 해야 할까."

나카지마 씨가 말했다. 아빠에게 딱 맞는 얘기다. 아빠는 '왕' 자가 붙을 정도로 성실한 사람이라 돈 문제엔 엄청나게 까다롭다.

"뭐 아무렴 어때, 어차피 경비잖아. 회사가 다 그렇고 그런 거 아니겠어?"

"그 생각이 꼭 나쁜 생각은 아니네요."

나카지마 씨가 조심성 없는 말투로 중얼거리며 자기 자리로 돌아갔다. 나는 콧노래를 부르며 전표에 도장을 찍어 나갔다.

06_

점심시간이 되었다. 나에게 다가온 릿짱이 내 책상에 두툼한 종이 다발을 올려놓았다.

"자, 복사한 거야!"

이게 바로 고우메가 말했던 공책 필기인 모양이다.

"수고를 끼쳐서 미안하게 됐군."

한 손을 얼굴 앞으로 들며 말하자, 릿짱이 별안간 큰 소리로 웃어 댔다.

"뭐야 그게? 죽여준다, 꼭 사극 같아."

"사극?"

그런 의도는 없었다. 난 그저 늘 하던 대로 감사의 마음을 표했을 뿐이다.

"그거, 내일 겐타 선배 앞에서 꼭 해 봐, 분명히 먹힐 거야."

"겐타 선배?"

그건 또 누구야? 들은 바가 없다. 대체 무슨 소리지?

"너 어떡할 거야. 결국 어디 가기로 했어?"

책상 위에 걸터앉은 릿짱이 몸을 숙이며 물었다. 윽 얘, 얘야, 너무 가깝다. 얼굴이 붙을 지경이었다.

"벌써 정했니?"

나는 모른다고 대답했다. 정말 무슨 소리를 하는지 통 알 수가 없었다. 치사하게 군다는 표정으로 릿짱이 내 어깨를 찔렀다.

"걱정 마. 방해 같은 거 안 할 테니. 나도 내일은 데이트가 있다고."

데이트? 나도?

'나도' 라니 그게 무슨 뜻이지? '나도' 라는 말은 '고우메도' 라는 말인가? 데이트? 금시초문이다.

"뭐, 그건 그렇고."

릿짱이 다리를 대롱대롱 흔들며 입을 열었다. 금방이라도 짧은 스커트 속 팬티가 보일 것 같았지만, 주의를 줘야 할지 어떨지 판단이 서질 않았다. 남학생 둘이 지나갔지만, 딱히 신경 쓰는 눈치도 아니었다. 우리 때랑은 시대가 다르다는 걸 새삼 절실히 깨달았다.

"너도 어렵게 여기까지 왔잖니. 이제 열심히 노력하는 일만 남았어."

"노력하다니, 뭘?"

간신히 그렇게 되물었다.

"다 알면서 웬 내숭!"

릿짱이 책상에서 뛰어내리며 말했다.

"어쩐 일이셔? 겐타 선배, 겐타 선배, 그렇게 노래를 부르더니. 너 혹시 그런 거야? 이미 내 손안에 있다? 그건 모를 일이지, 이제 기껏 데이트 한 번 신청한 것뿐인데. 아직 확실하게 고백한 건 아니잖아?"

나는 대답할 말이 없었다.

"하긴, 그쯤 되면 안심해도 되겠지."

릿짱은 잠시 후 이렇게 말하더니 후훗 웃으며 내 코를 꼬집었다. 나는 책상에 엎드렸다. 달리 어쩌겠는가!

몹시 혼란스러웠다. 겐타 선배가 누구야? 대체 어떤 관계야?

고우메가 언제부터 남자 애랑 사귄 거지? 상대는 무슨 꿍꿍이속일까. 장난이라면 용서할 수 없고, 진심이라면 더더욱 곤란하다.

릿짱이 걱정스러운 목소리로 내 어깨를 잡으며 물었다.

"야, 괜찮아? 어디 아프기라도 한 거니? 선생님 불러 줄까?"

나는 엎드린 채로 아니라고 고개를 저으며 그냥 배가 좀 고플 뿐이라고 말했다. 릿짱은 순진한 아이라 그런 서툰 변명도 믿어 주는 듯했다.

"그럼 내가 점심 사 올게."

점심을 사 온다고? 학교 급식이 없어졌나? 거기까지 확인할 시간이 없었다.

"음, 늘 먹는 샌드위치 괜찮겠지? 너, 여전히 다이어트 중이지?"

"아무 거나 괜찮아."

일단 고개를 끄덕였다. 모든 건 릿짱을 따를 것. 고우메가 한 말을 떠올렸다.

"무리하지 마. 무슨 일 있으면 바로 말해."

릿짱이 걱정스러운 표정으로 교실 밖으로 나갔다. 나는 휴대전화를 꺼내서 고우메에게 문자를 보내기로 했다.

겐타 선배란 녀석이 누구냐 · 데이트는 뭔 소리고 · 아빠는 처음 듣는 소리야 · 절대 허락할 수 없어 · 자세히 설명해

"어머, 어떻게 된 거야?"

옆 자리에서 이름을 모르는 애가 날 쳐다보며 말했다.

"왜?"

내가 묻자, 나른한 목소리로 대답했다.

"문자 왜 그렇게 띄엄띄엄 쳐?"

아 그건, 그러니까 그게…….

"혹시 손가락 아프니?"

"응, 맞아!"

나는 힘차게 고개를 끄덕였다. 사고 때문이다. 모조리 다 사고 탓이다. 문자를 늦게 치는 것도, 세계 평화가 이뤄지지 않는 것도, 이상 기후가 계속되는 것도, 모든 게 다 사고 탓이다.

그 애가 동정하는 눈빛으로 날 바라봤다.

"안됐다. 네가 우리 반에서 문자 제일 빨랐잖아."

그러더니 자기 휴대전화를 꺼내 도무지 믿기지 않는 스피드로 버튼을 눌러 댔다. 문자 보내기 대회가 있다면 아마도 저 애가 금메달을 따겠지?

그렇게 말하자, 그 아이는 너한테 그런 소릴 듣는 건 우습다며 미소를 지었다. 나는 젖 먹던 힘까지 다 짜내 속도를 높여 고우메에게 보낼 문자를 입력하기 시작했다.

07_

난데없이 나타난 중년 남자가 매우 걱정스러운 시선으로 나를 쳐다보며 말했다.

"얼마나 놀랐는지 모릅니다. 가와하라 씨가 전차 탈선 사고를 당하신 줄은 정말 몰랐습니다. 저희 쪽도 화요일 밤부터 정신을 차릴 수가 없었습니다."

그 사람은 아무튼 큰 탈 없이 끝나서 다행이라며 연신 고개를 꾸벅거렸다. 이 사람은 또 누구야? 아빠가 보여 준 사진에는 없었는데. 다른 부서? 어쩌면 다른 회사 사람? 앙, 어떡해, 이름도 모르는데…….

"이토 씨, 이쪽으로 오시죠."

니시노 씨가 소파와 탁자가 있는 곳으로 그 사람을 안내했다. 아무래도 다른 회사 사람인 것 같다. 단순한 느낌이지만, 왠지 분위기가 달랐다.

겉모습으로 보건대 아빠보다 조금 젊은 것 같다. 태도로 봐서도 아빠의 위치가 더 높은 것 같다. 나는 천천히 걸어가 소파에 앉았다.

"뭐, 그렇게 걱정할 것까지야."

"어이쿠, 무슨 말씀을."

이토 씨가 요란스레 고개를 저었다.

"저희 회사는 물론이거니와 저 개인적으로도 신세를 많이 지고 있는데요. 사실 크나큰 은인이나 다름없습니다."

이토 씨가 쑥스러운 듯 웃으며 말했다.

역시 그렇군. 광성당 사람이 아닌 건 분명했다. 그렇지 않고서야 '저희 회사' 라는 말을 쓸 리가 없다.

그나저나 은인이라니? 아빠가? 믿기지 않는 말이다.

하지만 아빠는 다른 사람 돕는 걸 꽤 즐기는 편이긴 하니까 뭔가를 해 줬을지도 모른다. 아 참, 이러고 있을 때가 아니지. 대화를 어떻게 하지?

"아 뭐, 그거야 이미 옛날 얘기니까."

"……그야 물론 작년 얘기긴 하지만, 저희가 어려운 고비에 처했을 때 구해 주셨잖습니까. 어쨌거나 가와하라 씨에게는 빚을 졌습니다. 은혜는 꼭 갚겠습니다."

이런, 또 한 건 했군. 작년 일이었구나. '옛날' 이라는 말은 안 했으면 좋았을걸.

나는 머리를 긁적이며 어깨를 움츠렸다.

"아니에요, 별말씀을. 아, 그렇군요. 작년이었네요."

나는 곧바로 추억에 빠져 드는 척했다. 이토 씨가 고개를 끄덕였다.

"네, 하긴 그 일을 계기로 저희와 귀사가 친해졌다고 볼 수도 있겠죠."

귀사? 그건 또 누구야? 모르는 이름이 또 튀어나왔다.

윽, 정말 미치겠네. 이래서 내가 이런 위험한 짓은 하지 말자고 했는데. 학교 같은 좁은 곳에서야 어떻게든 되겠지만, 회사는 불가능해. 대체 어쩔 작정이야?

어찌할 바를 몰라 허둥거리고 있는데 갑자기 양복 주머니에서 장송행진곡이 흘러나왔다. 문자. 아빠가 보낸 것이다. 나는 실례한다고 양해를 구한 후, 휴대전화를 열었다.

겐타 선배란 녀석이 누구냐 · 데이트는 뭔 소리고 · 아빠는 처음 듣는 소리야 · 절대 허락할 수 없어 · 자세히 설명해

헉, 아빠는 여태껏 이런 식으로 문자 보냈던 거야? 제발 누구든 우리 아빠한테 '!' 랑 '?' 사용법 좀 가르쳐 줘요.

게다가 겐타 선배 일로 아빠한데 간섭받고 싶진 않다. 순간적으로 짜증이 솟구쳤다. 나는 그 자리에서 곧바로 문자를 입력했다.

지금 그딴 소리 할 때가 아니야! 회사에 이토 씨라는 사람이 왔단 말이야. 아빠 걱정을 했대. 도통 모르는 소리만 해 대는데, 날더러 어쩌라고. 그리고 귀사는 또 누구야? 이대로 가다간 다 들켜 버릴 거야!

나는 어떻게 해야 할지 난감했다. 어른들 사정이고 회사 상황이라고 하지만, 이건 분명 무리다. 문자 발신을 확인한 후, 휴대전화를 닫았다.

"실례했습니다."

한 손을 드는 제스처를 해 봤다. 드라마 같은 데 보면 어른들은 자주 그런 식으로 인사하니까.

그런데 이토 씨도 옆에 서 있던 니시노 씨도 나의 그런 연기 따

위는 안중에도 없는 듯했다. 모두 멍한 표정이었다.

"왜 그래, 니시노 씨?"

내 쪽에서 말을 건넸다. 내가 무슨 이상한 짓이라도 했나?

니시노 씨가 아름다운 입술을 천천히 움직였다.

"대단해요."

"대단하다니, 뭐가?"

"이야, 정말 대단하십니다."

이토 씨까지 고개를 끄덕였다.

"가와하라 씨가 문자를 그렇게 빨리 입력하시는 줄은 몰랐습니다. 휴대전화 문자는 서툴다고 하셨던 것 같은데."

엇? 어라? 뭐라고? 무슨 뜻이야? 난 그냥 보통 때처럼 쳤는데.

"양손으로 치다니 꼭 여고생 같습니다."

'나 여고생 맞거든.' 이라고 말하고 싶었지만, 그럴 수는 없는 노릇이었다. 아빠는 양손으로 문자 못 보내나?

어쩌면 그럴지도 모른다. 전차에서 아저씨들이 한 손으로 열심히 버튼을 누르는 모습을 본 적이 있다.

아하, 어른들은 한 손으로 치는구나. 그래서 그렇게 늦는 모양이지.

"아니, 그게 아니라 아무래도 젊은 층을 겨냥한 상품을 다루는 부서이다 보니. 그 뭐냐, 공부하기보다 익숙해지라는 말도 있잖습니까."

나는 웃으며 얼버무렸다. 두 사람 다 감탄한 듯 나를 바라보았다. 어쩌면 이게 기회일지도 모른다.

"니시노 씨 또래도 한 손으로 치나?"

아빠가 거래처와 야구나 골프 이야기로 대화를 끌어간다면 여고생인 나에게는 문자 이야기가 있다. 한 시간이든 두 시간이든 얼마든지 얘기할 수 있다.

"아니, 전 문자를 잘 못 보내서……."

니시노 씨가 얌전하게 고개를 숙였다. 저 사람 회사에서 인기 꽤나 있겠는걸. 우리 반 우에무라 유키랑 좀 닮았어. 혹시 유키처럼 남자 앞이랑 여자 앞에서 태도가 백팔십 도 다른가?

"이토 씨는 어때요? 음, 이모티콘 같은 것도 쓰나요?"

설마 그럴 리가 없을 거라 생각하며 물었는데, 이토 씨가 웃으며 "쓸 때도 있죠."라고 대답해서 깜짝 놀랐다. 아빠랑 나이 차가 별로 안 날 줄 알았는데, 훨씬 젊은지도 모르겠다.

"니시노 씨 앞에서 이런 말 하긴 뭣하지만, 전에 가와하라 씨가 데리고 갔던 술집……, 역시 그런 데 있는 여자랑 문자 주고받을 때는 나도 모르게 이모티콘을 쓰게 되더라고요, 허허."

앙? 무슨 술집? 아빠, 무슨 짓을 하고 다니는 거야?

"아무래도 그게 잘 먹히겠죠?"

이 얘기는 확실히 들어 둬야지. 우리 몸이 원래대로 돌아가면 용돈을 올려 받아야겠다. 아빠, 괜찮겠어? 엄마한테 그 술집 얘기 다 일러바친다.

"글쎄요, 먹힌다고 할까……. 로마에 가면 로마법을 따르라는 말이 있으니까요."

이토 씨가 그럴듯한 말로 둘러댔다.

"흠, 물론이죠. 허허."

나도 못돼 먹은 탐관오리처럼 웃어 젖혔다.

"남자분들 대화이니 전 이만."

니시노 씨가 조용히 자리를 뜨려 했다. 잠깐, 둘만 남겨 두지 마, 제발 부탁이야.

"니, 니시노 씨, 농담입니다, 농담."

이토 씨가 어정쩡하게 일어서며 말했다. 나도 고개를 세차게 끄덕였다.

"그럼, 그럼."

08_

지금 그딴 소리 할 때가 아니야! 회사에 이토 씨라는 사람이 왔단 말이야…….

이토? 휴대전화를 쥔 채 미간을 찡그렸다. 크레이 광고 회사의 이토 상무인가? 설마 그런 거물이 올 리는 없겠지.

아니면 가나카와에서 공장장을 하는 대학 후배 이토 노리아키? 아니야, 날 걱정해 줄 만한 녀석이 아니지.

그럼 누구지? 테레비저팬 영업부의 이토 과장일 수도 있고, 작년에 회사를 그만둔 동기 이토가 찾아왔을 가능성도 있다. 이토라는 성만 들으면 나도 누군지 판단할 수 없다.

그러나 고우메도 어쩔 수 없는 상황이란 건 이해한다. 아마도 이토라는 사람은 우리 회사와 관련이 있는 다른 회사 사람일 것이다.

과거에 안면이 있으면 직책이 바뀌었다고 해서 명함을 다시 주고받지는 않는다. 우리 부서 누군가가 이토 씨라고 부른 모양인데, 그 말을 흘려듣지 않은 것만 해도 대견하다.

나는 잠시 생각하다 문자를 입력하기 시작했다. 아무래도 가업을 잇기 위해 작년에 회사를 그만둔 동기 이토 고이치일 테지. 걱정이 많고 정도 깊은 사람이다. 내가 사고를 당했다는 말을 듣고 곧바로 달려온 모양이다. 그런 상황 아닐까?

그렇다면 문제될 건 없다. 걱정할 거 없다고 문자를 보냈다. 본사에 근무하는 동기들만 해도 스무 명쯤은 된다. 그중 누군가가 상대해 줄 것이다.

발신 버튼을 누르고 나서야 고우메가 내 질문에는 아무 대답도 안 했다는 걸 알아챘다.

문제는 이토가 아니야. 겐타 선배지.

도대체 그 학생은 누구일까? 어떤 관계일까? 다시 휴대전화를 열고 문자를 입력하고 있는데 교실 문이 열리며 릿짱이 들어왔다. 릿짱은 책상 위에 얄팍한 샌드위치와 요구르트를 내려놓고 맞은편에 앉았다.

"이게 뭐야?"

얄팍한 빵 사이에 기껏 얇게 저민 오이 몇 장이 들어 있는 샌드위치와 알로에 요구르트. 난 여치가 아니라고!

릿짱이 턱을 살짝 치켜들며 말했다.

"왜 그래? 너 항상 그것만 먹잖아. 여름까지는 무슨 일이 있어도 2킬로그램 뺀 댔지? 그때까진 이것만 먹겠다고 해 놓고."

"그랬을지도…… 모르지만."

나는 어젯밤 스키야끼도 제대로 못 먹었다. 오늘 아침도 고우메가 살기 어린 눈빛으로 노려봐서 거의 못 먹었다.

다시 말해 점심만은 고우메의 감시를 벗어나서 실컷 먹을 수 있는 유일한 기회라고 생각했다. 학교 식당에 돈가스 덮밥이나 불고기 정식 같은 건 없겠지만, 카레나 차사오면(돼지고기를 향신료가 든 양념장에 재었다가 구운 중국 요리 차사오를 얇게 썰어 넣은 국수 요리.—옮긴이) 정도는 있을 것이다.

"그렇긴 한데 퇴원한 지 얼마 안 됐잖아. 음, 영양을 좀 보충해 두는 게 좋을지도 모르지."

"나 빼빼로 있어. 신제품이래!"

릿짱이 가방 속을 뒤적거리더니 '크래시 아몬드 바나나' 라고 적힌 상자를 책상 위에 꺼내 놓았다.

굶주린 개에게 장난감 뼈를 던져 주는 꼴이었다. 지금 내가 원하는 건 그런 게 아니야. 좀 제대로 된 거 없냐?

"아 참, 그 말 들었니?"

자기가 싸 온 BLT 샌드위치(베이컨 Bacon, 양상추 Lettuce, 토마토 Tomato를 넣은 샌드위치.—옮긴이)에 참치 샐러드까지 곁들인 호화로운 점심을 내놓던 릿짱이 갑자기 입을 열었다. 게다가 냉동 토마토 파스타까지 꺼냈다. 그걸 다 먹으니 발육이 좋은 건 당연하지.

"무슨 말?"

"사오리, 생겼나 봐."

생기긴 뭐가 생겼다는 소린지 원.

"뻔하지. 애기 말이야. 사오리 임신했대."

사오리? 임신?

"얼굴 표정이 왜 그래? B반 사오리, 중학교 때 같은 학교였잖아."

사오리. 하라다 사오리. 그제야 생각이 났다. 고우메랑도 친해서 집에도 여러 번 놀러 왔던 아이다.

현기증이 났다. 금발로 염색하고 다니는 문제아였다면 몰라도 사오리는 얌전하고 공부도 꽤 잘했던 아이가 분명하다.

차츰 기억이 또렷하게 되살아났다. 그렇다. 그 애 어머니는 사친회(교육 효과를 높이기 위해 조직된 교사와 학부모의 상호 협동체.—옮긴이)에서도 간부를 맡았다. 아버지는 변호사인가 뭐라고 했던 것 같은데. 그런 훌륭한 가정의 아이가 어쩌다가 임신을…….

"상대가 누구야? 학교 선배야?"

나는 엉겁결에 자리를 박차고 일어섰다. 릿짱이 내 팔을 잡아당겼다.

"왜, 왜 이래? 그렇게 흥분할 거 없어. 어쩔 수 없잖니, 이미 생겨 버린걸."

대수롭지 않다는 말투였다. 어쩔 수 없는 문제가 아니야. 아직 고등학교 2학년, 고작 열일곱 살밖에 안 됐다고. 그런데 너희들은 어떻게 그리 냉정할 수 있니! 대체 이 시대의 성교육은 어디로 가고 있단 말인가. 피임 같은 것도 안 가르친단 말인가!

아니, 그런 문제가 아니다. 관건은 미성년자의 섹스다. 그게 말이 되는가. '십 대 성 일탈의 실태', '원조 교제 세대의 비참한 말로' 등의 주간지 기사 제목들이 머릿속에서 뱅글뱅글 맴돌기 시작했다.

"리쓰코, 넌……어때?"

여자 애들은 휩쓸리기 쉽다. 열일곱 살 때는 더더욱 그렇다. 가장 친한 친구인 릿짱은 어떨까. 음, 그 뭐냐, 이른바 성적인 거시기도 하는 걸까. 그리고 고우메는? 고우메는 어떨까?

"새삼스럽게."

릿짱은 콧방귀를 뀌는 듯한 표정으로 코를 문질렀다. 파스타 용기의 뚜껑을 열고 작은 플라스틱 포크로 능숙하게 포크질을 했다. 무슨 뜻이야? 새삼스럽게라니, 새삼스레 뭘 묻느냐는 뜻인가? 설마 릿짱까지……? 그렇군. 눈앞이 캄캄해졌다.

"왜 그래, 고우메. 샌드위치 안 먹어?"

식욕이 없어졌다며 샌드위치를 밀어냈다.

"그래? 그럼 내가 먹을까?"

릿짱이 신이 난 듯 비닐 포장을 뜯기 시작했다.

나는 애써 긍정적으로 생각하기로 했다.

그래도 고우메가 좋아할 일이 있다. 이 상태로 가면 고우메는 얼마 안 가 2킬로그램 다이어트에 성공할 것이다. 좋아서 난리를 치겠지.

09_

드디어 모든 수업이 끝났다. 긴장감에 어깨까지 굳어 버렸다. 곧장 집으로 돌아가기로 했다.

학교에 남아 있으면 그만큼 들킬 위험이 높아지고, 문제가 생길 게 뻔하다. 되도록 다른 사람과 대화하지 말 것, 타인과의 접촉을 피할 것. 그것이 고우메와 내가 정한 규칙이었다.

집에 돌아와 고우메가 준비해 둔 청바지와 티셔츠로 갈아입었다. 옷을 갈아입을 때 눈을 감아야 하는 건 두말할 나위도 없다. 브래지어가 답답하고 거추장스러웠지만, 푸는 행위는 엄중히 금지되어 있다. 게다가 잘 때도 마찬가지였다. 나는 사십칠 년 만에 처음으로 브래지어를 하는 것이다. 익숙해지기 나름일지도 모르지만, 도무지 답답해서 견딜 수가 없었다. 그러나 조금이라도 건드리면 죽어 버리겠다고 협박하니 그 말에 따를 수밖에 없다.

저녁을 먹고 나서 고우메 방에서 대기했지만, 아무리 기다려도 연락이 없었다.

거실에 있다가는 아내가 또 빙수를 만들어 줄 것 같아 선불리

내려갈 수도 없었다. 그저 잠자코 기다릴 수밖에 없었다.

이윽고 연락이 온 것은 밤 9시가 지나서였다. 야근하는 직원들과 식사를 하고, 지금 이케부쿠로 역에 도착했다고 했다.

"무슨 문제는 없었니?"

"별로."

"누가 수상쩍게 보진 않았고?"

"몰라."

피곤한 목소리로 대답하는 고우메에게 오이즈미 학원 역 앞에서 기다리겠다고 하고 전화를 끊었다. 피곤한 건 나도 마찬가지였다. 그러나 확인할 일이 너무도 많았다.

아내에게 친구 좀 만나고 오겠다고 하자, 아내는 이 시각에 어딜 나가느냐며 얼굴을 찡그렸다. 하지만 의외로 간단히 외출을 허락했다. 자전거를 타고 역으로 향하면서 아내에게도 문제가 있다는 생각이 들었다.

9시야, 9시! 이런 시각에 딸을 밖에 내보내다니. 그렇게 대충 넘어가니까 B반 사오리처럼 임신하는 일이 벌어지는 거라고!

개찰구에서 한참을 기다리자, 양복 차림에 언짢은 표정을 한 고우메가 나왔다. 잘 다녀왔느냐고 말을 건네자, 힘없는 목소리로 그렇다고 대답했다.

모르는 사람이 보면 애정이 넘치는 부녀지간이라고 생각할 것이다. 그러나 실제로는 완전 반대였다.

찻집을 찾아봤지만 적당한 곳이 없어서 역 앞 햄버거 가게로 들어갔다. 나는 우롱차, 고우메는 빅버거 세트를 주문했다. 저녁 먹고 온 거 아니냐고 물으니 그건 그거고 이건 이거라며 시치미 뗀 표정을 지었다.

어차피 내 몸도 아니니 식욕이 당기는 대로 먹어 보자는 속셈인가. 혈당 수치가 걱정되었다. 그러나 그런 말을 할 상황이 아니었다.

고우메가 햄버거를 다 먹고, 라지 사이즈 프렌치프라이에 손을 뻗기 시작했을 때, 오늘 회사에서 무슨 일이 있었느냐고 물었다.

고우메는 별일 없었다는 듯 고개를 저었다. 겉모습은 사십 대 후반의 무기력한 중년 남자지만, 언뜻 보이는 표정은 틀림없는 고우메였다.

"시킨 대로 회의에 참석하고 도장 찍고 적당히 컴퓨터도 했어. 회사라는 데 진짜 지루하더라. 늘 그런 식이야?"

"아빠가 얼마나 힘드는지 알겠지?"

"그걸 힘들다고 해야 하나?"

고우메가 입술을 삐죽 내밀었다.

"너무 따분해. 진짜 할 일 없던데. 잡지 같은 거라도 읽고 싶었지만, 아무래도 그건 아닐 것 같아서 꾹 참았어."

그 후에도 한동안 이런저런 상황을 캐물었지만, 이렇다 할 문제는 없는 듯했다. 상상한 바라고 할까, 다음 주 화요일 어전 회의를 앞둔 단계에서 가장 급한 사람들은 현장 직원이니 당연한 일이었다. 예상한 일이긴 했어도 아무튼 마음이 놓였다.

"근데 나카지마 씨가 자기들은 토요일, 일요일에도 출근했다면서 불만 있는 것처럼 말하던데."

직원들이 휴일까지 반납하고 회의 준비를 하는 것은 알고 있었다. 그래서 지난주 토요일과 일요일은 강제로라도 다 쉬게 했던 것이다.

나도 얼굴을 내밀었어야 했을지도 모른다. 맡겨 둔다며 적당한 거리를 두는 건 좋지만, 휴일이라고 책임자가 없는 것도 보기 좋은 건 아닐 것이다. 샐러리맨이란 부자유스러운 존재다.

"사고 때문이니 좀 이해해 달라고는 했는데, 그런 말이 먹힐 분위기는 아니었던 것 같아."

무슨 말인지 이해가 잘 안 됐다. 고우메가 프렌치프라이를 입안 가득 밀어 넣었다.

어쩌자고 기름투성이 음식을 저리도 좋아하는지. 내가 마지막으로 패스트푸드를 먹은 게 언제인지 기억조차 안 났다.

"하는 수 없군. 상사로서 적어도 토, 일 중 하루는 얼굴을 내밀어야겠어."

"설마, 농담이겠지?"

고우메가 콜라를 마셔 입 안에 있던 프렌치프라이를 삼키면서 얼굴을 잔뜩 찡그렸다. 농담이 아니다. 꼭 가야 한다.

고우메는 휴일인데 말도 안 된다며 떼를 썼다. 그렇다면 나도 할 말이 있다며 팔짱을 꼈다. 지금 우리 모습이 주위 사람들에게는 어떻게 보일까?

“고우메. 겐타 선배가 누구야?”

고우메가 흉악한 전과자처럼 눈을 부라렸다. 그러나 아무리 그런 표정을 지어도 소용없다.

“아빠는 들은 바가 없어. 내일 데이트라니, 대체 어떻게 된 일이야?”

고우메는 빨대를 입에 문 채, 묵비권을 행사했다. 나 역시 장기전에 대비해 베테랑 형사처럼 우롱차 한 모금을 마셨다. 그렇게 줄곧 서로를 노려봤지만, 결국 먼저 꺾인 건 범인 쪽이었다.

“……누구긴 누구야, 선배지.”

“너와 무슨 관계냐고 묻는 거야.”

“그냥…….”

고우메는 들릴 듯 말 듯한 목소리로 중얼거렸다. 그 말로는 부족하다.

말없이 뚫어져라 쳐다봤다.

“아빠가 상관할 일 아니잖아!”

고우메는 버럭 소리를 질렀다. 하지만 그것은 이미 예상했던 반응이었다.

“그래? 그럼 됐어. 아빠는 아무것도 안 할 테니까.”

오 분 정도가 흘렀다. 드디어 고우메가 땅이 꺼져라 한숨을 내쉬며 알았다고 중얼거렸다.

10_

잠깐, 침착해야 해, 고우메. 이런 상황에서 화를 내면 안 돼. 어떻게든 차분하게 아빠를 설득시켜야지.

이런저런 일들이 잘만 되면 나는 겐타 선배와 결혼하게 될 것이다. 빠르면 내가 대학을 졸업하는 오 년 후, 늦어도 이십 대 안에. 절대 망상이 아니다.

난 그걸 실감할 수 있었다. 중학교 때에도 남자 애를 사귀어 본 경험은 있지만, 겐타 선배는 그런 애들과는 전혀 다르다. 운명적인 사람이란 느낌이 든다. 아마도.

물론 어떤 커플에게나 위기 상황은 닥치기 마련이니 나와 선배 사이에도 여러 가지 문제가 생길 것이다. 일 때문에 선배가 멀리 발령을 받으면 장거리 연애를 하는 상황도 벌어질 수 있고, 정말이지 상상도 하기 싫지만 선배가 순간적인 실수로 바람을 피워서 잠시 위기 상황에 빠질지도 모른다.

그러나 결국 선배와 나는 잘될 것이다. 그것만은 확실하다. 그 최초의 발걸음이 내일인데…….

선배와 나는 반년 동안 키워 온 서로의 마음을 확인하기 위해 내일 만난다. 그럴 예정이었는데…….

내 얼굴을 한 아빠가 눈을 치켜뜨며 말했다.

"다시 한 번 묻겠는데 대체 겐타 선배라는 애와 넌 무슨 관계야? 사귀니?"

나는 아니라고 고개를 저었다. 정말이다. 우린 사귀는 게 아니다. 아직은, 지금까지는.

"둘이서만 만나는 것도 내일이 처음인걸 뭐."

이 말도 진실. 아빠, 제발 딸을 좀 믿어 줘.

"겐타 선배는 3학년인 것 같던데."

리쓰코가 말했군. 바보, 왜 그딴 소리까지 지껄여.

"사귀지도 않는다면서 둘이 왜 만나? 3학년이면 입시 공부로 바쁠 거 아냐. 그런데 후배 여자 애랑 놀러나 다녀? 그 녀석, 불량배냐?"

헉, 불량배! 어찌 그런 시대착오적인 말을. 아빠, 지금 2006년이거든. 불량배 같은 말은 전멸한 지 오래라고!

"아 글쎄, 그런 거 아니래도. 그냥 영화 보러 가는 것뿐이야. 그것뿐이야……. 정말이야."

"그것뿐이 아니겠지!"

갑자기 흥분한 아빠가 소리치며 자리를 박차고 일어섰다. 대체 학교에서 무슨 일이 있었던 거야. 왜 저렇게 광분해?

"제발 앉아."

나는 아빠의 티셔츠 자락을 잡아당겨 자리에 앉혔다. 진정해. 여고생이 중년 남자 앞에서 소리치며 화내면 주위에서 어떻게 생각하겠어? 돈 문제가 얽힌 원조 교제 커플로 오해하잖아.

한동안 침묵을 지키던 아빠가 손을 뻗더니 눈 깜짝할 새에 내 프렌치프라이 한 움큼을 낚아챘다. 그러더니 통째로 입 안에 밀어 넣었다.

"그건 그렇고, 넌 그 겐타 선배라는 녀석을 어떻게 생각해?"

제발 아빠, 그런 건 묻지 말아 줘. 난 그것만은 거짓말할 수 없어. 수북이 쌓인 프렌치프라이 쟁반을 통째로 아빠에게 밀어 주며 말했다.

"부탁이야, 아빠. 제발 부탁이니까 내일 선배 좀 만나 줘. 만나기만 하면 돼."

자기는 알 바 아니라며 아빠가 어깨를 실룩였다. 나도 모르게 자리를 박차고 일어섰다. 어떡하지, 뭐라고 설명하지? 선배를 좋아한다고 하면 아빠가 무슨 짓을 저지를지 모른다.

내일까지도 아빠와 나의 몸이 제자리를 찾지 못한다면, 선택의 길은 두 가지뿐이다. 데이트를 취소하거나 나 대신 아빠를 내보내거나.

여러 가지 면에서 취소하는 게 안전하다는 건 안다. 내 얼굴과 외모를 한 아빠가 무슨 말을 꺼낼지도 알 수 없고, 애드리브도 서투르니 터무니없는 일을 저지를지도 모른다. 그렇지만, 그렇긴 하지만…… .

어제 나는 이런 말도 안 되는 상황은 곧 원래대로 돌아갈 거라 믿고 선배에게 거듭 확인까지 하며 꼭 가겠다는 답장을 보냈다.

다시 말해, 이제 와서 취소하면 막판에 뒤집어 버리는 이상한 꼴이 되고 만다. 첫 데이트를 막판에 취소시키는 여자. 이미지 최악이다.

가까스로 얻은 기회를 이런 일로 놓쳐 버릴 수는 없다. 그렇지만 데이트라고 털어놓으면 아빠는 화만 낼 게 뻔하다. 그저 부탁한다고 매달릴 수밖에 없다.

아빠는 차갑기 이를 데 없는 표정으로 말했다.

"그건…… 불가능해. 너도 생각을 해 봐. 아빠가 남학생을 만나서 무슨 얘길 하겠니? 그것보다 너희들 대체 왜 만난다는 거야? 데이트 맞지?"

"아니라니까! 음, 왜 그런 거 있잖아, 얘기하다 보니 자연스럽게 영화 보러 가기로 약속하게 되는 거. 그냥 그런 것뿐이야. 아빠가 상상하는 거랑 다르다고."

"안 돼, 안 돼, 안 돼!"

아빠가 여고생처럼 고개를 세차게 흔들었다. 참 나, 왜 이럴 때만 여고생처럼 구는데?

"말도 안 된다는 건 너도 알 거 아냐. 그러니까……."

안 될 게 뭐 있어! 하면 되는 거지!

"선배랑 얘기 많이 할 필요도 없어."

아니, 오히려 얘기를 많이 했다간 다 들통 날 게 뻔하다. 공원이 아니라 영화를 선택하길 정말 잘했다. 불행 중 다행이다.

"단둘이 있는데 어떻게 말을 안 해. 그 정도는 너도 알 거 아냐?"

"사고 직후라 그렇다고 하면 어떨까? 그렇게 말하면 선배는 마음이 따뜻하니까 이해해 줄 거야."

나는 대체 어쩔 작정이냐며 비통한 표정을 짓는 아빠에게 최후

통첩을 선포하기로 했다.

"됐어! 아빠가 내일 선배를 안 만나 주면 나도 화요일에 어쩌고저쩌고하는 회의에서 옷을 홀딱 벗어 버릴 거야!"

순간 아빠가 입을 다물어 버렸다. 아빠의 갑작스러운 공격에 동요하긴 했지만, 침착하게 생각해 보니 입장은 서로 마찬가지였다. 나만 공격당할 이유가 없었다. 이제 어쩔 거야, 응?

한참 동안 생각에 잠겨 있던 아빠가 갑자기 태도를 바꾸더니 순순히 고개를 끄덕였다.

"알았다. 아빠가 내일 겐타 선배를 만나면 너도 일요일에 회사 나갈 거지?"

그렇게 하겠다고 대답했다. 아빠 입가에 어렴풋이 수상쩍은 미소가 번졌다.

11_

토요일, 12시 45분.

나는 이케부쿠로 파르코 1층 정문 앞에 서 있었다. 실은 12시 30분부터 거기 있었다.

약속 시각은 1시였지만, 고우메가 빨리 나가 기다리라고 명령했기 때문이었다. 그래야 좋은 인상을 줄 수 있다고 했다. 나는 오히려 나쁜 인상을 주고 싶었지만, 회사에서 알몸이 되면 곤란하니 그 말을 순순히 따를 수밖에 없었다.

왼쪽으로 약 3미터쯤 떨어진 곳에는 옅은 회색 양복을 입은 고우메가 서 있었다. 어디서 구했는지 요상하게 생긴 굵은 검정 테 안경까지 쓰고 있었다. 실수만 저지르는 스파이처럼 보였다.

"대체 무슨 얘길 해야 돼!"

나는 집을 나서기 직전까지 불평을 해 댔고, 고우메는 잔뜩 찌푸린 얼굴로 괜찮을 거라고 달랬다.

"영화 보는 것뿐이라니까."

나의 개인사를 되짚어 봐도 화려한 여성 편력 같은 건 없었다. 처음 여자 친구가 생긴 것은 대학교 2학년 때였다. 다시 말해 나는 이성 교제에 서툰 사람이었기 때문에 고등학교 때 데이트 같은 건 해 본 적도 없다.

그러나, 그런 나도 겐타 선배라는 녀석이 무슨 꿍꿍이로 고우메에게 영화를 보러 가자고 했는지는 짐작하고도 남는다. 영화 보는 걸로 끝날 리가 없다.

걱정스러운 내 마음은 안중에도 없는지 고우메는 두 시간 가까이 고민한 끝에 입고 나갈 옷을 골라 주었다. 흰 민소매 원피스에 파란색 여름용 카디건.

거울 앞에 서니 평상시 고우메와는 달리 조금 어른스러운 인상이 풍겼다. 예상대로 이건 데이트가 틀림없다. 그것도 무척이나 공을 들이는 데이트.

하긴 그 편이 내게는 훨씬 유리한 상황일지도 모른다. 조금이라도 빨리 실망을 해야 포기도 빠를 테니까. 미안한 일이지만, 나는 고우메의 첫 데이트를 망쳐 버리기로 결심했다.

어제 햄버거 가게에서 고우메와 얘기를 나누다가 번뜩 내 머릿속에 떠오른 생각이 있었다. 아무래도 고우메와 겐타 선배가 단둘이 만나는 건 처음인 듯했다. 지금 나는 겉모습은 고우메지만 속은 남자다. 남자가 첫 데이트에서 어떤 생각을 하고 뭘 기대하는지는 불을 보듯 훤하다. 지금이나 옛날이나 남자 고등학생의 생각에는 큰 차이가 없을 것이다.

상대가 바라는 것은 그저 몇 시간을 즐겁게 보내는 것이다. 분명 상대도 긴장하고 있을 것이다. 갑자기 키스를 하는 일은 있을 수도 없다.

그렇다면 상대의 기대를 하나하나 깨뜨려 나가면 된다. 그리고 그것을 위한 아이디어 몇 개도 떠올랐다. 그래서 나는 고우메의 제안을 받아들였다. 이거야말로 어른의 지혜라며 마음속으로 쾌재를 불렀다. 이것은 하늘이 내려 주신 기회나 다름없다. 고우메와 내 몸이 뒤바뀐 것은 바로 이 일 때문인지도 모른다.

고우메가 자기도 같이 나가겠다는 말을 꺼낸 것은 예상 밖이었지만, 내가 겐타 선배라는 학생을 모른다는 현실적인 문제가 있었기 때문에 그 제안을 받아들일 수밖에 없었다. 수상쩍은 중년 남자가 주위에 어슬렁거리면 상대가 이상하게 여길지도 모르지만, 그 부분은 고우메에게 맡겨 둘 수밖에 없다.

고우메가 손으로 입을 가리면서 중얼거렸다.

"왔어. 손이라도 흔들어 줘."

오른쪽을 쳐다보니 키 큰 남학생이 성큼성큼 걸어오고 있었다.

그는 잔뜩 긴장한 표정이었다.

아무래도 어디선가 본 것 같다는 생각이 들었는데 금세 기억이 떠올랐다. 사고 이틀 전 저녁, 집 근처에서 봤던 남학생, 역시 그때 고우메를 바래다준 학생이었다.

나중에 확실히 짚고 넘어가야 할 문제라고 생각하며 데퉁맞게 한 손을 흔들었다. 남학생은 덩치에 안 어울리는 상냥한 목소리로 물었다.

"미안, 내가 늦었나?"

"아뇨."

나는 고개를 저었다.

"자, 갈까."

남학생이 앞장서 걷기 시작했다. 지금 난 고우메이기 때문에 키가 155센티미터밖에 안 된다. 남학생 키는 못해도 180센티미터는 될 것 같다. 옛날부터 키 큰 남자는 마음에 안 들었다. 녀석이 점점 더 싫어졌다.

"괜찮니?"

겐타 선배가 걸음을 멈췄다. 토요일의 이케부쿠로는 사람들로 넘쳐난다. 하물며 고우메처럼 작은 덩치로는 지나치는 사람들을 피하는 것도 힘겨운 일이었다.

문득 친절한 학생이라는 생각이 들었다. 신경을 써 주는 게 느껴졌다. 그러나 쓸데없는 참견이다. 이래 봬도 열일곱 살이나 먹었다. 충분히 혼자 걸을 수 있다.

뒤에서 고우메의 기침 소리가 들렸다. 좀 더 붙임성 있게 행동하라는 뜻일 테지. 하는 수 없이 살짝 고개를 끄덕였다.

최대한 무뚝뚝하게 굴 것. 그것이 나의 첫 번째 작전이었다. 다행히 고우메는 무슨 얘기를 할지 몰라 난감해하는 내 입장을 이해해 주었다. 실제로 우리 사이엔 아무런 공통 화제도 없으니 자기도 어쩔 수 없는 일이겠지.

그러나 겐타 선배는 고우메를 붙임성 없는 여자 애라고 생각할 것이다. 최소한의 필요한 말만 하는 여자 애와는 사귀고 싶지 않겠지.

나는 고우메와의 약속을 지키면서도 나쁜 인상을 남기는 목표를 달성할 수 있을 것이다. 내 생각에도 계획은 매우 훌륭했다.

"영화관, 이쪽이야."

역 오른쪽 출구를 지나쳐 빠찡코 가게에서 왼쪽으로 꺾어 들어갔다. 눈앞에 스트립 극장이 보였다. 나는 녀석이 불량 학생이라는 걸 직감했다.

분위기만 봐도 유흥가라는 걸 뻔히 알 텐데. 노조키베야('무언가를 엿본다'는 뜻의 '노조키のぞき'와 '방'이라는 뜻의 '헤야部屋'의 합성어로 일본의 퇴폐 영업소다.—옮긴이), 슬롯머신 오락실, 이메쿠라(이미지 클럽으로 역시 퇴폐 영업소다.—옮긴이), 안마 시술소 등. 이런 골목에나 드나들다니 형편없는 놈이다.

걸음을 멈추고 뒤를 돌아다봤다. 고우메, 절대 저런 놈이랑 사귀면 안 돼. 그렇게 말하려는 순간, 그도 걸음을 멈췄다.

"뭐가 좋을까 고민했는데……."

그는 오른손을 앞으로 뻗었다. 거기에는 작은 간판이 걸려 있었다. 이케부쿠로 문학좌. 추억을 떠올리게 하는 이름이었다.

대학 시절 여러 번 찾았던 곳이다. 이십오 년 전, 비디오 대여점도 없고 텔레비전 게임도 그다지 발달하지 못했던 시절, 명화 상영관은 가난한 학생들의 유일한 오락거리였다.

"……아직 있었군."

문학좌가 90년대 말에 파산했다는 얘기를 몇 년 전엔가 들은 기억이 났다.

취직한 후로는 영화 볼 기회도 별로 없었고, 어쩌다 기회가 생겨도 회사가 있는 긴자 근처 영화관을 찾았기 때문에 여기 오는 건 이십 몇 년 만의 일이었다.

"아직?"

남학생이 이상한 표정으로 나를 쳐다봤다.

"이거 옛날부터 여기 있었는데……."

내가 말하는 건 이십 년 이상이지만, 그가 말하는 옛날이란 사오 년 전 일에 불과하다. 그 말을 꺼내면 굉장히 혼란스럽겠지.

"많이 망설였는데 저런 영화는 어떨까 싶어서."

앞서 걸어가는 그의 뒤를 따라가자, 포스터 두 장이 붙어 있었다. 굵직한 서체로 '루치노 비스콘티 특집'이라고 쓰인 글씨가 비스듬히 춤추고 있었다. 「루드비히 신들의 황혼」, 「지옥에 떨어진 용감한 자들」 동시 상영. 나는 가슴 시린 그리움에 금방이라도 눈물이 날 것 같았다.

생각해 보면 나도 나름대로 소년 영화광이었다고 할 수 있다. 어쩌면 남들 이상이었을지도 모른다. 고교 시절, 영화를 좋아하는 소년들은 으레 그럴 테지만 고다르, 펠리니, 비스콘티는 필수 통과의례였다. 그런 영화를 안 보면 바보 취급 당했다. 아는 척을 못 하면 아이들이 상대도 안 해 줬다. 그런 강박관념에 쫓겨 경쟁하듯 명화 상영관을 들락거렸다.

개인적인 취향에 불과하겠지만, 나는 왠지 모르게 비스콘티 영화가 잘 맞았다. 퇴폐적이라고 할 수밖에 없는 영화뿐이지만, 그 점이 맘에 들었다. 나도 젊었던 게지. 데카당스 분위기를 동경했는지도 모른다.

게다가 「루드비히 신들의 황혼」, 「지옥에 떨어진 용감한 자들」은 비스콘티 독일 3부작에 속하는 것으로 그의 대표작이라 할 만한 걸작이다. 겐타 선배라는 소년이 조금 달리 보였다. 나름 영화 보는 눈이 있는 청년이었다.

"저어…… 해리포터 같은 게 나을 걸 그랬나?"

소년은 불안한 듯 내 얼굴을 들여다봤다. 마치 옛날 내 모습을 보는 듯했다. 나도 그랬다.

대학교 2학년 여름, 여자에게 첫 데이트로 영화를 보러 가자고 했다. 뭘 골라야 좋을지 몰라 무척이나 망설였다. 가도카와 영화사에서 제작한 건 너무 유치했다. 할리우드 대작은 무미건조했다. 뭘 좀 아는 사람으로 보이고 싶어서 이와나미 극장까지 고다르를 보러 갔다.

모르긴 해도 그때 그녀는 나에게 호감을 갖고 있었던 것 같다. 한여름 찜통더위에 학교가 있는 하치오지에서 주오 선을 타고 오차노미즈까지 나와서, 다시 터벅터벅 걸어 신보초까지 쫓아왔으니 적어도 싫은 감정을 가지지는 않았을 것이다.

그러나 그 데이트는 완전 실패로 끝났다. 내가 고른 영화는 고다르 작품 중에서도 가장 난해하다고 일컬어지는 「중국 여인」과 「그녀에 대해 알고 있는 두세 가지 것들」의 동시 상영이었다.

총 세 시간 이상 영화를 보면서 그렇게 편안하고 깊이 잠들었던 적은 없을 정도였다. 그건 그녀도 마찬가지였다. 돌아가는 전차 안에서 서로 할 말을 찾지 못한 채 마치 원수라도 되는 듯 말없이 노려보기만 했던 기억이 어제의 일처럼 생생하게 떠올랐다.

아마 이 남학생도 그랬을 테지. 첫 데이트에 로맨스 영화를 고르면 꿍꿍이속을 들킬 것 같고, 전쟁 영화도 좀 그렇고. 영화를 좀 아는 양 과시하고픈 치기도 있었을 테니 아이돌이 나오는 영화를 고를 수도 없었을 것이다. 그 결과, 선택한 것이 바로 비스콘티의 영화 두 편 동시 상영인 것이다.

네 맘 다 안다.

나는 무심코 고개를 끄덕였다. 암, 알고말고. 그 마음은 충분히 이해하지. 나는 불안한 표정을 짓는 소년에게 어서 가자고 말을 건네며 매표소로 향했다. 뒤를 돌아보니 고우메가 이해가 안 간다는 시선으로 날 쳐다보고 있었다.

12_

비스콘티? 누구야? 미국 감독? 유명한가? 들어 본 적 없는데.

포스터는 어쩐지 굉장히 오래된 느낌이 들었다. 배우는 누구지? 헬머트 버거. 꼭 음식 이름 같네. 그렇지만 선배가 추천한 영화니까 틀림없이 유명한 사람이겠지.

나는 외국 배우들은 잘 모른다. 물론 브래드 피트나 조니 뎁 정도는 알지만, 버거니 뭐니 하는 사람은 들어 본 적도 없다.

역시 겐타 선배는 다르다고 감탄했다. 모든 것에 능통하고 모르는 게 없다. 저절로 존경심이 우러났다.

선배가 아빠 티켓까지 샀다. 나는 한참 시간을 둔 후, 티켓 자동판매기 앞에 섰다. 그리고 학생 할인 요금으로 살 뻔하다가 현재 내 모습이 아빠라는 걸 깨닫고, 일반이라고 쓰인 버튼을 눌렀다. 1,300엔. 아빠가 나중에 티켓 값을 줄까?

영화관 로비는 꽤 넓고 깨끗했다. 새로 지은 건물 같았다. 그런데 그곳에 있는 사람들은 왠지 음침한 분위기를 풍기는 남자들뿐이었다. 그들은 더러운 청바지에 폴로셔츠나 티셔츠를 제복처럼 입고 있었다. 셔츠 자락을 청바지 안에 넣은 모습까지 똑같았다. 조금 무서웠다. 아니 그보다는 왠지 짠한 느낌이었다. 거기 있는 사람들 모두가 말없이 담배를 피웠기 때문에 로비는 연기로 자욱했다. 혹시 이 사람들이 소위 말하는 오타쿠(무엇인가 하나에 광적으로 집착하는 사람을 일컫는 말.—옮긴이)인가?

선배가 아빠에게 콜라를 마시겠느냐고 물었다. 아빠는 평소와 달리 생동감 넘치는 모습이었다. 손가락으로 포스터를 가리키며 무슨 말을 건네기도 했다. 제발 쓸데없는 말은 참아 줘. 나중에 감당해야 할 사람은 나란 말이야.

"……그리고 「베니스의 죽음」이나 「들고양이」……."

아빠 목소리가 띄엄띄엄 들려왔다. 설명을 듣는 선배가 영문을 모르겠다는 표정으로 고개를 끄덕이는 모습이 보였다. 나도 무슨 일인지 도통 이해가 안 갔다. 베니스가 어디더라? 이탈리아였나, 로마였나? 버거 어쩌고 하는 사람이 거기서 죽었나? 포스터에는 안 보이던데 들고양이도 나오나? 흠, 굳이 밝히자면 난 고양이보단 개가 좋은데.

그러나 그런 시간은 그리 길지 않았다. 로비에 있던 사람들이 이상한 눈빛을 주고받으며 하나 둘 말없이 객석으로 들어갔다.

아빠도 겐타 선배를 밀어붙이듯 안으로 들어갔다. 대체 어떻게 된 거야?

나도 그 뒤를 따랐다. 들어가서 알게 된 것은 로비에 있던 스무 명쯤 되는 사람이 관객의 전부라는 사실이다. 이백 명 내지 삼백 명은 앉을 수 있는 듯한 객석이 텅텅 비어 있었다. 이 사람들은 역시 오타쿠라는 걸 실감했다.

영화 시작을 알리는 벨 소리와 함께 조명이 사그라졌다. 아빠와 선배는 꽤 앞쪽 자리에 나란히 앉았다. 빈자리가 많아서 그 뒤에 앉는 건 식은 죽 먹기였다. 조명이 꺼졌는데도 아빠는 여전히 신이 나서 떠들어 댔다.

"……역시 영화는 영화관에서 보는 게 좋구나……. 뭐랄까, 공기가 다르다고 할까, 분위기가 좋다고 할까……."

나는 잽싸게 앞자리 의자를 걷어찼다. 입 다물어. 쓸데없는 소리 좀 그만 해. 대체 왜 그리 흥분한 건지.

아빠가 뒤를 슬쩍 돌아보며 얼굴을 찡그렸다. 그래도 무슨 뜻인지는 알아차렸는지 불만스러운 표정을 지으면서도 입은 다물었다.

선배가 힐끔 내 쪽을 돌아봤다. 안 돼! 재빨리 시선을 피해 버리자 선배도 다시 스크린 쪽으로 고개를 돌렸다.

이케부쿠로의 사우나, 갈비집, 술집 등의 광고가 끝나자, 개봉박두라는 시뻘건 글씨와 함께 전통 의상을 입는 여자가 나타났다. 앗, 저건 나도 알아. 「킬 빌」이라는 영화 아닌가? 비디오로 봤다. 저 영화 좀 이상하던데.

"후지 준코라……."

아빠 입에서 중얼거리는 소리가 흘러나왔다. 그건 또 누구야? '비모란박도' 라는 영문을 알 수 없는 주문도 이어졌다.

그건 또 뭔 소리냐고 생각하는데 스크린 가득 「비모란박도 용방문(후지 준코가 주연한 영화 비모란박도 시리즈의 6탄.—옮긴이)」이라는 글씨가 떠올랐다. 전통 의상을 입은 여자가 짧은 칼로 야쿠자 같은 사람들을 차례차례 쓰러뜨렸다. 어유, 말도 안 돼.

"정말 오랜만이다……."

아빠가 앞으로 몸을 내밀고 빨려 들어갈 듯 그 장면을 바라보왔다. 옆에 있는 선배는 어안이 벙벙한 눈빛이었다.

나는 그제야 사태를 조금 파악할 수 있었다. 아마 저건 옛날 영화일 거야. 이 영화관에서는 재상영을 하는 것일 테고.

부탁이야, 아빠. 제발 오랜만이니 어쩌니 하는 말 좀 그만 해.

아빠가 향수에 젖어 들어 기분 좋은 건 어쩔 수 없지만, 난 저런 영화 본 적도 없잖아. 난생처음이라고. 처음인데 오랜만이라니, 그게 말이나 돼?

그 후로도 엇비슷한 영화의 예고편이 몇 편이나 이어졌다. 그때마다 뭐라고 설명하려 드는 아빠를 제지시켜야 했으니 그것만으로도 진땀이 났다.

덧붙여 말하자면 아빠가 가장 흥분한 영화는 「의리 없는 전쟁 히로시마 사투편」이었는데 스가와라 분타라는 배우가 기타오지 뭐라고 하는 사람과 얘기를 나누는 장면이 나왔다.

그러고 나서야 또다시 벨이 울리고 주위가 완전히 어두워졌다. 선배가 아빠 귀에 대고 드디어 영화가 시작한다고 속삭이는 모습이 보였다.

아아, 부러워. 아빤 좋겠다. 내 귀에도 저렇게 속삭여 줬으면. 원래 그 자리에 앉을 사람은 나였는데…….

장엄한 클래식 선율이 흘러나왔다. 어두운 화면에 세월의 흔적이 느껴지는 성이 모습을 드러냈다. 필름은 조금 흐릿했지만 아름다운 풍경이었다. 낭만적이다.

저런 곳에서 선배와 둘이 걷고 싶다는 생각이 들었다. 선배는 어떨까?

뒷자리에서 비스듬히 보이는 선배의 멋진 옆모습을 바라봤다. 혹시 선배가 이런 장면이 나오는 걸 알고 일부러 이 영화를 고른 걸까? 그렇다면 분위기가 무르익으면 영화를 보다 손을 잡을 수도 있다는 뜻?

내가 아는 한 선배는 여자를 사귄 경험이 별로 없다. 리쓰코를 통해 축구부 사람들의 정보 수집을 마친 상태였다.

그리고 나도 일 년 가까이 겐타 선배를 지켜봤다. 첫 데이트에서 여자 손을 잡을 만한 사람은 아니라고 생각한다.

그렇지만 선배도 남자니까 생각이 아예 없진 않겠지? 혹시라도 정말 날 좋아한다면 더더욱 그럴 테지?

그리고 솔직히 그 정도는 적극적으로 해 주길 바라는 마음도 없지 않았다. 간절히 기다려 온 선배와의 첫 데이트니까.

그러나 문제는 지금 선배 옆에 앉아 있는 나는 진짜 내가 아니라는 사실. 만약 선배가 손을 잡는다고 해도 그것은 선배 입장에서는 분명 가와하라 고우메의 손일 테지만 나는 아니다. 선배가 잡은 손은 내 손이 아니라 아빠 손이 되니 아무래도 그런 일은 곤란하다.

엄청나게 모순되지만 나는 선배가 손을 잡아 주길 바라면서도 막상 그러면 무슨 짓을 해서라도 막아야 한다. 어찌 그런 일이!

그러나…….

그것은 쓸데없는 걱정이었다. 왜냐? 영화가 시작된 지 오 분도 지나지 않아 겐타 선배가 의자에 기댄 채 잠들어 버렸기 때문이었다.

그리고 나도 마찬가지였다. 선배가 깊은 잠에 빠진 것과 거의 동시에 나도 잠들어 버렸다.

영화가 무지무지 지루했으니 하는 수 없지. 무슨 뜻인지도 통 모르겠고.

마지막으로 기억나는 장면은 귀족인지 국왕인지, 버거인가 뭔가 하는 사람이 엄청 이상야릇한 옷을 입고 뭐라고 외치는 모습, 잠든 선배의 옆모습, 그리고 앞좌석에서 앞으로 몸을 내민 채 빨려 들어갈 듯 영화에 심취한 나, 즉 아빠의 모습이었다.

아빠, 왜 그렇게 흥분하는데? 물어보고 싶었지만, 차츰 의식을 잃어 갔다. 그 후로는 아무것도 기억나지 않는다.

13_

눈을 뜨자, 양복 옷깃 언저리가 약간 젖어 있었다. 아, 몰라몰라, 어떡해. 손등으로 눈꺼풀을 세게 문질렀다. 앞에서 내 모습을 한 아빠가 일어서서 한껏 기지개를 펴고 있었다. 그 옆에서는 선배가 커다란 몸을 동그랗게 말고 잠들어 있었다. 그 모습을 확인한 후, 나는 있는 힘껏 아빠의 등을 밀쳤다. 당장 멈춰, 꼴사납게 무슨 짓이야.

"앗?"

눈을 뜬 선배가 반사적으로 벌떡 일어서더니 주위를 둘러보았다. 극장 안은 이미 환하게 밝았고 객석에는 아무도 없었다.

"끝나……버렸……나?"

나는 그렇다고 대답하려다 재빨리 입을 틀어막았다. 선배는 내가 아니라 아빠에게 말을 건넸기 때문이었다.

아빠가 "응."이라며 고개를 끄덕였다. '아뿔싸!' 하는 표정으로 고개를 숙인 선배가 다시 얼굴을 들며 미안하다고 말했다.

"정말 미안해……. 재미……없었지……."

안타깝게도 그 말을 부정할 수 없었다. 비스콘티가 누군지 잘은 몰라도 어쨌든 첫 데이트에는 어울리지 않는 영화라는 건 분명했다.

"나 실은…… 음, 축구밖에 몰라서 여자 애 만날 때 어떻게 해야 하는지 잘 몰라……."

선배가 일어선 채로 아빠를 물끄러미 쳐다봤다. 아빤 정말 좋겠다. 나도 선배에게 저런 눈빛을 받아 봤으면.

"영화 보는 게 좋겠다는 말을 듣고, 가와하라가 어떤 영화를 좋아할지 몰라서……시시한 영화는 바보스러울 것 같고…… 약간 허세를 부렸다고 할까……."

그런 말까지 할 필요는 없는데, 그렇지만 진솔한 마음이 전해져서 기뻤다. 선배는 뭐든 솔직히 말하려고 했다.

"아니야."

그렇게 말한 사람은 내가 아니라 아빠였다. 뭐야, 대체 무슨 말을 꺼내려고?

"오랜만에 봤는데 재미있었어. 겐타 선배, 나름 깊이 있네."

아빠는 위로하듯 선배 어깨를 가볍게 두 번 토닥거렸다. 헉, 이럴 수가! 나도 아직 스쳐 보지 못한 어깨를……. 지금 뭐 하자는 거야!

"재미있었다고?"

선배는 이해가 안 간다는 듯 눈을 깜박거렸다. 아빠가 힘차게 고개를 끄덕였다.

"응. 두 번 봤는데 역시 잘 만들었어."

선배 눈은 그야말로 화등잔처럼 휘둥그레졌다.

"두 번째라니? 그럼 전에도 본 적 있어?"

"두 번째가 아니라, 두 번 봤다는 뜻. 그러니까 오늘은 세 번째."

아빠가 전혀 망설임 없이 선배 말을 정정했다.

"물론 좀 길고 장황한 부분도 있지만, 탐미적이라고 할까, 특히 「루드비히 신들의 황혼」은 독특한 데카당스가 느껴져서……."

아빠는 갑자기 입을 다물었다. 그제야 자기 실수를 알아차린 듯했다. 나 역시 살며시 눈을 내리깔 수밖에 없었다.

이 영화가 언제 만들어졌는지는 모르지만, 아마도 이십 년, 아니 어쩌면 삼십 년 전일지도 모른다. 그런 영화를 열일곱 살인 여고생이 두 번, 아니 세 번씩 봤을 턱이 없다.

"영화 좋아하는구나."

선배가 몰랐다며 콧잔등을 긁었다. 아빠는 애매한 말투로 꼭 그런 건 아니라며 고개를 갸웃거렸다. 선배는 뜻밖이라며 부드러운 미소를 지었다.

"가와하라는 음 …… 뭐랄까, 책이나 영화보다 밖에서 노는 걸 더 좋아할 줄 알았는데."

응, 물론 그렇지. 집에 틀어박혀 있기보다는 친구를 만나거나 밖에서 노는 걸 더 좋아해. 날 제대로 봤다고 생각하니 기분이 황홀해졌다.

"아니에요. 취미는 독서와 영화 감상이고."

아빠가 말했다. 으이그, 바보 같은 소리 좀 작작해. 요즘은 미팅사이트 프로필 등록에도 그딴 말은 안 쓴단 말이야.

그런데 갑자기 선배가 몸을 앞으로 내밀었다. 뭐야? 그런 시시한 취미도 괜찮다는 뜻이야?

"어, 나도 책 읽는 거 꽤 좋아하는데."

뭐라? 이미지만 봐서는 영락없는 축구 소년이라 책 같은 건 안 읽는 줄 알았다. 역시 둘이서만 만나야 해. 선배에 관해 좀 더 많은 걸 알고 싶었다.

"물론 축구가 제일 좋긴 하지. 그렇지만 주위에 책 읽는 녀석이 거의 없잖아. 가와하라가 책을 좋아한다는 말은 뜻밖이긴 하지만 무척 기쁜걸. 무슨 책 읽어?"

자, 잠깐, 지금 선배가 뭐라고 한 거야? 기쁘다고? 나랑 취미가 비슷해서 기쁘다는 뜻이야?

나는 마음속으로 주먹을 불끈 쥐었다. 잘했어, 아빠. 꽤 하는데!

근데, 근데, 어쩐담. 나, 진짜 가와하라 고우메는 책을 별로 안 읽는다. 어떡하지? 아냐, 그거야 앞으로 노력하면 돼. 노력할 거야. 뭐부터 읽어야 되지? 도스토옙스키?

"음, 글쎄…… 시바 료타로 작품이나……."

아빠가 그렇게 말하자 겐타 선배가 손뼉을 쳤다.

"우아, 의외네. 나도 좋아해. 그럼 『료마가 간다』도 읽었니? 사카모토 료마(일본 에도시대의 무사로 바쿠후 정권을 천황에게 돌려준 대정봉환을 주도해 일본의 실질적인 근대화를 이끈 인물.—옮긴이)는 정말 대단한 인물이야."

아빠가 거드름을 피우듯 팔짱을 끼며 물론이라고 대답했다. 앗, 위험해! 이건 아빠가 분위기를 탔을 때 나오는 버릇이다. 난 잡지 같은 건 무지 좋아하지만 책은 안 읽는단 말이야.

"그것도 좋지만 『타올라라 검』도 좋잖아."

"히지카타 도시조(일본 바쿠후 말기 시대 최강의 무사집단 신센구미를 키운 천부적 싸움꾼.—옮긴이)!"

선배가 외쳤다. 아빠가 "그렇지, 그렇지."라며 고개를 끄덕였다. 도대체 어떻게 된 거야. 둘이 죽이 척척 맞잖아. 남자들은 정말 알다가도 모르겠어.

"시대 소설 중에서 얼마 전에 후지사와 슈헤이 책을 읽었어. 여성 묘사가 뛰어나지."

"맞아. 근데 좀 어두운 느낌이 들던데."

어찌 된 영문인지 둘은 갑자기 신이 나서 떠들기 시작했다. 이건 오히려 곤란한 거 아닌가?

나는 그들을 남겨 두고 로비로 나왔다. 거기에는 아빠나 선배처럼 흥분해서 이야기를 나누거나 말없이 담배를 피우는 두 부류의 사람들뿐이었다.

로비에서 전화를 걸었다. 벨이 일곱 번 울리자 아빠가 받았다.

"여보세요?"

태평한 목소리. 정말 힘이 쏙 빠졌다.

나는 전화기에 대고 소리를 질렀다.

"나야! 뭘 그리 주절주절 떠들어!"

옆에 있던 요상한 붉은색 운동복을 입은 남자가 고개를 살짝 갸웃거리더니 자리를 떠났다. 으윽, 진짜! 손으로 입을 가리고 목소리를 낮췄다.

"……영화 끝났으니까 당장 집에 가."

아빠도 목소리를 낮췄다.

"그렇긴 한데, 그런데, 밥 먹으러 가자는데?"

"정신이 있어, 없어? 당장 거절해."

"그렇지만 그게 좀."

도대체 일이 어떻게 흘러가는 거야. 시계를 봤다. 어느새 벌써 7시가 지나 있었다. 두 편 동시 상영에 여섯 시간이라니.

"근데 있잖아, 거절하기 좀 힘들다고 할까……."

어유 정말, 왜 꼭 그럴 때만 여고생처럼 돌변하는 거냐고.

"시간도 늦었어! 지금 밥 먹으러 가면 집에 도착하는 건 9시나

10시란 말이야."

아빠와 내 입장이 반대가 되어 버렸다.

이 일을 어쩌면 좋아. 선배가 같이 밥을 먹자고 한 건 당연히 기쁜 일이지만, 지금 이 상태로 선배와 아빠가 계속 대화를 나눴다간 어처구니없는 일이 벌어질 것 같은 예감이 들었다. 아빠가 지금 엄청나게 흥분한 상태라 걱정을 안 할 수가 없었다.

그렇지만 거절하면 앞으로 선배와의 관계에 안 좋은 영향을 끼칠 것 같았다. 지나치게 튕기는 여자 애는 매력 없잖아? 나는 알았다며 타협안을 내놓았다.

"그럼 딱 삼십 분이야. 그리고 말이 너무 많아. 아빠는 나야, 알겠어? 영화 같은 것도 잘 모르고, 또 앞으로의 일도 염두에 두지 않으면 곤란해. 듣고 있어? 상냥하게, 말은 많이 하지 말고!"

"어떻게 그래?"

힘든 일이라는 건 안다. 그렇지만 그것 말고는 달리 취할 태도가 없었다.

"역 근처에 맥도날드가 있으니까 거기로 가."

"말도 안 돼. 좀 더 괜찮은 데 없나? 일식당 같은 데."

바보. 오토야(일본의 가정요리 전문점.—옮긴이)라면 몰라도 고등학생이 그런 데 갈 리가 없잖아. 돈도 없는데.

"알았지? 어쨌든 딱 삼십 분이야."

나는 그 말만 남기고 전화를 끊었다. 근데 아빠가 맥도날드를 알긴 하나? 선배를 데리고 잘 찾아갈 수 있을까? 아아, 걱정돼.

불안해 미치겠어.

그때 조금 전 옆에 서 있던 빨간 운동복의 남자가 가까이 다가왔다.

"저어, 잠시 실례하겠습니다."

"네?"

바빠 죽겠는데 댁은 또 뭐냐고. 아빠랑 선배가 곧 나오는데 절대 놓치면 안 된다. 운동복 입은 남자는 묘한 미소를 머금고 점점 거리를 좁혀 왔다.

"헬무트 버거…… 정말 괜찮죠. 「베니스의 죽음」은 보셨습니까?"

"지금 뭐 하는 짓이야!"

친한 척하며 내 양복 소매를 어루만지는 남자에게 냅다 소리를 질렀다. 당신의 취향이 어떤지는 몰라도 나한텐 접근하지 않는 게 신상에 좋아. 자칫 잘못했다간 전신 화상이야!

14_

정신 똑바로 차려야지.

나는 솔직히 눈앞의 소년이 조금 달리 보이기 시작했다. 키가 크고 축구부 에이스라고 해서 마음에 안 드는 놈일 거라 예상했는데 나름 싹수가 있는 녀석이었다. 영화나 소설 취향이 나랑 비슷하다는 점도 호감이 갔다.

그러나 인간적으로 아무리 괜찮은 녀석이라도 고우메와 사귀는 건 절대 찬성할 수 없다. 녀석은 수험생이고, 고우메는 아직 어린애다. 한때 들뜬 기분으로 그냥 사귀는 건 곤란하고, 진지하면 그건 더더욱 심각하다.

배고픈데 뭘 좀 먹고 가지 않겠느냐는 녀석의 권유를 거절하지 않은 이유는 아예 고우메를 포기하게 만들려는 목적 때문이었다.

그리고 그 작전은 어제 미리 생각해 두었다. 나는 녀석과 함께 맥도날드 계산대에 줄을 서서 무뚝뚝한 태도로 일관했다. 이 첫 번째 작전에 덧붙여 곧 두 번째 작전을 개시하기로 했다.

"뭘로 할까?"

가게는 붐볐다. 코팅된 메뉴를 손에 들고 녀석이 물었다. 나는 잠시 망설이는 척하다가 세트메뉴를 손가락으로 가리켰다.

"빅맥 세트랑 맥너겟, 그리고 애플파이. 전부 라지 사이즈로. 프렌치프라이, 그리고 음료수는 콜라."

고우메는 다이어트 때문에 내게 체중 감량 중인 권투 선수 같은 혹독한 명령을 내렸지만, 이번만은 어쩔 수 없다.

내 전략은 첫 데이트에서 남자처럼 게걸스럽게 먹어 대는 여학생이 되는 것이었다. 그는 무척 놀랄 테고 아무리 고우메에게 호감을 가지고 있었다 해도 그 마음이 식어 버릴 거라는 계산에서였다.

뭐니 뭐니 해도 남자는 대부분 여자다운 걸 좋아한다. 적어도 나라면 남자보다 많이 먹는 여자 애는 사귀고 싶지 않을 것이다. 고우메에게는 미안한 일이지만, 이게 나의 두 번째 작전이었다.

"그럼 난 자리를 맡아 놓을게."

그리고 나는 세 번째 작전을 발동시켰다. 재빨리 2층으로 올라가 버린 것이다.

남자만 줄을 세우고 혼자서 앉아 버리는 예의 없는 여자 애. 게다가 계산은 몽땅 남자에게 떠맡기기. 이러는 데도 정나미가 안 떨어진다면 그 쪽이 이상한 사람일 테지.

한술 더 떠서 앞에서 담배라도 피워 줄까 생각했지만, 아무래도 고우메 몸이 걱정되어 그것만은 그만두기로 했다. 금연석 안쪽에 테이블 몇 개가 비어 있어서 자리를 잡았다. 그러자 곧바로 전화가 왔다.

"여보세요?"

비명 같은 목소리가 들렸다.

"지금 뭐 하자는 거야! 어지간히 하시지! 빅맥세트라니 그게 몇 칼로리인지 알기나 해?"

고개를 들자 바로 앞 테이블에 고우메가 앉아 있었다. 뒤를 돌아보는 얼굴에는 살기가 깃들어 있었다. 우리는 2미터도 안 떨어진 거리에서 휴대전화를 귀에 댄 채 서로를 쳐다보았다.

"미안, 미안. 아침부터 아무것도 못 먹어서 배가 너무 고파. 그리고 이 정도는 봐줘야지. 네가 시키는 대로 영화도 보고 다 해줬잖아."

양복 차림의 고우메가 노려보며 말했다.

"아빠 꿍꿍이쯤은 훤히 보여. 정말 비겁해. 허겁지겁 먹어 대서 선배가 날 싫어하게 만들려는 거잖아."

역시 내 딸이다. 벌써 간파해 버리다니.

"그러는 너야말로 제법 빠른데? 줄이 꽤 길던데 어떻게 벌써 주문을 했니?"

고우메가 손에 든 맥도날드 밀크셰이크를 흔들었다.

"음료수 전용 계산대가 있어. 얘기 딴 데로 돌리지 마. 게다가 혼자만 올라와 앉아 있다니, 같이 서 있는 게 예의잖아."

"아빠가 이런 패스트푸드점 매너 같은 것을 어떻게 알겠니? 난 그런 나이가 아니야."

"어쨌든 이쪽에 앉아."

고우메가 휴대전화로 플라스틱 의자를 두드렸다.

"안쪽 자리에 앉으면 건방져 보인다고. 제발 부탁이니 행동 좀 제대로 해. 먹고 나면 곧바로 돌아가는 거야. 아까처럼 주절주절 떠들면 나 진짜 아빠 회사에서 무슨 일을 저지를지 모른다고!"

전화기를 접은 고우메가 뚫어져라 나를 노려봤다. 하는 수 없었다. 나는 계단 쪽으로 등을 보이는 자리로 바꿔 앉았다. 고우메와는 등을 맞대고 앉았다.

"어쨌든 계속 웃어."

혼잣말처럼 중얼거리는 고우메의 목소리가 들렸다.

"겐타 선배가 무슨 말을 하든 생글생글 웃으면서 고개만 끄덕여. 그러면 돼. 연애는 이미지야."

꽤 아는 체를 했다. 바로 그 이미지를 깨뜨리는 게 내 작전이었지만 그 말은 하지 않았다.

아니, 그렇다기보다 전략은 이미 실행한 거나 마찬가지였다. 대식가에 제멋대로 행동하고 돈도 안 내고 혼자만 자리에 앉아 버리는 여자 애, 그런 애와는 나라도 사귀고 싶지 않을 것이다. 백 년간의 사랑이라도 식을 수밖에 없겠지.

"왔다!"

손을 흔들어 주라는 명령이 떨어졌다. 뒤를 돌아보니 녀석이 햄버거와 갖가지 음식이 가득 담긴 쟁반을 안은 채 좌우로 두리번거리는 모습이 보였다. 내가 손을 흔들자 그는 미소를 지으며 가까이 다가왔다.

"미안, 오래 기다리게 해서."

녀석은 너무 붐빈다며 테이블 위에 쟁반을 올려놓았다. 자기가 주문해 놓고 이런 말하긴 뭣하지만 아무래도 너무 많이 시킨 것 같았다. 빅맥이라는 게 이렇게 컸나 싶어 새삼 놀랐다. 게다가 산더미처럼 수북한 프렌치프라이까지. 라지 사이즈의 크기가 우리 시대랑은 다른 모양이다.

그는 여전히 미소를 머금은 채 쟁반을 내 쪽으로 밀어 주었다.

"자, 먹어."

갑자기 등 뒤에서 소리가 들렸다.

"여보세요? 음, 나다. 넌 왜 고맙다는 인사를 안 해!"

슬쩍 뒤를 돌아보니 휴대전화를 귀에 댄 고우메가 시선을 나에게 던지고 있었다. 물론 전화 같은 건 걸지도 않았다. 지금 그 말은 나를 향한 것이었다.

"……고마워요."

나는 그렇게 말하며 그를 쳐다봤다. 고우메가 좀 더 제대로 할 수 없느냐고 내뱉듯 쏘아붙이더니 전화기를 닫았다.

"미안, 배고팠지?"

그는 영화가 그렇게 길 줄은 몰랐다며 프렌치프라이를 집어 들었다.

"게다가 재미도 없고. 역시 어울리지 않는 짓은 하는 게 아닌데……."

그가 먹으라고 하기도 전에 나는 빅맥 포장지를 다 벗긴 상태였다. 고우메의 이미지 실추가 목적이니 우아하게 먹을 필요도 없고, 꼭 그렇지 않더라도 덥석 물어뜯을 수밖에 없을 만큼 컸다.

"아닌데. 꽤 재미있었는데."

등 뒤에서 요즘 젊은 애들은 어쩌자고 음식을 입에 넣은 채 말을 하는지 모르겠다는 중얼거림이 들려왔다. 허겁지겁 햄버거를 삼켰다.

"그런 영화가 재미있다니 가와하라도 좀 특이하네."

음료수 빨대를 입에 문 채 그가 말했다.

"아까 오랜만이라고 했던 말도 신기하고."

난 전에 NHK인가 어디서 해 준 영화라고 둘러댔다.

"'추억의 명화 특집' 인가 뭔가, 아무튼 그런 거였는데, 우연히 봤어요."

"그랬구나."

그가 몸을 앞으로 내밀었다. 영화 이야기에는 자신 있었지만 뒤에서 기침을 하는 소리가 들려서 입을 다물었다.

"다음에는 좀 쉬운 영화가 좋겠지?"

그는 그렇게 말하더니 고개를 숙인 채 프렌치프라이 몇 개를 움켜쥐어 입 속으로 밀어 넣었다. 쑥스러운 모양이다.

다음 기회는 없을 테지만, 일단은 고개를 끄덕여 주었다. 등 뒤에서 살기가 느껴졌기 때문이었다.

15_

최악이다. 최고로 최악이다!

아빠는 대체 무슨 꿍꿍이일까. 배고프다는 핑계를 댔지만, 그건 뻔한 거짓말이다. 아빠는 겐타 선배 마음속에 깃든 가와하라 고우메의 이미지를 실추시킬 목적이 있는 게 분명하다. 그렇지 않고서야 저렇게 엄청난 양을 주문할 턱이 없다.

분하긴 하지만, 아빠 작전이 틀린 건 아니다. 사실 여고생들은 꽤 많이 먹는다. 그러나 그런 모습을 좋아하는 사람이나 남자 친구 앞에서는 보이지 않는다. 조신하고 얌전하게, 나온 음식은 절반 정도만 먹는 게 최고다.

리쓰코야말로 그런 여학생의 전형이라 할 수 있는데, 데이트를 앞둔 전날에는 저녁때부터 수분을 절대 섭취하지 않는다고 한다. 화장실에 가는 모습을 보이는 게 부끄럽다나.

나는 그렇게까지 심한 행동을 한 적은 없지만 그 마음은 충분히 이해한다. 먹거나 화장실에 가거나 꾸벅꾸벅 조는 꼴을 보이느니 차라리 죽는 게 낫다. 여고생에게 데이트는 전쟁터나 다름없다.

아마 아빠는 지저분하게 먹어 댄 후 화장실에 갈 속셈일 것이다. 어쩌면 몇 분씩 죽치고 앉아 있을지도. 그건 정말 최악이며 끝장이다.

내가 말을 많이 하지 말라고 명령한 건 사실이다. 그런데 아빠는 내 말을 따른답시고 선배가 말을 걸 때마다 "네.", "아니요."라고만 대답하고 있다. 내 말뜻은 그게 아니잖아. 품위 있고 얌전하고 성실하게, 그러면서도 붙임성 있게 대하란 말이야.

그런데 아빠는 점점 더 내 이미지를 망치려 들었다. 오로지 눈앞의 햄버거, 프렌치프라이, 치킨 너겟만 묵묵히 먹어 치웠다. 어른들은 교활하기 짝이 없다. 그런 행동을 멈추게 할 방법은 한 가지뿐이다. 난 휴대전화를 꺼내 귀에 대고 말했다.

"아, 난데…… 상대 얘기에 좀 더 맞춰 주면 좋잖아."

전화 상대가 있을 리 없었다. 나는 아빠를 향해 말한 것이었다. 목소리가 제대로 들리도록 몸을 비스듬히 돌렸다.

"너의 그런 태도는 매우 안 좋아. 상대가 마음을 써 주는데 그런 실례가 어디 있어."

나는 중년 샐러리맨이 문제를 일으킨 후배 사원에게 설교하는 어조로 말을 이었다. 겐타 선배는 학원의 수강 신청 때 우연히 만

난 초등학교 때 친구 이야기를 하고 있었다.

"듣고 있는 거야? 자넨 그 뭐냐, 그래, 맞장구라는 것도 못 치나? 게다가 남이 말을 할 때는 상대의 눈을 쳐다봐야지."

상상 속의 통화 상대가 고개를 끄덕이거나 상대를 쳐다보는 걸 전화로 알 턱이 없으니 조금만 생각해 봐도 이상한 얘기지만, 아빠한테만 들리면 되니 상관없었다. 아빠의 어깨가 꿈틀거렸다.

"……근데 타로를 오 년 동안이나 못 봤어. 타로 녀석, 초등학교 때는 엄청 얌전했는데 금발로 염색까지 했더라고. 귀고리도 한두 개가 아니고……."

선배 목소리가 띄엄띄엄 들렸다. 아, 선배 초등학교 시절이라니…… 그때는 어땠을까. 지금처럼 운동을 잘했나? 어떤 과목을 좋아했을까? 그럴 리야 없겠지만, 좋아하는 여자 애가 있었을까? 어떤 아이였을까? 너무 궁금해.

그러나 아빠는 그런 말은 안중에도 없었다. 말없이 고개를 끄덕이고 기계적으로 왼손을 움직여 프렌치프라이를 입에 밀어 넣을 뿐이었다.

부탁이야, 좀 적극적으로 행동해. 너무 무관심해 보이잖아.

갑자기 내 휴대전화가 울렸다. 문자. 보낸 사람은 고우메 즉, 아빠가 보낸 것이었다.

먹으면서 말하지 말라며 · 그래서 고개만 끄덕이는데 · 대체 뭘 어쩌라고 아무 장식도 없는 짧은 문장이 떴다. 아유, 진짜 열 받네. 나는 전화기에 대고 버럭 소리를 질렀다.

"바로 그런 태도가 나쁘다는 거야. 남이 얘기하는데 문자나 보내고, 그런 실례가 어디 있어! 부탁한다. 더 이상 이미지 나쁘게 만들지 마. 제발 부탁이야, 응? 잘 좀 하라고."

마지막 말은 내 말투로 변해 있었다. 엉겁결에 목소리가 커졌는지 선배가 이쪽을 쳐다보는 게 느껴졌다. 아무튼 잘 부탁한다고 거칠게 내뱉은 후 휴대전화를 접었다.

정신을 차려 보니 선배는 입을 다물고 있었다. 그야 그럴 테지. 열심히 떠들어 봐야 대답도 제대로 안 하는데 입을 다물 수밖에 없지. 틀림없이 내가 싫어졌을 거야.

미안해, 선배. 나중에 꼭 보상할게. 그런 기회가 온다면……. 하지만 기회는 오지 않겠지.

"재미없었나?"

선배가 쑥스러운 듯 웃으며 말했다. 그런 말투는 전에도 들은 적이 있다. 노래방에서 집까지 바래다주던 길, 이런저런 얘기를 나누다 선배가 걱정스러운 듯 내 얼굴을 쳐다봤다. 그때랑 똑같았다.

"아니에요."

아빠가 지극히 사무적인 말투로 대답했다. 나도 모르게 버럭 소리를 질렀다.

"좀 다르게 말할 수 없어!"

"저어, 손님?"

화려한 체크무늬 유니폼을 입은 직원이 가까이 다가왔다. 불안하게 흔들리는 그의 눈동자. 나는 그만 휴대전화를 드는 것도 잊은 채 소리를 지른 것이다.

주위 테이블 손님들도 날 쳐다봤다. 아무것도 아니라고 변명하며 고개를 숙였다. 얼굴이 화끈거렸다. 윽, 쪽팔려!

"……음, 무슨 얘기 중이었지?"

당황한 듯 분위기를 수습하려 한 사람은 아빠가 아니라 선배였다. 잘 모르겠다는 표정으로 아빠가 선배를 쳐다봤다. 제발 좀 맞춰 주란 말이야.

"어, 이런."

갑자기 선배가 시계를 쳐다봤다.

"벌써 8시네. 바래다줄게."

이젠 완전 글렀다. 선배도 질려 버린 모양이다. 전부 아빠 탓이다. 어떻게 책임을 물어야 할까.

아냐, 그럴 필요도 없어. 책임 같은 거 필요도 없어. 선배에게 차이면 나 같은 건 살아 있을 의미가 없어. 죽어 버리자. 아빠는 후회나 할까?

16_

세이부 이케부쿠로 선에 탔을 때는 8시를 조금 지나 있었다. 오이즈미 학원 역까지는 이십 분 정도 걸린다. 9시 전에는 집에 도착하겠지.

나는 옆에서 손잡이를 잡고 서 있는 키 큰 녀석을 바라보며 꽤 착실한 학생이라고 생각했다. 바로 뒤에는 내 모습을 한 고우메가 서 있었다.

이십여 년 전과는 다르게 시대가 변하면서 고등학생들의 생체 리듬도 올빼미 형으로 바뀐다는 것 정도는 나도 알고 있었다. 내가 고등학생이었던 시절에는 7시가 넘어 집에 들어오는 건 있을 수 없는 일이었다. 그런데 최근 젊은 애들은 11시, 12시도 크게 문제 될 게 없는 모양이다.

좋은 건지 나쁜 건지 몰라도 그게 시대의 흐름이라는 거겠지. 그에 비하면 시험 전이니 9시 전에는 돌아가야 한다는 그의 태도에는 상당히 호감이 갔다. 그러나 그 정도뿐이다.

전차에 탄 후 잠시 동안은 대화도 나눴다. 오늘 본 영화, 조금 전 맥도날드에서 본 이상한 아저씨, 실은 고우메였지만.

그러나 화제는 금세 끊겼고 우리는 침묵을 지켰다. 고우메가 뒤에서 무슨 얘기든 하라고 얼굴을 찡그렸지만 처음 만난 사람과 허물 없이 대화를 나누는 건 쉽지 않은 일이었다. 나는 침묵을 지킬 수밖에 없었고 그쪽도 마찬가지인 것 같았다. 아무튼 작전은 제대로 들어맞는 듯했다. 만족할 만한 상황이었다.

얼마나 갔을까. 다음 정차역이 오이즈미 학원이라는 방송이 흘러나왔다. 긴 하루였다. 나는 의무감에서 해방된 기쁨에 무심코 그에게 말을 걸었다.

"선배는 히바리가오카죠?"

고우메가 가르쳐 준 정보 중 하나였다. 3학년, 축구부 포워드, 오차노미즈에 있는 입시 학원에 다님. 집은 히바리가오카, 양친 모두 건강, 네 살 어린 여동생을 포함해 네 식구.

"응."

오늘은 고마웠다고 고개를 숙이자, 미소를 지었다. 유감스럽게도 꽤 산뜻한 미소였다.

"나야말로 즐거웠어."

잠시 예의상 한 말일 거라고 생각했는데 아무래도 그게 아닌 듯했다. 이상한 녀석이다.

첫 데이트에 비스콘티 영화를 선택하는 초보적인 실수를 저지르고, 말도 별로 안 하는 여자 애랑 지냈으면서 재미있다니. 정신이 어떻게 된 건지 의심스러웠다. 예상만큼 닳아빠진 녀석이 아닌 건 확실했다.

"선배, 학교에서 보는 거랑은 역시 다르다."

나는 뜻밖의 일들뿐이었다며 창밖으로 시선을 돌렸다.

뜻밖인 건 당연하지. 지금 나는 고우메가 아니라 그 애의 아빠니까.

"나도 가와하라의 사고방식이나 좋아하는 걸 많이 알게 돼서 아주 재미있었어."

"어?"

이건 또 뭔 뚱딴지같은 소리.

"나, 얘기 재미있게 못하는 편이잖아. 그런데도 말없이 들어 줘서 고맙다."

나는 말문이 막혔다. 자, 잠깐. 난 무뚝뚝하게 행동하려던 것뿐인데 넌 그렇게 느꼈다는 거야? 어이, 그게 아니지.

너라는 인간에 대해 처음보다 좋은 인상을 갖게 된 건 사실이야. 겉모습은 영락없는 요즘 애지만 속은 왠지 우리 시대랑 가까운 것 같아서 친근감까지 느꼈지. 그렇지만 네 얘기는 정말 따분했어. 아 물론, 둘이서만 만나는 게 처음이니까 긴장했을 거라는 건 알아. 아무리 그래도 좀 심하잖아? 경험을 좀 더 쌓아야 할 것 같은데.

"즐거웠어."

그가 다시 한 번 말했다. 아, 글쎄 좀 기다리라니까. 일이 어쩌다 이렇게 된 거지? 고우메, 이 녀석은 대체 어떻게 생겨 먹은 놈이야?

설마?

말없이 고개만 끄덕이는 나를 얌전하고 품위 있다고 착각한 걸까? 조용하고 차분하게 남자 체면을 살려 주는 여자라고 생각한 걸까? 혹시 내 작전이 몽땅 실패한 건가?

전차 속도가 느려졌다. 오이즈미 학원 역이라는 방송이 다시 흘러나왔다. 나는 어떡해야 좋을지 몰라 "저, 내려요."라고 말했다. 그는 알고 있다는 듯 고개를 끄덕였다.

"바래다줄게. 너무 늦었잖아."

전차 속도가 점점 더 늦어졌다. 앉아 있던 승객들이 내릴 준비를 시작했다.

나는 고개만 돌려 뒤를 쳐다봤다. 잠자코 따르라고 말하는 고우메의 눈빛이 느껴졌다.

전차는 드디어 역에 도착했다. 나는 좋다 싫다는 표현도 하지 못한 채 사람들에게 떠밀려 전차에서 내렸다.

"자전거?"

고개를 끄덕이자 그가 앞장서서 걷기 시작했다. 개찰구를 나와 역 앞 자전거 주차장으로 향하면서 나는 그의 등에 대고 말을 건넸다. 마지막 저항이었다.

"선배야말로 많이 늦었는데…… 그냥 가세요. 제가 미안하잖아요."

솔직히 바래다주는 게 달갑진 않았다. 겉모습은 여고생이지만, 속은 마흔일곱 살이다. 그리고 뒤에 고우메도 있으니 무슨 일이 있으면 '고우메 아빠'가 도와줄 것이다.

그러나 그런 사정은 말할 수 없다. 자전거는 어디 있느냐고 묻는 그의 앞에서 나는 고우메의 자전거를 끌어냈다. 그가 핸들을 건네 잡고서 쇼핑몰 앞으로 걸어가기 시작했다.

안절부절못하고 뒤를 돌아보자, 고우메가 두 손을 모으고 애원했다. 나는 그 뒤를 따라갈 수밖에 없었다.

17_

내가 보기에도 오늘 아빠의 행동은 최악이었다. 아빠가 연기한 고우메 같은 여자한테 호감을 가질 남자는 절대 없을 것이다. 만약 있다면 좀 이상한 사람이거나 아니면 나를 무지무지 좋아하는 사람일 것이다.

겐타 선배는 다른 남자 애들과는 다르다. 교우 관계는 좋지만 요란스럽게 나서지 않고 늘 침착하고 어른스럽다. 축구부에서는 그 누구보다 실력이 뛰어나고 민첩하게 그라운드를 누비지만, 유니폼을 벗으면 키가 좀 클 뿐 그냥 보통 사람으로 돌아왔다. 그런 모습이 견딜 수 없을 만큼 멋졌다.

그래서 내가 반해 버리긴 했지만, 어쩌면 선배는 정말 좀 특이한 사람일지도 모른다. 아니, 혹시 내가 상상하는 것보다 훨씬 멋진 일이 일어날지도……. 선배가 정말 나를?

나는 오늘 시험 전인데도 선배와 단둘이 만났다. 상식적으로 생각해도 이건 역시 데이트가 분명하다.

그런데도 도무지 믿기질 않았다. 이렇게 잘 풀릴 리가 없어. 선배도 나만큼 내 생각을 했을까? 설마 그런 일이?

나는 기대감으로 부풀어 오르는 마음을 애써 억눌렀다. 너무 기대했다가 일이 잘못되기라도 하면 훨씬 괴로울 테니까.

선배가 그럴듯한 말을 한 건 사실이지만 아직 정식으로 고백한 건 아니잖아. 섣부른 판단과 지레짐작은 나의 나쁜 버릇이다. 그러면 못써, 고우메. 너무 기대하지 마.

그렇지만, 그렇지만 순조로운 흐름이 느껴져. 어쩜 정말 잘될지도 몰라.

아, 과연 어떻게 될까? 자전거를 밀고 가는 선배는 한마디도 하지 않았고, 아빠 역시 입을 다물고 있어서 일이 어떻게 되는 건지 전혀 감이 안 잡혔다. 그들과 거리를 두고 있었기 때문에 분위기도 통 알 수 없었다.

선배가 친절하다는 건 나는 물론 누구나 다 아는 사실이다. 혹 후배 여자 애한테 무슨 일이 생기면 안 되니까 단순한 선의에서 바래다주는 것뿐일지도 모른다. 선배는 그런 사람이다. 기대하면 안 된다고 스스로를 타일렀다.

상점가를 지나 큰길로 나갔다. 변한 건 아무것도 없었다. 두 사람은 일정한 거리를 유지한 채, 서두르는 기색도 없이 걸어갔다.

다른 사람 눈에는 내가 수상한 남자로 보일 게 틀림없다. 전봇대에 몸을 숨기며 고등학생 커플을 뒤쫓는 아저씨.

큰길을 건넌 후 작은 공원에 다다랐을 때 아빠가 걸음을 멈췄다. 그리고 걷기 시작한 후 처음으로 말을 하며 오른쪽 방향으로 손가락질을 했다.

"저쪽!"

으이그, 웬 명령조!

고개를 끄덕인 선배가 핸들을 오른쪽으로 꺾었다.

잠시 후 아빠 목소리가 바람에 실려 띄엄띄엄 들려왔다.

"이제 됐어요. 바로 앞이에요."

빨간 지붕이 보였다. 경사가 급한 내리막길을 내려가면 곧바로 우리 집이다. 나는 들키지 않게 주의하며 두 사람에게 가까이 다가갔다. 선배가 뭐라고 말하자 아빠가 손을 흔들었다.

"선배, 너무 늦었으니까 여기서 됐어요. 역까지 가서 전차 타면 집에 10시 넘어서 도착할 거예요."

선배가 웃었다.

"그건 그렇지만 여기까지 왔으니 집에 들어가는 거 보고 갈게."

어깨를 움츠린 아빠가 오늘은 고마웠다며 고개를 숙였다. 선배가 "나야말로."라고 대답했다. 전차 안에서 나눈 대화 내용과 똑같았다.

"자, 그럼."

아빠가 냉정하게 등을 돌렸다. 좀 더 여운이 남게 해 주지! 그 순간, 선배가 뭐라고 입을 열었다.

"네?"

솔직히 말하면 나는 선배가 한 말을 들었다. 그렇지만 도무지 믿기질 않았다. 그래서 뒤를 돌아보며 다시 한 번 물어 준 아빠가 너무 고마웠다. 오늘 아빠의 발언 중 최고!

선배가 얼굴을 비스듬히 돌리며 말했다.

"으음, 그러니까…… 또 만나 줄 수 있니?"

선배, 그게 대체 무슨 뜻이야? 그 말, 고백으로 받아들여도 되는 거야?

"으음, 저어…… 난 아직 잘 모르겠다고 해야 할까……."

아빠가 자전거 핸들을 잡은 채 고개를 갸웃거렸다.

"안 되겠니?"

선배가 어깨를 눈에 띄게 축 늘어뜨리며 말했다. 아빠가 머뭇거리며 그런 게 아니라고 어쩌고저쩌고했다.

안 돼. 그건 아니지. 아아, 어떡해! 아빠, 멋대로 거절하지 마. 지금 분위기 최고잖아.

그때 달리는 자동차 전조등이 고개를 든 선배의 얼굴을 비췄다. 그 표정을 본 순간, 나는 엄청난 사실을 깨달았다. 난 지금 세상에서 가장 행복한 여자가 틀림없다.

동시에 다른 생각도 떠올랐다. 이대로 그냥 지켜보고만 있으면 선배가 나에게, 가와하라 고우메에게 고백할 것이다. 그렇지만 그것만은 안 된다!

선배, 잠깐. 거기 있는 사람은 고우메가 아니야. 진짜 고우메가 아니라고. 엄청나게 모순되는 감정이지만, 순간 나는 나에게 심한 질투를 느꼈다. 선배의 고백을 듣는 사람이 여기 있는 내가 아니라, 저기 있는 가와하라 고우메라는 사실에 맹렬한 질투를 느낀 것이다.

"가와하라…… 난…… 너를……."

그 순간 내가 취한 행동은 반사적 본능에 의한 것이었다. 다리가 멋대로 움직이더니 두 사람 앞으로 다가갔다. 그리고 손을 들어 아빠 목소리로 말을 건넸다.

"고우메!"

나는 돌아보는 선배를 무시하고 그대로 발걸음을 재촉했다.

"어쩐 일이니? 많이 늦었다."

"아빠!"

다행이라는 듯 아빠가 목소리를 높였다. 선배는 어떻게 하면 좋을지 모르겠다는 미묘한 각도로 고개를 숙였다.

나는 말할 수 없이 복잡한 심정이었다. 어쩌면 내 인생 최대의 기회를 내 손으로 망가뜨리는 것인지도 모른다.

그렇지만 선배가 좋아한다는 고백은 진짜 나에게 해 주길 바랐다. 내 모습을 한 아빠가 아니라 진짜 가와하라 고우메에게.

그래서 두 사람 사이로 끼어들었다. 잘한 일인지 치명적인 실수인지는 나중에 판가름 나겠지. 그에 대비한 준비는 철저히 해 둬야 한다.

"음, 자네는?"

"오스기입니다."

선배가 고개를 숙이며 말했다. 목소리가 씩씩했다. 갑자기 좋아하는 여자의 아버지와 마주치면 머뭇거리기 마련인데 선배는 당당하기까지 했다. 그런 선배가 무척이나 믿음직스러웠다.

"흠, 오스기 군이라고?"

나는 선배 손을 힘껏 움켜쥐었다. 처음 만져 보는 선배의 손은 무척이나 따뜻했다.

"난 이 애 아빠야. 집까지 바래다주고, 고맙군. 자네, 꽤 친절하

구먼."

뒤에서 아빠가 어깨를 찔러 댔지만 거기에 신경 쓸 상황이 아니었다. 나는 손을 움켜쥔 채 말을 이었다. 팔짱도 끼고 싶었지만, 그건 꾹 참았다.

"고우메도 아주 기뻐할 거야. 우리 애가 워낙 수줍음이 많아서 자기 마음을 제대로 표현하는지 모르겠군. 모르긴 해도 자네와 똑같지 않을까?"

"그럴까요?"

나는 틀림없다며 힘차게 고개를 끄덕였다.

"앞으로 우리 딸 잘 부탁하네. 나도 사람 보는 눈이 좀 있어. 자넨 우리 고우메에게 아주 소중한 존재가 될 것 같군. 어때, 다음 주에 다시 만날 생각 없나?"

아빠가 내 다리를 찼다. 앗, 아파! 하지만 꾹 참고 밝게 웃어 보였다.

"이래 봬도 내가 생각이 젊은 아빠거든. 딸 친구 문제에 이러쿵저러쿵 참견할 생각은 없어. 딸이 믿는 사람이라면 나도 믿네. 그것뿐이야."

고맙다고 말하는 선배의 팔에 불끈 힘이 들어가는 게 느껴졌다. 아빠는 등 뒤에서 한숨을 내쉬었다.

선배, 아빠가 힘이 되어 준다는 뜻이야. 그러니까 얼마든지 또 만나자고 해도 돼. 아빠랑 내가 원래 자리로 돌아갔을 때. 그리고 다음에는 진짜 가와하라 고우메에게 고백해 줘. 선배가 안 하면 내가 먼저 해 버릴지도 몰라.

나는 선배에게 미소를 지어 보였다.

Part 4

아빠의 딸은 딸이 아니다

01_

난감하다.

정말 난감하다.

눈앞에서 내 모습을 한 고우메가 녀석을 격려하듯 어깨를 여러 차례 두드렸다. 어찌 되었든 나는 지금 고우메의 모습이니 기분 나쁜 태도를 취할 수도 없다.

그러나 고우메는 아직 고등학교 2학년, 고작 열일곱 살이다. 애인을 만들기에는 너무 이르지 않은가.

내 사고방식이 구시대적이란 건 안다. 그렇지만 내 생각은 확고하다. 고우메는 아직 어린애다. 남자 애랑 이러쿵저러쿵하기에는 지나치게 어리다. 무슨 일이라도 생기면 어쩔 것인가.

아니 뭐, 무슨 일이라는 게 꼭 건전하지 못한 이성 교제를 가리키는 건 아니다. 고우메는 그런 아이가 아니다. 나는 내 딸을 믿는다.

그러나 세상에는 돌발 상황이 있기 마련이다. 남자와 여자 사이에는 깊고 어두운 강이 있다. 무슨 일이 벌어질지 그 누가 알겠는가.

다시 말해 나는 이 일도 일종의 리스크 매니지먼트 같은 것이니 위기가 예측되면 조금이라도 그 가능성을 줄여야 한다는 입장이다. 세상이 어떻게 변하든 나중에 곤란해지는 쪽은 여성이고, 돌이킬 수 없는 사태가 벌어진 후에 후회한들 이미 엎질러진 물이다.

그런 내 염려는 안중에도 없는지 고우메는 다음 주에 또 만나라는 쓸데없는 말까지 지껄였다. 그건 네 희망 사항이겠지.

나는 밤하늘을 올려다보며 한시라도 빨리 원래대로 돌아가게 해 달라고 기원했다. 다음 주에도 이런 일을 되풀이해야 한다면 솔직히 내 몸이 배겨 낼 수 없을 것 같았다.

내 모습을 한 고우메는 녀석에게 여기까지 왔으니 같이 집으로 들어가서 엄마에게 인사라도 하라고 권했지만, 그는 시간이 너무 늦었으니 다음에 하겠다고 대답하고 역 쪽으로 돌아갔다.

"아빠, 어때? 괜찮지?"

고우메가 멀어지는 그의 뒷모습을 보며 불쑥 물었다.

"아직은 모르지."

나는 일부러 고개를 저으며 말했다.

"남자는 똑같아. 여자네 가족 앞에서는 어떻게든 좋은 모습을 보이고 싶어 하는 거야."

말은 그렇게 했지만, 공정하게 봐서 오스기 겐타 군은 꽤 훌륭한 청년이라고 할 만하다. 나 같으면 조금 전까지 데이트하던 여자 애 아버지와 갑작스레 마주친 상황에서 긴장해서 허둥거리기만 할 것이다. 떨려서 무슨 말을 할지 몰라 더듬거릴 게 뻔하다. 그런데 그는 시종일관 차분했고, 오히려 전보다 더 어른스러워 보이기까지 했다.

"아빠도 그랬어?"

"바, 바보 같은 소리. 아빠는 그런 사람이 아니야."

아픈 곳을 찔렸다. 아내와 결혼할 때 그쪽 부모님께 인사를 드려야 했는데, 솔직히 마음이 내키지 않아 여러 번이나 미뤘던 기억이 났다.

"아빠는 달라. 일반적으로 그렇다는 말이지. 단지 널 깨우쳐 주기 위해서 하는 말이야."

"아하, 그러셔?"

고우메가 살며시 웃었다. 내 얼굴이지만, 상대방을 지독하게 열 받게 만드는 표정이었다.

"어쨌든 다행이야. 아빠도 꽤 하는데?"

고우메가 내 팔을 토닥이며 말했다.

"꽤 하다니?"

"잘해 줘서 고맙다는 뜻이야. 흠, 선배가 책을 좋아했구나."

고우메는 전혀 몰랐다고 흥얼거리며 집으로 걸어갔다. 부탁이니 깡충거리는 것 좀 멈춰 다오. 나이 마흔이 넘은 중년 남자가 제 기분에 취해서 깡충거리는 모습은 차마 눈 뜨고 보기 힘들거든.

02_

세상은 틀림없이 나를 중심으로 돌아가고 있다.

오늘 복권을 사면 분명히 1등에 당첨될 거야. 경마는 하나도 모르지만, 마권을 사도 대박이 터지지 않을까?

그럴 정도로 운이 좋은 날이었다. 오, 예, 최고야!

나는 현관 옆 작은 방으로 뛰어 들어가 숨을 죽인 채 한참 동안 춤을 췄다. 엄마가 보면 아빠가 이상해졌다고 난리를 치겠지. 그런데도 도저히 멈출 수가 없었다. 춤을 추다 책상 모서리에 세게 무릎을 찧었고, 숨이 차서 의자에 주저앉고 말았다.

아빠 몸은 도대체 뭐야? 고작 이 정도에 헉헉거리다니.

몸을 축 늘인 채 오늘 일을 떠올려 보았다. 처음에는 모든 게 걱정스러울 뿐이었다. 아빠는 입을 다물고 있었고, 선배는 어쩐지 불편해 보였다. 게다가 대화가 끊어지는 등 전부 나쁜 방향으로 흘러가는 것 같았다.

게다가 선배가 선택한 영화는…… 나도 모르게 깊은 잠에 빠져 버릴 만큼 재미없었다. 한마디로 말하면 지루함 그 자체였다.

선배가 날 싫어하게 만드는 게 아빠의 데이트 전략이었을 것이다. 영화가 너무 재미없다며 극장을 박차고 나와 버리면 되는 거 아니었나? 실제로 재미없었으니까.

그런데 아빠는 그렇게 하지 않았다. 아마도 그 비스인가 뭔가 하는 감독의 영화가 아빠의 추억의 영화였던 모양이다. 나도 선배도 그런 건 전혀 몰랐고, 아빠 입장에서는 예상 밖의 일이었을 것이다.

그때부터 아빠의 계산은 조금씩 틀어지기 시작했을 것이다. 싫어하게 만들겠다는 의도가 앞선 나머지 맥도날드에 가서는 돈도 안 내고, 자기 혼자만 자리 잡고 앉아 버리고, 돼지처럼 잔뜩 먹어 대며 열심히 노력했다. 그런데도 모든 게 반대의 결과를 낳고 말았다.

선배는 햄버거를 입에 가득 문 내 얼굴을 한 아빠를 무척이나 행복한 눈빛으로 바라봤다. 여자 애가 많이 먹으니 참 보기 좋다는 눈빛이었다.

그뿐만이 아니라, 철없이 행동하거나 적당히 넘어가는 행동도 선배에게는 오히려 좋은 인상을 심어 준 것 같다. 선배도 말했고 나도 동의하듯이, 좋아하는 사람의 의외의 면을 보면 뭔가 득을 본 기분이 든다. 선배가 집에서 조용히 시간을 보내는 타입이라거나 영화나 책을 좋아한다는 걸 알게 돼서 나도 무척 기쁘다.

그 후 아빠가 전차 안에서, 그리고 바래다주는 길에서 침묵을 지킨 것도 결과적으로는 잘한 일이었다. 굳이 말하자면 나는 학교에서는 야단스러울 정도로 시끄러웠고, 내 입으로 말하긴 뭣하지만, 꽤 눈에 띄는 편이다. 그런 내가 얌전히 입을 다물고 뒤에서 쫓아왔으니 그 점에서 높은 점수를 딴 것 같다.

운이 좋을 때는 뭐든 잘 풀린다. 혹시 진짜 내가 나갔더라면 오늘 데이트가 이렇게 잘 풀리진 않았을 것이다. 역시 선배와 나 사이에는 매우 특별한 운명 같은 게 있는 것 같다.

이런 복을 주신 행운의 여신에게 다시 한 번 감사의 춤을 올리려 일어섰을 때, 휴대전화가 울렸다. 화면에는 고우메, 즉 아빠가 떴다.

"아빠, 땡큐! 이렇게 멋진 하루를 만들어 줘서 고마워."

나는 감사의 마음을 듬뿍 담아 말했다. 그런데 아빠는 기분이 영 아닌 것 같았다. 퉁명스러운 말투였다.

"엄마 목욕하러 들어갔다. 내일 일을 상의해야 하니 곧바로 거실로 나오지."

"말투가 왜 그래?"

나는 광성당 직원도, 아빠의 부하 직원도 아니다. 그딴 업무용 말투를 쓰면 곤란하다고. 그러나 오늘 아빠의 활약을 봐서 용서해 주기로 했다. 나는 곧 가겠다고 대답하고 휴대전화를 반바지 주머니에 찔러 넣었다.

03_

실패다.

모든 게 실패다.

나는 처참한 패배감에 휩싸여 넓지도 않은 거실을 오락가락했다. 마음속은 온통 후회뿐이었다.

요즘 젊은 애들, 특히 고등학생의 생활에 관해 좀 더 면밀히 연구했어야 했다. 그랬으면 겐타 선배라는 아이를 능숙하게 다룰 수 있었을 테고, 그가 싫어할 만한 방향으로 분위기를 몰아갈 수 있었을지도 모른다.

아무래도 나는 하늘이 주신 단 한 번의 기회를 놓쳐 버린 것 같다. 그러나 언제까지 후회만 하고 있을 순 없다. 엎질러진 물이다. 다음 기회를 노리며 일단은 코앞에 닥친 문제에 집중하기로 했다.

내일은 일요일, 고우메가 나 대신 출근해 줘야 한다. 화요일 어전 회의에 대비해 신상품개발 프로젝트 팀원들은 휴일을 반납하고 회의 준비에 여념이 없다.

아무리 사고를 당했다고 해도 외관상 상처도 없으니 팀장인 내가 그 자리에 동참해야 한다. 그게 바로 샐러리맨의 도리다.

오늘은 내가 희생정신을 발휘해 고우메 대신 데이트를 했다. 그러니 이번에는 고우메 차례다. 인생을 살아가는 데 있어서 무엇보다 중요한 것은 상부상조의 정신이다.

"헬로우, 대디."

한껏 들뜬 걸음걸이로 거실로 들어온 고우메가 한쪽 손을 흔들며 말했다. 헬로우는 뭐고 대디는 또 뭐야, 기가 막혀서…….

목욕탕에 귀를 기울이니 샤워 소리가 들렸다. 아내는 목욕을 오래하는 편이니 한동안은 문제없겠지만, 그래도 늘 조심하는 게 좋다. 말소리가 들리지 않게 하기 위해 고우메를 정원으로 끌고 나갔다.

"기분 좋은 건 이해하지만, 그런 행동은 좀 자제해 주겠니?"

나는 손가락질하며 깡충거리는 고우메의 발걸음을 지적한 후, 의자에 앉았다.

"넌 지금 중년 남자지 고등학생이 아니야."

"여고생 맞는걸 뭐."

전형적인 사십 대 남자가 요상한 포즈를 취하면 눈 뜨고 볼 수 없는 꼴불견이라는 걸 새삼 깨달았다.

"아무튼 회사에서 그런 행동은 절대 금지야, 알았지?"

"네, 네."

고우메는 콧방귀를 뀌었다. 그러나 일일이 그런 것에까지 역정을 내다간 내 몸이 견뎌 낼 수 없을 것 같았다. 일단 본론으로 들어가기로 했다.

"너는 내일 회사에 나가야 해. 어제 충분히 알았겠지만, 아빠가 현재 추진 중인 프로젝트는 다음 주 화요일에 최종 단계에 들어간다. 쉽게 얘기하면 높은 사람들이 참석하는 회의에 상정된다는 뜻이야."

"중역 회의잖아. 나카지마 씨가 그러는데 '어전 회의'라고 부른다면서? 진짜 대단한 회사야, 꼭 에도시대(도쿠가와 이에야스가 막부를 개설한 1603년부터 15대 쇼군 요시노부가 정권을 조정에 반환한 1867년까지의 봉건시대.—옮긴이) 같아."

"헤이안시대(794년 간무왕이 헤이안쿄로 천도한 때부터 미나모토노 요리

토모가 가마쿠라 막부를 개설한 1185년까지의 일본 정권.—옮긴이)겠지."

나는 한숨을 내쉬었다. 당시에는 헤이케(헤이케 가문.—옮긴이)가 아니면 사람도 아니었다. 다시 말해 광성당은 와타나베 가문이 아니면 힘을 못 쓰는 회사다. 밖에서 보기에는 화려하고 좋은 이미지지만, 실은 구태의연한 낡은 체질에서 벗어나지 못한 회사였다.

메이지 무렵에 창립된 이 회사는 초대 회장의 증손자가 사장을 맡고 있다. 중역 대부분은 와타나베 가문 출신이고, 혈연과 인척 관계가 중시되는 사풍이 있다.

놀랍겠지만 어전 회의는 정식 명칭이고, 회사 내의 모든 문제가 그 회의에서 결정된다. 나도 몇 번인가 상사 보좌 역할로 출석한 일은 있지만, 프로젝트 팀장으로서 나가는 것은 이번이 처음이다.

"기본적인 프로젝트 내용에 관해서는 회사 측의 합의를 얻어냈다. 남은 건 실무적인 문제뿐이야. 그에 대한 마무리 작업은 팀원들이 하고 있으니 넌 걱정할 것 없어. 다만 팀원들의 사기를 높이기 위해서라도 아빠가 내일 회사에 있어야 해."

고우메가 끼어들었다.

"나카지마 씨가 아빤 없어도 된다던데. 옆 자리에 앉은 마스모토 씨랑 하는 얘기 들었거든. 나카지마 씨는 소곤소곤한다고 했겠지만, 그 사람 목소리 엄청 크잖아. 무슨 말을 하는지 다 들려."

그렇다. 나카지마에게는 극비나 대외비 같은 개념이 통하질 않는다. 나쁜 사람은 아닌데…….

"없어도 되는 건…… 아니지."

살짝 기분이 가라앉았다. 나 역시 여덟 달 동안 신상품 개발 프로젝트에 진지하게 임했다. 할 수 있는 일은 모두 했다. 팀장으로서 부족한 점이야 얼마든지 있겠지만, 그렇다고 없어도 된다는 건 좀 심하지 않은가.

게다가 그 말을 딸인 고우메가 들었다는 게 자존심이 상했다. 허세라면 허세겠지만, 적어도 딸에게만은 일은 제대로 하는 아빠라는 인상을 심어 주고 싶었다. 존경하고 의지할 수 있는 존재로 인정받고 싶은 것이다. 그런데 이건 완전 체면을 구기는 일 아닌가.

일단 나가긴 하겠다며 고우메가 다리를 꼬았다.

"어쨌든 오늘 아빠는 그런대로 잘해 줬어. 그에 대한 보상으로 뭐든 하겠다고 약속했으니까."

나는 미안하게 됐다며 고개를 숙였다. 왜 사과를 해야 하는지 이해는 안 가지만, 어른을 상대하다 보면 나도 모르게 이런 행동이 나와 버린다. 준비해 둔 자료를 테이블 위에 펼쳤다.

"어우, 촌스러워!"

A4 용지 20매 가량으로 정리한 신상품 개발 기획안이었다. 나를 포함한 프로젝트 팀 전원, 즉 열여덟 명이 능력을 다 짜내 만든 기획안인데 고우메는 단칼에 베어 버렸다.

"촌스럽다니?"

고우메가 제목을 손가락으로 가리켰다. 거기에는 〈광성당 신상품 '레인보우 · 드림' (가칭)〉이라고 적혀 있었다.

"요즘 세상에 '레인보우 · 드림' 이라니. 그게 뭐야?"

고우메는 형편없다며 혀를 내밀었다. 완전 부정이라는 말은 이럴 때 쓰는 거겠지. 그런가? 그렇게 나쁜 이름 같진 않은데.

아니, 그럴 리가 없다. 이 이름을 결정하기 위해 회의를 수없이 되풀이했다. 전국의 타깃 고객층을 대상으로 리서치도 반복했고, 광고 에이전시에서도 협력했다. 게다가 유명한 카피라이터에게 의뢰해서 정한 이름이었다.

"흠, 이런 거구나."

고우메는 자기는 관심 없는 일이라며 대충 페이지를 넘겼다. 그 표정이 의외로 진지하게 보이는 이유는 내 얼굴이기 때문일지 모른다.

"그럼 내가 어떡하면 되는데?"

고우메가 고개를 들었다. 이번 토요일, 일요일에 프레젠테이션 최종 점검을 마치고, 월요일에는 어전 회의 예상 질문에 대비한 리허설을 할 예정이라고 설명해 주었다. 이것 또한 회사의 사정이라고 말이다.

"무슨 질문에 관해서?"

자료 확인이나 예산 같은 거라고 대답했다.

"난 모르겠어."

"몰라도 돼."

프로젝트 내용은 여러 분야에 걸쳐 있다. 향수 성분에서 제조 과정, 원자재 확보, 상품 포장 디자인과 결정, 네이밍, 정가와 원가비율과 수익률, 유통 문제, 소매점 계약, 홍보와 홈페이지 제작 등등 나도 모든 걸 다 파악하진 못한다. 각각 담당자가 있고 담당 부서가 있다. 상세한 문제는 그들에게 맡길 수밖에 없다. 내 역할은 어디까지나 총괄 관리다. 단순하게 말하면 예산과 납기를 준수하는 일이고, 지금까지는 그럭저럭 잘되고 있다.

내일 내가 할 일은 최종적으로 올라오는 기획안에 승인 도장을 찍는 것. 극단적으로 말하면 그것뿐이다.

단지 그것 때문에 온종일 자리를 지켜야 한다는 것도 어찌 보면 무의미한 일이긴 하지만, 샐러리맨이란 게 원래 그런 것이다. 결국 샐러리맨의 일이란 부조리함을 언제까지 견뎌 낼 능력이 있는가로 수렴된다.

"이건 회사 메일로 보내 뒀어."

따로 준비한 종이 한 장을 건네며 말했다. 중역들에게 제출할 자료였다.

"그대로 우에쿠사 부장에게 전송해라. 회사 메일 주소로 전송하는 데 의미가 있으니까."

여기에는 일요일인데도 우리 프로젝트 팀은 모두 출근해서 애쓰고 있다고 어필하려는 의도가 담겨 있다. 월요일에 출근한 우에쿠사 부장이 다른 중역들에게 이 메일을 전송할 것이다. 회사 고위층은 이런 자잘한 노력을 좋아한다는 걸 나는 오랜 경험을 통해 익히 알고 있다.

메일 주소는 아래에 있다고 말하자 그것을 확인한 고우메가 그 정도라면 할 수 있을 거라며 고개를 끄덕였다. 나는 "하나만 더."라며 손가락을 세웠다.

"나카지마에게 맡겨 두긴 했는데 잡지 쪽 퍼블리서티(publicity, 신문 잡지의 기사나 라디오, 방송 등을 이용해 자신의 제품을 자연스럽게 광고하고 선전하는 것.—옮긴이)에 기용할 모델 선택이 남아 있어. 내일 그에 관련된 회의가 있을 예정이니까 나도, 즉 너도 그 자리에 나가야 해. 분위기 잘 맞추고."

"누, 누군데? 캇툰(KAT-TUN, 일본의 인기 아이돌 그룹.—옮긴이)?"

고우메가 처음으로 관심을 드러냈다. 캇툰이 누군지는 몰라도 보나 마나 쟈니스(일본 남성 아이돌 그룹 시장을 대표하는 연예 기획사.—옮긴이) 소속 가수일 테지. 안타깝게도 그런 유명 연예인은 기용할 수 없다. 예산이 턱없이 부족하다.

최종적으로는 광고 에이전시가 끼어들어 모 기획사 소속 모델을 쓰게 되겠지만, 어전 회의에 앞서 후보 정도는 선택해 둘 필요가 있었다.

"대충 정해지긴 했는데, 다른 팀원들 의견도 들어 봐야 하니까."

"아빠가 결정하면 되잖아."

나는 그럴 수 없다고 고개를 저었다. 회사는 민주주의로 운영된다. 요즘에는 점점 더 그런 경향이 강하다. 어른들 사회는 복잡하다.

모두의 의견을 수렴하고 모두가 불만이 없는 결정을 내려야 한다. 관리직은 고통스럽다.

"쳇, 시시해. 출세해도 아무 결정도 못 내리면 의미 없잖아."

그렇다. 샐러리맨은 자유롭지 못한 존재다. 높은 자리에 오르지 못하면 자기 의견은 받아들여지지 않고, 높은 자리에 오르고 나면 조정의 역할로 밀려날 수밖에 없다.

'올바른 일을 하려면 출세하라.'는 인기 형사 드라마 속의 대사가 있긴 하지만, 그건 거짓말이다. 정작 출세하고 나면 올바른 일 같은 건 하고 싶지도 않을 테지.

"시시해."

고우메가 다시 한 번 말했다.

그래, 그 말이 맞아.

04_

아내가 목욕을 마치고 나오는 기척이 느껴져서 우리는 서둘러 이야기를 마무리했다. 시간이 없다. 아내가 머리를 말리는 동안 우리도 샤워를 끝내야 하기 때문이다.

물론 목욕은 혼자 할 수 있지만, 고우메가 그것만은 절대 허락할 수 없다고 했다. 이해 못할 일도 아니고, 괜히 기분을 건드렸다간 앞일이 복잡해질 것 같아 순순히 명령에 따랐다.

"아이 정말, 귀찮아 죽겠네."

나는 변함없이 죄인 취급을 받았다. 고우메는 내 눈을 가리더니 양팔을 등 뒤로 돌려 깍지를 끼라는 명령을 내렸다. 인권 탄압이라고 호소해 봤지만 곧바로 기각당했다.

"고맙게 생각해. 이렇게까지 해 주는 딸이 어디 있겠어."

고우메가 머리를 감기며 말했다.

그야 그렇지만 나를 위해 해 주는 게 아니다. 고우메는 단지 자기 몸을 청결하게 하기 위해 나를 닦아 주는 것뿐이다.

정확히 십 분 만에 목욕을 끝마쳤다. 그러나 여전히 죄인 취급이다. 고우메는 팬티와 브래지어를 직접 입혀 주었고, 내가 티셔츠와 반바지를 다 입을 때까지 눈가리개를 푸는 걸 허락하지 않았다. 네가 나치야? 여기가 포로수용소냐고!

나는 적어도 잘 때만이라도 브래지어를 풀게 해 달라고 호소했다. 사십칠 년간 브래지어는 내 삶과는 무관한 물건이었다. 가슴을 조이는 고통은 어떤 의미에서는 고문이나 다름없었다.

그러나 내 요청은 무시당했고, 고우메는 그 부위를 건드리기만 해도 콱 죽어 버리겠다고 재차 경고를 했다. 눈빛이 너무 심각하고 무서웠다.

목욕탕에서 퇴장하라는 명령이 떨어져, 고우메 방으로 돌아갔다. 방 안의 물건을 건드리는 행위도 엄중하게 금지되었다. 딱히 할 일도 없어서 침대로 들어가려는 순간, 누군가 노크하는 소리가 들렸다.

잔소리가 더 남아 있나? 독재자도 이보다 심하지는 않을 거라고 생각하며 문을 열자, 아내가 서 있었다.

"잠깐 들어가도 되니?"

아내는 대답도 하기 전에 방으로 들어오더니 손을 뒤로 뻗어 문을 닫았다. 이건 또 무슨 일이지?

"으음, 고우메…… 몸은 좀 어떠니? 아픈 데는 없고?"

"으응……. 괜찮아."

침대에 걸터앉은 채 대답했다. 아내가 나를 물끄러미 내려다보며 아랫입술을 깨물었다. 할 말이 있을 때 나오는 버릇이다.

"걱정이 이만저만이 아니다. 너도 그렇고, 아빠도 그렇고."

아내가 내 옆에 나란히 앉았다. 난 젖 먹던 힘까지 짜내 고우메의 말투를 흉내 냈다.

"난 정말 괜찮다니까. 어디 아프면 엄마한테 곧바로 말할게."

"그럼, 그럼."

고개를 끄덕인 아내가 갑자기 시선을 돌렸다.

"그런데. 아빠 말이야…… 아무래도 좀 이상해."

"그게 무슨 뜻이야?"

"담배도 안 피우고 맥주도 안 마시고……. 어디가 안 좋은 모양이야."

불안한 목소리였다. 고우메가 내가 된 후로는 담배와 술을 끊은 건 사실이다. 나는 필사적으로 핑계거리를 찾았다.

"뭐 그렇긴 한데, 당연한 거 아냐? 병원에서도 금연 금주였잖아. 아빠도 나름대로 조심하는 거겠지."

"원래 그런 사람이 아니잖니."

아내가 확신에 찬 어조로 말했다. 역시! 아내는 내 의지가 약하다는 걸 누구보다 잘 알고 있었다.

"게다가 늘 뭐라고 중얼거리고, 나랑 얼굴 마주치는 걸 피하는 것 같고…… 고우메, 너 뭐 아는 거 없어?"

아내는 별안간 내 쪽으로 고개를 돌렸다. 진지한 표정이었다.

"내가 뭘 알겠어."

그렇게 대답하는 게 최상이었다. 오해라고 말하는 건 간단하지만, 믿을 것 같지 않았다.

아내가 의심하는 눈초리로 나를 쳐다봤다. 여자의 직감은 무섭다. 잘은 몰라도 뭔가가 벌어졌다는 건 눈치 챈 것 같았다.

"정말 모른다니까. 그렇게 신경 쓰이면 아빠한테 직접 물어보면 되잖아."

고우메에게는 매우 미안한 일이지만, 나는 이 상황을 잘 넘길 자신이 없었다. 오히려 고우메가 아무 탈 없이 수습해 주지 않을까. 고우메, 기대하마.

"나 졸려."

하품을 하며 말했다. 스스로 생각해도 한심스러울 정도로 어설픈 연기였다. 한동안 입을 다물고 앉아 있던 아내가 나지막이 한숨을 내쉬며 침대에서 일어섰다.

"그래, 너무 늦었구나. 잘 자."

"안녕히 주무세요."

나는 침대에 누웠다. 불을 꺼 달라고 말하자 아내는 알았다며 고개를 끄덕였다.

"근데 고우메."

나가려다가 문 앞에 멈춰 선 아내가 뒤를 돌아다보며 말했다.

"너 왜 잘 때도 브래지어를 하니?"

순간, 말문이 막혔다.

"으음…… 브래지어 건강법."

학교에서 유행하는 거라고 되는대로 내뱉었다. 온몸을 조이니까 다이어트 효과가 있다면서…….

아내가 고개를 끄덕였다.

"그래? 그럼, 나도 해 볼까?"

아내는 그 말을 남기고 불을 껐다.

문이 닫히고 방 안은 컴컴해졌지만, 나는 한동안 잠이 오지 않았다.

05_

목욕을 마친 엄마가 머리를 말리는 동안, 아빠를 목욕시키고 속옷을 입히고 나니 어느새 12시가 되었다.

나도 서둘러 샤워를 한 후 잠옷으로 갈아입었다. 선배에게 문자를 보내고 서류에 있는 모델 사진을 검토하는 등 이런저런 일을 하다 보니 눈 깜짝할 사이에 1시가 지나 있었다. 침대로 들어가 내일 일을 떠올리자 살짝 우울해졌다.

아이, 짜증 나!

모처럼 맞는 일요일에 웬 회사야. 몸이 안 좋다거나 머리가 아프다고 핑계 대고 쉬면 좋잖아. 어차피 아빠가 간다고 변하는 것도 하나도 없을 텐데.

말해 봐야 소용도 없고, 아빠도 알고 있는 것 같아서 침묵을 지켰다. 그러나 아빠를 포함한 프로젝트 팀에는 아무런 결정권도 없다고 했다. 어제 나카지마 씨가 투덜거리는 소리를 들었다. 결국 모든 건 '어' 어쩌고 하는 회의에서 정해진다고 했다. 아빠나 나카지마 씨가 아무리 애를 써 봤자 소용없다고 했다. 회사라는 데가 원래 그런 모양이다. 나카지마 씨와 마스모토 씨도 그런 얘기만 해 댔다.

"어차피 소용없어요. 아무리 해 본들 통과될 건 되고 안 될 건 안 되게 돼 있으니까."

"누가 아니래. 대충 해치워 버리고 빨리 홍보부로 돌아가고 싶군."

그런 분위기. 남자답지 못하다고 할까, 대체로 한심스럽다. 그러나 정말 그렇게 입으로만 떠들 수밖에 없는 상황일지도 모른다. 안 들리는 척했지만, 딱히 하는 일도 없었기 때문에 다 듣고 말았다.

결국 광성당에서는 뭐든 높은 사람이 결정해 버리고, 아래에서 의견을 내 봐야 무시당한다. 어쩌다 히트 상품을 내도 윗사람은 트집만 잡는다. 예산 오버라느니 납기가 어떻다느니. 그래 놓고도 일이 잘 풀렸을 때는 높은 사람만 평가받는 구조라고 한다.

나카지마 씨는 노력해 봐야 그만큼 더 손해라고 말했는데, 정말 그런 모양이다. 그러니 허무할 수밖에.

내 미래가 조금 어두워졌다. 아직 심각하게 생각해 본 적은 없지만, 패션 잡지 쪽도 괜찮을 것 같다고 생각했는데, 그것도 의미 없는 일일지 모른다. 인생은 자기 뜻대로만 되는 게 아니라는 것만은 확실히 깨달았다.

이런저런 생각을 하다가 잠이 들고 말았다. 엄마가 8시가 되기 전에 깨웠고 나는 제일 먼저 가슴을 만지며 원래로 돌아갔는지 확인했다. 그러나 서글플 만큼 평평할 뿐이었다.

허둥지둥 양복으로 갈아입고 회사로 향했다. 하루 출근했기 때문에 어려운 일은 하나도 없었다.

집에서 나올 때 현관에서 돌아보니 내 얼굴을 한 아빠가 거실 테이블에서 프렌치토스트를 먹고 있는 모습이 보였다. 난 아무것도 못 먹었는데, 너무 불공평해.

어쨌든 아빠도 점심시간 전에 회사 근처로 오기로 했다. 무슨 일이 벌어졌을 때를 대비해 가능한 한 가까운 장소에 있고 싶은 모양이다. 이왕이면 저녁에 긴자 레스토랑에서 맛있는 거나 사 달라고 해야지.

신상품 개발 프로젝트 팀이 위치한 11층에 도착한 것은 9시 30분이 넘었을 때였고, 주요 팀원들은 이미 다 나와 있었다. 모두들 이상한 표정으로 나를 바라봤다.

"어때? 일들은 잘 되나?"

분위기가 점점 더 이상해졌다. 내가 뭘 잘못했나? 좀 더 고압적으로 나갈 걸 그랬나?

일단 앉으라고 권하는 모두의 말에 따라 자리에 앉았다. 설마 진짜 오실 줄은 몰랐다며 나카지마 씨가 씁쓸한 미소를 지었다.

"딱히 협박할 생각은 없었습니다. 어제는 하루 종일 반성도 했고요. 사고를 당한 지 얼마 안 됐는데 실례되는 말을 한 것 같아서."

금요일 퇴근 무렵, 나카지마 씨가 분명 나에게 그랬다.

"저희는 토요일, 일요일에도 출근하잖습니까."

아마 그 말을 반성했다는 뜻인 것 같다.

은근히 불만스러운 말투였던 건 분명하지만, 그런 소리를 안 했어도 아빠는 회사에 갔을 것이다. 워낙 성실한 사람이니까.

너무 무리하지 말라며 니시노 씨가 차를 들고 다가왔다. 무리할 생각은 추호도 없다. 단지 이런 분위기는 왠지 따돌림당하는 아저씨 느낌이라 불편하고 곤혹스러웠다.

"난 뭘 하면 좋을까?"

안 어울리게 무슨 말씀이냐며 나카지마 씨가 큰 입을 벌리고 웃었다.

"잠깐 기다리세요. 어제 미팅에 관한 간단한 보고서를 작성해 뒀습니다."

그는 어수선한 책상 위를 뒤적거리기 시작했다.

"실은 아직 다 쓴 건 아니고…… 오늘 중으로 끝낼 생각이었는데…… 점심때까지는 끝내겠습니다. 틀림없이 마무리 짓겠습니다. 완성된 것은 메일로 보내 드릴 테니 일단 먼저 읽어 주십시오. 그리고 오후에 모델 선택이 있으니 후보자 리스트도 올리겠습니다. 자 그럼."

나카지마 씨가 내 앞에 집게로 찍은 열 장쯤 되는 종이를 두고 자기 자리로 돌아갔다.

정말이야? 정말 아무 일도 안 해도 된다고? 일부러 출근까지 했는데?

보고서인지 뭔지 모르겠지만, 나는 슬쩍 훑어보고 곧바로 좌절했다. 책도 아닌데 첫 장부터 차례 같은 게 적혀 있어서 읽고 싶은 마음이 싹 가셨다. 게다가 다음 장을 넘기니 자잘한 글씨가 빽빽하고, 도표에 숫자가 한가득. 수학Ⅱ 교과서도 아닌데 왜 이래.

그에 비하면 모델 리스트는 훨씬 나았고, 프로필과 사진이 붙어 있어서 조금 재미있었다. 틴에이저 상품이라면서 이십 대 모델이라니, 말이 안 된다는 생각이 들긴 했지만 그것뿐. 금세 할 일이 사라져 버렸다.

그때부터 점심시간까지는 일종의 고문이었다. 책상에 가만히 앉아 있을 수밖에 없는데 할 일은 하나도 없고, 텔레비전이 있지만 그런 걸 봤다간 야단 맞을 것처럼 실내는 조용했다. 다른 부서에 출근한 사람도 없어서 소리가 나면 금방 알아차릴 것 같아 정말 곤란한 상황이었다.

아빠가 시킨 대로 메일 박스를 열자, 아빠가 집에서 보낸 메일이 있었다. 그것을 우에쿠사라는 사람에게 전송시키면 끝이다.

그 덕분에 아빠에게 전화해 보고할 시간은 충분했다. 아빠는 벌써 집을 나와 긴자 역 근처에 있는 180엔 커피 전문점 도토루에 있는 듯했다. 나도 난처한 상황이지만, 도토루에서 몇 시간씩 버텨야 하는 아빠 사정도 만만치 않을 것 같아 살짝 동정심이 생겼다.

그때부터 점심때까지는 무척이나 지루했다. 11시 반쯤 되어 미야미치 씨라는 아저씨가 "조금 이르지만, 점심 좀 먹고 오겠습니다."라고 말했을 때는 마음 깊은 곳에서 안도의 한숨이 흘러나왔다.

"그렇게 하지."

물론 나는 위엄 있게 대답했다.

근데, 그래도 되는 건가?

06_

고우메에게 전화가 온 것은 10시가 넘어서였다. 일요일 오전인데도 커피 전문점은 자리가 거의 다 차 있었다. 그중 대부분은 샐러리맨이다. 일본 사람은 근면하다.

"일단 별일은 없는 거지?"

"아마도."

힘없는 목소리가 들려왔다. 어디서 전화를 하는 걸까? 아마 화장실일 테지. 설마 착각하고 여자 화장실에 들어간 건 아니겠지.

"나카지마나 다른 직원들도 일 제대로 하고?"

내가 알 게 뭐냐며 언짢은 목소리로 으르렁거렸다.

"전화 통화도 하고 컴퓨터도 만지고 제각각이야. 잡지 읽는 사람도 있긴 한데, 대체 뭘 하는 건지 내가 어떻게 알아!"

솔직히 말해 내가 그 자리에 있다고 한들 그들이 제대로 업무를 하는지 어떤지는 알 수 없다. 컴퓨터 단말기로 업무를 보게 된 지 이미 십 년 가까이 지났다. 일상적인 업무 형태가 그렇게 된 후로는 상사는 결과로밖에 판단할 수 없는 게 사실이다. 그들이 진지하게 업무를 하는지 어떤지 체크하는 건 불가능하다. 어쩌면 사적인 메일을 보내고 있을지도 모르고, 숨어서 게임을 하는지도 모른다. 개중에는 웹서핑을 하는 사람도 있을 것이고 또 그것이 오늘날 젊은이들의 행태일 것이다. 고우메가 예민하게 구는 것도 어떤 면에서는 타당했다.

옆 자리에 앉은 양복 차림의 삼십 대 남자가 담배를 입에 문 채 이상한 시선으로 나를 쳐다봤다. 이상할 만도 하지. 파란색 헨리넥크라인(라운드 네크라인의 앞 중앙 트임을 단추 여밈으로 한 것.—옮긴이) 셔츠에 옆주름이 잡힌 카키색 바지를 입고 에나멜 시계를 찬 나는 어디를 봐도 여고생이 분명했다. 그런데 전화로 업무 상의 대화를 나누고 있으니 수상하게 여기는 것도 무리는 아니다.

게다가 일요일 긴자 거리에 여고생이 혼자 있다는 것도 묘한 상황이었다. 나는 긴자에 있는 회사에 근무한 지 오래돼서 좀 더 편안한 장소를 알긴 하지만, 불행하게도 고우메가 있을 만한 곳으로는 어울리지 않았다. 여고생들이 르누아르나 마이애미 같은 가게에 갈 리는 없다. 그런 점을 감안해서 도토루로 결정한 것이다. 그런데도 내 존재는 여전히 눈에 띈다는 걸 실감할 수 있었다.

"그리고 그건 어떻게 됐지?"

절반은 자포자기한 심정으로 최대한 귀엽게 보이게 고개를 살짝 갸웃거렸다.

"그 왜, 어제 얘기했던 모델, 누가 좋겠대?"

나를 쳐다보던 샐러리맨이 흥미를 잃은 듯 담배 연기를 내뿜었다. 고우메의 몸이 된 후로 느끼는 거지만, 흡연에도 매너가 필요하다.

"잘 몰라. 나카지마 씨가 지금 자료 만드는 중이랬어."

정말 일이 느린 인간이다. 주말까지 자료 작성을 끝내라고 했을 텐데, 아직도 안 됐다니.

"점심때까지는 어떻게든 해 본댔어. 그리고 오후에는 팀장님도, 다시 말해 아빠도, 그러니까 나도 회의에 참석하래."

업무 일정은 알고 있었다. 오늘 중으로, 적어도 내일 이른 시각까지 상품 광고에 기용할 모델 후보를 제출해야 한다. 최종적으로는 어전 회의에서 중역들이 결정하지만, 그 전에 어느 정도 간추려 둘 필요가 있었다.

나카지마가 그 작업을 나와 같이 하자고 하는 이유는 그것이 일종의 절차이기 때문이다. 위에 제출하는 후보에 대해 이견을 낼 생각은 없지만, 그래도 한번쯤 훑어봐 둬야 한다. 내가 프로젝트의 총괄 책임자이기 때문이다.

샐러리맨은 자유롭지 못한 존재니 어느 시점에서 누군가가 결정을 내려 줘야 한다. 이번에는 내가 그 역할을 맡는다는 뜻이다. 그런 절차가 뭐가 필요하냐고 따진다면 할 말 없지만, 그것 또한 샐러리맨으로서의 약속인 셈이니 어쩔 수 없다.

"그건 알거든. 크게 문제될 거 없거든. 아무 말도 안 해도 되거든."

나는 '거든'을 연발했다. 내가 보기에 최근 젊은 애들은 그런 식으로 말하는 것 같았다.

고우메가 아무 말도 안 해도 된다는 게 무슨 뜻이냐고 꼬치꼬치 캐물었지만, 무시했다. 설명해 봐야 고우메는 이해할 수 없을 것이다.

샐러리맨 사회에서 중요한 것은 서로에 대한 존중이다. 위에서 너무 세세한 것까지 참견해 봐야 좋을 게 없다.

"그냥 맡겨 두면 돼. 오늘 결정이 나중에 뒤집히는 일도 자주 있으니까."

이것 역시 샐러리맨 사회의 특징 중의 하나다. 현장에서 어렵게 판단을 내린 일이라도 위에서 내려오는 결정을 거스를 수는 없다.

게다가 광성당 어전 회의는 보통 회사의 중역 회의보다 결정권과 재량권이 훨씬 크기 때문에 우리의 노력 따위는 무의미해질 경우도 생각해 둬야 한다. 대체 누가 이런 시스템을 만들었을까.

언제부터인가 회사는 그런 식으로 돌아가기 시작했다. 최근 몇 년간의 실적 부진 원인이 거기에 있다고 단언하며 불만을 터뜨리는 사람도 적지 않았다. 그러나 실질적으로는 어떻게 해 볼 도리가 없었다. 일종의 체념 같은 분위기가 이미 사원들 사이에 널리 퍼져 있었다.

입사 이래 이십오 년 이상 광성당에서 일하며 좋은 시절도 경험해 봤던 나로서는 안타까운 마음도 든다. 그러나 어쩔 수 없는 일이었다. 기업을 상대로 직원 한 사람이 할 수 있는 일이란 뻔했다.

그리고 나는 어느새 모든 일에 방관으로 일관하는 방법을 터득했다. 그것이 회사에서 살아남기 위한 가장 안전하고 편한 길이었다.

"알았지? 쓸데없는 소리 하지 마. 자칫 잘못했다간 일이 묘하게 꼬이니까. 에이전시도 끼어 있으니 데이터도 나와 있을 테고. 듣고 있니?"

"네네."

고우메가 대답했다. '네'는 한 번이면 충분해.

"무슨 일이 생기면 문자든 전화든 곧바로 알려. 내가 여기서 기다릴 테니까."

아빠도 힘들겠다며 고우메가 동정 어린 목소리로 말했다. 도토루에서 몇 시간씩 앉아 있는 게 얼마나 고통스러운 일인지 조금은 이해가 가는 모양이다.

"그래. 너무 힘들다. 그러니 잘 부탁한다."

고우메가 얼마나 잘 이해했는지는 몰라도 샐러리맨은 정말 괴롭다.

07_

점심시간을 혼자 보내다니 있을 수 없는 일이다.

학교에서도 점심시간을 혼자 보낸 일은 단 한 번도 없다. 리쓰코, 미카린, 마유마유, 피탄 같은 애들이랑 늘 함께 보냈다. 남자애들 얘기니 텔레비전 프로그램 얘기니 늘 비슷한 수다뿐이었지만, 그래도 그게 즐거워서 학교에 갈 정도였다.

프로젝트 팀원들은 서로 적당히 말을 건네며 점심을 먹으러 나가는데 나에게, 즉 아빠에게 말을 건네는 사람은 아무도 없었다. 어떻게 행동해야 좋을지 판단이 서지 않았다. 아빠는 인기가 없는 게 분명하다.

이럴 땐 어떻게 해야 돼? 이 중에서는 아빠가 제일 높잖아? 그런데 이쪽에서 먼저 말을 건네는 것도 그렇고, 저자세로 나가자니 열 받고.

망설이고 있는 사이, 한 사람도 남김없이 다 나가 버리고 사무실은 텅 비었다. 말도 안 돼, 이건 완전 따돌리는 건데, 혹시 왕따?

회사는 무섭다. 너무 티가 난다. 이건 고등학생 수준의 따돌림이 아니다. 철저한 무시다.

나 같으면 다시는 회사에 못 나온다. 당장 출근 거부다. 이렇게 눈에 띄게 따돌림을 당하고 어떻게 사냐고.

나카지마 씨는 일할 때는 의견도 자주 물으면서 이건 또 뭐야. 쳇, 결국 업무적인 접촉만 하시겠다? 개인적인 시간은 친구들이랑 보내는 게 즐겁다는 거지?

하는 수 없이 혼자 점심을 먹으러 나가기로 했다. 근데 어디로 가지? 이 근처에 햄버거 가게 같은 게 있나?

"팀장님?"

그때 니시노 씨가 문을 열고 들어왔다. 손에는 갈색 봉투를 들고 있었다. 화려하게 디자인한 로고가 눈에 띄었다.

"그거 혹시 에크루?"

"여길 아세요?"

니시노 씨가 눈을 휘둥그레 떴다. 나는 물론이라며 고개를 끄덕였다.

에크루는 최근 잡지 같은 데에도 자주 나온다. 유기농 야채 샌드위치와 몸에 좋은 재료로 만든 요리로 꽤 유명한 곳이다.

나는 아직 가 본 적은 없지만 반 아이들 몇 명이 얘기해서 알고 있었다. 여고생들도 건강에는 관심이 많으니까.

"옆 빌딩에 매장이 생겼어요. 지난달부터였나. 팀장님도 여기 음식 좋아하세요?"

먹어 본 적은 없지만, 그야 당연하지, 유명하잖아.

신난다. 나도 사 먹을 수 있겠지. 역시 긴자는 다르군. 오이즈미에는 눈 씻고 찾아봐도 에크루는 없는데.

"공부하시나 봐요."

공부? 그야 물론 어느 정도는 하지. 영어라든가 국어라든가. 이래 봬도 여고생이니 공부가 의무라고나 할까. 게다가 내일부터는 기말 고사도 있고.

앗, 그, 그런데 니시노 씨가 그걸 어떻게 알았지? 이 사람, 혹시 눈치 챈 거 아냐?

"공부……라니?"

니시노 씨는 잔뜩 긴장해 있는 내 앞에서 종이봉투 안에 든 음식을 꺼내 응접실 테이블 위에 펼쳐 놓았다.

"저어…… 괜찮으시면 같이 드세요. 신제품이 많아서 엉겁결에 너무 많이 샀어요."

그러더니 얼른 차를 내오겠다며 허둥지둥 자리를 떴다. 내 대답 같은 건 아무래도 상관없는 모양이다. 하긴, 아빠는 그 정도 대접이나 받을 테지.

호밀빵 양상추 샌드위치, 그리고 치킨 버섯 버거. 니시노 씨는 몸도 마르고 스타일도 좋은데 이렇게 많이 먹는구나.

돌아온 니시노 씨 오른손에 머그컵이 들려 있었다. 커피 향기가 났다. 마시는 건 별로 안 좋아하지만 향기는 나쁘지 않다.

"팀장님은 찬 음료를 좋아하시는 것 같아서요."

어느새 사 왔는지 왼손에 든 아이스티 캔을 내밀었다.

"지난주부터 차를 별로 안 드셔서 이게 좋겠다 싶었어요."

나는 미안하다며 고개를 숙였다. 괜한 신경을 쓰게 한 모양이다. 니시노 씨는 괜찮다며 밝게 웃었다. 그러고는 샌드위치를 내 쪽으로 밀며 먹으라고 권했다. 나는 미안하다고 말한 뒤 얇고 화려한 파란색 포장지를 벗겼다.

"그런데 공부라니, 무슨 뜻이지?"

아무래도 신경이 쓰여서 물어봤다. 니시노 씨는 내가 가와하라 고우메라는 걸 알고 있을까. 그렇다면 언제 어떻게 눈치를 챘을까?

니시노 씨가 손으로 입을 가리며 말했다.

"당연히 '레인보우 · 드림' 얘기죠. 이번 타깃 층을 예의 주시하시는 거잖아요. 기획서 상으로는 타깃 고객이 중고생에서 여대생과 젊은 직장 여성이니까 가와하라 팀장님이 그들의 소비성향이나 관심 분야를 공부하시는 것 같아 감탄했어요……. 그렇지 않고서야 에크루 같은 걸 아실 리가 없잖아요."

에이 뭐야, 그런 뜻이었어? 깜짝 놀랐잖아.

그런데 그건 맞는 말일지도 모른다. 아빠 세대의 남자가 에크루를 안다는 건 좀 특이하다. 내가 여고생이기 때문에 빨리 알 수 있었던 것이다.

"아니, 뭐 그 정도야."

나는 업무에 관계된 일이니 모르면 곤란하지 않겠느냐고 덧붙였다. 니시노 씨가 누구나 다 그런 건 아니라며 매우 진지한 표정을 지었다.

"역시 업무에 임하시는 태도가 다른 거죠. 프로젝트 팀원들 사이에도 온도 차이라고 할까…… 뭐, 그런 게 있잖아요."

어금니에 뭘 물고 있는 것처럼 명료하지 않은 말투였다. 어떤 의미에서 보면 뒷말일 수도 있으니 말투가 그렇게 변하는 것도 어쩔 수 없는 일일지 모르겠다.

니시노 씨는 그것 말고도 말하고 싶은 게 무척이나 많은 듯했다. 그러나 그 이상 누구의 험담도 하지 않았다. 역시 어른답다.

"어쩔 수 없는 일이라고 생각해요. 결국 우린 여러 부서에서 모인 사람들이 구성한 프로젝트고, 회사 입장에서도 그다지, 음 그러니까……."

그 얘기는 아빠에게 들어서 알고 있었다. 잉여 인원의 분산 배치니 인사의 활성화니 하는 어려운 말을 늘어놓았지만, 다시 말해 한직이랄까, 솔직히 말하면 일을 잘 못하는 사람들을 모아 놓은 집단 같았다.

의욕이 있는 사람도 있지만, 나카지마 씨처럼 될 대로 되라는 식의 직원도 많아서 아빠도 꽤 힘들다고 했다.

하기야 아빠가 윗사람이면 결정해야 할 것도 제때 결정을 못 내리니 아랫사람들도 나름 고생은 하겠지. 난 그냥 프리랜서나 될까. 아빠가 입버릇처럼 말하는 '회사 사정'이라는 것에 물들긴 싫어.

"역시 팀장님은 그런 점에서 다르세요. 타깃 세대의 유행 조사,

실은 그게 제일 힘든 일이잖아요. 하물며 팀장님은 남자여서 도저히 이해하기 힘든 부분도 있을 텐데 그렇게 열심히 노력하고 공부하시다니……. 저 감탄했어요."

니시노 씨가 그렇게 말하며 양손으로 머그컵을 감싸 쥐고 커피를 마셨다. 느낌이 좋은 저 미소. 미인은 역시 유리하다.

니시노 씨가 사 온 샌드위치로 배가 불러서 결국 밥을 먹으러 나가진 않았다. 돈을 지불하려 했지만 니시노 씨는 받지 않았다. 어차피 아빠 돈이니 받아도 되는데.

프로젝트 팀에는 다른 여직원도 몇 명 있지만, 나이가 한참 많거나 아무리 봐도 대화가 안 통할 것 같은 패션 감각이라 그다지 말하고 싶은 마음이 안 생겼다. 니시노 씨는 그중에서도 가장 젊고 말을 걸기 편한 느낌이었다.

내일모레 열리는 어전 회의에서 프레젠테이션 담당자인 나카지마 씨가 잘 해낼 수 있을지, 잠시 후 시작되는 모델 후보 회의는 어떨지, 그에 관해 삼십 분쯤 이런저런 이야기를 나누다 보니 팀원들이 어슬렁어슬렁 모여들었다. 처음부터 느꼈던 거지만 이 사람들은 패기가 너무 없다.

"쓰치야, 이시이, 미나토, 고토…… 음, 마에다 씨는?"

나카지마 씨가 옆에 서 있는 마스모토 씨에게 물었다. 화장실에 갔다는 대답을 듣고 나서 "마에다 씨가 돌아오면 시작할까요?" 라고 내게 물었다. 그러고는 따로 방을 마련해 뒀다며 자료를 품에 안고 일어섰다.

그때 이시이 씨가 말을 건넸다.

"그렇게 서두를 필요 없어요. 오늘은 일요일이니 다른 부서 사람이 들어올 염려도 없잖아. 게다가 마에다 씨 꽤 오래 걸릴 텐데."

주위에 있던 남자들이 동시에 천박한 웃음을 터뜨렸다. 남자들은 왜 저질스러운 얘기를 좋아하는지 이해가 안 간다. 그렇지만 나도 조금은 맞춰 줘야 할 것 같은 분위기라 살짝 웃었다.

"그만 정리할게요."

니시노 씨가 응접실 소파에서 일어섰다.

먹다 만 샌드위치를 비닐봉지에 다시 넣어 자기 책상 서랍에 밀어 넣었다. 서랍 안에는 똑같은 봉투가 잔뜩 들어 있었다. 조금 의외였다. 책상 위는 엄청 깨끗하게 정리되어 있는데 서랍 속은 엉망이네. 하긴 너무 완벽한 것보다야 낫겠지.

"저어…… 팀장님."

니시노 씨가 갑자기 귓가에 대고 속삭였다. 깜짝 놀랐다.

"어?"

"저 잠깐 상의 드릴 게 있어요. 오늘이든 내일이든 괜찮은데…… 일 마친 후에 시간 좀 내 주실 수 있어요?"

나는 상담을 하는 것을 무척 좋아한다. 상의? 왠지 비밀스러운 일 같은데? 아, 기대되는걸.

게다가 내게 상의를 한다는 건 내가 든든한 기둥 같다는 말이잖아. 우아, 멋져. 나는 물론 괜찮다며 고개를 끄덕였다.

"……오늘이라도…… 괜찮을까요?"

무슨 일이지? 일단 아빠에게 확인을 받아야 할까. 엄마가 저녁 밥을 준비해 놓겠지. 오늘 텔레비전 드라마가 뭐였더라?

좀 애매한 상황이라 대답을 망설이고 있는데, 마에다 씨가 왔다고 부르는 나카지마 씨 목소리가 들렸다. 회의 후에 보자고 손을 흔들자, 니시노 씨가 환하게 미소를 지으며 고개를 끄덕였다.

08_

모인 사람은 영업부에서 온 마에다 씨와 판촉과장 쓰치야 씨, 그리고 사업부 이시이 씨와 경영관리부의 미나토 씨, 또 한 사람은 총무부의 고토 씨였다. 마스모토 씨는 어느 부서에서 왔는지 잘 모르겠다. 회의 진행을 맡은 나카지마 씨는 아빠와 같은 광고부였다.

회의실로 들어서자 모두 담배를 입에 물고 있었다. 아빠가 광성당은 기본적으로 사내 금연이라고 했는데 이상했다. 사내 식당에는 흡연 장소가 있어서 점심시간에는 거기서 담배를 피울 수 있지만, 업무를 보는 사무실은 금연이다.

그렇다면 원래는 회의실도 금연일 텐데, 일요일이고 다른 사람도 없으니 그 정도는 어른들의 지혜라 여기고 넘어가야겠지. 모두 자포자기한 사람들처럼 연기를 뿜어냈다. 나카지마 씨가 입을 열며 나에게 줬던 모델 리스트를 모두에게 나눠 주었다.

"자, 그럼 우선 이 중에서 '레인보우 · 드림'과 관련해 어전 회의에 제출할 모델 후보를 뽑겠습니다."

쓰치야 씨가 몇 사람이나 고를 거냐고 물었다.

"너덧 명이 좋겠죠?"

나카지마 씨가 나를 쳐다보며 물었다.

고토 씨가 옅은 미소를 지었다.

"적은 게 좋잖아? 많으면 그만큼 회의가 길어질 텐데."

나카지마 씨가 그 말도 일리가 있다고 고개를 끄덕이더니 그럼 세 사람으로 하자며 손가락을 퉁겼다.

"후딱 정해 버립시다. 늘 하던 대로 여기 모인 멤버가 동그라미, 삼각형, 가위표를 붙여서 동그라미가 많은 사람으로 정하죠."

"여기서 정하나?"

내 입에서 무심코 질문이 튀어나와 버렸다. 그도 그럴 것이 모인 사람은 모두 남자였다. 사업부 이시이 씨만 이십 대 후반쯤으로 보이고, 나머지는 모두 삼십 대, 쓰치야 씨는 사십 대가 넘었다.

'레인보우 · 드림'은 틴에이저 타깃 상품이라면서, 그런데 아저씨들끼리 결정한다니, 뭔가 이상하잖아?

"무슨 말씀이세요?"

나카지마 씨가 잇몸을 드러냈다.

"여기서 안 정하면 어디서 정하라는 말씀인지?"

쓰치야 씨가 침울한 목소리로 입을 열었다.

"최종적으로는 에이전시가 끼어들 테고. 어쨌거나 마지막 결정은 어전 회의에서 중역들이 할 테니 이건 단순한 후보잖습니까."

이시이 씨가 손자 손녀 같은 느낌이 좋지 않겠느냐고 물었다. 마스모토 씨가 "그렇지, 그렇지."라고 맞장구를 쳤다.

"중역들이 육십이 넘은 할아버지들이니 그런 느낌이 좋겠죠. 순수한 이미지에 할아버지를 잘 따를 것 같은 인상. 회사 사정에 맞춰서 말입니다."

아빠가 쓸데없는 말은 절대 하지 말라고 주의를 주었기 때문에 그 이상 말을 안 했지만, 나는 너무 놀랐다. 어른들은 자주 "애들은 모른다."고 말한다. 너희들은 회사 일을 이해할 수 없다고. 부모님도 그렇고, 선생님도 그렇게 말한다. 텔레비전에 나오는 해설자나 뉴스 진행자들도 그런 소리를 한다.

그야 당연하지, 이렇게 적당히 일을 한다면 어른들 사정 따위는 절대 이해 못해. 아니, 알고 싶지도 않아.

열 명쯤 되는 모델 중에서 후보를 결정하는 단계라면 무엇보다 먼저 '레인보우 · 드림'을 사는 고객 입장을 고려해야 되는 거 아냐? 최종적으로 이 상품을 쓸 것인가 말 것인가를 선택하는 건 고객이니까.

그런데 여기 모인 사람들 머릿속에 고객은 없었다. 어떻게 하면 어전 회의에 참석하는 사장과 중역들의 이해를 구할까 하는 생각뿐이었다.

그런 식으로 매사를 불분명하고 적당하게 결정하면 광성당의 매출이 떨어지는 건 당연하고, 일본의 미래도 어두워질 게 뻔하다. 고등학교 수준의 학급회의도 이보다는 진지하다.

후보들을 대충 늘어놓고 마지막에 높은 사람이 결정하게 하는 것은 어린 애들도 할 수 있는 일이다. 안 그런가?

결국 여기 있는 사람들은, 물론 아빠도 포함해서, 자기가 책임을 지고 싶지 않은 것이다. 그게 어른들의 사정이라는 건가? 누구 한 사람이 결정을 내릴 경우, 그 결과가 나쁘면 책임을 추궁당한다. 그게 싫은 거겠지.

이것들 봐요, 그게 재밌어요? 난 납득이 안 가는데 그래도 되는 건가요? 너 같은 어린애는 모른다고 하면 어쩔 수야 없지만, 일이란 게 그런 건가요?

그래서 아빠가 회사에 갈 때면 늘 지쳐 보였던 걸까. 당연히 가고 싶지 않겠지.

나는 무심코 "있지."라고 입을 열었다가 얼른 "음, 그런데……."라고 말을 바꿨다. 일본어는 어렵다.

"음, 그런데…… 이대로 괜찮을까? 중고생들 성향을 좀 더 고려해야 한다고 할까, 그 세대 감각에 맞는 모델을 기용하는 게……."

도저히 참을 수가 없어서 말해 버렸다. 아빠가 회의에서는 입을 다물라고 했지만, 살짝 끼어드는 정도는 괜찮겠지. 물론 회사 사정이라는 것도 이해는 하지만, 그래도 이런 방법은 너무 심하다.

순간 자리에 모인 사람들의 표정이 동시에 불만스럽게 변했다.

나카지마 씨가 입을 열었다.

"그야 그렇지만 이제 와서 그런 말씀을 하시면……."

"그래도 그렇지, 아 물론 그 말도 이해는 하지만."

나는 허둥지둥 말을 맞춰 주었다.

"그 뭐냐, 옛날이랑 달라서 여자 애들 취향도 다양하잖아. 조사를 좀 더 해 보면 어떨까, 예를 들면 하라주쿠에서 앙케이트를 한다거나."

지금부터 다시 하라는 말이냐며 쓰치야 씨가 살짝 험악한 눈초리로 변했다.

미나토 씨가 구슬리듯 입을 열었다.

"회사 분위기라는 게 있으니, 현장에서 아무리 열심히 해 본들 위에서 '노' 한마디면 끝 아닙니까. 늘 그런 식이잖아요. 그러니 그런 노력 해 봤자 아무 소용 없습니다."

동조하듯 나카지마 씨가 고개를 끄덕였다. 내가 여기서 이러쿵저러쿵 말을 더 꺼내면 모두 곤란해질 게 뻔했다. 물론 아빠도. 그게 바로 입장이라는 거겠지.

그래서 나는 "그건 그렇군."이라며 적당히 얼버무리고, 미소를 지으며 고개를 끄덕였다.

"자 그럼, 슬슬 시작할까요?"

나카지마 씨가 모두를 향해 말했다. 그 후에는 단순 작업이었다. 동그라미를 많이 받은 모델은 열아홉 살짜리 4번 여자 애와 열두 살짜리 8번 아이. 나머지는 의견이 좀 분분했지만 결국 머리를 두 갈래로 늘어뜨린 5번과 만약을 대비해 눈빛이 조금 섹시

한 아이를 남겨 두었다.

나 혼자만 다른 사람들과 의견이 달랐다. 나는 1번 모델을 추천했는데, 좀 마르긴 했어도 깨끗한 분위기에 인상이 좋았기 때문이다. 그러나 다른 사람들은 눈여겨볼 만하다는 표시인 가위표조차 붙이지 않았다.

"괜찮겠습니까, 팀장님? 다수결 원칙으로?"

좀 미안하다는 듯 나카지마 씨가 말했다. 그 말투가 굉장히 나이 든 사람 같았다. 그렇게 하라고 대답할 수밖에 없었다.

"그럼 이걸로 마치는 걸로 하죠."

다른 사람들도 자리에서 일어서기 시작했다. 나도 자료를 안고 자리에서 일어섰다.

"팀장님, 도대체 어떻게 된 겁니까?"

회의실 문 앞에 멈춰 선 나카지마 씨가 뒤를 돌아다봤다. 이런, 혹시 내가 수상쩍게 보였나? 괜한 소릴 꺼내는 게 아닌데.

그는 손가락 두 개를 입 앞으로 세우며 말을 이었다.

"이거 말입니다. 담배, 끊으셨어요?"

나는 담배를 피우지 않는다. 사내에서는 금연이라 아무도 눈치채지 못했지만, 오늘 회의실은 흡연이 가능했다. 그런데도 나는 회의 중에 단 한 번도 담배에 손을 뻗지 않았으니 나카지마 씨가 이상하게 여길 만도 하다.

"뭐, 꼭 끊었다기보다……."

끊었다고 하면 나중에 아빠가 곤란해질 것 같아 적당히 넘길 수밖에 없었다.

"건강에 신경 쓰는 건 좋은 일이죠."

나카지마 씨는 그렇게 말하더니 회의실을 나갔다. 나는 휴 하고 한숨을 내쉬었다.

09_

또다시 지루한 시간이 이어졌다. 너무 한가해서 어이가 없을 정도였다.

그야 뭐, 오늘은 일요일이고 아빠 모습을 한 나는 큰 사고를 당한 지 얼마 안 되었으니 모두들 신경을 써 주는 거겠지만, 어쨌거나 할 일이 하나도 없었다. 혹시 샐러리맨 거저먹기 아냐? 그런 생각이 들 정도였다.

물론 꼭 그렇다고는 할 수 없지만, 어쨌든 오후 시간은 평화로웠다. 밖은 더워도 사무실 안은 냉방이 잘 되어 시원했고 주위는 고요했다. 의자가 너무 편해서 몇 번이나 잠들 뻔했다. 아니, 실은 조금 잤다.

이따금 아빠에게 전화가 왔다. 아빠는 무슨 곤란한 일은 없는지, 모두 업무를 순조롭게 진행하고 있는지, 나를 수상하게 여기진 않는지 등을 물었다. 이럴 때 아빠 마음이 약하다는 게 숨김없이 드러난다.

"괜찮다니까."

진짜 성가시게 하네. 알았어, 쓸데없는 소리 안 하면 될 거 아냐. 말하고 싶어도 잘 알지도 못하고 딱히 의견 같은 것도 없어.

아빠와 프로젝트 팀원들이 얼마나 의욕 없는 사람들인지 이미 파악 다 끝났어. 걱정할 필요 하나도 없어.

"그렇게 자잘한 일에 신경 쓸 바엔 나카지마 씨나 다른 사람들에게 일 좀 제대로 하라고 따끔하게 말하는 게 어때?"

그거야말로 쓸데없는 참견이었지만, 도저히 참을 수가 없었다. 아빠는 그런 게 아니라며 이러쿵저러쿵 변명을 했다. 귀찮아서 더 이상 추궁하진 않았다.

7시가 지나자 어느새 듬성듬성 사람들이 빠져나갔다. 회사라는 건 매우 신기해서, 지금 있는 부서에서는 아빠가 제일 높을 거라 생각했는데 아빠에게 인사를 하고 돌아가는 사람은 그다지 많지 않았다.

책상이 대여섯 개씩 세 부분으로 나뉘어 있는데, "먼저 가겠습니다.", "실례하겠습니다."라는 말은 자기들끼리만 주고받았다. 정말 내 생각대로 아빠는 그다지 존경을 못 받는 건가?

"미치겠군."

나카지마 씨가 아까부터 계속 컴퓨터만 노려보고 앉아 있었다. 상황을 보니 견적서에 무슨 오류가 있어서 처음부터 전부 다시 해야 하는 모양이다. 경리는 대체 뭘 하는 거냐고 투덜거렸다.

"철야까진 아니지만, 시간 꽤나 걸리겠는데요."

나카지마 씨와 몇몇 사람이 내 책상으로 와서 보고했다. 정말? 그럼 난 계속 여기 있어야 한다는 거야?

아마도 내 속마음이 여과 없이 발산되었나 보다. 나카지마 씨가 그 일은 자기들이 알아서 처리하겠다고 말했다. 다른 사람들도 그렇게 하겠다고 고개를 끄덕였다.

일단 빈말이라도 내가 도울 일은 없겠느냐고 물었다. 나카지마 씨가 씁쓸한 미소를 지었다.

"아닙니다. 마음은 감사하지만, 솔직히 팀장님이 계시면 괜스레 시간만 더 걸린다고 할까요. 그리고 어쨌거나 이건 현장 일이니까요. 저희가 처리하겠습니다. 시간이 걸리는 일이라 번거롭긴 하지만 큰 문제는 아니에요."

그는 이렇게 말하며 손가락으로 출입문을 가리켰다. 이제 돌아가도 된다는 소리 같았다. 그렇다, 아빠는 컴퓨터나 메일이 서툴러서 나도 늘 불만이 많았다.

"아직 몸 상태도 정상이 아닐 텐데, 귀하신 팀장님은 조심해서 들어가시죠."

물론 귀하신 팀장님이라는 말이 빈정거리는 소리라는 것쯤은 나도 안다. 아니, 그건 너무 가혹한가? 동료 의식 같은 걸로 받아들여야겠지. 존경은 못 받지만 미움도 안 받는 아빠 입장을 새삼 깨달았다.

정말 가도 괜찮을까 생각이 들었지만 나는 자리에서 일어섰다. 이 상황에서 무슨 말을 꺼내면 오히려 성가실 테고, 말을 해 봤자 그들이 들을 것 같지도 않았다.

"수고하셨습니다."

모두 입을 모아 배웅해 주었다. 회사는 계급사회란 생각이 들었다. 얼마 전에 세계사 수업에서 배운 중세 유럽이 이런 분위기였을까?

사무실 문을 열고 엘리베이터로 향했다. 휴일이라 그런지 아무도 없었다. 어깨가 딱딱하게 뭉쳐 있는 게 느껴졌다.

나름 긴장했던 모양이지. 어쨌든 아빠에게 끝났다고 알려 줘야지. 휴대전화를 꺼냈다.

"여보세요?"

첫 번째 벨소리가 끝나기도 전에 아빠가 받았다. 무척 기다렸던 모양이다.

"지금 끝났어. 회사에서 나가는 중이야."

말하는 도중에 옆에서 희고 가느다란 팔이 보이더니 엘리베이터 버튼을 눌렀다. 고개를 돌리자 니시노 씨가 서 있었다.

"죄송해요, 통화 중이셨네요."

그녀는 고개를 숙였다.

"왜 그러니, 고우메…… 여보세요? 무슨 일이야?"

아빠의 외침 소리가 계속 들렸지만, 나는 일단 전화를 끊었다. 아슬아슬한 상황이었다. 내가 아무 생각 없이 '아빠. 지금 어디야?' 라고 물었다면 니시노 씨가 어떻게 생각했을까.

"아니, 괜찮아."

"저어, 아까 부탁 드린 일로……."

말하기 곤란한 듯 고개를 숙였다. 아까? 무슨 일이었지?

"상의 드릴 일이 좀 있어서……."

에구, 까맣게 잊어버렸네. 그렇지 그렇지. 미안해요, 니시노 씨.

"오늘 시간 괜찮으세요?"

엘리베이터 문이 열리고 함께 엘리베이터를 탔다. 흠, 니시노 씨는 아까 간 줄 알았는데 날 기다렸구나. 미안하게 됐는걸.

"일요일이라…… 아무래도 힘드시겠죠?"

그녀는 쓸쓸한 목소리로 말하더니 고개를 살며시 옆으로 돌렸다. 정말 아름다운 여자였다. 나는 전혀 상관없다고 대답했다. 상담 이야기를 새까맣게 잊어버린 데 대해 사죄하는 마음도 있었지만, 그보다는 이렇게 아름다운 언니가 무슨 고민을 안고 있는지가 궁금했기 때문이었다.

"괜찮으세요?"

니시노 씨의 표정이 반짝반짝 빛이 날 만큼 환해졌다. 미안하지만 아빠를 좀 기다리게 할 수밖에. 그다지 시간이 많이 걸리진 않을 테고, 대체로 여자들은 고민을 말하는 것으로 푸는 경우가 많으니 고민의 해답은 이미 나와 있는 거나 마찬가지다.

내가 "물론."이라고 대답하는 순간, 안주머니에서 휴대전화가 울렸다. 아빠다. 그냥 전원을 꺼 버렸다.

"저어, 전화……."

엘리베이터 문이 열리고 우리는 나란히 밖으로 나왔다.

"신경 쓸 거 없어. 딸인데, 얼마나 말이 많은지, 원."

"따님이시군요."

니시노 씨가 고개를 끄덕이며 물었다.

"사이가 좋으신가 봐요.…… 몇 살이에요?"

별로 사이가 좋은 건 아니지만, 그렇다고 해 두는 게 나을 것 같았다.

"열일곱 살."

나는 짧게 대답하고 걷기 시작했다.

10_

"여보세요? 여보세요?"

드라마에 나오는 형사처럼 휴대전화에 대고 이 말을 수없이 반복했다. 그러나 아무 소용도 없었다. 고우메는 전원을 껐다. 대체 무슨 일이 생긴 걸까?

아까는 분명히 지금 끝났다고 말했다. 회사에서 나가는 중이라고.

황급히 전화를 끊은 걸 보니 모르긴 해도 통화 중에 누군가가 나타났겠지. 그런 임기응변 정도는 할 수 있는 아이다.

그렇다면 슬슬 현관으로 내려올 시간이다. 나는 커피잔도 못 치우고 도토루 문을 박차고 나왔다.

커피 네 잔과 밀푀유(파이의 켜가 여러 겹인 패스트리. 달콤하고 바삭바삭한 프랑스식 고급 디저트.—옮긴이) 두 개, 그리고 샌드위치와 밀라노쿠키까지 먹어서 몸은 무거웠지만 그럭저럭 달릴 수는 있었다. 뛰면서 휴대전화 액정을 확인했다. 오후 7시 28분.

고우메가 나오는 곳은 현관 출입문 두 개 중 하나다. 문제는 좌우 어느 쪽인가 하는 건데 그다지 고민할 필요는 없었다. 고우메는 아직도 어린애처럼 걷는 걸 몹시 싫어하니까 당연히 역에서 가까운 좌측 출구로 나올 것이다.

피는 못 속이는지 내 예상은 그대로 적중했고, 고우메가 출입문에 모습을 드러냈다. 물론 양복을 입은 내 모습이다. 마음이 조금 놓였다. 짐작대로 고우메가 전화를 급히 끊은 것은 다른 직원이 지나갔기 때문일 것이다.

그러나 잠시 후 고우메를 부르려던 내 입술이 굳게 닫혀 버렸다. 고우메 뒤에서 니시노 와카코가 따라 나왔기 때문이다. 둘은 사이좋게 대화를 나누며 걸어갔다.

지하도로 연결되는 계단을 내려갈 거라 생각했는데 예상이 빗나갔다. 니시노가 앞장을 서서 둘은 긴자 거리를 계속 걸어갔다.

고우메, 대체 무슨 짓이야!

나는 마음속으로 외쳤다. 일 끝났잖아. 곧장 집으로 돌아가.

그러나 내 마음은 고우메에게 전해지지 않았고, 두 사람은 미묘한 거리를 둔 채 계속 걸었다. 교차로 빨간 신호에서 멈춰 선 니시노가 손가락으로 앞을 가리키자, 고우메가 고개를 끄덕였다.

횡단보도 맞은편에 레스토랑이 보였다. 한 번도 가 본 적은 없지만 소문 난 이탈리안 레스토랑이라는 건 알고 있었다. 설마 식사를 같이 하겠다는 거야?

그런데 그 설마가 맞았다. 신호가 파란색으로 바뀌자, 둘이 건

기 시작했다. 방향은 틀림없이 레스토랑 쪽이었다.

머리를 쥐어뜯는 행동은 바로 이런 때 나온다는 걸 이 나이가 되어서야 처음 깨달았다. 고우메, 대체 무슨 짓이니!

나는 반사적으로 양팔을 쫙 펼친 채 달려가기 시작했다. 그리고 앞에서 걷던 두 사람을 앞질러 가서 한 바퀴 빙 돌고 원래 자리로 돌아왔다. 고우메와 니시노가 순간 발걸음을 멈추는 게 느껴졌다.

일요일 저녁 7시 30분. 퍼렇게 질린 얼굴로 긴자 거리를 뛰어다니는 여고생을 본다면 누구라도 걸음을 멈출 것이다. 게다가 여자 애는 아무 말도 없이 다시 제자리로 돌아갔으니 기이한 눈빛으로 쳐다보는 건 당연하다. 내 목표는 그것이었다. 레스토랑 앞에 도착한 고우메가 니시노에게 잠깐 실례하겠다고 양해를 구한 후, 한쪽으로 가서 휴대전화를 꺼내는 모습이 보였다.

"아빠, 그만 좀 해!"

고우메는 난데없이 항의를 퍼부었다.

"누가 보면 어쩌려고 그래! 가와하라가 긴자에서 양팔을 벌리고 뛰었다는 소문이라도 돌면 어쩌라고!"

나는 숨을 고르며 대답했다.

"가와하라 팀장이 부하 여직원과 이탈리안 레스토랑에서 식사했다는 소문이 더 곤란해. 대체 무슨 짓이야. 아빠랑 약속했지? 회사 끝나면 곧바로 들어가겠다고."

"그럴 생각이었어. 그런데 니시노 씨가 꼭……."

"니시노가 어쨌다고?"

비서과에서 온 니시노 와카코는 회사에서도 유명한 미인이다. 솔직히 나는 그녀가 왜 신상품 개발 프로젝트에 참가하게 되었는지 이해가 안 됐다. 비서과는 그렇게 용모 단정하고 성격도 좋고 마음 씀씀이도 고운 여자를 왜 내보냈을까? 그런 니시노가 날 불러낼 까닭이 없다는 건 다른 누구보다 내가 더 잘 안다.

"아냐, 진짜야. 상의할 일이 있대."

상의? 그렇군. 니시노는 역시 지금 일에 불만이 있었던 모양이다. 자기 적성을 살릴 수 있는 비서과로 돌아가고 싶은 건가, 아니면 다른 부서로 옮기길 원하나?

그렇지만 프로젝트 마무리가 코앞이다. 내일모레 어전 회의만 끝나면, 잔무 처리가 남아 있긴 해도 모두 원래 부서로 돌아갈 예정이다. 그러니 지금 상황에서는 굳이 상의할 일이 없을 텐데.

"대수로운 일은 아닐 거야. 여자들 상담이란 건 일종의 인사 같은 거니까."

고우메가 휴대전화를 손으로 가리며 잠깐 있다 금방 나올 테니 너무 걱정할 것 없다고 말했다.

"……그건 그렇고, 넌 고급 이탈리안 레스토랑에 가 본 적도 없잖아. 식사 매너도 모르면서 어쩌려고."

"가 본 적 있어. 이탈리아 요리잖아. 큰길가에 있는 밀라네제에 엄마가 데리고 간 적 있걸랑요."

고우메가 자랑하듯 가슴을 쭉 펴며 말했다. 모든 요리를 380엔에 파는 이탈리아풍 패밀리 레스토랑과 자신이 똑같은 취급을 당하는 걸 알면 긴자의 일류 레스토랑은 눈물을 흘릴 것이다. 보나마나 고우메의 속셈은 뻔하다. 긴자의 고급 레스토랑에서 식사를 해 보고 싶은 거겠지.

신이라도 저 아이의 식욕을 억제하긴 힘들 것이다. 그래서 나는 방향을 바꿔 타협안을 제시했다.

"아무튼 한 시간 안에 끝내, 알았지?"

가만 생각해 보니 어제 고우메가 한 말과 똑같은 소리를 하고 있었다.

"술은 금지. 그리고 전화도 끊지 말고 연결된 상태로 둔다!"

나는 휴대전화를 끊지 않은 상태로 양복 안주머니에 넣어 두라고 지시했다. 그러면 무슨 얘기를 하는지 알 수 있고, 돌발 사태에도 대비할 수 있다. 고우메는 알았다며 시키는 대로 전화기를 주머니에 넣었다.

"들려?"

약간 우물거리는 목소리가 들렸다. 신호 앞에 서 있던 나는 손으로 큰 동그라미를 그려 보였다. 고개를 끄덕인 고우메가 가게 입구에 서 있는 니시노 쪽으로 걸어가는 모습이 보였다.

11_

우아, 멋져, 멋져, 대단해!

턱시도를 입은 아저씨가 "어서 오십시오."라며 정중하게 고개를 숙였다. 뭐랄까, 모든 게 다른 느낌. 차원이 다른 품격.

레스토랑 안은 차분하고 분위기도 너무 좋았다. 밀라네제와는 비교도 할 수 없었다.

오이즈미에는 이런 가게가 없겠지? 만약 있다고 해도 여고생은 갈 수도 없을 테고. 어차피 아빠랑 몸이 바뀌어 버린 이상, 할 수 있는 일은 최대한 해 보는 게 좋다. 나는 긍정적인 사람이다.

아저씨가 안내해 준 창가 자리에 앉았다. 앉을 때 의자를 당겨 주는 데에도 감격했다. 패밀리 레스토랑에서는 있을 수 없는 일이야. 왠지 귀부인이 된 것 같아 나도 모르게 웃음이 흘러나왔다.

그런데 아저씨가 갑자기 식전주는 뭘로 하겠느냐고 묻는 바람에 완전히 얼어 버렸다. 식전주? 들어 본 적은 있지만, 어떡해야 좋을지 몰라 당혹스러웠다.

식전주라고 하니 분명 술이겠지? 난 술 마시고 싶은 생각은 없는데.

"사고 직후니까 안 마시는 게 좋겠죠?"

니시노 씨가 내 마음을 알아채고 물었다. 정말 눈치 빠른 사람이다. 나는 그게 좋겠다며 고개를 끄덕였다.

니시노 씨는 아주 자연스러운 태도로 자기 것은 킬 어쩌고저쩌고하는 칵테일을, 내 것은 진저에일을 주문했다.

"진저에일은 스파클링 와인처럼 보이잖아요."

감탄했다. 정말이지 무서울 정도로 세심한 사람이다. 그러더니 메뉴를 펼치면서 어떻게 하겠느냐고 물었다.

"어떻게 하다니, 뭘?"

"식사요. 싫어하는 음식 같은 거 있으세요?"

아 참, 그렇지, 밥 먹으러 왔지. 특별히 싫어하는 건 없는데.

그러나 난 아빠 말대로 포크나 나이프를 제대로 사용할 줄도 모르고, 매너를 지켜 식사하는 레스토랑에 와 본 적도 없었다. 좀 위험할지도……. 아아, 어쩌지.

니시노 씨는 이미 식사 분위기에 접어든 듯, 메뉴를 들척이며 코스는 좀 부담스럽다느니 어쩌느니 한다. 코스?

"이런 건 어떨까?"

내가 펼쳐 보인 곳에 파스타 메뉴가 쭉 쓰여 있었다.

"아, 파스타 코스요?"

니시노 씨가 살짝 손뼉을 쳤다.

"딱 좋겠네요. 음 오늘…… 팀장님은 댁에서 식사하실 예정이셨죠?"

그렇지. 엄마가 저녁밥을 준비하고 기다리고 있을 텐데.

오늘 아침 집에서 나올 때, 엄마가 뭐에 쓰인 사람처럼 감자를 사야 한다고 계속 중얼거리던 모습이 떠올랐다. 엄마는 뭘 만들려는 거였지?

결국 두 사람 다 파스타 코스를 주문하기로 했다. 니시노 씨는 바질과 브로콜리, 나는 콜드 토마토와 서양배 파스타. 니시노 씨가 감탄하는 표정을 지었다.

"잘 아시네요. 그 메뉴가 여기 스페셜이에요. 약간 여성 취향이라는 말도 있지만."

가끔은 괜찮지 않겠느냐며 대충 얼버무렸다. 정말 귀찮다. 아빠 몸으로는 마음대로 주문하기도 힘들다.

코스에 포함된 샐러드와 빵 몇 종류가 나왔다. 니시노 씨가 여기 빵은 유명하다고 설명해 주었다. 여기서 직접 굽는다고 했다. 그래서 그런지 정말 따끈따끈했다. 나는 건포도 빵을 집고, 니시노 씨는 배아 빵을 골랐다.

"그런데 상의할 일은 뭐지?"

웨이터가 가늘고 긴 병에 담긴 올리브 오일을 작은 접시에 따라 주었다. 대체 어디에 쓰는 걸까 궁금했는데 니시노 씨가 거기에 빵을 적셔 먹어서 깜짝 놀랐다. 이탈리아 사람들은 저렇게 먹나? 편의점 빵만 사 먹는 내게는 모든 게 신기했다.

니시노 씨가 빵을 찢으며 미소를 지었다.

"대단한 건 아니에요. 정말 별건 아닌데……."

그러더니 갑자기 입을 다물었다. 포크로 샐러드만 들척거렸다. 들척이지만 말고 그냥 먹지, 하는 생각이 들었지만 말할 분위기가 아닌 듯했다.

대체 저 사람은 뭐가 고민일까? 엄청난 미인에다 머리도 좋아 보이고, 이러니저러니 해도 광성당은 큰 회사니까 특별히 불만 같은 건 없어 보이는데.

"연애 문제지?"

니시노 씨가 쥐고 있던 포크가 그 자리에 멈췄다.

그럼 그렇지. 난 역시 그런 감각은 상당히 빠르다. 정말 그런 것 같다. 반에서 누가 누구랑 사귀는지, 친구가 사랑에 빠졌는지 아닌지 나도 모르게 알아차리곤 했다.

게다가 니시노 씨 같은 사람이 아빠 같은 연상의 남자와 상의할 일이라면 연애 문제가 뻔했다. 그리고 상대는 사내 직원. 틀림없다. 고등학교나 대학에서 사귄 사람이라면 그 당시 친구에게 말하는 게 당연하니까. 나 왠지 명탐정 같지 않아?

"……네."

어쩌면 탐정보다는 형사 쪽일지도. 니시노 씨는 취조실에서 자백하는 범인 같은 표정을 지었다.

지금 상황에서 주절주절 몰아세우면 오히려 역효과. 캐묻기보다는 스스로 말을 꺼내게 해야 한다. 경험상, 그건 분명히 옳은 방법이었다.

"그런데?"

나는 한마디만 슬쩍 던지고, 샐러드를 먹는 데 열중했다. 주키니호박과 노란색 파프리카가 무척 아름다웠고 엔다이브(상추처럼 샐러드에 넣거나 익혀 먹는 채소.—옮긴이)와 초록 채소들이 정점이었다. 식초 향이 입 안에 퍼지며 뒷맛이 산뜻했다. 나를 따라 샐러드를 먹던 니시노 씨가 마음을 결정한 듯 입을 열었다.

"전 센다이 출신인데요."

"아, 그랬나?"

나는 고개를 끄덕였다. 아빠가 알고 있는지 어떤지는 몰라도 그 정도 대답이면 무난할 것 같았다.

"그런데 고향에 계신 엄마가…… 음, 선 얘기를 꺼내서요."

맞선. 물론 난 경험한 적은 없지만 드라마에서 본 적은 많다.

"잘됐군. 상대는 어떤 사람이지?"

말문이 막힌 니시노 씨가 블랙올리브를 입에 넣었다.

"아주 훌륭한 분이에요, 미야기 현청에 근무하고."

"나이는?"

호기심에 나온 질문이었다. 올해 서른셋이라는 대답이 돌아왔다. 니시노 씨는 스물일곱 살인 것 같으니 여섯 살 차이인가.

내 생각에는 나이가 좀 많은 듯했다. 연상은 좋지만 그것도 한두 살 차이 정도가 제일 좋지 않을까. 다시 말해 겐타 선배랑 나처럼.

그렇지만 스물일곱 살 정도 되면 별 문제가 아닐지도 모르지. 여섯 살 위라도 그렇게 큰 차이는 없을지도 모른다.

괜찮을 것 같다고 대답하는 순간, 하얀 셔츠를 입은 남자가 얼굴 가득 미소를 머금고 다가와 파스타 접시를 내려놓았다. 그러고는 바질 소스를 뿌렸으니 향을 음미해 보라며 물러났다.

"괜찮을 것 같은데…… 벌써 만났나?"

니시노 씨가 그렇다고 대답하며 포크로 능숙하게 파스타를 감았다. 앗, 뭐야, 이 레스토랑 서비스가 영 아니네. 스푼을 잊어버리면 어떡해. 먹기 불편하잖아.

그런데 주위를 둘러보니 모두 포크 하나로 파스타를 먹고 있었다. 정말? 고급 식당은 원래 이런 거야?

나도 일단 도전은 해 봤지만 역시 먹기가 불편했다. 가느다란 카펠리니(파스타의 한 종류로 가느다란 면발이 특징이다.—옮긴이)가 포크에서 계속 미끄러져 흘러내려서 어찌해야 좋을지 난감했다. 으윽, 스트레스 쌓여.

"그래? 어땠는데? 어떤 사람이야?"

흥미진진했다.

니시노 씨는 좋은 사람이었다며 미소를 지었다. 에이, 좀 더 설명을 해 줘야지. 키가 크다거나 멋있다거나 얼굴이 잘 생겼다거나 등등 말이야.

"탤런트나 연예인으로 치면 누굴 닮았는데?"

감바 오사카(일본 프로축구클럽.—옮긴이)의 선수와 닮았다며 고개를 끄덕였다.

"이름은 잘 모르겠어요."

감바가 축구였나 야구였나? 어느 쪽이든 어차피 난 잘 모른다. 그래서 이렇게 대답할 수밖에 없었다.

"그렇군."

그런데 그 말은 즉 상당히 멋있다는 뜻이지?

"잘됐네. 요즘 같은 불황에 공무원이라니……. 당연히 수입도 안정적일 테고."

"그렇겠죠."

니시노 씨는 이렇게 대답하며 포크에 말았던 파스타를 다시 내려놓았다. 그거 털실 뭉치 아니거든, 먹는 것 가지고 장난치면 안 되지.

그런데 니시노 씨는 그 사람을 썩 내켜 하지 않는 것 같았다.

"좀 망설여지는 모양이지? 흠, 혹시 멀리 떨어져 있는 게 문제가 되나? 아니면 고향으로 돌아가는 게 싫다거나."

그런 건 아니라고 모호하게 대답했다. 상대는 의욕이 넘쳐서 결혼을 전제로 사귀고 싶어 한다고 했다.

그 사람 마음은 충분히 이해가 갔다. 내가 남자라도 이렇게 아름다운 사람은 절대 놓치지 않을 테니까.

"그런데 왠지…… 좀 아닌 것 같은 느낌이 들어서…… 거절했어요."

에이 뭐야, 한껏 기대하게 만들어 놓고. 벌써 결론 다 난 일로 상담은 무슨 상담.

"그것 참 안타까운 일이군."

"아니에요."

니시노 씨는 짧게 대답하고 입을 다물어 대화가 끊어졌다.

그리고 우리는 한동안 각자의 파스타를 먹는 데 전념했다. 접시가 깨끗이 비워진 걸 알고 다가온 웨이터가 후식 음료는 뭘로 하겠느냐고 물었다.

입 안이 좀 느끼해서 콜라 같은 걸 마시고 싶었지만, 왠지 그런 분위기가 아닌 것 같았다. 니시노 씨에게 뭘 마시겠느냐고 물었더니 홍차로 하겠다고 해서 나도 같은 걸 주문했다.

"저희 레스토랑의 파티쉐 특선 디저트입니다."

남자가 빈 파스타 접시를 치우자마자 교대를 하듯 흰 모자를 쓴 젊은 여자가 얇은 파란색 접시를 들고 왔다. 접시에는 삼색 아이스크림과 케이크 두 종류가 올려져 있었다. 아, 어떡해, 너무 맛있어 보여.

"오른쪽부터 피스타치오, 검은깨, 수박 셔벗, 케이크는 치즈 케이크와 살구 타르트입니다."

아하, 셔벗이었구나. 근데 어쩌지? 다 먹고 싶어. 피스타치오가 뭐더라?

니시노 씨가 걱정스러운 표정을 지었다.

"저, 가와하라 팀장님, 단 음식을 좋아하셨던가요?"

나는 물론이라며 빨간 수박 셔벗을 스푼으로 떠 입에 넣었다.

흠, 깔끔한 이 맛.

"남자와 여자는 참 힘든 것 같아요."

홍차를 한 모금 마시면서 니시노 씨가 말했다. 그런 애매모호한 말을 꺼내면 뭐라고 반응하기가 곤란하잖아. 일단은 고개를 끄덕였다.

"그렇지. 잘되는 경우도 있지만, 아무리 서로 어울려도 잘 안 될 때도 있으니까."

나는 위로의 마음으로 그렇게 말했다.

"정말 그래요."

서글픈 표정으로 미소를 짓는 니시노 씨의 옆모습이 너무나 아름다웠다.

"실은…… 상의 드릴 게 하나 더 있어요."

말하기 곤란한 표정이었다. 나는 치즈 케이크를 둘로 가르면서 물어보았다.

"뭔데?"

"저어…… 나카지마 씨 말인데요……."

케이크를 포크로 찍어 입 안에 넣었다.

헉, 이럴 수가! 이렇게 훌륭할 수가!

이런 건 난생처음 먹어 본다. 역시 편의점 케이크와는 비교도 할 수 없다. 눈이 번쩍 뜨일 만큼 맛있었다.

"나카지마가 왜?"

고개를 숙인 니시노 씨가 찻잔을 테이블에 내려놓았다. 왠지 재미있을 것 같은 예감이 들었다. 한 입 더 먹고 싶었지만, 포크를 내려놓고 다음 말을 기다렸다.

12_

여고생의 몸은 불편한 게 이만저만이 아니었다. 이탈리안 레스토랑 입구에서 휴대전화를 귀에 대고 있는데 그런 생각이 절실히 들었다.

쉽게 말하자면 너무 배가 고파 견딜 수가 없었다. 조금 전 도토루에서 먹은 샌드위치와 쿠키는 다 어디로 가 버린 건지. 아마도 이건 신진대사의 문제겠지. 나도 젊은 시절에는 그랬다. 아무리 먹어도 늘 배가 고팠다. 나이를 먹으면서 그런 증상은 차차 사라졌지만, 지금 나는 고우메의 몸이니 어쩔 수가 없다.

게다가 맛있기로 소문난 이 가게는 끊임없이 손님이 드나들었다. 문이 열리고 닫힐 때마다 마늘과 향신료 향이 코를 자극했다.

조금 떨어진 곳에 패스트푸드 햄버거 가게가 있었지만, 휴대전화를 든 채 주문할 수도 없고 갑자기 무슨 일이라도 생기면 곤란했다. 참을 수밖에 없다.

전화에서 띄엄띄엄 두 사람의 대화 내용이 들렸다. 고우메가 무슨 엉뚱한 소리를 하지나 않을까 조마조마한 심정으로 귀를 기울였다. 도대체 니시노 와카코는 무슨 상의를 한다는 걸까?

그녀는 겉모습은 소극적으로 보이지만, 의외로 심지가 강하고 자기 의견도 확실하다. 프로젝트 팀으로 온 후에 알았으니 그리 길진 않지만, 그 정도는 금방 알아챌 수 있었다.

그녀는 커피나 복사가 아닌 좀 더 중요한 일을 하고 싶어 했고, 나도 그쪽이 그녀의 능력을 발휘하는 데 더 적합하다고 생각한다. 비서과가 아니라도 서로 끌어가려 할 게 분명했다.

그래서 업무 관련 상담일 거라 예상했는데 아무래도 그건 아닌 듯했다. 선을 봤는데 거절했다고 한 걸 보니 말이다.

그런 것까지 일일이 보고해도 곤란한데, 아무래도 그 얘기는 본론을 꺼내기 위한 실마리에 불과했던 것 같다. 니시노의 상담은 나카지마와 관련된 일인 듯했다.

그녀의 가느다란 목소리가 들려왔다.

"좀 난처해서요……. 나쁜 사람이 아니라는 건 잘 알지만."

나카지마는 덜렁대긴 해도 업무 능력이 떨어지는 사람은 아니다. 입이 가벼운 단점은 있어도 나름 성실하고 업무에도 적극적이고 추진력도 있다. 발도 넓다. 원래 내 부하 직원이라 다소 두둔하는 면이 있을지도 모르지만, 그걸 감안하더라도 평균 수준은 충분히 넘는다. 또 한 가지, 외모도 그리 빠지는 편이 아니다.

니시노와는 옆자리라 늘 사이좋게 얘기를 나눴다. 혹시 두 사람이 사귀고 있는지도 모른다고 생각하는 사람은 나 혼자만이 아닐 것이다.

"왜? 둘이 사귀나?"

역시 내 딸. 절묘한 시기에 적절한 질문을 던졌다.

"설마 그럴 리가…… 사귀긴요."

니시노의 목소리는 거의 안 들릴 정도로 작았다.

"요즘 자주 어딜 가자거나 식사를 같이 하자고 해서……."

다음 말은 안 들렸다.

고우메가 거친 숨결을 내뿜으며 맞장구치는 소리만 울려 퍼졌다. 제발 입 좀 다물고 잠자코 듣기만 해.

"그 말은 나카지마가 호의를 가지고 있다는 뜻일 텐데……, 니시노 씨는 어떤데?"

대답이 없었다. 고개를 끄덕인 건지, 좌우로 흔든 건지.

구형 휴대전화는 이럴 때 불편하다. 진즉에 FOMA(Freedom of Mobile Multimedia Access, 일본 NTT 도코모사의 W-CDMA방식 이동통신 서

비스. 무선 인터넷으로 단순한 문자 전송 기능을 넘어 동영상이나 음악 등 다양한 미디어 기능을 제공한다.—옮긴이) 기종으로 변경해 둘걸.

"으음…… 어쨌든 니시노도 부담스러우면 부담스럽다고 분명히 말하는 게 좋지 않겠어……. 흠, 그 뭐냐, 애매하게 행동하면 나카지마에게는 더 고통스러운 일일 수도 있고."

고우메가 제법 그럴싸한 말을 하는 걸 보면 아무래도 상황은 나카지마에게 불리한 방향으로 흘러가는 듯했다. 거듭 말하지만, 나카지마는 나쁜 남자는 아니다. 그의 상사로서, 그리고 선배로서 대단히 유감스러운 일이지만, 이런 상황에서는 도무지 도울 방법이 없다.

니시노가 몹시 곤란한 말투로 나카지마가 자기에게 호의를 가져 주는 건 기쁜 일이고 자기 같은 사람에게 마음을 써 주는 것도 고맙지만 그의 마음에 응할 생각은 없고 좀 더 솔직히 말하면 부담스럽다고 완곡한 표현으로 말했다. 그 후 가와하라 팀장님이 자기 대신 한마디해 줄 수 없겠느냐고 물었다. 그것이 상담의 핵심 내용이었다.

"제가 그런 말을 꺼내면 아무래도 관계가 껄끄러워질 것 같아요……. 같은 부서에서 일하니까 앞으로도 힘들어질 것 같고."

맞는 말이긴 하지만 내가 그 말을 전하면 훨씬 더 껄끄러워지는 거 아닌가? 솔직히 마음이 내키질 않았다.

나와 나카지마는 상사와 부하 직원 관계를 맺은 지 오래다. 서로에 대한 신뢰도 있고, 선후배 감정도 있다. 그렇지만 상대의 개인적인 일이나 예민한 부분을 건드린 적은 한 번도 없었다.

"내가 전해 주지."

고우메가 갑자기 입을 열었다. 고우메, 너 생각이 있어, 없어! 머리가 지끈거렸다.

"직접적인 표현은 못하겠지만 단념하는 게 낫겠다고 완곡하게 전달할게. 그럼 되겠지? 문제는 그 이유인데……."

고우메가 말을 이었다. 너, 혹시 지금 상황을 즐기는 거야? 고등학생인 너는 이해 못할 일들이 얼마나 많은지 알아? 사내 인간관계라는 게 그렇게 간단한 게 아냐.

"사귀는 사람이 있다거나 하는 확실한 이유가 필요한데."

"그렇지만 전…… 사귀는 사람은 없는데요."

두 사람의 대화가 띄엄띄엄 이어졌다. 니시노에게 교제하는 남자가 없다는 말은 의외였지만, 그거야말로 괜한 참견일 것이다.

그로부터 삼십 분쯤 후 두 사람이 레스토랑에서 나올 때까지 그저 가게 앞에서 죽치고 기다릴 뿐, 내가 할 수 있는 일은 아무것도 없었다.

13_

디저트를 먹은 후 차를 마시며 니시노 씨의 이야기를 들었다. 나카지마 씨는 꽤 적극적이라 시간을 같이 보내자는 말을 자주 건넸던 것 같다.

내가 보기에 나카지마 씨는 좀 힘들 것 같다. 그 사람은 너무 어린애 같다. 솔직히 말하면 백 퍼센트 불가능. 빨리 포기하는 게 본인에게도 좋다.

9시 전에 가게를 나왔다. 이제 괜찮을 것 같아 휴대전화를 끊고 아빠 카드로 식대를 지불했다. 카드는 처음 써 봤는데 "여기에 사인을 부탁합니다."라는 계산대 언니의 말 덕분에 겨우 살았다. 사인하는 것을 옆에서 구경한 적은 여러 번 있어서 분위기는 알지만, 직접 하려니 꽤나 긴장이 되어 살짝 손까지 떨렸다.

"만이천 엔입니다."

계산대 언니가 말했다. 정말? 말도 안 돼, 그렇게 비싸?

내 한 달 용돈보다 많다. 아, 열 받아. 하긴 뭐, 상관없지. 어차피 아빠 돈인걸.

니시노 씨가 늦게까지 시간을 빼앗고 맛있는 음식까지 얻어먹어서 계속 미안하다고 했지만, 신경 쓸 거 없다고 말했다. 아빠도 요즘 계속 늦게 들어왔다. 오히려 9시에 긴자에서 출발하면 빠른 거 아닌가?

니시노 씨가 상의한 건 별일 아니었다. 나카지마 씨의 적극적인 행동이 좀 부담스러울 수는 있지만, 그 정도 수준의 남자라면 니시노 씨가 직접 거절해도 충분할 것 같았다.

"나카지마 씨라면 괜찮아, 너무 신경 쓸 거 없다고. 그런 일로 상처받을 스타일도 아니고."

나는 다시 한 번 이야기했다.

우리는 지하철역으로 향했다. 니시노 씨는 우라야스에 사는 모양이다. 디즈니랜드 옆에 살아서 좋겠다고 말하자 살짝 웃었다.

"가와하라 팀장님은 애들 같은 면이 있어요."

쳇, 애 맞거든. 미안해서 어쩌나.

니시노 씨는 히비야 선을 타고, 나는 마루노우치 선을 타고 이케부쿠로까지 가니 개찰구 근처에서 좌우로 나뉘어 각자 플랫폼으로 가기로 했다. 그러나 나는 그런 척을 할 뿐이었다.

역 계단 아래에서 기다리고 있자 바로 휴대전화가 울렸다. 물론 아빠다. 아빠는 금방 오겠다는 말만 하고 곧바로 전화를 끊었다. 얼마 지나지 않아 여고생 모습을 한 아빠가 달려와 숨 넘어갈 듯한 목소리로 물었다.

"니시노는 무슨 일이래?"

난 잘 모르겠다고 대답했다.

"아빠도 들었잖아. 상의할 게 있다고 했는데…… 그 사람이 하고 싶은 말이 정확하게 뭔지는 잘 모르겠어."

"안 들린 부분도 있었어."

아빠 표정이 떨떠름하게 변했다. 그러고는 휴대전화 성능이 아주 많이 좋아진 건 아니라고 말했다. 나는 니시노 씨가 이야기한 상담 내용을 들려주었다.

"스트레스가 꽤 쌓였던 거 아냐? 말이 좀 많아지던데. 나카지마 씨 일도 그렇고, 프로젝트 팀원들에 관해서도 그렇고."

아빠와 나는 지하 통로를 걸었다. 왠지 무척이나 사이좋은 부녀 같다. 최근 몇 년간의 상태로 봐서는 요즈음 우리 관계가 가장 가까운 건 분명하다. 몸이 뒤바뀐 것만 빼면 그리 나쁜 일은 아닐지도 모른다.

걸으면서 이야기를 나눈 후 별일은 없었다는 걸 알고 그제야 아빠도 안심하는 듯했다. 하기야 아빠에게 상담을 요청할 사람이 없을 거라는 건 조금만 생각해도 금방 아는 일이니까.

"어쨌든 어서 들어가자. 늦었어."

아빠는 엄마가 걱정할 거라며 시계를 봤다. 아마 걱정 안 할걸. 아빠한테는 말 안 했지만 사실 내 귀가 시간은 좀 늦은 편이다. 놀러 다닌다는 뜻이 아니라 고교생은 이런저런 일로 꽤 바쁘신 몸이니까.

아빠가 불쑥 배가 고프다고 중얼거렸다. 제발 오이즈미 역까지만 참아.

"햄버거든 뭐든 사 줄게. 역 앞에 맥도날드 있잖아."

"햄버거?"

아빠는 불만스러운 듯 얼굴을 찌푸렸다. 어쩔 수 없잖아, 여고생이 편하게 드나들 수 있는 가게는 그다지 많지 않다고.

우리는 지하철을 타고 이케부쿠로를 출발했다. 아빠와 할 얘기가 하나 더 있었다. 내일부터 기말 고사 시작이다. 아빠가 잘 해낼 수 있을까?

"어떻게든 되겠지."

아빠가 말했다. 묘하게 자신감이 넘치는 말투였다.

"고2 시험이잖아? 평균 정도는 되겠지."

과연 그럴까? 아빠는 꽤 괜찮은 대학을 나왔고 옛날부터 성실해서 성적도 좋았다고 한다. 그러니 믿어도 될까?

"아빠, 옛날이랑은 달라. 요즘은 말이지……."

"그것보다 너야말로 공부 좀 해 두지 그래. 내일 아침에 우리 몸이 제자리로 돌아가면 시험은 네가 봐야 해."

어, 정말? 큰일이다, 까맣게 잊고 있었다. 그렇지만 아빠 말이 맞다. 나는 오늘까지 몸이 제자리로 돌아가길 간절히 기도했지만, 내일은 지금 이대로가 좋을지도 모르겠다는 생각이 들었다. 내일은 특히 자신 없는 세계사와 국어 시험이 있다. 아, 몰라 몰라.

"다 왔어."

손잡이를 잡고 있던 아빠가 말했다. 전차는 이미 오이즈미 역에 도착하는 중이었다.

14_

월요일 아침, 눈을 떴다.

절망이라는 단어가 눈앞에 아른거렸다. 여전히 아무 변화도 없었다. 내가 아빠 몸이니 결국 아빠도 내 몸 그대로일 테지. 어제 쓸데없는 생각을 해서 벌을 받은 모양이다. 조금 반성했다.

시험 같은 건 아무래도 좋아. 제발 내 몸을 돌려줘.

하는 수 없이 금요일처럼 각자 회사와 학교로 향했다. 가기 전에 아빠에게 맡긴 내 휴대전화로 겐타 선배에게 아침 인사 문자를 보냈다.

일 분도 안 지나서 답장이 왔다. 미안, 선배. 저녁때까지 문자 못 보내거든, 용서해 줘.

나는 회사에서 화장실에 갈 때마다 아빠에게 문자를 보냈고, 아빠는 한 시간에 한 번씩 답장을 보냈다. 시험 중에는 문자를 칠 수 없으니 어쩔 수 없는 일이었다.

아빠 문자에 시험 얘기는 한마디도 없었다. 별 탈 없이 진행되는 거라고 낙관적으로 해석하기로 했다. 물어봐도 대답을 안 하니 어쩔 수 없었다. 아빠가 몇 번씩 문자를 보내 확인한 사항은 모두 업무에 관한 것이었다. 회사에서는 프로젝트 팀원들이 내일 어전 회의 준비를 하느라 이리저리 뛰어다녔다. 나만 가만 앉아 있어도 괜찮나?

어떻게 하면 좋겠느냐고 아빠에게 물어보자, 입 다물고 가만있으면 된다는 답장뿐이었다. 아빠가 회사에 있다고 해도 나처럼 자리에 앉아 있을 수밖에 없는 모양이다.

현장에 맡겨 · 마지막 책임은 아빠가 지니까

꽤 멋진 말 같긴 한데, 그럼 아빤 없어도 되잖아? 그렇게 문자를 보내면 아빠가 상처 입을 테니 그만두기로 했다.

회사라는 곳은 좀 희한하다. 나카지마 씨와 다른 사람들이 연달아 다가와 상황 보고를 하고 돌아갔다.

나는 그저 고개를 끄덕일 수밖에 없었고, 다른 사람들도 그걸로 만족하는 듯했다. 정말 아빠가 필요하긴 한 거야?

오후부터는 예정대로 어전 회의 예상 질의 응답 시간인가 뭔가를 갖자며 모두 대회의실에 모였다. 회의에서 회사 중역들이 할 만한 질문을 뽑아 내서 그에 대해 어떻게 대답할지 연습하는 게 목적이라고 나카지마 씨가 설명했다. 참 나, 그게 무슨 의미가 있어?

팀원들이나 중역들이나 다 같은 회사 사원이잖아. 그럴 바엔 아예 처음부터 높은 사람들까지 함께 회의하는 게 번거롭지도 않고 좋잖아?

그런 의문은 나뿐만이 아니라, 모두 마음속에 품고 있는 듯했다. 리허설 목적을 설명하는 나카지마 씨도 그건 알고 있는 듯했다. 이게 바로 어른들의 사정이라는 건가?

"바쁘신데 죄송합니다만 이것도 매번 정해진 절차인지라……."

그 자리에 있던 모두의 얼굴에 씁쓸한 미소가 번졌다. 이 회사, 상당히 위험한 거 아냐? 아니면 아빠가 이끄는 이 프로젝트 팀만 그런가?

여기 모인 사람들이 염두에 두는 건 오직 높은 사람들뿐이다. 혹시 중역이나 사장 같은 사람들 눈치만 보고 정작 자기들이 무엇을 해야 하는지는 잘 모르는 거 아닌가? 그건 최악이잖아?

이 사람들 관심은 '레인보우 · 드림'인가 하는 시시한 이름이 붙은 상품을 누가 살 것인가가 아니라, 회사 사람들이 어떻게 평가할지에 쏠려 있는 듯했다. 회사 사정이라는 것일 테지. 만약 프로젝트가 실패로 끝난다 해도 책임질 필요가 없도록 지금부터 준비를 하는 거겠지. 그것 때문에 리허설을 한다는 것쯤은 나도 알아챌 수 있었다. 그러나 내가 그런 말을 한들 아무 소용 없다. 어른들에게는 어른들 사정이 있다는 말이 나올 테고 그 말도 일리는 있을 테니까.

내가 참견할 일은 아니라서 회의 중에는 아무 말도 하지 않았다. 어차피 난 어린 애니까.

나카지마 씨가 레이저포인터로 빔 프로젝트 스크린을 가리키며 담담하게 설명해 나갔다. 컴퓨터 그래픽까지 활용해서 꽤나 공을 들인 것 같았다.

상품 명칭, 여고생에서 대학생과 젊은 직장 여성을 타깃으로 하는 소비자층, 상품 설명, 일곱 종류의 향기가 나는 아로마 향수, '레인보우 · 드림' 관련 기타 상품 개요, 제작비와 홍보비 같은 예산과 상세 내역, 홍보 방향과 모델 후보.

중간 중간에 중역 역할을 맡은 몇몇 사람들이 질문을 했다. 훤히 들여다보이는 뻔한 질문뿐이라 듣고 있자니 졸음이 쏟아졌다.

"'레인보우 · 드림'의 레인보우와 드림 사이에 점을 빼는 게 좋지 않겠어?"

"상품 가격 말인데, 세금 포함해서 이천 엔이 어떨까. 이천 엔 선에서 끊어 주는 게 좋을 것 같은데, 어때?"

"대상 연령을 처음부터 명확하게 구분하지 말고 중학생도 포함시켜서 13세 이상으로 하는 게 좋을 것 같은데?"

다 그렇고 그런 질문들뿐이었다. 심지어는 상품 종류가 뭐였느냐고 방금 설명한 내용을 묻는 사람까지 있었다.

나중에 아빠에게 물어보니 실제로 그런 중역이 있다고 한다. 남 얘기할 때 잘 좀 들으란 말이지.

그럴 때마다 나카지마 씨는 설명을 되풀이했다. 무의미하게 시간만 흘러갔지만, 원래 그런 모양이었다. 나는 그런 회의에 반드시 참석해야 하는 입장이라는 걸 깨닫고 몹시 우울해졌다.

오후 1시에 시작한 회의 리허설은 예정된 시간을 훌쩍 넘기더니 중간 휴식까지 해 가며 결국 오후 3시까지 이어졌다. 나카지마 씨가 내일은 이보다는 짧을 거라고 말했지만, 과연 그럴까?

그 후 다시 업무를 시작했다. 일단 대략적인 일은 끝난 듯했다. 저녁 8시 무렵, 내일을 위해 기합을 넣느니 어쩌니 하며 모두 한잔 하러 가는 걸 배웅하고 집으로 돌아왔다.

같이 가자고 해 주는 사람이 한 명도 없어서 조금 외로웠지만 사고를 겪은 후라 모두 걱정해 주는 거라고 스스로를 납득시켰다. 모르긴 해도 분명 그럴 것이다. 아니, 그렇게 생각하고 싶다. 세상사 다 생각하기 나름이니까.

걱정스러운 얼굴로 기다리고 있던 아빠에게 오늘 일을 들려주며 회의 상황을 녹음해 둔 MD(미니 디스크.—옮긴이)를 건네주었다. 대략적인 내용은 요약해서 문자로 보내 주었지만 아빠가 분위기를 알고 싶다고 해서 녹음도 해 두었던 것이다.

"나중에 들을게."

아빠가 살며시 고개를 숙였다.

"아빠는 너의 판단을 신뢰한다. 일단 그 말을 해 두고 싶어."

고마워요. 그런데?

"우선 회의가 전체적으로 무난하게 진행되었는지 알고 싶다."

"그걸 무난하다고 해야 할지."

나는 콧잔등을 긁었다.

"아무 일도 없었어. 지루하고 시시한 얘기뿐이었다고 할까."

아빠가 너한테는 시시할지 모르지만 그게 바로 회사 사정이고 회사원이라는 거라고 설교를 시작하려고 해서 내 쪽에서 바로 질문을 던졌다.

"그건 그렇고, 시험은 어땠어?"

아빠가 불안하게 떨리는 시선으로 문제없다고 대답했다. 이렇게 훤히 들여다보이는 거짓말은 들어 본 적이 없다.

"아무튼 엄마한테는 아빠가, 즉 네가 말해 두면 돼. 이번에는 사고가 있었으니 시험 점수가 조금 떨어지는 건 어쩔 수 없는 일이라고."

아빠가 횡설수설하며 말했다. 어제는 그렇게 자신만만하더니 생각보다 어려웠던 모양이다. 으이그, 바보.

아빠는 곧 내일 일을 잘 부탁한다며 도망쳐 버렸다. 나는 아빠에게 맡겨 두었던 내 휴대전화로 겐타 선배에게 문자를 보냈다.

토요일에 선배와 헤어진 후에도, 그리고 어젯밤에도 계속 문자

뿐이다. 전화 목소리도 듣고 싶지만, 지금 내 상황에서는 불가능. 입만 열면 아빠 목소리가 나오는데 어쩌겠어.

그 대신 주고받는 문자의 양은 늘어났다. 말이 많지 않은 선배도 문자가 더 좋은 듯했다. 한갓 시시한 내용뿐인지는 몰라도 우리에게는 그런 시시함도 중요했다.

지금 뭐 해? 나는 막 목욕하려던 중, 선배는?

——

텔레비전 보고 있어, 다운타운 나오는 프로. 시험공부만 하면 숨 막히잖아.

——

물론이지, 나도 봐야겠다.

에구, 시시해! 다시 들여다보면 얼굴이 뜨거워질 정도다. 그래도 기뻤다.

그만 자야겠다고 생각하고 세면실로 가 보니, 아빠가 얼굴을 씻고 있었다. 아빠는 나를 보며 눈동자만 움직였다. 우리 언제까지 이렇게 살아야 할까? 그런 눈빛이었다. 그건 내가 더 궁금하거든. 이대로는 선배랑 데이트도 제대로 못하잖아. 무슨 방법이 없을까?

우리는 거울을 향해 나란히 서서 기도했다. 내일 아침, 잠에서 깨면 자기 자리로 돌아가 있기를.

그러나 소원대로 쉽게 해결될 일이 아니라는 것도 알고 있었다. 아빠는 어떤지 몰라도 나는 요 며칠간 완전히 비관론자로 변해 버렸다.

잠시 후 침대로 들어갔다. 마구 졸음이 쏟아져 나도 모르는 사이 평화롭게 잠에 빠져 들었다.

Part 5

딸과 아빠의 위기

01_

아래에 있는 중앙아시아 5개국과 각 나라의 수도를 바르게 연결하시오.

• 카자흐스탄, 투르크메니스탄, 우즈베키스탄, 타지키스탄, 키르기스스탄

• 비슈케크, 아스타나, 타슈켄트, 두샨베, 아슈하바트

퀴즈 프로그램이 아니다. 오늘 고우메 고등학교의 기말 고사에 나온 세계사 문제다.

솔직히 말해 나의 학창 시절 성적은 좋은 편이었다. 내 입으로 말하긴 좀 그렇지만 우등생이었다고 할 만하다. 수업 시간에 열심히 필기를 하고, 선생님 설명을 잘 들으면 누구나 어느 정도의 성적은 낼 수 있다. 나는 겁이 많고 신중한 성격이었기 때문에 성

실하게 했을 뿐이었다.

그랬기 때문에 이십 몇 년 만에 고우메 대신 시험을 보는 상황도 그다지 불안하지 않았다. 최근 기억력이 떨어지긴 했지만 옛날 일은 잊지 않았다. 자신감도 있었다.

그러나 결과는 비참했다. 첫째 과목이 이 지경이면 다음은 짐작이 가고도 남았다.

두 번째 과목인 국어도 마찬가지였다. 세계사처럼 완전히 모르는 건 아니지만 몇 가지 선택 사항이 운전면허 시험 문제처럼 어느 것을 골라도 정답일 것 같았다.

고우메가 시험은 어땠냐고 물었을 때 도망칠 수밖에 없었던 이유는 완전 망했기 때문이다. 비참하게 케이오당한 느낌이었다.

딱히 교육에 열을 올리는 아빠가 아닌 나는 지금까지 고우메의 성적에 불만을 토로한 적은 없다. 아내를 통해 주의를 준 일은 있는데 앞으로는 그것도 그만두겠다고 다짐했다. 그 정도로 엉망이었다. '패배'라는 두 글자가 가슴 깊이 새겨졌다.

어쨌든 나는 다시 책상 앞에 앉아 수험생들처럼 손수건으로 이마를 질끈 묶었다. 시험은 사흘이나 더 남았다. 결과가 너무 처참하면 부모 체면에도 손상이 가고 고우메에게도 미안한 일이다. 벼락치기로 큰 효과를 거둘 순 없겠지만, 아무 노력도 안 하면 또다시 처참한 결과뿐이겠지.

시계를 보니 11시 50분이었다. 약 아홉 시간 후, 시험은 다시 시작된다. 내일은 수학Ⅱ와 영어다. 지금부터라도 늦지 않다. 할 수 있는 데까지 최선을 다하자.

나는 영어 교과서를 펼쳤다.

02_

집안 분위기가 몹시 무거웠다.

아침에 일어나 거실로 나가 보니, 아빠는 수학Ⅱ 교과서를 훑어보느라 정신이 팔려 있었다. 아침 인사를 건넸지만 내 말은 들리지도 않는 듯했다.

무아지경에 빠진 아빠는 엄마가 만들어 준 토스트와 햄샐러드를 입에 구겨 넣었다. 내가 다이어트 중이란 걸 뻔히 알면서.

"고우메, 너 괜찮니?"

엄마가 밀크티를 타면서 걱정스러운 목소리로 물었다. 걱정할 만도 하지, 중간 고사든 기말 고사든 내가 아침 먹는 식탁에서 교과서를 펼친 적은 단 한 번도 없었으니까.

그러면 그렇지. 어젯밤에 떨리는 눈동자로 도망칠 때부터 예상은 했다. 시험, 완전 죽을 쑨 모양이다.

아빠 눈이 새빨갰다. 그냥 벼락치기 정도가 아니라 밤을 꼬박 새워 공부했을지도 모른다. 시험은 걱정 말고 맡겨 두라고 잘난 체를 하더니만.

하긴 아무려면 어때. 어쨌거나 이번 시험에는 완벽한 핑계거리가 있다. 신문과 뉴스를 떠들썩하게 장식했던 전차 탈선 사고를 당해 의식불명으로 입원까지 했으니까. 상처는 없었지만 그래도 사고 직후에 치르는 시험이니 성적이 나빠도 용서해 주겠지? 안 그래? 이번만은 엄마도 심하게 잔소리를 하진 않을 것이다. 게다가 지금은 아빠인 내가 편도 들어줄 수 있을 테고.

그런 면에서는 마음이 편했다. 오히려 곧 회사에 나가야 할 내 상황이 더 걱정스러웠다. 과연 내가 오늘 11시부터 시작하는 어전 회의에서 아빠 역할을 제대로 할 수 있을까? 뭐 하긴, 그다지 걱정할 필요는 없겠지.

어제 회의 리허설을 끝낸 후, 나카지마 씨와 꽤 긴 이야기를 나눴다. 오늘 있을 어전 회의의 절차에 관한 이야기였다. 이야기를 다 마친 나카지마 씨가 뭔가 자신에게 말해 주길 바라는 표정으로 나를 쳐다봤다.

"수고 많았어."

무슨 일이든 "수고했다."라고 하면 된다. 아빠가 그렇다고 가르쳐 주었다. 회의가 끝나면 "수고했습니다.", 복도에서 누군가와 마주치면 "수고하십니다.", 회사에서 나올 때도 "수고했어요."

두루두루 유용한 말이다. 아침 인사도, 헤어질 때 인사도 수고했다는 한마디로 끝난다. 회사라는 곳은 그렇게 간단히 해 두지 않으면 이래저래 성가신 일이 많겠지.

나카지마 씨는 평소와 다름없이 히죽거리고 약간 우쭐대는 말투로 대답했다.

"아닙니다. 익숙한 일인데요, 뭘. 어전 회의는 어차피 형식 아닙니까."

그런데 리허설은 왜 그리 길게 해? 입 밖에 내진 않았지만, 나카지마 씨도 내 속마음을 눈치 챈 듯했다. '팀장님이 늘 유비무환이라고 말씀하셨잖아요.' 라고 말하듯 입 꼬리를 올렸다.

리허설 덕분에 애매했던 문제들이 어느 정도 명료해진 건 사실이다. 프레젠테이션 진행을 맡은 나카지마 씨 입장에서는 그런 의미에서도 리허설이 필요했을 것이다. 무사히 마무리를 지어 마음이 놓였는지 나카지마 씨는 묻지도 않는 얘기를 꺼내기 시작했다.

'레인보우 · 드림' 은 원래 사장이 꺼낸 아이디어라고 했다. 광성당 이미지는 그대로 유지하면서 중고생을 겨냥한 향수를 만들어 보면 어떻겠느냐는 제안이었다. 꽤 괜찮은 생각이다. 광성당은 브랜드 이미지가 좋은 회사니까 나라도 써 보고 싶을 것이다.

광성당은 크고 유명하며 역사와 전통이 있는 회사다. 누구나 생각하듯이 고급 이미지를 풍기는 회사다. 그래서 그런지 가격도 비싼 편이다. 여고생은 쉽게 접근할 수 없는 느낌. 거꾸로 말하자면 그만큼 동경하는 마음도 있다. 그런 회사에서 우리 틴에이저를 겨냥한 상품을 만들면 인기가 있을지도 모른다. 싼값에 살 수만 있다면 오케이.

향수라는 게 무척 미묘하긴 하지만 의외로 좋은 아이디어일지도 모른다. 아무래도 냄새에 신경을 안 쓸 순 없으니까. 옛날에는 어땠는지 몰라도 요즘 여자 애들은 거의 다 그럴 것이다.

그런데 향수 제품은 의외로 많지 않다. 있다고 해 봐야 대부분

해외 브랜드라 가격이 너무 비싸다. 그런 만큼 광성당에서 진지하게 임한다면 성공할 가능성도 높다.

처음에는 나카지마 씨와 다른 팀원들도 열심히 해서 지금까지 광성당에 없었던 히트 상품을 만들자며 아무도 도전하지 않았던 분야라 분명 보람이 있을 거라고 의욕이 넘쳤다고 한다.

그런데 윗사람들은 달랐다. 나카지마 씨는 예전에 향수에 도전했다 실패한 경험 때문일 수도 있다고 했는데, 어쨌든 의욕이 별로 없었던 모양이다. 어쩌면 사장의 아이디어에 따라 움직이는 게 싫었을지도 모른다.

일단 각 부서에서 선발하는 형태로 프로젝트 팀이 만들어졌다. 담당하는 사람은 전무든 상무든 여하튼 높은 사람이어야 했는데, 점점 아래로 내려오더니 결국 아빠가 팀장 역할을 떠맡게 된 것이었다.

그런 식으로 진행되는 사이, 애초의 기획은 차차 변하고 말았다. 예산은 뚝뚝 떨어지고, 인력은 부족했고, 원래는 대형 프로젝트였는데 정신을 차려 보니 홍보 및 광고 부서 한쪽 구석으로 밀려나 있었다. 이제 있어도 그만, 없어도 그만인 상태가 되고 말았다.

그런 분위기는 두말할 것도 없이 회사 안에 퍼졌다. 윗선에서 진지하지 않은데 아랫사람이 성실하게 임할 까닭이 없지 않으니까.

다른 부서와의 조정도 원활하지 않았고, 오히려 은근히 반대하는 듯한 분위기로 흘러갔다. '은근히' 라고 표현한 것은 적극적인 반대가 아니라, 그다지 하고 싶어 하지 않는다는 의미.

그 이유를 구체적으로 말하면 '높은 연령층을 타깃으로 하는 광성당의 브랜드 이미지가 손상될 가능성이 있다, 새로운 일은 성가시다, 수익률이 높지 않다, 가격이 싸서 백화점 매장에서 꺼려 한다, 낮은 연령층을 상대하면 고객 관리가 어렵다.' 등등 어찌 됐든 이런저런 구실들을 붙였다고 한다.

사내 의견 조정이라는 만만치 않은 역할을 아빠에게 맡긴 단계부터 이미 원만한 해결은 불가능했던 거 아닐까? 아빠는 원래 밀어붙이는 건 약하다. 게다가 우유부단이 특기라 할 수 있고.

"물론 팀장님의 책임은 아닙니다. 지금까지의 광성당 노선과는 많이 다른 상품이니까 혼란은 피할 수 없는 일이라고 할까……."

기획 자체는 나쁘지 않았다고 말하며 나카지마 씨는 덧붙였다.

"그런데 잘되면 괜찮지만 실패하면 누가 책임을 지느냐 하는 문제이다 보니……."

여러 부서와 조율하는 사이, '레인보우 · 드림'은 타협의 산물로 변해 갔다. 일이 어긋날 경우 위험이 크다는 이유로 생산량은 최소한으로 제한됐다. 그러다 보니 이익을 내기 힘들었고, 그로 인해 가격은 자동적으로 이천 엔으로 올라 버렸다.

원래는 전국적으로 영업을 전개할 예정이었지만, 가격도 높아졌고 매장 문제도 있어서 대도시 백화점이나 전문점을 중심으로 판매하기로 했다. 처음에는 일반 중고생을 메인 타깃으로 하는 로우틴(lowteen, 13~16세의 세대.—옮긴이) 한정 판매를 할 생각이었지만, 그렇게 하긴 아깝다며 20대 직정 여성을 포괄하는 방향으로 전환됐다.

어, 잠깐만! 그럼 지금까지의 광성당 화장품과 다를 게 하나도 없잖아.

"그렇죠."

나카지마 씨가 상황이 곤란하게 됐다고 말했다. 곤란하다고 생각하면 지금이라도 바꾸면 되잖아. 어깨를 움츠린 나카지마 씨가 한숨을 내쉬었다.

"이미 늦었어요. 어전 회의가 내일입니다. 다른 부서와 말썽을 일으킬 수도 없는 노릇이고. 적당한 선에서 얘기를 마무리 짓지 않으면 타격이 클 테니까요."

말은 그렇게 하면서도 조금 억울한 표정을 짓는 것 같았다. 약간 의외였다. 나카지마 씨는 그런 캐릭터가 아니라고 생각했기 때문이다. 뭐든 적당히 넘어가고, 이래도 흥 저래도 흥 하는 사람인 줄 알았는데.

그는 입을 삐죽 내밀며 말했다.

"기획 자체가 나쁘진 않잖아요. 다른 부서도 마찬가지예요. 반대하는 사람은 부장 급이고 현장에서는 꽤 의욕이 넘쳤습니다. 최근 저희 회사의 침체 분위기를 걷어 내려면 그 정도 노력은 필요하다고들 했는데."

"그럼 처음 계획대로 돌아가면 되잖아."

아뿔싸, 또 쓸데없는 말이 나와 버렸다. 나카지마 씨가 그게 말이나 되는 소리냐며 살짝 화난 목소리로 말했다.

"어떻게 윗사람들을 거스릅니까? 이제 와서 이대로는 절대 안 팔리니 전략을 바꾸자는 말을 꺼내면 무슨 일이 벌어질지 아무도 모릅니다. 어쨌든 이젠 시간도 없고요. 그저 아무 일 없이 평온하게 회의를 마치면 그걸로 끝입니다."

그 후 체념한 듯 힘없이 웃었다.

그렇지만 나는 도무지 납득이 안 갔다. 아님 회사라는 곳이 원래 그런 건가?

물론 모든 기획이 처음 의도대로만 진행되진 않는다는 것쯤은 나 같은 여고생도 안다. 그렇지만 이대로는 안 된다고 생각하면 말하는 게 좋지 않을까?

나카지마 씨가 눈을 부라렸다.

"웬일로 팀장님이 그런 말씀을 다 하세요? 안 어울리는 말은 그만두시죠. 참 나, 고등학생도 아니고……. 팀장님 말씀이 옳다는 건 압니다. 그렇지만 이제 와서 그런 소릴 하시면 저희 입장은 어떻게 되냐고요."

그야 그렇겠지만 나 여고생 맞거든. 어쩔 수 없잖아, 나도 말 좀 하자고.

그러나 정말 어쩔 수 없었다. 내가 할 수 있는 일은 아무것도 없었다. 회사라는 곳과 샐러리맨이라는 존재, 나는 도무지 이해할 수 없다.

그리고 오늘, 화요일. 문제의 어전 회의가 열린다. 나카지마 씨와 다른 프레젠테이션 담당자는 아침 일찍부터 회사에 나와 있을 것이다. 나도 슬슬 나가 봐야지.

뭐야, 난 또 왜 이래? 기껏 나흘 만에 나까지 물이 들어 버린 거야? 샐러리맨, 정말 알다가도 모르겠다.

03_

금요일도 월요일도 나는 출근 시간 조금 전에 회사에 도착했다. 아니, 실은 아빠가 그렇게 하라고 잔소리를 해 댔다. 지금까지의 아빠 습관에 어긋나지 않게 행동해야 한다는 게 아빠 의견이었다. 그렇지 않으면 수상쩍게 여길 거라고. 그럴지도 모른다.

오늘도 어제와 마찬가지였다. 나카지마 씨, 마스모토 씨, 니시노 씨처럼 이미 출근한 사람도 있었지만, 아직 빈자리도 꽤 보였다. 나카지마 씨의 목소리가 들린 것은 내가 막 문을 여는 순간이었다.

"운도 지지리 없지. 와카코짱, 커피 부탁해. 아 정말, 왜 이렇게 꼬이는지."

"자자, 이제 그만."

마스모토 씨가 달랬다.

"그만 하라뇨?"

나카지마 씨가 진절머리가 난다는 표정을 지었다.

"마스모토 씨야 문제없죠. 난 오늘 '레인보우 · 드림' 프레젠테이션을 하잖습니까. 그런데 '슈퍼뷰티'를 나쁘게 말할 수도 없고, 정말 죽을 맛입니다."

광성당을 대표하는 '슈퍼뷰티' 브랜드는 내가 태어나기 전부터 있었고 꽤 유명하다. 그렇지만 한물간 느낌도 없지 않다. 솔직히 엄마도 잘 안 쓴다고 했다.

그러나 광성당이 화장품 업계에서 대기업이 된 것은 '슈퍼뷰티' 브랜드가 꾸준히 팔린 덕분이고, 게다가 '슈퍼뷰티' 개발에 관여했던 사람들이 지금도 회사 중역으로 남아 있기 때문에 그에 대해 부정적인 의견을 낼 수 없다고 아빠가 말했다.

"정말이지 이런 상황에서 발 빼는 실력은 알아 줘야 한다니까."

"할 수 없잖아, 팀장님이 자네 상사였으니."

마스모토 씨가 어깨를 주물러 주는 시늉을 했다. 나카지마 씨는 의자를 반 바퀴 회전시키며 말했다.

"누가 아니랍니까. 가와하라 팀장님과는 지긋지긋한 인연이죠. 뭐 꼭 싫다는 뜻은 아닙니다. 옛날부터 함께 일했으니 그쪽에서도 일 시키기 편한 점도 있을 테고."

"믿고 의지하시는 것 같은데요."

니시노 씨가 머그컵을 책상 위에 내려놓았다. 아무려면 어떠냐며 나카지마 씨가 커피를 마셨다.

"이게 최후의 봉사다 생각하고 해야……."

그는 계속 말하려다 순간 멈췄다. 내가 서 있는 걸 알아챘기 때문이었다.

"아……안녕하세요?"

'들으셨습니까?' 하는 표정으로 쓴웃음을 지었다. 물론 들었지만 못 들은 체하는 게 어른스러운 행동일 테지. 그래서 나는 시치미 뗀 얼굴로 자리에 앉았다.

"드디어 마지막 날이네요."

니시노 씨가 냉장고에서 투명한 유리병을 들고 와 아이스티라며 컵에 따라 주었다. 이 사람, 언제 이런 것까지 챙겨 둔 거야?

"자 그럼, 준비할까요? 갑시다."

나카지마 씨가 마스모토 씨의 의자를 가볍게 두드렸다. 오늘 어전 회의 준비는 어제 다 끝마쳤지만, 오늘은 회의실 상황을 점검한다고 했다. 그러면서 오늘로 마지막이라는 진지한 표정을 지었다. 나름 책임감 같은 건 느끼는 모양이다.

"저희 먼저 원탁회의실에 가 있겠습니다. 아 참, 나 레이저포인터 사용법은 잘 모르는데……."

나카지마 씨가 마스모토 씨와 함께 사무실을 나가 버렸다.

남은 사람은 나와 니시노 씨.

"저어…… 힘내서 잘하세요."

"글쎄……."

고개를 끄덕이며 말했다. 아빠 얘길 들어 보면 내가 열심히 할 필요는 없는 것 같았다.

어전 회의 프레젠테이션은 나카지마 씨가 맡고, 판매와 홍보 같은 개별 문제는 각 담당자가 답변하게 되어 있어서 내가 할 일은 딱히 없었다. 단순한 총괄뿐이라고 아빠가 몇 번이나 강조했다.

아빠는 덧붙여 말했다.

"이러니저러니 해도 어전 회의는 윗사람에게 잘 보일 수 있는 멋진 무대니까, 그런 자리는 부하에게 양보하는 게 중간관리직의 올바른 자세겠지."

나는 아빠가 하는 말이 무슨 뜻인지 이해가 안 갔다. 거기까지 끌고 가는 건 아빠의 일이고, 마지막은 아랫사람에게 맡기는 게 팀장의 기량이란다. 그게 정말일까? 단순히 책임지고 싶지 않아서 그러는 건 아니고?

니시노 씨가 쟁반을 가슴에 안고 말했다.

"시간이 참 빠르네요. 이 프로젝트에 처음 참가했을 때가 떠올라요. 여기 오게 돼서 정말 다행이에요."

눈에는 살짝 눈물이 그렁거렸다. 왜 그러는데? 눈물 흘릴 정도는 아니잖아.

"고맙습니다, 팀장님."

그때 문이 열리고 미나토 씨 일행이 들어와서 얘기는 그쯤에서 끝났다. 어전 회의까지는 한 시간 남짓 남아 있었다.

04_

반성과 노력의 보람이 있었는지 영어 시험은 내 생각에도 꽤 잘 본 것 같다. 특히 장문 독해 문제에서 매우 수준 높은 답을 써내지 않았는가.

만족스러운 결과였지만, 시험은 한 과목 더 남아 있었다. 게다가 자신 없는 수학Ⅱ다. 교과서를 펼쳐야 하는데 그 전에 할 일이 있었다.

화려하게 장식되어 있는 휴대전화로 시선을 돌렸다. 문자 확인을 해야 한다. 회사에 아무 문제도 없으면 좋으련만.

10시를 조금 지났을 때였다. 어전 회의까지는 이제 한 시간쯤 남았다.

시험 중에는 휴대전화 전원을 꺼야만 한다. 시험 중에 여기저기서 벨이 울리는 건 바람직한 일이 아니다. 게다가 문자 기능을 이용한 부정행위도 염두에 두어야 한다. 그런 의미에서 학교 측의 조치는 정당하다.

휴대전화 전원을 켜자 자동적으로 문자 수신이 시작되었다. 그 숫자를 보고 나는 몹시 놀랐다. 서른여섯 개.

고우메의 휴대전화라는 건 알지만, 문자의 양에는 감탄과 동시에 경악을 금할 수 없었다. 고우메 친구들은 잠깐의 시간을 때우기 위해 문자를 보낸다. 무슨 강박관념에 사로잡힌 게 아닌가 하는 생각이 들 정도다.

그러나 고우메는 내가 자신에게 온 문자를 읽는 것을 엄격하게 금지시켰다. 행인지 불행인지 고우메가 쓰는 전화기에는 문자 일람 기능이라는 게 있어서 누가 보낸 문자인지 구별할 수 있었다.

아직도?

서른여섯 개의 문자를 받는 데는 시간이 꽤 걸린다. 한 개에 오 초만 잡아도 삼 분쯤은 걸릴 테지. 그리고 고우메가 보낸 문자가 있는지도 확인해야 한다. 쉬는 시간은 십 분뿐이다. 어물거리는 사이에 곧 수학II 시험이 시작될 것이다.

휴대전화 액정 화면을 노려보는 내 모습에서 심상치 않은 공기가 감돌았는지 아무도 말을 걸지 않았다. 마침내 문자 수신이 다 끝난 후, 발신자를 확인했다.

모두 친구들인 것 같은데 자세한 사항까지는 잘 모른다. 그중에는 겐타 선배라는 학생이 보낸 듯한 문자도 있었다. 그러나 내가 읽었다간 결코 죽음을 면하기 어려울 것이다.

어쨌든 고우메가 보낸 문자는 없었다. 아무 일도 없다는 뜻인지, 아니면 너무 큰 일이라 어쩔 줄 모르는 건지.

나는 어젯밤에 고우메에게 회의 시작 직전에 전화를 하라고 명령했다. 학교에서 시험을 치는 나로서는 아무 일도 할 수 없겠지만, 뒷일을 생각해서 회의 상황을 들어 둬야 했기 때문이다.

다시 말해 실황중계인 셈이다. 유일한 행운이라면 다행히 시험은 두 과목뿐이라 10시 50분에는 끝날 예정이다. 전화가 오면 받을 수는 있다.

고우메에게는 연락을 계속하라고 말했다. 회사에 도착하면 연락해라, 누구와 대화를 나누면 연락해라, 무슨 일이든 연락해라. 그렇게 당부를 했건만 아침부터 이 모양이다. 이러니 요즘 젊은 것들은 한심하다는 말이 나오는 것이다.

무슨 일 있니 · 아무 일도 없으면 다행이지만 · 어쨌든 연락해라 · 그리고 회의 시작하기 전에 전화하는 거 잊지 말고

그렇게만 써서 보냈다. 눈 깜짝할 사이에 답장이 왔다.

시끄러워.

한마디뿐이었다. 걱정하는 내 마음을 이렇게도 모르나. 자식은 부모 마음을 모른다더니 그 말이 딱 맞다.

부탁이니 상황을 알려 다오 · 그래야 아빠도 시험을 잘 치지

협박할 생각은 없지만, 그 정도로 말하지 않으면 고우메를 다룰 방법이 없다. 놀랍게도 일 분도 채 지나지 않아 장문의 문자가 도착했다.

참 나, 이쪽은 바빠서 그럴 상황이 아니란 말이야! 시험 잘 치는 건 당연한 일 아냐? 나도 들통 안 나게 하려고 죽을 지경이라고! 자꾸 이상한 소리 하면 회의 엉망진창으로 만들어 버릴 거야. 지금은 별일 없어. 다들 회의 준비에 들어갔고. 아무도 아빠를 상대해 줄 생각이 없는 것 같아. 자료도 엄청나게 준비했으니 괜찮을 거야. 참, 나카지마 씨가 아빠한테 지긋지긋한 인연이랬어.

도대체 이렇게 많은 글자를 어떻게 칠까. 나는 손이 네 개라도 불가능할 것이다.

어쨌든 심각한 문제는 발생하지 않은 듯했다. 회의가 무사히 시작되고 아무 일 없이 끝나면 그걸로 만족이다. 그렇게 되기만을 기원하며 책상 위에 올려 두었던 교과서를 펼쳤다.

"꽤 열심이네."

소리가 나는 쪽을 쳐다보지 않아도 릿짱이 뻔하다.

"아니 뭐."

나는 이렇게만 대답했다.

"아아, 시험 좀 빨리 안 끝나나."

릿짱이 짧은 치마를 입은 채 내 책상 위에 걸터앉았다. 넓적다리 사이로 뭔가가 희끗희끗하게 보였다. 심장에 매우 무리가 가는 광경이었다. 릿짱이 곧 스커트 자락을 아래로 잡아 당겼다. 그래도 보이고 싶지는 않은 모양이다. 그럴 바엔 애초에 짧은 치마를 입지 말지, 도저히 이해가 안 간다. 나도 요 며칠이긴 하지만 일어서거나 앉는 것만으로도 신경이 곤두서서 거의 쓰러질 지경이다. 전국적으로 여고생의 짧은 치마를 금지시켜야 한다는 생각이 드는데, 그렇다면 과연 어떨까?

"정말 빨리 끝나면 좋겠다."

나는 릿짱의 말에 전적으로 동감했다. 시험이 이렇게 우울한 것인지 예전에는 미처 몰랐다.

릿짱이 의미심장한 눈빛으로 나를 쳐다봤다.

"나 시험 끝나면 어디 좀 갈까 해."

릿짱과 고우메는 사이가 매우 좋은 것 같다. 일일이 그런 것까지 보고하는 건 남자들 사이에는 있을 수 없는 일이다.

"어디?"

이케부쿠로나 시부야 정도일 거라 생각했는데, 이즈(일본의 유명한 온천 지역.—옮긴이)라는 대답이 돌아왔다. 흠, 이즈라……. 여름이니 거기도 괜찮겠지. 릿짱 친척이 이즈에 사나?

"그래서 말인데 너도 같이 가는 걸로 해 줘. 아니, 그렇다기보다 부모님한테는 너랑 같이 간다고 했어. 부탁해."

무슨 말인지 이해가 잘 안 갔다. 뭐라고 대답하지?

"으이그, 바보야. 눈치 좀 있어라."

릿짱이 내 어깨를 쿡 찌르더니 부끄러운 듯 여성스럽게 고개를 살며시 숙였다.

"……누구랑 가는데?"

릿짱은 후후 웃으며 콧잔등을 긁었다. 왠지 으스스한 웃음이었다. 설마하니 그 말은?

"남자친구……?"

"뭐 굳이 말하자면."

릿짱이 책상에서 내려갔다.

"고세키 선배가 너무 징징거려 좀 난처한 상황이야. 흠, 참다 못해 곧 터지려는 시한폭탄 같다고나 할까? 더 이상 빼긴 곤란해."

그렇게 말하는 릿짱은 은근히 기뻐하는 것 같았다. 고우메라면 이럴 때 뭐라고 대답할까.

그 순간, 머릿속에 섬광이 번득였다. 릿짱과 고우메는 동급생이다. 그거야 같은 반이니 당연하지. 요컨대 나이가 같다는 말이다. 그리고 릿짱에게 그런 상황이 왔다는 것은 고우메에게도 똑같은 일이 일어날 수 있다는 뜻이고, 그것은 결국…….

중학교 때 학부모 모임에서 릿짱의 부모님을 만난 적이 있었다. 아버지는 증권회사에 근무했고 어머니는 요가 강사인가 뭐라고 하지 않았나? 어쨌든 둘 다 인상이 좋았고 어디에나 있을 법한 평범한 부모였다. 딸을 사랑하고 신뢰하고 있을 게 틀림없다. 단 한 번 만났지만 그들을 배신할 수는 없었다.

"미안해, 릿짱. 난 못하겠어."

"뭐?"

"나, 거짓말 못하겠다고."

지금 뭔 소릴 하는 거냐며 릿짱이 따지고 들었다. 하지만 그런데 신경 쓸 여유는 없었다. 이제 곧 수학II 시험이다. 나는 그녀의 항의를 무시하고 책상으로 시선을 돌렸다.

05_

내선 전화가 울렸다.

"나카지마 씨인데요. 슬슬 나오시래요."

수화기를 높이 든 채 쓰치야 씨가 외쳤다. 시간이 벌써 그렇게 됐나? 시계를 보니 11시 15분 전이었다.

"흠, 회의에 참가하는 사람이 또 누구였지?"

프로젝트 팀원은 아빠 외에도 열일곱 명이나 있다. 회의에 다 참석할 수는 없어서 대표자만 출석하기로 했다. 먼저 간 나카지마 씨와 마스모토 씨, 그리고 나와 쓰치야 씨와 미나토 씨.

다른 사람들은 각자 모니터를 통해 회의를 지켜볼 수 있다. 아빠 말에 따르면, 광성당은 그런 부분에만 유난히 선진적이라 의사록이 필요한 중역 회의나 어전 회의 상황을 화상으로 기록하는 시스템을 몇 년 전부터 도입했다고 한다. 이번에는 프로젝트 성격상 특별히 사내 랜(LAN)을 통해 중계한다고 했다. 꽤 대단한 걸. 그런데 의사록이 뭐야?

"그럼, 가실까요?"

쓰치야 씨가 자리에서 일어섰다. 잠깐, 혼자 가지 마. 난 20층 회의실이 어딘지 모른다고. 날 버리고 가지 마.

복도로 나가자 차임벨이 울리며 엘리베이터 문이 열렸다. 올라타려던 쓰치야 씨가 갑자기 동작을 멈췄다. 엘리베이터 안에는 키 작은 남자 한 명이 타고 있었다. 모르는 얼굴이었다. 그러나 아빠보다 나이가 많은 건 확실했고 꽤 고급스러워 보이는 진한 남색 양복을 입었는데 별로 안 어울렸다. 뚱뚱하진 않지만 어쩐지 전체적으로 빈틈없는 느낌. 높은 사람인지 갑자기 쓰치야 씨의 등이 곧게 펴졌다.

"안녕하십니까?"

누군지는 몰라도 일단 인사는 해 두는 게 좋을 것 같았다. 남자가 가볍게 턱을 끌어당겼다. 우리는 엘리베이터에 탔다.

"상무님, 일찍 나오셨습니다."

쓰치야 씨가 말을 건넸다. 그래, 역시 높은 사람이었어. 상무가 높은 사람 맞지?

"그런데 시간이 좀 더 걸릴 것 같은데……. 회의실 준비에 시간이 걸리는 모양입니다."

상무는 아무 대답도 하지 않았다. 입 열기 귀찮아 하는 게 얼굴에 쓰여 있었다. 또다시 차임벨이 울리고 엘리베이터가 20층에 멈췄다. 먼저 내린 상무가 나중에 보자는 듯 한 손을 흔들며 복도로 걸어갔다.

"저 사람이 성가신 얘길 안 꺼내야 할 텐데."

쓰치야 씨가 목소리를 낮추고 말했다. 그 말을 듣자 기억이 떠올랐다. 어제 리허설에서도 상무가 질문을 할 때마다 흐름이 끊기곤 했다. 하찮은 사항들만 묻고 정작 중요한 건 전부 흘려 버리는 것 같았다. 상무 역할은 가토 씨가 맡았었다. 모두 키득키득 웃어 대서 왜 그런가 했는데 이제야 이해가 갔다. 상무 이름이 뭐였더라. 모리모토 아니, 모리야마? 맞아, 모리야마야.

"어디 가십니까?"

내가 상무와 같은 방향으로 가려고 하자 뒤에서 쓰치야 씨가 못마땅한 표정으로 말을 건넸다.

"오늘은 원탁회의실입니다."

20층에 있는 대회의실, 통칭 원탁회의실에서 회사의 최고 결정 기관인 어전 회의가 거행된다고 한다. 에이, 발음하기도 힘드네.

"저 사람은 회의에서 왜 쓸데없는 말을 꺼낼까요? 경리 업무밖에 해 보질 않아서 현장 일은 알지도 못하는 주제에 위에 잘 보이는 것에만 훤해가지고……. 이제 만족할 만도 하잖습니까, 상무까지 올라갔으니."

복도를 걸어가며 쓰치야 씨가 투덜투덜 불평을 늘어놓았다. 리허설에서도 모두 그렇게 말했나?

그러나 그다지 남의 말을 할 입장은 아닌 것 같다. 쓰치야 씨뿐만 아니라, 다른 프로젝트 팀원들도 모두 오로지 오늘 회의를 무사히 끝낼 생각뿐이다. 중역인지 사장인지, 어쨌든 높은 사람들이 불만만 없으면 그걸로 끝이라는 속내가 훤히 들여다보였다.

내가 아빠 대신 회사에 나오기 시작한 것은 지난주 금요일부터다. 그리고 일요일과 월요일, 오늘로 나흘째다. 고작 나흘밖에 안 됐는데도 몹시 짜증스러웠다.

도대체 이 회사는 어떻게 생겨 먹은 거야. 이래도 되는 거야? 일이란 게 이런 거냐고? 자기 의견이나 하고 싶은 일이 없는 건가? 없는 거겠지. 하고 싶은 말이 있으면 하면 되니까. 그건 애들 논리일까? 하긴 아무렴 어때, 될 대로 되라지.

복도 막다른 곳에 회의실이 있었다. 다른 방과 달리 육중한 느낌이 드는 짙은 갈색 문에 '원탁회의실'이라는 표지판이 붙어 있었다.

원탁이 뭘 의미하는지 안으로 들어가서야 알았다. 거대한 타원형 테이블이 있어서 원탁이라는 이름이 붙은 거였다. 회사라는 곳, 너무 뻔하다.

방은 꽤 넓었고 앞쪽으로 빈 공간도 있었다. 나카지마 씨와 마스모토 씨가 그곳에서 컴퓨터를 켜고 뭔가를 하고 있었다. 컴퓨터로 사진과 자료를 불러내 앞에 있는 빔 프로젝트 스크린에 투사시킨다고 한다. 규모가 큰 일이 된 모양이다.

"왜 이제야 오세요, 팀장님? 그쪽에 앉으세요."

나카지마 씨가 이렇게 말하며 맨 앞자리를 손가락으로 가리켰다.

싫어, 그렇게 앞자리에 어떻게 앉아. 학교에서도 그렇지만 앞자리는 눈에 잘 띈단 말이야.

나카지마 씨가 마이크에 대고 뭐라고 중얼거렸다.

"아아, 마이크 시험 중, 하나 둘, 하나 둘!"

이보세요, 웬 마이크? 그럴 정도로 넓진 않잖아.

"죄송합니다. 누가 불 좀 꺼 주십시오."

문 옆에 서 있던 마스모토 씨가 스위치를 내렸다. 회의실 등이 꺼졌다.

"자 그럼, 테스트 좀 해 볼까?"

"그럴까요?"

나카지마 씨가 대답했다. 그 순간 별안간 내 앞의 테이블이 두 쪽으로 갈라지더니 그 사이로 컴퓨터 모니터가 올라왔다. 헉, 이건 또 뭐야? 비밀 기지?

모니터에 그림과 도표가 나타났다. 꼭 텔레비전 화면 같았다. 잠깐만, 그럼 스크린은 필요 없잖아? 쓸데없이 사치스러운 기기들이 왠지 광성당이라는 회사의 상징처럼 느껴졌다.

"아아, 괜찮습니까, 들립니까?"

나카지마 씨가 마이크에 대고 물었다. 들리고 말 게 뭐 있어. 난 코앞 1미터 거리에 앉아 있잖아. 그게 안 들리면 큰일이지.

"안녕하십니까? 그럼 시간이 되었으니 광성당의 차기 기획 '레인보우 · 드림'에 관한 설명을 시작하기로 하겠습니다. 오늘 기획안은 각 부서에서 모인 프로젝트 팀원들이 제안하는 내용인 만큼 서투른 점이 있을지도 모르겠습니다. 그 점 깊은 양해 부탁 드리겠습니다."

어제 회의에서도 똑같은 말을 했다. 나는 테이블 위에 놓인 파일을 뒤적였다.

"오늘 중역 여러분께 설명을 드리는 저는 홍보부에서 프로젝트 팀에 참가한 나카지마, 나카지마 시게요시입니다. 잘 부탁 드립니다."

마치 선거 연설 같다. 그때 마스모토 씨가 끼어들었다.

"잠깐! 조금 전에도 '오늘'이라고 했는데, 또 '오늘'이야? 중복되는데 괜찮겠어?"

아차, 하는 표정으로 나카지마가 코를 문질렀다.

"그럼 '이 자리'라고 할까요?"

파일에 빨간 볼펜으로 뭐라고 적어 넣었다. 그러고는 입속으로 여러 번 중얼거렸다.

"이 자리에서 중역 여러분께 설명을 드리는 저는……."

그게 뭔 상관이람.

"죄송합니다. 늦어서……."

문이 부서질 듯한 기세로 미나토 씨가 뛰어 들어왔다.

"아직 괜찮아."

마스모토 씨가 말했다. 그러자 미나토 씨는 괜히 서둘렀다는 억울한 표정으로 손가락을 퉁겼다. 이 사람들, 제대로 할 수 있을까?

06_

회의실 여기저기에서 알람 소리가 울렸다. 휴대전화 알람이다.

"11시입니다."

쓰치야 씨가 속삭였다. 나도 무심코 시계를 보았다. 정각 11시.

그때를 기다렸다는 듯 문이 열렸다. 처음 들어온 사람의 얼굴은 기억이 났다. 가끔 프로젝트 팀에 얼굴을 내민 사쿠라기 중역.

그때까지 풀어져 있던 사람들이 일제히 자리를 박차고 일어섰다. 높은 사람은 역시 다르다는 생각을 하며 나도 자리에서 일어섰다.

"안녕하십니까?"

마스모토 씨가 꾸벅 고개를 숙였다. 줄지어 선 사람들도 똑같이 인사를 했다.

에도시대가 꼭 이런 모습이었겠지. 주군이 나타나면 가신들은 모두 이렇게 했을 거야. 어쩌면 무릎까지 꿇었을지도 모르지.

아 참, 그런 태평한 생각을 할 때가 아니지. 나도 허둥지둥 인사를 했다.

사쿠라기 중역이 손을 저었다.

"아아, 됐어. 자네들이야말로 고생이 많군."

"아닙니다. 자자, 어서 앉으세요."

마스모토 씨가 고개를 숙인 채 목소리를 드높였다.

마음은 이해하지만, 저렇게 속이 훤히 들여다보이게 애를 쓸 필요까진 없을 텐데. 나는 자기 자리가 어디냐고 묻는 중역을 안내해 주었다.

뒤따라 들어온 말끔한 정장 차림의 아가씨가 서류 파일을 건네 주었다. 아마 비서겠지.

비서는 몸을 굽히고 작은 목소리로 설명을 했다. 사쿠라기 중역은 듣는 둥 마는 둥 "응."하고 고개만 끄덕였다.

그 뒤로 본 적도 없는 노인 아홉 명이 원탁회의실로 들어왔다. 두 사람은 완전 대머리, 나머지도 숱이 얼마 없거나 백발이었다. 조금 전 엘리베이터에서 만난 모리야마 상무의 모습도 보였다.

모르긴 해도 밖에서는 광성당이라는 회사에 조금은 화려한 이미지를 품고 있을 게 분명하다. 나도 그랬으니까. 광고를 보면 그런 생각밖에 안 든다. 아름답고 멋지고 뛰어난 감각에 느낌이 좋은 회사.

그런데 그런 광성당의 중역이 모두 할아버지라는 사실을 알고 조금 놀랐다. 생각해 보면 당연한 일인가? 어찌 되었든 어연번듯한 회사니까.

11시가 지났지만 모두 여유로웠다. 들고 온 잡지를 읽는 사람이 있는가 하면, 골프나 건강 얘기에 열을 올리는 사람도 있었다. 놀라운 점은 모두 비서가 딸려 있다는 건데, 어쩐지 요양원 같은 느낌이 들었다.

모두 자기 자리에 앉자, 옆에 있던 비서들이 각 테이블의 버튼을 눌렀다. 테이블이 열리며 컴퓨터 모니터가 올라왔다.

그뿐만이 아니었다. 각자의 이름과 직책이 적힌 판도 동시에 나란히 올라왔다. 홍보부장 사쿠라기 고이치, 개발부장 사나다 신스케, 상품개발연구소장 구리카와 긴이치, 영업부장 아마노 데쓰, 경영전략본부장 하마노 히로시, 상무이사 모리야마 레이지로, 전무이사 안자이 마사아키 등등.

십 분 정도 지났을 무렵, 마지막으로 품위 있어 보이는 백발의 할아버지가 들어왔다. 그 순간만은 소곤거리던 대화도 멈췄다.

"사장님, 안녕하십니까?"

처음으로 자리에서 일어선 사람은 모리야마 상무. 살짝 군살이 붙은 몸매에 어울리지 않는 민첩한 동작. 게다가 매우 비정상적으로 높은 톤의 목소리였다.

"안녕하십니까?"

백발의 할아버지는 거의 무표정으로 예의 바르게 고개를 끄덕였다. 사장님 이름은 아빠에게 들어서 나도 알고 있었다. 창업주 이래 4대 사장 와타나베 다케시.

아빠 말에 따르면 여기 모인 중역 열 명 대부분이 와타나베 가문이란다. 대단한 회사야.

"슬슬 시작하지."

모리야마 상무가 나카지마 씨에게 손짓을 했다. 그건 나도 찬성. 어차피 할 바엔 빨리 시작하는 게 좋잖아. 그런데 나카지마 씨가 곤혹스러운 표정을 지었다.

"저어 그런데, 좀 전에 비서실에서 연락이 왔는데 오늘 회의에 회장님이 출석하신다고 합니다. 그런데 아직 안 오셔서……."

거기까지 얘기를 하다가 내 쪽을 쳐다봤다. 왜 날 쳐다봐, 나보고 어쩌라고.

와타나베 사장이 하얀 백발을 조심스럽게 어루만지며 말했다.

"곧 오실 겁니다. 새 프로젝트니 잠시 들르신답니다."

그럼 어쩔 수 없이 기다려야겠다며 안자이 전무가 얼굴을 찡그렸다. 이제 다 됐나 싶었는데, 또 있어? 될 대로 되라는 마음이 들었다.

그리고 나에게는 반드시 해야 할 임무가 남아 있었다. 아빠에게 전화를 걸어야 한다.

시험은 다 끝났을까? 11시가 넘었으니 끝났겠지. 주머니에서 꺼낸 휴대전화를 눈에 띄지 않게 테이블에 올려놓고 발신 버튼을 눌렀다. 전화번호는 아빠 것으로 해 놓았으니 한 번 누르기만 하면 끝이다. 발신자 번호 표시 서비스가 있어서 아빠도 내 전화라는 건 금방 알 것이다. 곧바로 아빠가 전화를 받았다. 말은 안 해도 보나 마나 전화기에 필사적으로 매달려 있을 것이다.

그때 회의실 문이 서서히 열렸다. 앞에서 안내를 하는 사람은 역시나 아름다운 여자. 그 뒤에서 키가 큰 남자가 휠체어를 밀며 들어왔다.

"회장님, 안녕하십니까?"

안자이 전무 이하, 중역 열 명이 모두 자리에서 일어나 회장을 맞이했다. 일어서지 않은 사람은 사장뿐이었다. 회장 아들이라 그런가?

휠체어에 탄 왜소한 할아버지가 힘없이 손을 흔들었다. 연세가 얼마나 될까, 도무지 가늠할 수 없었다. 모르긴 해도 여든 살은 넘었겠지?

얼굴 이목구비가 다 작고 특히 눈과 코는 무척 작았다. 큰 것은 두꺼운 안경뿐이었다. 왠지 아이 같은 느낌이랄까, 자시키와라시(일본 도후쿠 지방에 전해 내려오는 어린아이 모습을 한 정령.—옮긴이) 처럼 보였다. 키 큰 남자가 휠체어를 밀어 마지막 남은 빈자리로 할아버지를 안내했다. 할아버지는 너무 연약해서 보는 것만으로도 안타까웠다. 무리해서 회의에 나올 필요는 없을 텐데. 그 모습 역시 광성당이라는 회사의 상징처럼 보였다.

할아버지가 자리를 잡자 테이블이 열리고 컴퓨터 모니터가 올라왔다. 그 옆으로 광성당 회장 와타나베 젠노스케라고 적힌 판이 보였다.

07_

"자, 끝났다."

모로즈미 선생님이 손뼉을 쳤다. 교실 여기저기에서 만화 속 등장인물이나 낼 법한 비명과 한숨 소리가 울려 퍼졌다.

옆에서 지난번 문자 챔피언이 입을 삐죽거리며 중얼거렸다.

"말도 안 돼. 하나도 모르겠어."

어언 사반세기 만에 수학 시험을 친 나도 그 학생의 의견에 전적으로 동감이지만, 지금은 그런 생각에 빠져 있을 상황이 아니었다. 시계를 보니 11시까지는 십 분 정도밖에 안 남았다. 곧 어전 회의가 시작될 것이다.

"미안, 나 먼저 갈게."

집에 가는 길에 어디 좀 들렀다 가자는 목소리가 뒤에서 들려왔지만 한가하게 놀러 다닐 상황이 아니었다. 한시라도 빨리 교실 밖으로 나가야 했다.

건물과 건물을 잇는 복도를 지나자 계단이 나왔다. 걷는 시간도 아까웠다. 가방에서 휴대전화를 꺼내 전원을 켰다.

또다시 새 문자가 열 개쯤 들어와 있었다. 대체 언제들 문자를 치는 거야. 설마 시험 중에 보낸 건 아니겠지.

고우메에게서 온 건 없었다. 회의가 시작되지 않았을 테니 아직 이렇다 할 일은 없을 것이다. 오히려 문제는 지금부터다.

자전거 주차장에서 문자를 보냈다. 열일곱 살 여고생에게는 이 정도 확인을 해 두지 않으면 안 된다는 걸 요 며칠 동안 절실히 깨달았다.

전화하는 거 잊지 마

여하튼 이 또래 아이들은 눈앞의 상황에 따라 즉흥적으로 행동하며 그때그때 흥미 있는 방향으로 치우쳐 버린다. 누구도 말릴 수가 없다.

일단 집으로 돌아가자. 내 전화기에는 고성능 마이크 기능이 없다. 아무도 없는 조용한 장소에서 들어야 한다고 판단했다.

여고생은 의외로 불편한 게 많은 존재라 찻집에 오래 있을 수도 없고, 학교에 있으면 누군가 말을 걸어 온다. 혼자 있을 수 있는 장소가 떠오르지 않으니 집으로 돌아가는 수밖에 없다.

자전거를 꺼내려는 순간, 누군가가 옆에서 두툼한 팔을 뻗었다. 고개를 돌려 보니, 키가 큰 남학생이 웃고 있었다.

"시험 끝났니?"

"아, 네."

고개를 끄덕였다. 지난번에 봤던 겐타 선배라는 학생이었다. 왜 하필 이럴 때에 나타나. 혹시? 설마 날 기다린 건가?

아무래도 그런 것 같았다. 자기도 끝났다며 내 자전거를 꺼내 주었다.

"무슨 과목이었니?"

녀석은 자기 멋대로 자전거를 끌며 걷기 시작했다. 예의 없는 녀석. 이쪽 상황이 어떤지 확인부터 해야 할 거 아냐. 누가 보기라도 하면 어쩔 셈이야. 이상한 소문이라도 퍼지면 고우메가 학교 다니기 곤란해질 텐데.

그러나 내 생각이 지나친 것 같았다. 주위를 둘러보니 남녀 학생 커플은 여기저기에 널려 있었다. 내가 고등학교 다닐 무렵에는 사람들 눈을 피해 어렵게 만났건만.

"……영어랑 수학Ⅱ였어요."

"그래? 나도 오늘 영어였는데. 영어랑 고문. 어땠어, 어려웠니?"

태평한 소리 그만 해라. 난 지금 그럴 상황이 아니야. 너도 한가하게 얘기나 나눌 여유는 없을 텐데. 시험이 이틀이나 더 남았잖아.

게다가 지금은 여름이다. 여름을 어떻게 보내느냐에 따라 대학 입학이 결정 난다는 말도 있다. 여자 애한테 정신이나 팔고 있을 입장이 아니다.

"집에 가니?"

물론이지. 반드시 돌아가야 할 이유가 있으니까.

"그럼 바래다줄게."

괜찮다고 말하고 싶었지만, 껄끄럽지 않게 처리해 두지 않으면 고우메의 입장이 난처해질 것이다. 나중에 알면 얼마나 화를 낼지 상상이 간다. 뭐라고 핑계를 대야 하나?

"저어, 집이 비어서 빨리 가야 하는데……. 엄마랑 약속해서요."

스스로 생각해도 그럴듯한 구실이었다. 나도 그랬지만 그 정도 나이에는 부모가 하는 말은 잘 따르기 마련이다. 엄마와 약속했다고 하면 이해하겠지.

겐타 녀석이 미소를 지었다.

"가와하라, 너 정말 재밌어. 겉보기와 다르다고 할까…… 의외로 착하네."

의외는 무슨. 나는 은근히 화가 났다.

겉이든 속이든 고우메는 착한 아이다. 물론 최근에 나와의 의사소통에 다소 문제가 있는 건 사실이지만, 기본적으로는 부모를 공경하는 착한 아이다.

아무래도 내 속마음이 얼굴 표정에 드러났던 모양이다. 녀석은 손을 저었다.

"아니, 그런 뜻이 아니라. 바로 그 점이 참 좋아 보인다고 할까…… 정말 그런 뜻이 아니고."

햇볕에 그을린 검은 얼굴이 새빨갛게 달아올랐다. 쑥스러운 모양이다.

"아무튼 집까지 바래다줄게, 괜찮지?"

대답도 안 했는데 자전거를 밀고 교문으로 향했다. 대체 어떻게 생겨 먹은 놈이야.

"참, 어제 다운타운 봤니?"

어제? 다운타운? 다운타운이라면 개그맨 콤비 말인가? 그러고 보니 어제 고우메가 오락 프로그램을 본 것 같기도 하다.

"본 것도 같고 아닌 것도 같고."

"문자에도 썼지만 그거 진짜 재밌지? 오가와 나오야(일본의 이종 격투기 선수.—옮긴이)가 말한 안토니오 이노키(일본의 프로레슬링 선수.—옮긴이)의……."

무슨 얘긴지 하나도 모르겠다. 이 일을 어쩌나. 나를 궁지에 몰아넣기라도 하듯 손에 움켜쥐고 있던 휴대전화까지 요란한 벨소리를 내기 시작했다.

발신자 표시에 '아빠'라고 떴다. 즉, 고우메의 전화였다. 반사적으로 시간을 확인했다. 11시 18분. 전화기 너머에서는 "회장님, 안녕하십니까?"라는 육중한 목소리가 들려왔다.

"무슨 일이야?"

자전거를 밀고 가던 녀석이 걸음을 멈췄다.

"미안해, 선배!"

나는 전화기를 귀에 대면서 자전거 핸들을 낚아챘다. 그러고는 스커트를 나부끼며 안장에 올라 페달을 밟기 시작했다. 팬티가 보였을지도 모르지만 그런 건 아무래도 좋았다.

"가와하라, 무슨 일이냐고?"

등 뒤에서 녀석의 목소리가 들렸지만, 무시할 수밖에 없었다.

핸들을 한 손으로 쥐고 집을 향해 있는 힘껏 달렸다.

왼쪽 귀에 대고 있던 휴대전화에서 시간이 되었으니 광성당 차기 기획 상품인 '레인보우 · 드림'에 관한 설명을 시작하겠다는 나카지마의 목소리가 띄엄띄엄 들려왔다.

08_

조금 서툰 점이 있을지도 모르겠지만 깊은 양해를 부탁 드린다는 나카지마 씨의 목소리가 갑자기 갈라졌다. 그는 죄송하다고 사과하며 마이크를 고쳐 잡았다.

"이 자리에서 중역 여러분께 설명을 드리는 저는 홍보부에서 프로젝트 팀에 참가한 나카지마 시게요시입니다. 잘 부탁 드립니다."

그가 주위를 둘러봤지만 예상했던 만큼의 반응은 없는 듯했다. 아니, 그렇다기보다 높은 사람들은 모두 무관심. 소곤소곤 대화를 나누거나 옆을 바라보거나 하며 전혀 관심 없는 표정이었다.

"그럼, 와타나베 사장님을 비롯한 여러분들의 격려에 힘입어 시작된 이번 프로젝트의 대표를 맡은 사쿠라기 홍보부장님께서 다시 한 번 프로젝트의 취지를 발표하시겠습니다. 부탁 드립니다."

실질적인 팀장은 아빠지만 형식적으로는 사쿠라기 중역이 위에 있다고 아빠에게 들었다. 사쿠라기 중역은 자리에 앉은 채 실례하겠다는 양해를 구한 후, 테이블에 준비해 둔 마이크를 들었다.

"안녕하십니까. 홍보부 사쿠라기입니다."

차분한 목소리. 겉보기에도 저 사람은 머리가 꽤 좋을 것 같다. 장황하고 야무지지 못한 나카지마 씨의 말을 받아서 그런 느낌이 더 강한지도 모른다.

"각 부서에서 엄선한 인력들을 모아 프로젝트를 시작한 것이 작년 가을이라고 기억합니다. 광성당은 업계 전체를 주도해 온, 일본에서도 가장 역사 깊은 화장품 회사입니다. 그러나 그러한 전통과 권위에 자만하지 않고 새로운 상품과 새로운 고객층에 도전해야 한다는 것이 이 프로젝트를 하게 된 취지입니다. 부서를 벗어난 자유로운 발상, 새로운 시각의 상품 개발이라는 당초 목표에 맞추어 팀장 역할을 맡은 가와하라 차장을 비롯한 팀원 열여덟 명이 하나가 되었고, 약 팔 개월간의 토론을 거쳐 '레인보우 · 드림' 개발에 임했습니다."

사쿠라기 중역이 살짝 내 쪽을 쳐다봤다. 다른 높은 사람들도 나에게 시선을 던졌다. 이런 게 바로 어른들의 배려인가 싶어 조금 감탄했다.

"이미 몇 차례 중역 회의에 보고를 올렸으니 기본 방침에 관해서는 다들 이해하고 계시리라 생각합니다만, 이번 어전 회의를 맞아 상품 개요, 타깃 소비자, 예산, 홍보 및 그 밖의 제반 사항에 관해 여러분의 확인을 받고자 합니다. 상세한 내용은 프로젝트 팀의 나카지마 씨가 나눠 드린 자료와 프로젝터로 설명하도록 하겠습니다. 부디 여러분들의 이해를 얻을 수 있기를 바랍니다. 자 그럼."

사쿠라기 중역이 마이크를 껐다. 너무 시원시원하게 해치워 버려서 오히려 얄미운 느낌이 들 정도였다. 그러나 나카지마 씨는 그런 감상에 젖을 여유가 없는 듯했다.

"인사 말씀 감사 드립니다."

그러고는 깊이 고개를 숙이더니, "불 좀."이라고 속삭였다. 대기하고 있던 마스모토 씨가 테이블에서 손을 움직이자 서서히 조명이 어두워졌다. 회의실 앞쪽에 있는 스크린과 눈앞의 모니터 화면이 켜졌다.

'레인보우 · 드림' 상품 설명

화면에 커다란 글씨가 나타났다. 그러고는 필요 이상으로 호화로운 CG애니메이션이 춤을 추고 돌아다니다 사라졌다.

"그럼 '레인보우 · 드림' 상품에 관한 개요를 설명하도록 하겠습니다. 이번 광성당 신상품 프로젝트에 주어진 과제는 단순하게 말씀 드리면 두 가지라고 할 수 있습니다. 먼저 첫 번째 사항은 전통 탈피입니다."

'① 전통 탈피' 라는 굵은 글씨가 스크린에 튀어나올 듯한 기세로 떠올랐다.

"광성당의 이미지 브랜드로 정착한 '슈퍼뷰티' 는 이십 대 후반에서 사십 대 중반까지 각 연령층에 맞는 제품을 다수 보유하고 있습니다. '슈퍼뷰티' 브랜드는 다른 화장품 브랜드와 비교해 압도적인 시장점유율을 자랑하고 있으며, 그야말로 타의 추종을 불허하는 상태를 오랫동안 유지해 오고 있습니다. 다만……."

나는 자료로 시선을 돌렸다. 거기에는 지금 나카지마 씨가 말한 내용이 구체적인 숫자와 함께 상세하게 적혀 있었다. 그런데 잘 읽어 보면 이야기가 조금 달랐다. 아니, 상당히 달랐다.

일 년 단위로 시장점유율 그래프를 그려 놓았는데, 내가 보는 방법이 틀리지 않다면 최근 오 년간 '슈퍼뷰티'의 매출은 조금씩 떨어지고 있었다. 아니, 솔직히 말하면 상당히 급격한 추세로 떨어지고 있었다. 말로 아무리 열심히 덮으려 해도 그래프와 숫자는 정직했다. 여고생인 나도 숫자 하락은 금세 파악할 수 있었다. 그렇더라도 너무 직접적인 표현은 삼가는 게 어른들인 모양이지.

"최근에는 해외 브랜드 수입 증가, 방문판매, 인터넷 판매 등의 영향으로 업계 상황이 변하고 있으며, 미세하지만 '슈퍼뷰티' 브랜드 판매율도 조금 떨어지는 추세도 있는 것 같습니다."

나카지마 씨의 목소리가 점점 줄어들었다. 말하기 곤란한 내용은 작은 목소리로 하는 것 같았다.

"물론 '슈퍼뷰티'는 현재도 인기가 높고 고객의 지지율도 매우 높으며 훌륭한 상품입니다만……."

나카지마 씨의 목소리가 그네를 타듯 높아졌다 낮아지기를 반복했다. 너무 힘들어 보여 가엽기까지 했다.

“이번 프로젝트는 새로운 상품 개발 및 고객층 개척을 목표로 진행되었습니다. 물론 ‘슈퍼뷰티’ 브랜드의 전통을 지키고 브랜드 힘을 한층 강화해 더욱 매력적인 상품을 개발해 나가야 한다는 것은 알고 있습니다. 하지만 어디까지나 다른 고객층에도 어필을 해 보면 어떨까 하는 정도이며, 결코 ‘슈퍼뷰티’ 브랜드를 등한시하는 일은 없을 것입니다. 오히려 신상품 개발을 통해 ‘슈퍼뷰티’의 매력을 호소하고자 하는…….”

무슨 말을 하는지 이해가 잘 안 가는 것은 아마도 일부러 그렇게 만들었기 때문일 것이다. 어전 회의가 시작되기 전에 나카지마 씨가 말했던 대로 이 회의에는 ‘슈퍼뷰티’를 개발했을 당시의 담당자들도 참석했다. 전무와 상품 개발 연구소 중역들이 그들이고, 와타나베 사장도 그 프로젝트에 연관되어 있었다고 아빠에게 들었다. 이것도 어른들의 사정이라는 거겠지.

그래서 나카지마 씨는 ‘슈퍼뷰티’가 이제는 시대에 뒤떨어진 산물이라고 말할 수 없는 것이다. 조심스러운 건 이해가 가지만, 저런 말을 하지 않고는 이야기를 진행시킬 수 없나?

나카지마 씨는 헛기침을 했다.

“그러한 까닭으로 이십 대, 혹은 삼십 대, 사십 대, 나아가 그 이상의 연령층에게 강한 광성당의 전통을 발판으로 삼되, 지금까지 별로 손을 대지 않았던 틴에이저 중심의 젊은 층에서 강력한 소비 욕구를 이끌어 내는 신상품을 개발하는 것, 이것이야말로 저희 신상품 프로젝트가 제안하는 바입니다. 다시 말해 그것이

방금 말씀 드린 '전통 탈피' 입니다."

모리야마 상무가 얼굴을 찡그렸다.

"손을 안 댄 게 아니지. 우리 회사 브랜드 파워를 높이는 데 그 연령층은 필요치 않다고 판단했기 때문이야."

"아 네, 알고 있습니다. 옳으신 말씀입니다."

울상이 된 나카지마 씨가 고개를 끄덕이며 말했다. 말은 정말 어렵다. 모리야마 상무는 알았으면 됐다며 팔짱을 낀 채 계속하라고 재촉했다.

다른 중역들은 모두 지루해하는 것처럼 보였다. 앞에 있는 메모 용지에 낙서를 하는 사람도 있었고 다 아는 내용이라고 노골적으로 중얼거리는 사람도 있었다. 지금까지 똑같은 보고가 수없이 올라갔을 것이다.

"이어서 두 번째 사항입니다. 마스모토 씨."

나카지마 씨가 목이 잠긴 애절한 목소리로 말했다. 아까부터 디스플레이 이미지가 바뀌지 않았다. 마스모토 씨는 알고 있다며 이마에 맺힌 땀을 훔쳐 내며 열심히 마우스를 클릭했다.

한동안 침묵이 이어지고 회의실 여기저기에서 기침 소리가 들렸다. 나카지마 씨가 처량하기 이를 데 없는 미소를 지으며 잠시만 기다려 달라고 양해를 구했다. 잠시 후, 스크린에 이미지가 떠올랐다. 진이 다 빠졌는지 마스모토 씨의 어깨가 축 늘어졌다.

"이어서 두 번째 사항입니다."

마이크를 고쳐 쥔 나카지마 씨의 목소리가 울려 퍼졌다.

'② 상식 탈피' 라는 커다란 글씨가 나왔다.

"광성당 제품은 고품질이라는 것이 소비자들의 생각입니다. 나눠 드린 자료에도 있습니다만, 대리점 고객 조사를 참고할 필요도 없이 주요 소비자는 이십 대에서 사십 대로 모두 품질에 대한 만족도는 높습니다. 이는 물론 여러 선배님들이 애써 다져 오신 브랜드 이미지에 힘입은 것입니다만, 다른 시각에서 보면 가격이 높아서 고급 백화점 같은 곳에서만 구입할 수 있다는 고품질 고가격 노선이 약간의 걸림돌이 될 수도……."

옆에 앉아 있던 사쿠라기 중역이 "결론을."이라고 속삭였다. 나카지마 씨가 여자 같은 목소리로 "네."라고 대답하더니 곧이어 빠른 어조로 설명해 나갔다.

"즉, 지금까지의 광성당의 상식이었던 고품질 고가격 노선에 얽매이지 않고 고품질이면서도 저가인 상품을 개발하는 것이 저희 프로젝트의 목표입니다. 그것이 바로 상식 탈피입니다."

그 후로도 스크린을 사용한 나카지마 씨의 설명은 이어졌다. 명칭 설명, 타깃 소비자 범위, 아로마 향수를 일곱 가지로 정한 이유, 정가 책정, 홍보 전략, 예산과 매출 목표, 광고 계획 등등.

어제 다 들은 이야기뿐이고, 그건 중역들도 마찬가지였다.

" '레인보우 · 드림' 이라는 명칭 말인데, 그걸로 이미 결정이 난 건가?"

"정가 말이야, 향수가 이천 엔이면 판매하는 데 문제는 없나?"

"타깃이 중고생인 건 이해하지만, 그 이상까지 파급효과를 노리는 게 좋지 않겠어?"

도중에 몇 차례 이와 같은 질문들이 나왔지만, 모두 성의 없는 느낌이었다. 중역들이 신경 쓰는 것은 상품이나 '레인보우 · 드림' 을 사는 고객이 아니라, 여기 있는 다른 부서 중역, 정확히 꼬집어 말하면 사장이다. 이것도 회사 사정이라는 거겠지.

오로지 와타나베 사장이 어떻게 생각하느냐에만 신경 쓰는 것 같았다.

그러니 본질적인 이야기는 누구도 꺼내지 않았다. 아무래도 좋은 자잘한 일들만 확인했다. 이것도 일종의 퍼포먼스겠지? 사장님, 저는 열심히 회의에 참가하고 있습니다. 질문도 하잖아요. 이것 좀 보세요, 그렇죠?

바보들 같아. 초등학생도 아니고, 그보다 훨씬 중요한 게 있잖아. 그러나 어쩔 수 없는 일일까? 이것도 약속이라는 거겠지.

뭐, 될 대로 되라지. 아빠가 한 말이 실감이 났다. 정말로 이 회의는 아빠가 없어도 아무 문제 없다. 좀 더 심하게 말하면 한 사람도 없어도 문제될 게 없다. 가장 우선시되는 건 회사 사정이니까.

"그럼, 좀 급하긴 했습니다만, 상품 관련 설명은 이상으로 마치겠습니다. 여기까지 각 부서에 문제되는 점이라도 있으십니까?"

나카지마 씨가 물었다. 그것이 신호였던 모양이다. 조명이 서서히 밝아졌다. 어떻게 생각하느냐며 나카지마 씨가 사쿠라기 중역에게 말을 돌렸다.

"프로젝트 팀에서 사전에 각 부서와 논의를 마쳤을 테니 상품 자체에 대한 의문점은 그다지 없을 것 같습니다만."

사쿠라기 중역이 낮은 목소리로 말했다.

"앞으로는 각 부서에서 문제점을 해결해 나가면 될 것 같습니다. 홍보에 관한 사항은 우리 부서에서도 검토했고, 기본 안에 따라 추진할 생각입니다. 영업 관련해서는 어떤까요?"

"뭐, 이쪽도 특별한 건 없습니다. 차장 회의에서 협의가 끝났으니까요."

영업부 아마노 이사가 고개를 오른쪽으로 돌렸다. 하마노 경영전략 본부장이 "우리도."라고 말했다. 다른 사람들도 모두 우향우를 하며 고개를 끄덕였다.

"전무님은 어떠십니까?"

사쿠라기 중역이 물었다. 안자이 전무는 자료 쪽으로 시선을 한 번 던지더니 괜찮지 않겠냐며 안경테를 들어 올렸다.

"각 부서에서 합의를 보신 사항 아닙니까. 저는 딱히 드릴 말씀은 없습니다."

"그렇죠."

아마노 이사가 호의가 담긴 목소리로 말을 받았다.

"앞으로도 여러 가지 일들이 있겠지만, 영업 쪽에서는 최선을 다할……."

"예산은 어떨까요? 판매 촉진비 비중이 조금 높은 것 같습니다만, 어떻습니까?"

난데없이 모리야마 상무가 끼어들었다.

아마노 이사가 눈을 내리깐 채 입을 열었다.

"그거야 아직 예산 단계니까. 프로젝트 팀에서 상정한 예산안일 뿐, 다시 말해 견적 수준이니 현장에서는 조금 낮추는 쪽으로 선처할 생각입니다."

그 후도 마찬가지였다. 모리야마 상무는 경리 담당이라 상품 내용에 관한 질문은 한마디도 안 했지만, 영업이나 개발 부서의 예산에 관해서는 말이 많았다. 너무 끈질겨서 다들 불쾌해하는 것 같았지만, 어쨌든 이사들은 모두 선처하겠다고 반복했다.

그러고 보니 어제 리허설에서도 마지막에는 모두 선처하겠다고 했다. 살짝 놀랐다. 비디오를 다시 돌려 보는 느낌이었다.

그런데 선처라는 말은 참 신기해서 그 말만 하면 모든 게 그럭저럭 마무리되었다. 마법의 주문 같다.

아마도 이 회의는 일종의 의식 같은 거겠지. 회사라는 조직은 어디에선가 모두 모여야만 결론이 나오는 구조라는 것을 내심 깨달았다.

그리고 이 의식에서는 너무 솔직한 말을 하면 안 된다. 가능하면 입을 다물고 있는 게 좋을 정도다. 자기 의견을 내세워서도 안 된다.

왜냐고? 그야 물론 그런 짓을 했다간 자기가 책임지게 되니까. 회사, 정말 대단한걸. 어디나 그런가?

그렇게 생각해 보면 회의가 무척 중요하다는 걸 깨닫게 된다. 회의 자리에서 나온 결론은 누구의 책임도 아니다. 예를 들면 '레인보우 · 드림'이 실패로 끝난다 해도 그것은 회의 책임이지 그 누구의 책임도 아니라는 뜻이다. 회사는 참 복잡한 조직이란 걸 깨닫고 새삼 놀랐다. 하기야 누구라도 자기가 책임지는 건 싫겠지. 나도 절대 싫다. 귀찮은 건 딱 질색이니까.

어, 잠깐. 그렇지만 그건 여고생 논리잖아. 중학교나 고등학교에서는 아무래도 상관없겠지만 회사가 그래도 되나? 회사 사정만 떠들어 대면 고객은 어떻게 되는 거야? 누구의 책임도 아니라는 말은 누구도 책임지지 않는다는 말이잖아. 그래도 되는 거야?

그러나 다른 사람들에게 그런 건 안중에도 없는 듯했다. 나카지마 씨가 회의를 정리하려 했다.

"그럼 의견이 거의 다 모아진 것 같으니, 각 부서에서 이의가 없으시면 '레인보우 · 드림' 상품 설명 회의는 이것으로 마칠 생각입니다."

아무도 이의를 제기하지 않았다. 다행이다. 어쨌든 끝이다. 큰 문제는 없었으니 아빠도 이 정도면 오케이하겠지. 무심코 기지개를 쭉 펴는데 그때까지 침묵을 지키고 있던 사장이 갑자기 나를 쳐다봤다.

"음…… 프로젝트 팀장……."

"가와하라 차장입니다."

비서가 속삭였다. 적절한 조언이었지만, 목소리가 커서 다 들렸다. 살짝 서글퍼졌다.

"가와하라 차장도 괜찮겠습니까?"

매우 정중한 말투. 너무 당황한 나머지 양손을 올린 채 동작이 굳어 버렸다. 회의실에 있던 모두의 시선이 나에게 쏠렸다.

09_

"가와하라 팀장님, 다른 의견이 있으십니까?"

나카지마 씨가 허둥거리면서도 진행의 역할을 다하겠다는 책임감으로 나에게 물었다. 나카지마 씨의 예상 범위에 이런 일은 없었을 테지. 나도 들은 바가 없는데.

나중에 다시 생각해 보니 사장 말에 별다른 뜻은 없었다. 그야말로 예의상의 멘트. 이름도 기억 못하는 차장에게 뭘 기대했겠어.

일단 오늘로 프로젝트가 끝났으니 책임자가 마지막으로 한마디하는 게 좋지 않겠나 하는 정도. 예를 들면, 앞으로 신상품 '레인보우 · 드림'을 성공시키기 위해 최선의 노력을 다하겠다는 말 정도면 될 일이었다.

하지만 나는 너무 갑작스러워서 어떻게 대답해야 할지 몰랐다. 딱히 드릴 말씀이 없다고 해도 되겠지만, 그러면 아무 생각 없는 바보처럼 보일 게 뻔했다. 어떻게 하지, 뭐라고 해야 하지?

잠시 어색한 침묵이 흘렀다. 무슨 말이든 하려고 입을 여는 순간, 모리야마 상무가 갑자기 말을 건넸다.

"가와하라 씨도 반년인가, 팔 개월인가? 여러 가지로 애 좀 먹었겠어. 난데없이 프로젝트를 맡으라고 해서 힘들었지?"

회의는 종결된 분위기였기 때문에 격식 없는 말투였다. 좀 더 정확히 말하면 은근히 비아냥거리는 말투였다.

"이 자리에서 고생한 얘기를 꺼내면 곤란하지만, 뭔가 포부가 있으면 이 자리를 빌려 말해 보지 그래?"

상무가 무슨 속셈으로 그런 말을 꺼냈는지 몰라도 이 프로젝트에 별 관심이 없다는 것은 회의 상황을 통해서도 충분히 알았다.

고생한 얘기 같은 건 난 알지도 못해. 여덟 달 전부터 이 프로젝트에 관여한 아빠라면 많이 알겠지만, 난 지난주 금요일부터라 고생 같은 거 안 했거든.

벌써 자료를 주섬주섬 정리하기 시작하는 사람도 보였다. 내가 무슨 말을 하든 딱히 흥미를 가질 사람은 아무도 없었다. 그러나 입을 다물고 있을 수만은 없어서 기어드는 목소리로 말했다.

"열심히 하고는 싶었지만, 좀처럼 쉽지 않을 것 같아서……."

"어렵더라도 열심히 해야지."

모리야마 상무가 무표정으로 대답했다. 찬바람이 쌩쌩 부는 냉랭한 목소리. 엇, 왜 저래? 그렇게 대답하면 안 되는 거였나?

"팀장이 그렇게 소극적이면 팔릴 것도 안 팔리잖아, 안 그렇습니까?"

주위를 둘러봤다. 아마노 부장이 '뭐 그럴 것까지야.' 라는 속내를 풍기며 웃었다.

"이런 일에는 무엇보다 마음가짐이 중요해. 새로운 프로젝트는 좀 더 강인한 자세로 임해야지. 가와하라 씨도 그건 알고 있겠지?"

"상무님 그 정도로……."

사쿠라기 중역이 끼어들었다. 입장상 그럴 수밖에 없는지 몰라도 어쨌든 감싸 주는 듯했다. 그러나 역효과였다.

"아니야, 아니야, 이건 중요한 문제야. 우리 회사의 새로운 프로젝트를 담당했으면 무슨 일이 있어도 성공시켜야 해요. 신중한 건 좋지만 때로는 대담할 필요도 있다는 걸 확실히 깨달아야 합니다. 안 그렇습니까, 사장님?"

모리야마 상무가 목을 길게 뺐다. 와타나베 사장이 자리에서 일어서며 말했다.

"그런 경우도 있겠지요. 자 그럼."

물론 나와는 관계없는 일이다. 아무려면 어때, 이건 아빠 일인데. 지금 이 자리에 있는 나는 내가 아니라 아빠다. 내가 참견할 일이 아니다. 아빠는 회의석상에서 발언하지 말라고 했다. 잊은 게 아니다. 입을 다물어야 해, 고우메.

그렇지만 도무지 이해가 안 갔다. 좀 이상하잖아? 아니, 좀 이상한 정도가 아니다. 전체적으로 납득할 수 없었다. 처음부터 끝까지, 모조리 다.

타깃 소비자를 여고생을 포함한 틴에이저 계층으로 한다면서도 이 사람들은 우리에 대해 아무것도 모른다. 전혀 모른다.

나카지마 씨가 다소 비쌀지도 모르겠다고 했지만, 장난이 아니란 말이지. 고작 20밀리리터 향수가 이천 엔이라고? 이것들 보세요, 우리가 그런 걸 어떻게 삽니까? 휴대전화 비용만으로도 한 달에 돈이 얼마나 드는지 알기나 하냐고?

내가 다니는 학교는 공립 고등학교다. 내 주위에 있는 애들은 나를 포함해 지극히 평범한 여고생이다. 경제 수준이 높은 것도 낮은 것도 아니다. 어딘가에는 원조 교제를 하는 애들이 있을지 모르지만, 적어도 우리 반에는 그런 꼴사나운 짓을 하는 바보는 없다. 그런데 모두 입버릇처럼 돈 없다는 말을 달고 산다. 실제로 없으니까. 우리는 경기가 좋은 건지 나쁜 건지 잘 모른다. 그렇지만 현재 여고생이 역사상 가장 가난한 게 아닐까?

고등학교에 들어가면서부터 용돈은 만 엔이 되었지만 여전히 부족하다. 그러나 대부분 비슷비슷할 것이다. 다른 애들도 그 정도라고 했다.

우리 학교에도 의사 자녀도 있고 사장 딸도 있다. 그런 집 애들 중에는 더러 믿기지 않을 만큼 용돈을 많이 받는 경우도 있지만, 대부분은 우리 아빠 같은 샐러리맨이다. 아무래도 한계가 있을 수밖에.

만 엔이라고 해도 급식비 같은 건 따로 받고, 옷을 살 때는 엄마가 돈을 내 주기도 한다. 어쩌다 기분이 좋을 때는 보너스라며 더 주기도 한다. 지바의 히소카 할머니는 올 설에 오만 엔이나 줬다. 그런데도 돈은 늘 부족하다.

그래서 옷장에는 슈퍼에서 싸게 파는 옷이나 유니클로(일본의 저가 캐주얼 업체.—옮긴이)에서 산 옷도 많다. 열심히 모은 돈으로

산 브랜드 옷과 그런 옷들을 섞어서 그럭저럭 입고 다닌다. 나만 그런 게 아니라 다른 애들도 마찬가지다.

문자 보내는 것도 공짜가 아니다. 될 수 있으면 휴대전화로 이야기하지 않으려고 노력하지만, 그래도 최소한의 기본 통화료는 내야 한다. 교우 관계라는 것도 있으니 학교 끝나고 돌아오는 길에는 맥도날드에도 친구들과 함께 가야 한다. 편의점에 새 과자가 나오면 사서 먹어 보고 싶다. 그런 일까지 포함하면 돈이 아무리 있어도 부족하다.

그런데 향수가 이천 엔이라니! 바보 아냐! 우리에 대해 도대체 뭘 아냐고!

결국 여기 있는 사람들은 처음부터 결론을 냈던 것이다. 아빠는 물론이고, 나카지마 씨나 프로젝트 팀원들 마음속에 있는 생각은 '회사에서 어떻게 생각할까?', '어떤 결론을 내야 윗사람들이 기뻐할까?' 뿐이었다. 아빠는 늘 어른들의 사정이라고 말하는데, 정말 그 말 그대로다.

그런 까닭에 '지금까지의 광성당의 상식에서 탈피한' 프로젝트였어야 할 것이 결국은 아무 변화도 없는 '레인보우 · 드림'이 되어 버린 것이다. 그건 엄연한 잘못이다!

"이 상품은 팔리지 않을 거라고 생각합니다."

나는 여고생의 자존심을 걸고 말했다. 우릴 바보 취급하지 마. 그런 상품은 팔릴 리가 없어. 모리야마 상무가 제아무리 설교를 해 봐야 소용없어. 우린 필요하지 않은 건 안 사니까.

"뭐, 뭐야?"

모리야마 상무가 기겁을 했다. 설마 내 입에서 그런 말이 나올 거라곤 상상도 못했겠지.

"절대 팔릴 리가 없습니다."

"가와하라!"

사쿠라기 중역의 목소리가 들렸지만, 그런 데 신경 쓸 상황이 아니었다. 할 말은 다 해야 직성이 풀릴 것 같았다.

10_

나는 고우메 방에서 휴대전화를 움켜쥔 채 서 있었다.

지금까지 내가 고우메 대신 시험을 치고 온 것처럼 고우메도 나 대신 어전 회의에 참석했다. 둘 다 힘들겠지만 부모와 자식 간에 손을 맞잡고 이 난국을 이겨 내자, 입 밖에 낸 적은 없지만 나는 그런 심정이었다. 고우메도 같은 마음이었을 것이다.

기껏해야 회의에 참석하는 것뿐이다. 쓸데없는 소리만 안 하면 무사히 끝날 일이었다. 그런데 고우메는 회의가 다 끝나가는 지금 난데없이 영문도 모를 소리를 꺼냈다. 상상조차 못한 일이었다. 인생은 놀라움의 연속이다.

"고우메, 들리니? 당장 입 다물어. 입 다물라고! 아무 말도 하지 마. 아니, 제발 입 좀 다물어, 부탁이다."

전화기에 대고 소리쳤지만 들릴 리가 없다. 대체 어떻게 된 영문일까?

모리야마 상무가 평상시처럼 비아냥거리는 말투로 말한 건 안다. 경리 및 관리 부의 중역인 상무는 입만 열면 경비 절감, 성과주의 도입, 인사 효율화 같은 말만 떠들어 댄다. 딱히 무슨 신념이 있는 것도 아니다. 회의 마지막에 설교조로 훈계하는 것은 매번 있는 일이다.

현장 최전선에서 일한 적이 없는 상무는 오히려 현장에 대한 열등감이 있다. 회의 때마다 의미 없는 질문을 해서 사태를 혼란시키고, 최종적으로는 야유조의 말을 한마디씩 해 대는 것도 다 그런 이유에서였다.

예산 결재를 하는 실질적인 권한이 있어서 늘 까다롭게 굴지만, 죄송하다고 고개만 숙이면 그냥 넘어간다. 그 정도 사람일 뿐이다.

그런 사정을 고우메가 알 거라고 생각하진 않는다. 이제 고작 열일곱 살이니 샐러리맨 사회를 이해하기엔 너무 어리다. 그러나 회사에는 회사의 사정이라는 게 있는 법이다.

그렇기 때문에 회의에서는 그저 입을 다물고 있으라고 누누이 일렀던 것이다. 쓸데없는 소리만 안 하면 문제는 없다. 그것이 샐러리맨 생활 이십오 년에 내가 터득한 신조다. 그 원칙만 지키면 평온하게 지나갈 수 있다. 그래서 그것만은 지켜 달라고 그렇게 신신당부했건만.

그런데, 왜? 도대체 무슨 일이 있었단 말인가!

"고우메, 내 말 안 들려? 대답해!"

나는 소리를 질러 댔다. 대답은 없었다.

11_

"가와하라 차장, 이건 단순한 회의가 아니야. 어전 회의야, 알고 있어?"

모리야마 상무가 위협하듯 말했다. 물론 안다. 대충이지만 중요한 회의라는 건 안다.

"물론입니다. 그러나 안 팔리는 건 안 팔립니다."

상무가 무섭게 굳은 표정으로 이유가 뭐냐고 물었다. 나는 일단 한 개에 이천 엔은 너무 비싸다고 대답했다.

"여고생에게 가장 중요한 것은 휴대전화 비용입니다. 기본요금, 통화 요금, 인터넷 이용 요금, 자칫 방심하면 금방 만 엔이 됩니다."

우리더러 얼마나 더 절약을 하라는 말인가. 노는 애들 얘기가 아니다. 여자 중고생들은 정말 돈이 없다. 이것을 힘주어 강조하고 싶다. 그리고 아빠에게도 내 영혼의 절규를 꼭 들려주고 싶다.

옷, 신발, 액세서리, 밥, 잡지, CD 구입비, 또 의외로 많이 드는 교통비도 있다. 게다가 이벤트라도 있으면 돈은 금방 바닥이 난다. 패스트푸드나 노래방은 그리 비싸지 않을지 몰라도, 여러 번 가다 보면 그 액수도 무시할 수 없다.

"그거야 알지만……."

모리야마 상무가 험악한 표정으로 고개를 끄덕였다. 아니지,

알긴 뭘 알아. 우리가 맥도날드 같은 데 가서 어떻게 하는지 알기나 해? 프렌치프라이만 사 먹고 나머진 물로 채운다고. 그걸로 두 시간이고 세 시간이고 죽치고 앉아 있으니 배짱이 두둑하다고 해야겠지.

잡지도 친구들과 수없이 돌려가며 읽고 내 돈으로 CD 산 게 언제인지 기억도 안 날 정도다. 노래방도 할인 시간에만 이용한다. 그런 점에서는 억척 주부들보다 몇 배 짜다.

"꽤 잘 아는 것처럼 말하는군."

모리야마 상무가 얼음같이 차가운 미소를 지었다. 사장이 없었다면 원조 교제라도 하는 모양이라고 말했을지도 모른다.

물론이지. 아는 척하는 게 아니야. 실제로 알거든. 내가 바로 여고생이라고!

"이천 엔이라는 가격은 회사, 즉 어른들 위주로 책정한 가격입니다. 매장 문제도 그렇습니다."

내 말투로 하면 곤란하니까 될 수 있는 한 아빠처럼 말했다.

"광성당 브랜드를 지키는 일도 물론 중요합니다. 그렇지만 백화점 화장품 매장이나 전문점에서만 판매하면 여자 애들은 갈 수가 없습니다."

그건 부서 내에서도 조금 문제가 됐었다며 아마노 부장이 팔짱을 끼었다.

"그렇지만 광성당 제품이 백화점에 없는 것도 곤란하지 않은가?"

"그건 학생들하고는 관계없는 일입니다."

"가와하라 씨 의견도 이해는 하지만, 영업 쪽 입장도 생각해 줬으면 하네. 저가 매장 같은 데로 상품이 흘러가면 회사 이미지가 나빠지잖아."

아마노 이사 말대로 광성당 제품이 '레인보우 · 드림'만이 아니라는 건 안다. 두말할 것도 없이 메인은 '슈퍼뷰티' 시리즈다. 고급 이미지가 매출의 주요 요인이니 너무 무리할 수 없다는 것도 이해한다.

그러나 그건 그거고 이건 이거다. 직장 여성이나 주부들을 겨냥한 '슈퍼뷰티'가 아니라, 여중고생을 타깃으로 하는 '레인보우 · 드림'인 만큼 모든 것을 그에 맞게 해야 한다.

결국 모든 게 이도 저도 아닌 어정쩡한 상태다. 가격, 매장, 홍보까지도. 순서가 모두 거꾸로다. 틴에이저 층을 주요 고객으로 삼을 거면 거기서부터 시작하란 말이다. 우릴 너무 우습게 보지 말고.

우리가 안 가는 곳에 상품을 진열하고 우리가 살 수 없는 가격을 붙이면 아무 의미도 없다. 애들도 그 정도는 다 안다. 아, 불만이 끊임없이 터져 나온다.

"도시형 상품이라는 말도 무슨 의미가 있을까요? 옛날에는 어땠을지 몰라도 지금 애들은 휴대전화가 있고 인터넷도 있습니다. 정보 양에서 별 차이가 없습니다."

"그거야…… 도매상 대책 같은 것도 있으니까……."

아마노 부장이 핑계를 대는 듯한 어조로 말했다. "그건……." 이라고 큰 소리가 나왔지만, 더 이상 말했다간 곤란해질 것 같아 꾹 참았다.

아까부터 몇 번이나 말했잖아. 그건 다 어른들 사정이고 우리랑은 아무 관계도 없다니까.

그 후에도 이런저런 말을 했다. 연령 문제도 그렇다. 틴에이저라고 하지만 중학교랑 고등학교는 완전히 다르다. 고1과 고2만 해도 다른걸. 여기 있는 할아버지들 생각은 어떤지 몰라도 취향에서부터 이것저것 다 다르다.

내 의견이 반드시 옳다고 생각하진 않는다. 모든 여고생 의견을 대표할 생각도 없다. 그렇지만 리서치 회사나 광고 에이전시 사람이 모은 것보다는 훨씬 생생한 정보임에 틀림없다. 내가 바로 평범한 여고생이니까. 물론 겉모습은 아빠지만.

"처음부터 이 프로젝트는 전통과 상식에서 벗어난 지점에서 이끌어 가자고 말씀하셨죠. 그런데 이대로 간다면 지금까지와 다를 게 뭐가 있습니까? 그건 어른들 사정입니다. 아이들은 바보가 아닙니다. 그 애들이 어른들 사정에 맞춰 줄까요? 절대 그럴 리가……."

"가와하라!"

모리야마 상무가 성가시다는 듯 손을 저으며 외쳤다.

"그럼 대체 어쩌자는 건가? 자네 발언을 듣고 있자니 다 부정적이라 희망이 전혀 없는 것 같은데, 그럼 무슨 아이디어라도 있나?"

나는 가슴을 펴고 대답했다.

"있습니다. '레인보우 · 드림'의 가격을 내리면 됩니다. 오백엔이 어떨까요?"

12_

회의실 여기저기에서 실소가 터져 나왔고 그것은 금세 폭소로 변했다. 아마노 부장이 얼굴을 굳히고 말했다.

"그런 말도 안 되는……. 자네는 그게 아주 간단한 일처럼 말하는데……."

매우 진지하게 대답했다.

"간단합니다. 양을 절반으로 줄이면 됩니다. 20밀리리터 '레인보우 · 드림'을 10밀리리터로 하면 어떨까요? 그것도 안 되면 5밀리리터라도."

"5밀리리터?"

여기저기에서 웅성거림이 들렸다. 애초의 사업 계획과 다르다느니, 그건 너무 적다느니 하는.

아니, 그렇게 적은 양은 아닌데. 얼마 전에 사촌 언니가 준 미니어처 향수, 그것도 5밀리리터인가 3밀리리터였다. 거리에서 나눠 주는 샘플은 1밀리리터짜리도 있다. 그것도 꽤 오래 사용할 수 있다.

"싸다고 해서 그만큼 많이 사는 건 아니겠지만, 적어도 여고생들이 손에 넣을 기회는 늘어납니다. 일단 흥미를 끌지 못하면 애기가 안 됩니다."

"이봐, 이제 와서 그런 말을 하면 무슨 소용이 있나?"

지금까지 입을 다물고 있던 경영전략 본부장이라는 대단한 직함을 가진 하마노 이사가 입을 열었다.

"'레인보우 · 드림'은 이미 20밀리리터로 공장에 발주했어. 패키지 시험 생산도 끝났고 생산 라인 확보도 끝난 상태야. 그런데 이제 와서 생산 방식을 바꾸겠다니 그건 전례가 없는 일이야."

그러고는 어깨를 힘없이 늘어뜨렸다. 전례니 뭐니 그런 게 무슨 대수야. 어쨌든 가격을 내리는 게 제일 중요해. 오백 엔이면 부담 없이 살 수 있는 수준은 아니더라도, 한번 사 볼까 하는 마음이 들지 않을까?

소곤소곤 속삭이는 목소리가 들렸다. 오백 엔이면 이익이 어떻다느니, 백화점에서 받아 주지 않을 거라느니, 판로가 어떻다느니.

"굳이 백화점이나 기존의 주된 판매처인 전문점에서 팔 필요는 없습니다. 예를 들어 말씀 드리면 대형 드러그스토어 체인이나 편의점에서 팔면 좋지 않을까요?"

이제까지의 방식을 변화시키려면 그 정도는 해 줘야 하는 거 아닌가. 광성당 향수를 드러그스토어나 편의점 같은 데서 살 수 있으면 꽤 괜찮을 것 같다. 우리라면 꼭 살 것 같다.

"아니, 그거야말로 전례가 없는 일이야……. 물론 편의점 쪽 판로가 있긴 하지만, 그건 샴푸 같은 욕실 관련 상품뿐이야. 우리 회사는 지금까지 향수는 물론 어떤 화장품도 그런 곳에서 판매한 일이 없어!"

그랬기 때문에 '슈퍼뷰티'를 비롯한 광성당 브랜드의 명예를 지켜 올 수 있었다며 테이블을 두드렸다. '이것 보세요, 할아버지!' 라고 외치고 싶을 정도였다.

'슈퍼뷰티'나 광성당 브랜드를 지키는 건 나름대로 중요한 일이란 건 안다고. 그렇지만 현실적으로는 판매가 떨어지고 있잖아? 그런데도 지금까지의 방식을 고집해서 뭘 어쩌겠다는 거지?

나는 그렇게 외치고 싶었지만 아마노 부장 얼굴이 시뻘게져서 더 이상 말할 수 없었다. 본인도 잘 알고 있는 것 같았고.

그로부터 한동안 단가를 오백 엔으로 할 경우 어떻게 될 것인가 하는 토론이 중역들 사이에 오갔다. 의견은 명확하게 둘로 나뉘었다. 수익률은 매우 떨어진다. 그러나 그만큼 판매 숫자는 늘어날 수 있다. 편의점 같은 곳에서는 광성당 브랜드를 원하는 눈치다. 그렇지만 지금까지 오랫동안 거래해 온 소매점은 기분이 상할지도 모른다.

차츰 아무도 말을 하지 않게 되었다. 여전히 사소한 사안에는 깊이 파고들면서도 오백 엔이라는 가격에 찬성하느냐 반대하느냐 하는 얘기가 나오면 의견을 확실히 밝히지 않았다. 그저 애매한 말들뿐.

눈치를 살피려는 듯 줄곧 미소만 짓는 중역들도 있었다. 모두 서로를 탐색하는 것 같았다.

그것은 결국 와타나베 사장이 어떻게 생각하느냐에 관한 문제였다. 사장이 가격을 내리라고 하면 그쪽 방향으로 갈 것이고 지금 상태로 좋다고 하면 그걸로 오케이.

그러나 사장은 의견을 내놓지 않고 좀 더 들어 보자는 표정이었다.

전체적인 분위기는 어느 쪽이든 상관없다는 식이었다. 내 주장에 분명하게 반대한 사람은 모리야마 상무뿐. 이제 와서 모든 걸 바꾸면 예산과 납기, 게다가 상품의 질까지 확보할 수 없다는 이유였다.

아마노 부장과 안자이 전무는 약간 흥미가 있는 듯했다. 역시 판매하는 쪽 입장에 서면 그렇게 되는 모양이다. 다른 중역들은 여전히 이도 저도 아닌 애매한 상태였다. 의견도 없고 그저 빨리 끝나기만을 바라는 표정의 사람도 있었다.

그러다가 점점 본격적인 침묵의 상태로 빠져 들었다. 원탁회의실에는 열세 사람 정도가 있었지만, 마치 아무도 없는 것처럼 고요했다.

사장이 천천히 고개를 돌렸다. 휠체어에 앉은 할아버지가 희미하게 고개를 끄덕였다.

"그럼…… 검토해 볼까요?"

어, 정말?

사장이 자료를 추려서 뒤에 대기하던 비서에게 건네며 말했다.

"의미 있는 제안이라고 생각합니다. 각 부서, 괜찮습니까?"

모두가 고개를 숙였다. 이 사람들은 정말로 어떻게 되든 상관없는 것 같았다. 내 의견 같은 건 아무래도 좋고, 나아가 고객도 아무런 상관없고, 무슨 일이든 아무 쪽이나 상관없다. 찬성도 아니지만 반대도 아니다.

그리고 그건 사장도 마찬가지였다. 사장이 말없이 나에게 이런 저런 말을 하게 만든 것은 그에 대해 중역들이 어떤 반응을 보이는지 알고 싶었기 때문인지도 모른다.

모리야마 상무가 웅얼거리듯 말했다.

"그렇지만 사장님, 아무래도 납기 문제가…… 지금부터 모든 작업을 다시 하면 어떻게 될지……."

"그 말도 일리가 있습니다."

사장은 고개를 끄덕이며 내 쪽으로 시선을 돌렸다.

"상무가 지적한 것도 분명 문제죠. 가와하라 씨, 어때요? 다시 시작해도 예산과 납기는 지킬 수 있겠습니까?"

갑자기 원탁회의실 공기가 차갑게 얼어붙었다. 사장의 본심은 이것이었다.

사장은 자신의 발언으로 시작한 프로젝트의 팀장이 내놓은 제안이니 완전히 무시할 수는 없다. 본인의 체면이 걸린 일이기도 하겠지.

그러나 이제 와서 방침을 바꿨다가 실패할 경우에는 어떻게 하느냐는 문제가 남는다. 프로젝트 팀의 최종 기획안대로 가면 프로젝트 팀과 어전 회의의 공동책임이다. 그러나 이 자리에서 방침을 바꾸면 어전 회의의 책임이 더 무거워진다.

사장이 나에게 요구하는 게 뭔지 감이 잡혔다. 아니 지나칠 만큼 훤히 보였다. 아빠 대신 나흘간 회사에 출근하면서 샐러리맨이 보통 힘든 일이 아니란 걸 깨달았다. 업무가 이러니저러니 하는 문제가 아니라, 회사 안의 인간관계가 성가시다는 뜻이다.

물론 학교도 쉽지는 않다. 반에는 그룹이 있어서 각자 교우 관계가 다르고, 선배와 후배도 있으니 그 부분도 신경 써야 한다.

그렇지만 이건 경우가 다르다. 회사는 너무 길다. 기본적으로 계속 다녀야 할 곳이고 돈 문제 같은 것도 엮여 있으니 스트레스 쌓이는 게 당연하다.

사장은 그런 회사라는 조직을 이끌어가는 대표로서 내게 이런 말을 기대하는 것이다.

'이런저런 말씀을 드렸지만, 역시 여러분들 의견에 따라 원래의 기획안대로 프로젝트를 진행시키겠습니다.'

사장 노릇 하기도 쉽지 않겠군. 자신과 중역들의 입장을 지키되 아랫사람 체면을 깎을 수도 없는 일, 게다가 회장이라는 할아버지까지 앉아 있다. 그러니 모두가 납득할 수 있는 결론을 낼 수밖에 없다.

이쯤에서 사장을 따라 주는 게 좋다. 나도 그 정도는 안다. 정말 그럴 생각이었다.

"가와하라, 그렇게 고집 피울 거 없잖아."

모리야마 상무가 그 말만 꺼내지 않았다면 원래 기획안대로 하겠다고 대답할 생각이었다.

"보나 마나 불가능한 일 아닌가. 일시적으로 모인 프로젝트 팀이 그렇게까지 하긴 힘들지, 안 그래?"

내가 아빠가 된 지 꼭 일주일이 지났다. 실제로 프로젝트 팀원들과 함께 일한 것은 그중 사흘인가 나흘뿐. 모두 부정적이고 패기도 없고 도통 뭔 생각을 하는지 알 수 없지만, 의욕이 아주 없는 건 아니라는 것쯤은 안다.

나카지마 씨도 말했다. 처음에는 의욕이 넘쳤지만, 위에서 자꾸 반대를 하는 바람에 일을 제대로 진행할 수 없게 되어서 조금 억울하다고.

앞을 바라보았다. 나카지마 씨, 마스모토 씨, 미나토 씨 모두 잔뜩 겁을 집어먹은 표정이었다. 어유, 여기서 쫄면 어떡해. 좀 사나이답게 행동하란 말이야. 정말 한심해서 못 봐 주겠네.

나는 갑자기 손가락으로 그들을 가리키며 말했다.

"할 수 있을 겁니다. 저 사람들이라면 해낼 수 있을 거라 믿습니다."

회의실은 다시 고요해졌다.

"그렇습니까?"

사장이 고개를 살며시 끄덕였다.

"그럼, 가와하라 씨가 책임을 지겠다고 하니 부서 간에 조정과 검토의 시간을 좀 더 가져 보는 게 어떨까요?"

그 눈동자에 음침한 미소가 떠올랐다. 사장이 노리는 바가 하나 더 있었다는 사실을 깨달은 것은 바로 그 순간이었다.

내가 주장을 꺾고 개혁 제안을 거두어들이면 그걸로 좋고, 그렇지 않고 내가 모든 책임을 지겠다고 나와도 굳이 상관없는 것이다. 그렇게 되면 사장을 포함한 어전 회의의 책임은 사라지니까.

어른들은 정말 무섭다. 아니, 높은 자리에 앉은 사람들은 장난이 아니다. 보나 마나 뱃속이 시커멓겠지?

그러나 놀라고 있을 수만은 없는 상황이다. 큰일 났어, 아빠. 아무래도 내가 엄청난 일을 저질렀나 봐.

"그럼, 그렇게 하기로 하고."

모리야마 상무가 빈정거림이 뚝뚝 묻어나는 목소리로 말하며 자리에서 일어섰다. 다른 중역들도 그 뒤를 따랐다.

"죄송합니다. 나가시기 전에 다음 어전 회의 날짜를 정했으면 하는데요."

사장 비서가 말하자 모두들 다시 제자리에 앉았다.

13_

마지막으로 원탁회의실을 나왔다. 분위기는 최악이었고 아무도 내게 말을 건네지 않았다.

나카지마 씨는 나만 남겨 두고 혼자 가 버렸다.

내가 좀 심했나? 후회됐다. 나쁜 버릇이다. 분위기에 휩쓸려 금세 발끈해서는 주절주절 떠들어 댄다.

아무래도 일을 저지른 것 같아. 아빠 입장이 난처해졌겠지. 아니, 난처한 정도가 아니라 매우 심각한 상황인지도 몰라. 어떡해. 아빠한테 뭐라고 하지. 핑계거리를 생각하는 사이, 엘리베이터 앞에 도착했다. 엘리베이터는 텅 비어 있었다. 다행이라 생각하며 안으로 들어가 닫힘 버튼을 눌렀다. 그런데 문이 막 닫히려는 순간, 누군가 문 사이로 팔을 뻗었다. 깜짝 놀라 쳐다보니 사쿠라기 중역이었다.

"실례."

그는 한마디 양해를 구한 후, 엘리베이터 안으로 들어왔다. 곧바로 문이 닫히고 엘리베이터가 서서히 움직이기 시작했다.

"가와하라."

조금 언짢은 목소리였다. 어쩔 수 없는 일이었다. 나는 "네."라고 대답하며 고개를 돌렸다. 얼굴 표정은 목소리보다 훨씬 무서웠다.

"자네 말이야, 그 뭐야…… 정밀 검사 같은 것도 받았지? 머리 부딪쳤다면서?"

사고를 당했을 때 아빠와 나는 둘 다 한동안 의식을 잃었다. 모르긴 해도 머리를 부딪쳤을 거라고 의사 선생님도 말했다. 그 소문이 회사까지 전해졌고 사쿠라기 중역은 내가 어전 회의에서 그런 말을 한 게 사고 후유증이라고 생각한 모양이었다.

"음, 머리가 아프다거나 하는 증상은…… 없습니다."

그보다 심각한 문제가 있긴 하지만, 일단 그 문제와 이 문제는 아무 상관이 없다.

그의 목소리가 작아졌다.

"그렇다면 다행인데…… 그런데 대체 왜 그런 소리를……."

왜냐고 물어보면 곤란하다. 생각한 바를 그대로 말한 것뿐이니까.

말하지 않았어야 한다는 건 알지만, 내 말이 틀렸다고 생각하진 않는다. 나라면 그딴 '레인보우 · 드림'은 갖고 싶지 않을 테니까. 설령 갖고 싶다고 해도 그림의 떡일 테고. 분명히 말하지만 지나치게 비싸다. 그리고 우린 백화점 같은 곳은 안 간다. 전문점에서만 살 수 있다니, 진짜 웃기는 얘기다.

나 같은 여자 애들한테 팔 거라면서? 그렇다면 백 엔 균일가로 하란 말까진 못하지만, 좀 더 싸게 팔아야지. 그리고 편의점 같은 데서도 살 수 있어야 해.

광성당 브랜드가 대단하다는 건 나도 잘 안다. 써 보고 싶다. 정말로.

그러니 이쪽 요구 사항도 좀 맞춰 달란 말이지. 어른들은 정말 이해할 수 없다. 늘 자기들 사정만 생각한다. 이것들 보세요, 물건 살 사람은 우리예요. 고객은 이쪽이라고!

사쿠라기 중역이 나지막이 중얼거렸다.

"참 곤란하게 됐군. 가까스로 어전 회의까지 올렸는데……. 사전에 각 부서 이해를 구하느라 얼마나 애를 썼는지 아나? 그런데 판을 완전히 뒤엎어 버리다니……."

이 사람들에게 가장 중요한 것은 '각 부서의 이해'다. 물론 그것이 중요하다는 건 안다. 하지만 개인이나 부서 상황에만 맞게 일을 결정하거나 의견을 주장하면, 이런저런 상황이 뒤죽박죽될 게 뻔하다.

그렇지만 가장 중요한 것은 역시 '레인보우 · 드림'을 사는 고객이 무엇을 원하는 가다. 우리는 광성당의 사정 따윈 관심조차 없다.

옛날부터 손님은 왕이라고 하잖아. 한마디 해 두겠는데, 당신들 사정을 우리한테 떠넘기지 말라고!

사쿠라기 중역이 내 어깨를 두드리며 말했다.

"그건 그렇고, 자네 배짱 하나는 두둑하더군. 그 점은 인정하지. 어쨌든 자네가 내뱉은 말이야. 상품 내용을 바꾸는 건 좋지만 납기와 예산은 반드시 지켜야 해. 우에쿠사 부장과도 상의 잘 하고."

난 모르는 일이니 책임지고 해 주기 바란다는 말이 얼굴에 쓰여 있었다.

앗, 뭐야, 멋있고 차분하고 머리도 좋아 보여서 괜찮은 사람이라고 생각했는데 전혀 아니잖아. 다른 중역들과 다를 게 하나도 없었다. 아니, 오히려 모리야마 상무가 그나마 낫다. 적어도 그 사람은 자기 의견은 있으니까.

그에 비하면 이 사람은 밥맛이다. 오직 자기 자리 지킬 생각뿐이다. 우에쿠사 부장 이름까지 들먹이며 책임을 떠넘기려 한다.

"용량을 변경하면 디자인부터 다 다시 해야 해. 내용물이 바뀌면 패키지 전체가 바뀌는 거야. 확보해 둔 공장 생산 라인도 취소하고 다시 체결해야 하고. 즉, 일을 맨 처음부터 다시 시작해야 한다는 뜻이지. 발매 시기를 늦출 수도 없고, 이미 차기 예산에도 편입된 상태야. 그런 부분도 괜찮은 거겠지?"

"……괜찮을 거라……고 생각합니다."

벨이 울렸다. 엘리베이터가 멈추고 문이 열렸다.

"하긴 그렇게 큰소리를 쳤으니 믿고 맡겨야겠지."

앞서 내린 사쿠라기 중역이 우아한 손놀림으로 문을 잡았다.

"다시 한 번 말하지만, 이번 건은 자네가 책임을 지고 맡아 주기 바라네. 물론 상의할 거리가 있으면 해. 나도 홍보 및 광고 담당 중역으로서 나 몰라라 방치할 수는 없으니까. 단 너무 의지하진 말아 줬으면 하네. 자, 어서 내리시죠."

비아냥거리는 말투였다. 나는 고맙다고 인사하며 엘리베이터에서 내렸다. 완전히 의기소침해졌다.

그렇겠지, 그리 간단할 리가 없지. 나도 남의 말을 할 입장이 아니다. 내 뜻대로 세상이 돌아갈 리가 없다. 그건 너무 당연한 일이다.

어쩌지, 지금 사과하는 게 나을까? 그렇지만 사과한다고 끝날 일인가?

생각에 잠겨 있는 사이, 사쿠라기 중역은 복도 끝으로 멀어져 갔다. 그 등을 바라보면서 나지막이 한숨을 내쉬었다.

14_

아무리 생각해 봐도 이건 예삿일이 아니다.

아빠 얼굴, 아빠 몸, 아빠 이름, 아빠 지위를 달고는 있지만, 나는 가와하라 고우메, 열일곱 살 여고 2학년생이다. 회사 일은 아무것도 모르고, 업무 내용은 그야말로 백지 상태다.

내가 할 수 있는 일은 하나도 없다. 능력도 없다. 아까 한 말이 잘못되었다고 생각하지는 않지만, 도대체 어떻게 해야 할지 막막했다.

미안해, 아빠. 회사에서 잘리면 다 내 탓이야. 아빠가 마흔일곱인가, 마흔여덟인가? 재취업을 하려고 해도 좀처럼 자리가 안 나겠지. 이러다가 나 대학도 못 가는 거 아냐?

기분이 나빠졌다. 어쨌거나 아빠와 상의할 수밖에 없었다. 아직 전화가 켜져 있나? 엄청 화내겠지.

일단은 사무실로 돌아가 마음을 추스르고 나서 아빠에게 연락하자. 프로젝트 팀원들에게도 사과하는 게 좋겠지. 아, 정말 싫어. 완전 우울해.

표정 관리를 어떻게 해야 할지 모른 채 문을 빠끔히 열자, 마스모토 씨가 책상에 앉아 전화 통화를 하는 모습이 보였다. 자세히 보니 전화 통화를 하는 사람은 마스모토 씨만이 아니었다. 마에다 씨와 이시이 씨도, 다른 팀원들도 모두 심각한 표정으로 책상에 앉아 있었다. 어떻게 된 거야? 이런 모습은 본 적이 없는데.

"팀장님."

누군가 뒤에서 어깨를 두드렸다. 나카지마 씨였다. 평상시처럼 잇몸을 드러내고 웃고 있었다.

"일 내셨네요. 우아, 깜짝 놀랐습니다. 가와하라 팀장님이 맞나 싶을 정도였어요."

"……사고 쳤지."

어떡해. 아, 정말 어쩌면 좋아.

"그렇긴 하지만, 팀장님이 한 말이 다 맞아요."

몹시 진지한 표정이었다. 어라?

"툭 까놓고 말씀 드리면, 저희도 이 프로젝트가 딱히 잘되리라고 기대하는 사람도 없었고 끝나면 원래 부서로 돌아간다, 뭐 그런 생각뿐이었습니다. 솔직히 최근 몇 개월간 그랬죠."

흠, 그렇군.

"그래서 처음부터 포기했다고 할까요. 다른 부서 얼굴색만 살피고, 요리조리 눈치 보기 바빴습니다. 팀장님 말대로 단지 저희 입장만 생각했죠. 그렇지만 그것 역시 잘못된 거죠."

그가 쑥스러운 듯 웃으며 문을 활짝 열었다. 아, 잠깐, 아직 마음의 준비가 안 됐는데.

책상에 앉아 있던 모두의 시선이 내 쪽으로 쏠렸다. 야유의 폭풍이 휘몰아칠 거라 예상했는데 맥이 빠졌다. 모두 복잡 미묘한 표정으로 쳐다보는 것이었다. 뭐야, 할 말 있으면 해, 까놓고 말하란 말이야. 쳇, 이러면 오히려 내가 열 받잖아.

잠시 후 통신판매 본부에서 온 모모야마 씨라는 아줌마가 자리에서 일어섰다.

"저도 봤어요, 팀장님. 팀장님 말씀이 옳아요. 그 사람들, 젊은 애들에 대해선 아무것도 몰라요. 우리 딸이 열다섯 살인데요……."

막 이야기를 시작했을 때, 가토 씨가 끼어들었다.

"팀장님, 공장 생산 라인 변경, 지금은 괜찮을 것 같습니다. 하루 이틀 안에 결론만 내 주시면 현장은 대기할 수 있답니다."

잠깐, 무슨 소리야?

이번에는 쓰치야 씨가 어두운 표정으로 말했다.

"판촉 쪽도 얘기를 해 봤는데요. 편의점 판매 통로는 가능하다고 합니다. '레인보우 · 드림' 발매에 맞춰서 사전 교섭을 한 적이 있는데, 단가가 너무 비싸서 얘기가 중단되었던 모양입니다. 가격이 떨어지면 다시 한 번 얘기를 해 볼 수 있다는 게 저쪽 판단입니다."

영업부에서 온 후지카와 씨가 고개를 끄덕였다.

"게다가 편의점은 전국 판매망 아닙니까? 그래요, 틴에이저 층은 전국에 있으니 전국을 상대하는 게 당연한 겁니다. 으음, 제 딸이 드러그스토어에서 아르바이트를 하는데 이 건을 얘기해 봐도 될까요?"

맞은편 자리에 앉은 마에다 씨가 굼뜬 목소리로 말했다.

"도매상이라면 저도 아는 사람이 있어요. 아니, 이왕이면 정리해서 말하자고. 팀장님, 가격을 내리는 건 대찬성입니다. 저도 전부터 같은 생각이었습니다. 그러는 편이 구매 동기도 높일 수 있을 테고."

미에다 씨는 이렇게 말하며 웃었다.

"어떻게 된 거야? 무슨 일이야? 웬일로 다들 신이 났어?"

내가 중얼거렸다.

"모두 본 모양입니다."

나카지마 씨가 컴퓨터 모니터를 가리켰다. 봤다니, 설마 어전 회의를? 랜(LAN)으로 연결해 흘려 보낸다는 게 그런 뜻이었어?

나카지마 씨가 고개를 끄덕였다.

"그렇습니다. 우리 프로젝트 팀뿐만 아니라 다른 부서에서도 위기감이 있었습니다. 최근 광성당에는 히트 상품도 없고 활기도 없고 경기도 나빠서 큰일 난 거 아닌가 하는……. '레인보우 · 드림' 도 마찬가지입니다. 사내 모니터 평판도 좋았고 블라인드 테스트에서도 타사 제품에 비해 팔십 퍼센트 이상 좋다는 평가가 나왔던 거 기억하시죠?"

기억은 못 하지만 아빠에게 들었다. 고개를 끄덕였다.

"결국 여러 부서 간의 조율 문제에 접하자 위에서 갑자기 발을 빼는 등 이런저런 이유로 차츰 현재 기획안으로 바뀌긴 했지만, 그래선 안 된다는 생각이 모두의 마음속에 있었습니다. 저희도 한심하게 끝까지 아무 말도 안 했으니 그런 의미에서는 공범인 셈이죠."

그러고는 조금 전 어전 회의에서 한 팀장님의 말을 듣고 그 말에 공감했다며 다시 한 번 컴퓨터 모니터 쪽으로 시선을 돌렸다.

"아마 저 혼자만은 아닐 거라 생각하고, 한걸음에 달려와 보니 모두 똑같이 고조되어 있었습니다. 저희뿐만이 아닙니다. 이러니 저러니 해도, 다른 부서에서도 이 프로젝트를 주목하고 있었으니까요. 각 부서에서 회의 상황을 지켜보았고, 현장에서도 의욕이 생겼다고 합니다."

"디자인 부서에서 연락이 왔어요."

상품 개발 연구소의 다나베 씨가 양팔 가득 자료를 안고 자리에서 일어섰다.

"프로젝트 팀 생각이 그렇다면, 패키지는 물론 노벨티도 포함해 디자인 전체를 처음부터 다시 하겠답니다. 틴에이저 층에 집중해도 되면 그 방향으로 일을 해 본다는 얘기였어요."

그러면서 미팅이 있으니 다녀오겠다며 사무실 밖으로 나갔다.

"이왕이면 '레인보우 · 드림' 단독 홈페이지를 만들어 볼까요?"

웹 시스템 담당 여직원이 생글생글 웃으며 말했다. 미안, 이름은 기억 안 나.

"판매 기획부에서 미팅을 하고 싶다고 팀장님 스케줄을 묻는데요."

미나토 씨가 전화를 턱에 낀 채 말했다. 잠깐, 너무 한꺼번에 몰아대지 마. 대체 무슨 영문인지 하나도 모르겠어.

"그렇지만 나카지마, 예산 문제도 있어. 납기 문제도 그렇고."

조금 전 엘리베이터에서 사쿠라기 이사가 한 말을 그대로 되풀이했다. 그런 부분은 괜찮을까?

"문제없습니다."

나카지마 씨가 내 등을 있는 힘껏 내리쳤다. 앗, 아프거든.

"그럼 홍보는 어쩌고?"

모두가 긍정적으로 변하긴 했지만 그렇다고 갑자기 예산이 느는 일은 없다는 것 정도는 나도 안다.

옆에서 듣고 있던 마스모토 씨가 떨떠름한 표정으로 변했다.

"홍보 말이죠. 홍보는 예산에 맞출 수밖에 없겠죠."

홍보부에서 왔으면서 아이디어 하나 없냐? 폭발하기 직전인 나를 나카지마 씨가 "아, 잠깐."이라며 제지했다.

"돈이 없을 때를 대비한 광고부 아니겠습니까. 저도 팀장님과 상의할 얘기가 있습니다."

그는 품에 안고 있던 잡지 몇 권을 책상에 늘어놓았다.

"이 정도 잡지사들이라면 기사광고나 제휴 가능성도 있을 것 같습니다. 지금까지 연대 관계도 있으니 협력해 줄 것 같은데요."

그때 마에다 씨가 손을 들었다.

"오백 엔까지 내릴 거라면 편의점이나 드러그스토어 직원에게 샘플을 뿌리면 어떨까요? 그래서 그쪽에서 마음에 들면 광고판을 써 주는 조건으로요. '우리 가게 추천 상품' 같은."

"가능성 있는 애기로군."

변함없이 뚱한 표정으로 쓰치야 씨가 대답했다.

"향수는 경쟁할 다른 회사 상품도 없으니 옆에서 훼방 놓을 일도 없을 테고."

"손으로 쓴 광고판이 판매촉진 효과에 가장 좋다고 판명 났습니다."

마스모토 씨가 말했다.

그런 데이터는 충분하니까 당신도 아이디어 좀 내놔 봐.

"아 참, 얼마 전에 이토 씨도 다녀가셨잖아요."

나카지마 씨가 생각이 떠오른 듯 손가락을 퉁겼다.

"이토 씨?"

"네, 테레비저팬의 정보 프로그램 프로듀서인 이토 씨 말입니다. 팀장님이 사고 당한 걸 알고 회사까지 찾아왔잖아요."

생각이 났다. 아하, 이토 씨는 방송국 사람이었구나.

"이토 씨, 예전에 팀장님에게 정보 얻은 걸 큰 은혜로 생각하잖아요. 지난번에도 언젠가 꼭 은혜를 갚겠다고 했고. 부탁하면 프로그램에서 다뤄 줄지도 모르죠."

은혜라니, 아빠는 무슨 일을 한 거지? 그러나 물어볼 수는 없어서 그럴지도 모르겠다고 대답해 두었다.

"뭐라고 할까요, 아까 팀장님이 하는 말을 듣고 저 분도 제법 그럴듯한 말을 하시는구나, 하는 생각이 들었습니다."

그렇게 말한 나카지마 씨의 어깨를 마스모토 씨가 쿡쿡 찔렀다. 말이 지나치다는 표정이었다. 나카지마 씨가 괜찮다며 고개를 저었다.

"정말 그런 생각이 들었습니다. 회사 사정이니 어른들 사정이니, 생각해 보면 물건을 사는 고객에게는 상관없는 일 아닙니까?"

그 말이 맞는다고 모두 고개를 끄덕였다. 이유는 잘 모르겠지만 기운이 펄펄 솟는 모양이다. 왜들 이러는 건데?

그렇지만 사람들의 얼굴을 바라보는 사이, 왠지 그 이유를 알 것 같은 기분이 들었다. 모두 자기 자신을 위해 일한다. 그건 지극히 당연한 일이다. 월급을 받으려면 일을 해야 하니까.

그러나 일을 하는 동기는 다른 데에도 있을 것이다. 누군가에게 인정받고 싶다거나, 쉽게 말하면 높은 자리에 앉고 싶다거나 책임감을 가지고 일을 하고 싶다거나. 그런 의미에서 봐도 일은 분명 자기 자신을 위한 거겠지.

그러나 단지 그것뿐이라면 너무 시시하다. 자기 생활이나 입장만을 위해서 일한다면 일은 별로 재미없을 것 같다.

나는 다른 사람을 위해, 고객을 위해, 고객이 정말로 만족할 수 있는 상품을 만들어 팔아 보고 싶다.

현실을 모르는 여고생의 꿈 같은 얘기일지는 몰라도 지금은 모두 그런 생각을 가진 것처럼 보였다.

그래서 의욕이 넘쳐 났다. 내가 조금 전 회의에서 말한 대로 될지 안 될지는 모른다. 그러나 도전해 볼 가치는 있다. 그런 마음일 테지.

"한동안 바빠질 것 같네요."

마스모토 씨가 나지막이 중얼거렸다. 싫어하는 눈치는 아니었다.

"처음으로 팀장님다운 일을 하신 것 같네요. 모두 하나로 뭉쳤잖아요."

나카지마 씨가 내 어깨를 두드렸다.

어유, 진짜 시끄럽게 구네. 괜한 참견 좀 그만 하시지.

"어쨌든 일단 해 보죠."

쓰치야 씨가 음울한 목소리로 말했다.

어른들, 의외로 단순한 존재인지도 모르겠다.

Part 6

딸은 딸, 아빠는 아빠

01_

프로젝트 팀의 소동이 가라앉은 것은 2시쯤이었다. 우리, 의욕이 넘치는 건 좋은데, 밥 먹는 것도 잊었잖아.

몇 그룹으로 나뉘어 늦은 점심을 먹으러 나갔다. 오늘은 특별대우인지 모두 나에게 같이 가자고 말을 건넸다. 물론 은근히 기뻤지만 그럴 상황이 아니었다.

회의가 끝난 후 아빠에게 간단한 보고 문자를 보내긴 했지만, 그 후 삼 분 간격으로 전화벨이 울렸다. 모두 아빠다. 중간 중간 문자까지 섞여 있었다.

당장 전화 받아! 제대로 설명해!

어라, 아빠가 '!'를 썼네. 그만큼 화가 났다는 뜻이겠지. 정말 큰일이다. 뭐라고 변명하지.

어쨌든 사무실이 텅 빈 지금이 기회다. 아빠는 시험을 끝내고 진즉에 집에 돌아와 있을 것이다. 전화를 안 하면 당장 회사로 쳐들어올지도 모른다.

바로 옆에 홍보부가 있긴 하지만 캐비닛 벽이 막고 있어서 일부러 보려고 하지 않는 한 안 보인다. 작은 목소리로 말하면 괜찮겠지. 만약을 대비해 사무실 한쪽 구석에 숨어 아빠에게 전화를 걸었다.

"너, 대체 무슨 짓이야!"

전화벨이 울렸는지 안 울렸는지도 모르는 시간에 아빠가 전화를 받았다. 보나 마나 휴대전화만 뚫어져라 노려보고 있었을 것이다.

"미안, 미안, 미안."

"미안하다고 끝날 일이 아니야……."

아빠는 감정에 복받쳤는지 말문까지 막혔다. 내가 좀 경솔했던 것 같아서 반성했다.

"정말 미안해. 그럴 생각은 없었는데."

"그럴 생각이고 뭐고 집어치워! 쓸데없는 소리 하지 말라고 신신당부를 했잖아!"

화내는 건 이해하지만, 이렇게 큰소리를 칠 것까지야. 나는 귀에서 휴대전화를 뗐다. 그런데도 아빠의 성난 목소리는 또렷이 들렸다. 아빠, 대단하네. 이렇게 목소리가 크다니.

"좀 진정해 봐."

아빠가 거친 숨을 몰아쉬기 시작했다. 그 와중에도 항의는 계속되었다. 목소리가 약간 낮아졌을 때 나는 전화기를 다시 귀에 댔다.

"일단 내 말 좀 들어 보라고."

"듣긴 뭘 들어!"

나는 숨 쉴 겨를도 없이 빠른 말투로 상황을 설명했다. 나카지마 씨나 마에다 씨, 다른 직원들 모두 엄청나게 의욕이 넘치고 있다는 것, 다른 부서 사람들도 사내 모니터로 회의를 봤다는 것, 그래서 영업부와 판매 촉진부, 다른 부서에서도 협력해 주기로 했다는 것, 의욕이 넘치는 건 프로젝트 팀원들뿐이 아니고 다른 부서에서도 마찬가지라는 것 등. 한꺼번에 설명을 다 한 후에야 누군가 사무실에 들어왔다는 걸 알아차렸다.

"저어…… 팀장님……."

니시노 씨의 가느다란 목소리에 나는 어쩔 줄을 몰랐다. 어떡해, 다 들었나?

"……어, 점심 먹으러 나갔던 거 아닌가?"

"네."

니시노 씨가 자그마한 얼굴을 숙였다. 저 사람, 왜 다시 들어온 거야?

"나가긴 했는데…… 팀장님이 안 나오셨다고 해서……."

나는 그녀가 눈치 채지 못하게 전화를 끊은 후, "그래?"라고 대답하며 고개를 끄덕였다. 전화 통화 중이었냐고 물어서 그렇다고 대답했다.

"딸아이가 오늘 몇 시에 오냐고 물어서……."

변명은 모조리 딸이다. 과연 다 들었을까? 큰일이다. 난 영락없는 여고생 말투로 지껄였는데, 혹시라도 들었다면 아빠를 변태라고 생각할지도 모른다.

"정말 사이가 좋으시네요. ……부러워요."

다행히 니시노 씨는 못 들은 것 같았다. 약간 쓸쓸해 보이는 표정. 무슨 일이 있나? 나카지마 씨가 또 성가시게 매달리기라도 하나?

"저어, 팀장님…… 정말 대단했어요. 전 너무 감동해서……."

니시노 씨는 숨을 못 쉬겠다는 듯 가슴 앞에 두 손을 모아 쥐었다. 뭐가 그렇게 감동적이었다는 거야?

"어전 회의 다 봤어요. 대단한 용기였어요. 정말, 저희 마음까지 그렇게 깊이 헤아려 주실 줄은……."

눈에 눈물이 그렁거렸다. 아니, 그런 건 전혀 아닌데. 사람들이 무슨 생각을 하는지도 몰랐고 관심도 없다. 난 그저 내가 하고 싶은 말을 했을 뿐이다. 나 스스로도 상황을 어렵게 만들었다고 생각한다. 그러니 아빠가 화내는 것도 당연하지. 무슨 영문인지 모두 의욕이 넘쳐서 일단은 다행이지만, 정말 간신히 살아난 느낌이다.

"으음, 전 단지 그 말을 하고 싶어서……."

니시노 씨가 눈물을 훔치고 살며시 미소를 지었다.

"저 좀 이상하죠? 이런 일로 눈물을 보이다니."

응, 그건 동감이야. 니시노 씨, 좀 이상해.

"으음, 그리고 ……식사 또 같이 할 수 있을까요? 오늘이라도……."

어, 뭐? 말이 왜 그쪽으로 이어져? 영문을 모르겠네. 이 사람, 대체 무슨 말을 하고 싶은 거야?

어라, 잠깐. 이 사람, 혹시?

니시노 씨의 새하얀 볼이 발갛게 달아오르며 손가락 끝도 살며시 떨렸다. 눈물 어린 눈동자로 나를 물끄러미 바라봤다. 설마?

아냐, 그럴 리가 없어. 무심코 웃음이 나왔다. 니시노 씨는 젊고 아름다워서 남자들에게 인기도 엄청 많을 것 같았다. 호감을 가지는 사람은 나카지마 씨만이 아닐 것이다. 틀림없이 그보다 훨씬 많을 텐데……. 그렇지만, 이건 아무리 봐도?

으, 징그러워. 말도 안 돼. 왜? 대체 왜?

아빠는 지금 마흔일곱인가 여덟인가, 어쨌든 늙은 아저씨란 말이지. 있을 수 없는 일이야. 기분이 몹시 찜찜해졌다.

"괜찮으시면…… 좀 더 많은 얘기를 나누고 싶어요……."

제발 그런 눈으로 쳐다보지 마. 니시노 씨, 진지하게 충고하겠는데 당장 그만둬. 몇 번이나 말하지만 아빠는 아니라니까. 휴일에는 촌스러움의 극치를 달리는 잠옷을 입고 온종일 이리저리 뒹구는 사람이야. 왠지 몸에서 냄새도 나는 것 같고, 아무 데서나

방귀도 뿡뿡 뀌고, 신문 읽을 때는 손가락도 빨고, 단 한 군데도 멋진 점이 없어.

"니시노 씨, 뭐 꼭 식사를 같이 안 하더라도…… 언제든 회사에서 얘기 나눌 순 있잖아."

"아니에요."

니시노 씨는 고개를 저었다. 그런 버림받은 아이 같은 눈으로 쳐다보지 마, 제발.

어렵쇼?

은근히 화가 치밀었다. 남자라면 금방 넘어가겠지만, 나한테는 안 통해. 어림없어. 게다가 그런 눈빛으로 남자를 쳐다보는 여자는 같은 여자한테는 태도가 돌변하는 스타일인 거 다 알거든.

"그리고 니시노 씨는 아직 젊은데 나 같은 중년 남자와 식사하다 나쁜 소문이라도 퍼지면 내가 그쪽 부모님 뵐 면목이 없지."

나는 농담처럼 말했다. 그러나 완전히 무시당했다. 니시노 씨는 내 손을 움켜잡았다. 엄청 뜨거웠다.

"상관없어요."

그때 순간 엉겁결에 내 말투가 흘러나와 버렸다.

"안 돼, 정말 이런 행동은 그만두라니깐. 회사에서 이러면 곤란하잖아."

"왜죠?"

"왜냐고?"

나는 손을 빼내 주머니 속에 넣었다. 니시노 씨는 거의 울상으로 변했다. 으음, 왜일까? 필사적으로 머릿속을 검색한 결과, 핑계거리 하나가 떠올랐다.

“나, 난 딸이 있잖아. 딸이 이런 모습을 보면…… 무척 슬퍼할 거야.”

“따님……이요…….”

니시노 씨가 한 걸음 뒤로 물러섰다. 좋았어, 내 말이 효과가 있었군. 그래, 잘 생각했어. 아빠는 고등학생 딸까지 있잖아. 니시노 씨는 이제 겨우 스물일곱 살이고. 있을 수 없는 일이야.

“그래. 마음을 모르는 바는 아니지만, 딸에게 부끄러운 짓은 하고 싶지 않아.”

핑계거리는 그것밖에 안 떠올랐지만 썩 괜찮은 핑계라고 생각했다. 아내를 사랑한다고 말했다간 니시노 씨가 더욱 열을 올릴 위험이 있지만 딸을 상대로 승부를 걸진 못하겠지, 안 그래?

“오늘 얘기는 못 들은 걸로 하지, 괜찮지?”

니시노 씨가 눈물을 흘리며 고개를 저었다. 하는 수 없었다. 나는 내 자리로 돌아왔다. 곧바로 사무실 문이 열리고 미나토 씨와 나카지마 씨가 얘기를 나누며 들어왔다.

“팀장님, 지금 다 함께 얘기를 해 봤는데요.”

둘은 내 책상으로 다가왔다.

“역시 그게 정답입니다. 이것저것 문제야 많겠지만 가격은 내려야 합니다. 왜냐하면…….”

둘은 동시에 떠들어 대기 시작했다. 고개를 끄덕이긴 했지만,

이야기 내용은 하나도 귀에 들어오지 않았다. 머릿속에는 오로지 아빠와 니시노 씨 문제뿐이었다.

아빠를 남자로 보는 사람도 있구나, 믿을 수 없어, 나라면 절대 아닌데. 어디가 좋을까?

니시노 씨, 도무지 이해가 안 간다. 뭔가 이상하다. 으윽, 징그러워. 엄청난 미인에다 일도 나름 하는 것 같고 느낌도 좋았는데, 이젠 완전히 감점. 평가 점수 마이너스.

생각할수록 왠지 모르게 슬슬 열이 뻗치기 시작했다. 예쁘긴 한데 좀 가식적인 거 아냐? 혹시 여자 친구 없는 거 아닐까? 말투도 억지로 꾸미는 것 같고 성격도 그렇고, 왠지 싫은 느낌이 들었다.

내가 왜 이러지? 왜 이렇게 열 받는 거야? 난 아빠가 어떻게 되든 관심 없었는데. 에잇, 모르겠다. 어쨌거나 나한테 말 걸지 마, 절대로.

"듣고 계세요, 팀장님?"

미나토 씨의 목소리가 높아졌다.

"듣고 있어, 듣고 있어."

나는 두 번이나 반복해 대답했다.

"팀장님, 정신 좀 차리세요. 와카코짱 여기 커피 좀 부탁해요."

나카지마 씨가 내 옆의 둥근 의자에 자리를 잡고 앉았다. "네." 라고 대답하는 가느다란 목소리가 들렸다.

02_

끊겼다.

손안에 든 휴대전화만 뚫어져라 바라보며 어안이 벙벙한 채 서 있었다. 도무지 믿을 수가 없다. 고우메는 도대체 무슨 생각을 하는 걸까.

그렇지만 갑자기 전화를 끊은 이유는 안다. 누군지는 몰라도 옆에서 여자 목소리가 들렸다. 프로젝트 팀 누군가가 말을 걸어 반사적으로 전화를 끊은 모양이다.

전화를 책상에 내려놓았다. 곤란하다. 대체 어떻게 된 일인지 영문을 모르겠다.

고우메의 설명을 들을 필요도 없이 어전 회의 상황 자체는 휴대전화를 통해 거의 다 들었다. 고우메가 모리야마 상무 말에 발끈해서 맞섰고, 그것이 원인이 되어 회의는 시끄러워졌다.

내 딸이지만 고우메가 무슨 생각을 하는지 정말 이해 불가다. 무슨 생각으로 '레인보우 · 드림'의 기획 자체를 뿌리부터 뒤집어 버리는 발언을 했을까.

게다가 정가를 오백 엔으로 내린다느니, 납기와 예산을 맞추겠다느니, 대체 뭘 안다고 떠드는지 이해할 수 없었다. 심지어 프로젝트 팀원들을 믿는다는 말까지 했다. 무슨 근거로 그런 말을 했을까?

아, 물론 나도 그들을 믿기는 한다. 그러나 그건 그들의 인간성 부분이다. 능력은 별개의 문제고, 게다가 막상 업무에 들어가면 상대방도 존재한다. 능력만으로는 예측할 수 없는 부분이 수없이 많다. 회사는 중학교나 고등학교의 우정 같은 것과는 다르다. 좋은 녀석이라고 해서 모든 걸 허락할 순 없다.

그런데 지금 고우메의 전화 내용에 따르면, 윗사람들은 어떨지 몰라도 현장의 의욕은 단숨에 높아진 모양이다. 프로젝트 팀만이 아니라 다른 부서도 마찬가지라고 하는데, 과연 그 말이 사실일까? 믿을 수 없다. 딸을 의심하는 건 아니지만 본래 그런 회사가 아니었다.

어떻게 판단해야 좋을지 망설여졌다. 그러나 고우메의 설명이 매우 구체적이라 사실처럼 느껴졌다. 요 며칠 프로젝트 팀에 관해서야 대체로 알았겠지만 회사 전체 분위기를 파악하는 건 아직 힘들 텐데.

그런데도 다른 부서 동향에 관한 얘기를 할 때 어색함이 전혀 없었다. 어림짐작만은 아닌 것 같다. 그렇다면 고우메 말대로 회사 전체가 하나로 뭉쳐 '레인보우 · 드림'에 몰두하기로 한 건가?

정보가 부족하다. 던져 둔 휴대전화로 시선을 던졌다. 좀 더 상세한 정보를 알아내야 한다. 갑자기 말을 건넨 여자는 누구일까? 그 여자만 아니면 좀 더 많은 얘기를 듣고 질문도 할 수 있었을 텐데. 마음에 안 드는 여자로군. 아마 통신판매 본부에서 온 모모야마일 것이다. 시도 때도 없이 쓸데없는 수다를 떨어 대는 아줌마 분위기. 입 밖에 내서 말하는 사람은 없지만 모두 귀찮아한다.

아직 대화를 나누는 중일까. 전화기를 집어 들었다. 고우메와 전화를 끊은 지 정확히 십 분이 지났다. 재발신 버튼을 눌렀지만 고우메는 전화를 받지 않았다.

03_

회사에서 나온 것은 저녁 8시 무렵이었다. 예상보다 빨리 퇴근할 수 있었던 것은 팀원들이 내 컨디션을 염려해 준 덕분이다.

아니, 솔직히 말하면 나, 즉 아빠가 방해가 되는 모양이다. '레인보우 · 드림'에 관련해 회사 전체적으로 의욕이 상승하는 분위기는 높은 사람들에게는 상당히 충격적이었던 모양이다. 저녁때쯤 사쿠라기 중역과 우에쿠사 부장이 와서 다음 주 금요일에 재검토를 위한 임시 어전 회의를 다시 열기로 했다고 언짢은 표정으로 알려 주었다.

최대한 빠른 시간 안에 가격 하락에 맞춘 검토 자료를 다시 제출하라는 명령이 떨어지자, 프로젝트 팀 사무실은 그야말로 북새통이었다. 예산, 납기 문제, 판로 등 모든 걸 전면 수정해야 하기 때문이다.

여덟 달에 걸쳐 만든 기획안을 열흘 안에 수정하라는 지시는 회사의 횡포가 분명했지만, 일단 불이 붙은 팀원들의 기세는 멈출 줄 몰랐다. 모두 기를 쓰고 전화와 컴퓨터에 매달렸다.

"현장 일은 신경 쓰지 말고 들어가세요."

나카지마 씨가 미소를 지으며 말했다.

"아직 몸 상태도 정상이 아니잖아요. 팀장님은 내일 확인해 주시면 됩니다."

빨리 들어가는 건 좋지만 조금 쓸쓸한 마음이 들었다. 내가 어전 회의에서 솔직한 의견을 밝혀서 상황이 이렇게 된 거 아냐? 그런데 난 필요 없다고?

필요 없다는 말은 아주 정확하진 않다. 결국 아빠 업무는 팀원들이 만든 자료를 확인하고 오케이냐 노냐를 결정하는 거니까 오늘은 돌아가도 된다는 의미였다. 에이, 뭐야, 그런 말이었어? 괜히 신경 썼네.

그럼 됐어. 하긴 여기 있어 봐야 별 의미도 없으니까. 집에나 가자.

"그럼, 먼저 실례하지."

나는 그렇게 말하고 아빠에게 문자를 보냈다.

지금 회사에서 출발해. 가서 얘기해 줄게.

아빠는 오후 내내 전화를 걸었다. 통화가 완전히 불가능한 건 아니었지만, 그렇다고 얘기를 나눌 만한 상황도 아니었다. 프로젝트 팀원들이 모두 자리를 지키고 있는 데다가 가끔 내 자리로 와서 의논하거나 보고했기 때문에 혼자 있을 시간이 없었다. 전화기에 대고 "그만 좀 해. 나중에 다 설명해 줄 테니까!" 라고 한마디 쏘아붙였다.

"으음, 니시노 씨는?"

가방을 들고 사무실을 둘러보니 니시노 씨 모습만 안 보였다. 인사부에서 온 이케다라는 여직원이 퇴근했다고 대답했다.

"아까 갔는데요. 무슨 볼일이 있다던데."

그렇구나. 칫, 가든가 말든가.

"왜 그러세요, 팀장님? 와카코짱이랑 무슨 일이라도 있었습니까?"

나카지마 씨가 자리에서 일어나 내 자리로 다가오며 물었다.

"아까 낮에도 둘이 소곤소곤 얘길 나누는 것 같던데……."

사무실 구석을 손가락으로 가리키며 말을 이었다. 내가 니시노 씨와 대화한 장소였다.

"무슨 일이라니? 무슨 일이란 게 뭔데?"

나는 문자 발신을 확인하고 주머니에 휴대전화를 넣었다.

"에이, 왜 이러십니까. 제가 이래 봬도 상사는 주의 깊게 지켜보는 사람입니다. 엊그제도 소파에서 사이좋게 빵 드셨잖아요."

음, 그건 맞는 말이다. 실은 저녁에 레스토랑도 함께 갔다. 그렇지만 아무 일도 아니거든.

"제가 상관할 일은 아니지만, 그래도 조심하세요. 프로젝트 팀이 간만에 힘을 내기 시작했는데 무슨 불상사라도 생기면 저희도 곤란하니까요."

아 글쎄, 아무 일도 없다니까. 나카지마 씨는 계속 수상쩍은 미소를 지었다.

"그 사람 유명하잖아요. 비서실에 있을 때 사건도 있었고."

"사건?"

무슨 소리야? 아빠는 알고 있나?

"혼마 이사 사건 말입니다."

나카지마 씨가 내 쪽으로 몸을 기댔다.

"와카코짱 입사 직후에 혼마 이사 비서였잖아요. 잘 아시겠지만, 혼마 씨는 워낙에 순한 사람이고."

난 모르는데, 그래서?

"뭐 하긴, 오해하게 만든 혼마 씨가 나쁘다는 사람도 있긴 하죠. 어쨌든 와카코짱이 그 사람을 좋아해서 평일은 물론이고 휴일까지 혼마 씨가 가는 곳마다 나타났다는 겁니다. 비서니까 스케줄 조사쯤은 식은 죽 먹기였죠."

그래서, 그래서?

"결국에는 집까지 쳐들어가서 사모님께 헤어져 달라고 했다나요. 엄청 시끄러웠나 봅니다. 그런데 와카코짱은 완전히 혼마 씨와 사귄다는 착각에 빠졌던지 하는 말마다 그럴싸해서 사모님도 영락없이 그녀의 말을 믿었던 모양이에요. 이사와 비서 사이에 충분히 벌어질 수 있는 일 아닙니까. 그래서 총무부에서 조사까지 하게 되었고, 급기야 혼마 씨는 임기 일 년을 남기고 퇴직했잖아요."

정말? 그런 일까지 있었어? 말도 안 돼. 니시노 씨, 그런 사람이었구나.

"그 일 때문에 비서실에서 쫓겨나서 이리 온 건데……. 설마 진짜 모르고 계셨던 건 아니죠?"

나는 몰랐다고 대답했다. 정말 몰랐으니까.

아마 아빠도 모르는 거 아닐까? 아빠에게 그런 걸 가르쳐 줄 만한 사람도 없었을 것 같다.

"흠, 혼마 씨도 안됐죠. 운이 없었다고 해야 하나. 아무튼 니시노 와카코는 비서실 최고의 미인이었으니까요. 아무 일도 없었다고 호소를 해도 회사에서 좀처럼 믿어 주질 않았답니다. 총무부에서 조사했을 때 와카코짱이 혼마 씨와 관계가 있었다고 해 버렸으니 혼마 씨는 완전 궁지에 몰린 셈이었죠. 그런데 오히려 그 일로 와카코짱의 거짓말이 들통 나 버렸어요."

나카지마 씨가 혀를 쏙 내밀었다. 그건 또 뭔 말이야?

그는 목소리를 낮추며 말을 이었다.

"실은 혼마 씨 예순이 다 된 나이였는데, 당뇨로 발기부전이었답니다. 관계를 맺는 건 고사하고, 성행위 자체가 불가능하다는 의사 진단서를 받아 온 후에야 이상한 사람은 혼마 씨가 아니라 와카코짱이라는 소문이 퍼졌죠. 그나저나 역시 팀장님이시네요. 세속에 초연하시다고 해야 합니까? 사내 사정에 이렇게 어두운데 어떻게 차장까지 올라가셨죠? 정말 신기합니다."

당신이 상관할 일이 아닐 텐데.

"와카코짱 어릴 때 아버지가 바람이라도 피운 걸까요? 아무튼 부모가 이혼하는 바람에 파더 콤플렉스 기미가 있긴 했나 본데, 아무리 그래도 좀 심했죠. 결국 모든 게 한쪽의 일방적인 망상이었지만, 혼마 씨에겐 치욕 같은 일이니 회사를 그만둘 수밖에 없었을 겁니다. 높은 자리에 올라도 언제 어디에 함정이 숨어 있을지 모른다는 얘기겠죠."

잘난 체를 하듯 나카지마 씨가 훈계조로 말했다.

"그렇지만 자네도……."

음, 이런 말을 해도 될까?

"자네, 그 여자한테 그 뭐냐…… 호감 같은 거 가지고 있지 않아?"

말도 안 된다는 듯 몹시 불쾌한 표정을 지었다.

"그런 성가신 여자랑 사귈 생각은 추호도 없습니다. 미인인 건 사실이지만 제발 그런 말은 삼가 주세요."

니시노 씨는 나카지마 씨가 너무 적극적이라 곤란하다고 하던데. 혹시 니시노 씨에게 차여서 복수심에 그런 말을 하는 건가?

그러나 그런 느낌은 전혀 없었다. 거짓말 같진 않았다. 그렇다면…… 니시노 씨가 나카지마 씨에 대해 했던 말도 일방적인 망상이었나?

뭐, 아님 말고.

나는 그만 가 보겠다며 자리에서 일어섰다. 나카지마 씨가 큰 목소리로 수고하셨다고 하자 사무실에 있던 다른 사람들도 인사를 했다.

엘리베이터로 향했다. 왠지 모르게 불안했다. 일분일초라도 빨리 집에 돌아가고 싶었다. 엘리베이터는 좀처럼 오지 않았다.

04_

여전히 전화 통화를 할 수 없었다. 딱히 할 일도 없어서 내일을 위한 시험공부를 하기로 했다. 무슨 까닭인지 몰라도 물리와 고문이 한 짝을 이루었다.

교과서를 펼치면서도 생각은 전화에 집중되어 있었다. 고우메에게서는 그 뒤 달랑 문자 하나가 왔을 뿐이었다. 곤란한 일이 생기면 재빨리 도망쳐 버리는 건 내 피를 이어받았기 때문이겠지. 그 뒤로 문자 몇 개가 도착했지만, 모두 고우메 친구들이 보낸 것 같았다.

고우메가 절대 보면 안 된다고 수없이 강요했고, 나도 사적인 영역을 침범할 생각은 없었다. 그 안에는 겐타 선배가 보낸 문자도 있었지만, 이를 악물고 고우메와의 약속을 지켰다.

저녁 먹을 시간이 되었는데도 고우메에게는 아무 연락이 없었다. 몇 번이나 전화를 걸어 봤지만, 응답이 없었다.

하는 수 없이 전화를 노려보며 오 분 만에 밥을 먹어 치웠다. 그리고 텔레비전 안 보냐고 묻는 아내의 말도 무시하고 방으로 올라갔다. 간절히 기다리는 건 고우메의 연락뿐이었다.

8시가 지나 휴대전화에서 작은 소리가 났다. 기다리고 기다리던 문자가 도착했던 것이다.

지금 회사에서 출발해. 가서 얘기해 줄게.

짧은 문장이었지만 그걸로 충분했다. 회사가 있는 긴자에서 오이즈미까지는 사십 분쯤 걸린다. 나는 역으로 나가기로 했다. 집에서 얘기를 나눌 수도 없는 노릇이었다. 고우메가 고등학교에 들어간 후로는 우리 둘이서만 얘기를 나눈 일이 없었다. 난데없이 둘이만 방에 틀어박히면 무슨 일이 생겼나 하고 아내가 놀랄게 뻔하다.

그것도 그렇지만, 한시라도 빨리 사태를 확인하고 싶었다. 어떤 상황이든 샐러리맨에게 가장 중요한 것은 확인과 보고다.

역에서 기다리겠다는 문자를 보낸 후 반바지를 벗고 청바지로 갈아입었다. 외출할 때 넓적다리가 다 드러나는 반바지 차림은 곤란하니까.

내친 김에 위에 입고 있던 민소매 티셔츠도 소매 있는 것으로 갈아입기로 했다. 노출이 심한 옷에는 왠지 저항심이 생긴다. 옷을 벗을 때는 고우메의 명령에 따라 눈을 감았다.

어? 침대 위에 둔 티셔츠가 어디로 갔지? 눈을 감은 채 손을 더듬거려 봤지만 손에 닿는 건 시트뿐이었다. 어, 대체 어떻게 된 거야?

한참 동안 더듬었지만 도무지 찾을 수가 없었다. 그래서 아주 살짝, 살짝이라도 눈을 뜰 수밖에 없었다. 볼 생각은 아니었으니 상관없겠지.

살며시 눈을 뜨자, 눈앞에 전신 거울이 보였다. 이럴 수가. 잠시 멍하니 서 있었다. 브래지어 차림의 여고생, 고우메가 어느새 이렇게 커 버렸나?

안 돼, 내가 본 걸 알면 고우메는 친부 살인도 주저하지 않을 거야. 아직은 죽고 싶진 않다.

강한 의지의 힘으로 거울에서 시선을 돌려 티셔츠를 찾았다. 분명히 침대에 올려 두었는데 티셔츠는 어느새 바닥에 떨어져 있었다. 아무 일도 없었어. 난 아무것도 안 봤어. 스스로에게 타이르며 애타는 심정으로 시간이 흐르기만을 기다렸다.

이십 분이 한계였다. 집에서 기다리느니 역에 가서 기다리는 게 낫다고 생각할 정도로 제정신이 아니었다.

"잠깐 나갔다 올게."

계단을 내려가 거실에 대고 소리쳤다. 어디 가느냐며 아내가 따라 나왔다.

"서점. 좀 늦을지도 모르겠군."

아내가 눈썹을 찡그렸다.

"너, 왜 그래? 꼭 아빠처럼 말하네."

아뿔싸, 까맣게 잊어버렸다. 머릿속이 회사 일로 꽉 차 있어서 문제가 생겼다. 아무튼 "다녀오겠습니다!"라고 외치며 밖으로 나왔다.

현관 옆에 세워 둔 자전거 자물쇠를 풀다가 나도 모르게 고개를 들었다. 누가 밖에 서 있는 것 같은 느낌이 들었기 때문이다.

그러나 착각인 모양이다. 자전거를 밀고 문밖으로 나갔지만 아무도 없었다.

휴대전화로 시간을 확인했다. 8시 25분. 적절한 시간이다. 자전거 페달을 구르기 시작했다.

밭이 이어지고 자전거 라이트가 주위를 비췄다. 밤인데도 바람 한 점 없이 무더웠다.

역으로 향하는 길은 경사가 꽤 급한 오르막이다. 오 분밖에 안 달렸는데도 등에서 땀방울이 흘러내리기 시작했다.

공원 모퉁이를 돌아서면 역까지 가는 길은 하나뿐이다. 넓은 도로에 자동차 여러 대가 지나갔다. 그 도로는 밤에도 교통량이 많았고 택시나 트럭 같은 업무용 차량도 적지 않았다. 위험할 것 같아서 가드레일이 끊긴 사이로 빠져나가 인도로 달렸다.

그때 갑자기 뒤에서 경적 소리가 울렸다. 뒤를 돌아보니 자그마한 빨간 차가 무서운 속도로 달려와 내 옆에 멈춰 섰다.

차에서 내린 사람은 니시노 와카코였다. 그녀가 무슨 일로 여기까지? 무슨 일이지?

"가와하라 고우메짱?"

고급 정장을 입은 니시노는 나를 향해 달려오며 외쳤다.

"난 아버님과 같은 회사에 근무하는 니시노라고 해요."

동시에 사진이 들어 있는 사원증을 보여 주었다.

"아버지가 회사에서 찾으셔."

대체 무슨 소리야? 무슨 일이라도 생겼나? 니시노가 왜 여기 나타났지? 고우메 얼굴은 어떻게 알아?

좀 전에 집 앞에서 인기척을 느꼈는데 그게 니시노였나? 집 주소는 회사에서 조사하면 금방 알아낼 수 있다. 니시노는 원래 비서실 출신이니 어려운 일도 아닐 것이다.

그렇다고 해도 회사 상사 집에 찾아오는 건 흔한 일이 아니다. 게다가 아버지가 회사에서 찾는다니? 무슨 일이라도 생겼다는 말인가? 혹시 쓰러지기라도?

그렇다면 내가 아니라 아내 리에코에게 연락을 해야지. 그녀가 하는 말은 거짓말이 분명했고 마치 어린애의 속임수 같았다.

본인도 그것을 깨달았는지 살짝 곤혹스러운 표정을 지었다.

"미안, 아빠한테는 아무 일도 없어. 그렇지만 내가 아빠와 같이 근무하는 건 사실이야."

그 말은 틀림없다. 알다마다, 내가 그녀의 상사니까.

"너랑 꼭 할 얘기가 있어서……."

"아, 네."

나는 고개를 끄덕이며 자전거에서 내렸다. 대체 무슨 일인지 궁금했다.

"그런데…… 전 시간이 별로……."

"걱정 마. 금방 끝낼 테니까."

니시노가 잠깐 기다려 달라며 차로 돌아가더니 가드레일이 끊긴 곳에서 인도 쪽으로 걸쳐 차를 세웠다. 그러고는 시동을 끄고 차에서 내렸다. 나도 자전거 받침대를 내렸다.

05_

우리는 인도에 마주 보고 섰다.

"차가 많네."

니시노가 말했다. 그 길은 밤이 되면 사람 왕래는 줄어들고 차는 오히려 많아졌다. 일종의 지름길인 셈인데, 그런 것치고는 도로 폭이 넓어서 꽤 속도를 내며 달린다. 어른이라도 인도에 서 있으면 조금 무서울 정도다.

"공원에서 얘기할까? 그게 좋겠어."

니시노가 앞장서 걷기 시작했다. 우리는 길 쪽에 난 출입구를 통해 공원 안으로 들어갔다.

니시노는 회사에서 볼 때와는 왠지 이미지가 달랐다. 내 외모가 여고생이라 그렇게 느끼는 건지, 아니면 평상시에도 이런 건지 나로서는 감을 잡을 수 없었다.

공원은 아이들 공원이라 그리 넓지 않았다. 모래밭과 그네, 그리고 벤치 두 개가 가로등 아래 올망졸망 모여 있었다. 니시노가 저쪽이 좋겠다며 손가락으로 벤치를 가리켰다.

"저어, 저는 시간이 별로……."

내가 이야기하자 니시노가 뒤를 돌아보며 살며시 미소를 지었다. 과연 미스 광성당이라는 소문이 날 만하다. 흐릿한 불빛에 비친 그녀의 얼굴은 형언할 수 없을 만큼 아름다웠다.

꼭 미모 때문은 아니었다. 그러나 먼저 벤치에 앉아 손짓을 하는 그녀를 거역할 수 없었다. 어린이용 벤치라 그다지 크지 않앉다. 그래서 옆에 앉는 건 이상할 거 같아 다른 벤치에 앉았다. 고우메는 역에 도착했을까.

"시간이 없다니까 터놓고 말할게. …… 어쩌면 너에겐 엄청난 충격일지도 모르겠지만 침착하게 들어줘, 괜찮겠지?"

"……네에."

이렇게 대답할 수밖에 없었다. 충격이라니, 무슨 일이지? 나카지마와 결혼이라도 하나? 그 이야기일지도 모르지만 그렇다면 고우메와는 아무런 관계도 없었다. 충격을 받을 이유가 없다.

"으음, 사실은 나랑 너희 아빠, 교이치로 씨는 서로 사귀는 사이야."

정말 충격이었다. 겉모습은 고우메지만, 내가 실제 가와하라 교이치로였기에 더더욱 놀랐다.

내가 언제 니시노와 사귀었단 말인가. 게다가 교이치로 씨라니. 아내 리에코도 십 년 이상 내 이름을 부른 적이 없는데.

"그렇게 된 지 반년쯤 됐어. 물론 교이치로 씨에게 아내와 딸, 즉 네가 있다는 건 알고 있고 둘 다 그러면 안 된다는 건 알지만, 그렇지만 어쩔 수가 없었어……."

눈물을 삼켰다. 이 여자가 도대체 무슨 뚱딴지같은 소릴 하는 거야.

우리 프로젝트 팀에 니시노가 배치된 후로 오늘에 이르기까지 업무 외에 밖에서 이야기를 나눈 일조차 없었다. 아무리 확대해서 생각한다 해도 사귄 기억은 없다.

"그런데 요즘 그 사람이 너무 괴로워해……."

호칭이 교이치로 씨에서 그 사람으로 바뀌었다. 그런가, 내가 괴로워했나? 잘 모르겠는데.

"아내는 물론 너까지 배신했다고……. 옆에서 보는 나까지 괴로울 정도야……."

그것이 사실이라면 그 말마따나 고우메에게 미안한 마음에 한없이 괴로웠겠지. 그러나 현실은 그게 아니잖아, 그런 말을 하면 곤란하지.

"그래서 오늘은 너에게 부탁이 있어서 왔어."

벤치에서 미끄러지듯 바닥으로 내려앉은 니시노가 무릎을 꿇었다. 어이, 이거 왜 이러나.

"아빠를 용서해……. 아빠를 좋아한 내가 나빠……."

니시노는 땅바닥에 주저앉은 채 고개를 숙였다.

"부탁이야, 아빠를 자유롭게 해 줘……. 그리고 아빠를 나에게 양보해."

내가 직접 본 적은 없지만 최근 낮 시간 드라마에는 말도 안 되는 황당한 내용이 많다고 한다. 니시노가 그런 드라마를 많이 보는 것 같다는 생각이 들었다. 그런 데서 나쁜 영향을 받아서 이런 짓을 하는 건가? 그렇지 않다면 도무지 이해할 수 없는 상황이었다.

"부탁이야, 아빠를 용서해……."

이 말을 되풀이하는 니시노의 모습을 보면서 그녀가 미쳤다는 생각이 들었다.

그 생각은 틀리지 않았던 모양이다. 내가 아무 대답도 하지 않자, 그녀는 서서히 고개를 들더니 미소를 지었다.

미인이 아무 이유 없이 웃으면 끔찍하게 무섭다는 걸 난생처음 깨달았다.

"음…… 아빠도 인간이니까……."

무슨 말을 해야 할지 모르지만 필사적으로 입을 움직였다.

"용서하느니 마느니, 그런 문제가 아닌 것 같은데요……."

"어째서?"

조용히 고개를 갸웃거리던 니시노가 일어섰다.

"오늘, 얘기 나눴어……. 역시 우린 헤어질 수 없어. 서로 사랑하니까……. 그런데 그 사람이 말했어, 딸이 알면 괴로워할 거라고. 널 슬프게 하고 싶지 않아. 그래서…… 미안해."

니시노가 오른팔을 앞으로 뻗었다. 손에는 묵직해 보이는 칼이 들려 있었다.

가로등 불빛을 받은 칼날은 눈부시게 빛났다. 나는 벤치에서 일어섰다.

06_

어유, 짜증 나.

나는 역 개찰구에서 다시 한 번 주위를 둘러보았다. 기다리겠다는 문자를 보낸 아빠는 어디에도 보이지 않았다. 뭐 하자는 거야.

전화를 걸어 봤지만, 자동 응답기로 돌아갔다. 문자를 남겨도 소용없었다. 더는 못 참아, 그냥 가 버릴 거야.

역 앞 상점가를 빠져나가자 사람들 발길이 뜸해졌다. 나는 여름밤의 이런 시간이 좋다. 덥긴 해도 왠지 모르게 마음이 차분해진다.

그러고 보니 겐타 선배랑 이 길을 함께 걸었지. 벌써 열흘 전 이야기다. 무슨 말을 해야 할지 몰라 그저 말없이 선배 뒤만 따라 걸었다. 지금이라면 좀 더 자연스럽게 대화할 수 있을 텐데.

아아, 그러나 꿈도 못 꿀 일. 지금 난 아빠 몸인걸. 중년 남자랑 함께 있으면 겐타 선배도 할 말이 없을 거야.

후유, 제발 어떻게 좀 안 되나? 신이시여, 왜 그리 모른 척만 하시나요? 얼른 몸과 마음을 제자리로 돌려 주셔야죠. 이런 거 정말 싫다고요.

원래대로 돌아가면 뭘 할까? 리쓰코랑 반 애들이랑 실컷 수다를 떨고 싶다. 학교 끝나면 맥도날드에도 가고 싶다. 텔레비전도 보고, 시시한 일들을 하고, 멍하게 빈둥대고, 그렇게 시간을 보내고 싶다. 그리고 당연히 겐타 선배와 단둘이서 만나고 싶다.

이제 곧 여름방학이다. 올 여름은 여느 때와는 다를 것이다. 이건 예감이 아니라 확신이다. 틀림없이 뭔가가 일어날 것 같은 느낌. 엄청난 일이 벌어질지도 모르겠다.

엉겁결에 웃음이 나왔다. 지나가는 사람이 없어서 다행이다. 걸으면서 혼자 피식피식 웃는 중년 남자라니, 정말 꼴사납겠지.

아무튼 무슨 수를 써 봐야 한다. 아빠는 그만두는 게 낫다고 했지만, 나도 그렇게 생각했지만, 역시 병원이라도 가 보는 게 나을지도 모르겠다. 계속 이 상태라면 정말이지 죽는 수밖에 없다.

참, 그래도 내일까지는 이대로가 좋을지도……. 가장 이상적인 건 내일모레, 기말 고사가 끝난 후 제자리를 찾으면 돼. 그게 최고야.

인도에 무리하게 주차해 둔 빨간 소형차가 보였다. 누구야, 통행에 방해되게 이런 데 차를 세우고. 상식도 없어!

공원 옆을 지났다. 오른쪽으로 돌아 언덕을 내려가면 바로 우리 집이다. 아빠는 대체 어디 있는 거야?

그 순간 걸음을 멈춘 건 정말이지 우연이었다.

무슨 소리가 들렸던 것도 아니다. 그런데도 나는 무심코 공원 안을 뚫어지게 바라보게 되었다.

07_

갑자기 청바지 뒷주머니에서 휴대전화가 울리기 시작했다. 스마프의 「세상에 하나뿐인 꽃」이다. 나도 아는 이 곡은 고우메가 설정해 준 것이다. 다시 말해 고우메가 전화할 때만 이 곡이 울리게 되어 있었다.

"전화가……."

가까스로 그렇게 말했지만, 앞에 있는 니시노의 귀에는 아무 소리도 안 들리는 듯했다. 그녀의 마음은 이미 다른 세계에 가 있는 거겠지. 그녀의 손안에서 칼이 번쩍거렸다.

"미안해, 고우메짱. 그 사람이 널 얼마나 아끼고 사랑하는지 나도 잘 알아. 그렇지만 방법은 이것뿐이야. 용서해. 금방 끝날 거야."

전화벨 소리는 어느새 멈춰 있었다. 니시노가 한 발짝 가까이 다가왔다. 나도 한 걸음 뒤로 물러났다. 우리 사이에는 벤치 하나 정도의 간격이 있었다.

이 방법뿐이라니……. 어떻게 할 작정이라고 말해 주지 않아도 안다. 칼은 새것 같았다. 보나 마나 칼날도 날카롭겠지.

지나가는 사람이라도 없나 시선을 길 쪽으로 돌렸다. 그러는 사이에 자동차 몇 대가 지나가는 것을 전조등 불빛으로 알 수 있었다. 그러나 걸어가는 사람은 없었다.

소리를 쳐 봐야 근처에는 집도 없다. 들릴지 안 들릴지도 모르고, 들린다고 해도 누가 나와 줄지 확신할 수도 없었다.

"멈춰, 잠깐 멈춰…… 멈추라니까."

나는 손을 앞으로 뻗으며 낮은 목소리로 말했다. 니시노는 분명 제정신이 아니었다. 알 수는 없지만 마음의 평정을 잃게 만든 일이 있었던 모양이다.

이럴 때 큰 소리를 내면 오히려 상대를 자극해 무슨 일을 벌일지 모른다. 침착하게 대처해야 한다.

"나도 이러고 싶진 않아."

니시노가 얼음같이 차가운 목소리로 말했다. 여름인데도 등줄

기가 서늘해졌다. 아무래도 내 판단은 잘못된 것 같다.

그녀는 침착했고 정신은 말짱했다. 다만 그 침착함과 말짱한 정신이 착각에 근거를 두고 있다는 것이 문제였다. 그리고 나는 이 사태에 어떻게 대처해야 좋을지 감을 잡을 수 없었다.

"머, 멈추라니까!"

이젠 냉정한 척을 할 수도 없었다. 내 목소리가 점점 높아지는 게 느껴졌다.

"그만둬, 니시노, 니시노 씨. 진정해요. 저어, 진정하고 차분하게 얘기해 보자고. 자네가 날 좋아해 주는 건 아주 기쁜 일이야. 정말, 정말로 기뻐."

니시노가 쌀쌀맞게 고개를 저었다.

"널 좋아하는 게 아니야! 너만 없으면 그 사람은 내 거야."

아 참, 그렇지. 나는 지금 내가 아니라 고우메다.

"아, 물론이죠, 당연한 말씀. 기뻐하는 사람은 아빠예요. 내가 아빠라면 무척 기뻤을 거라는, 뭐 그런 뜻으로."

"무슨 소린지 모르겠군."

니시노가 낮은 웃음소리를 냈다.

"그렇지만 이것만은 알아줬으면 해. 다 널 위한 거야. 아빠가 떠나면 외로워질 거야. 틀림없이 네 마음이 아플 거라고."

과연 그럴까? 정말 그럴지 조금 의심스럽긴 하다. 내가 떠났다고 고우메가 울어 줄지 자신은 없다.

"몹시 고통스러운 시간이 될 거야. 아빠를 잊을 때까지 너무 오랜 시간이 걸려. 나도 그랬어……. 좋은 추억만 남으니까 오히려 더 힘들고…….”

프로젝트 팀원 배치 때의 일이 떠올랐다. 총무부에서 팀원들의 신상명세서를 주면서 한번 훑어봐 두라고 지시했다. 니시노의 서류에는 여덟 살 때 부모가 이혼, 어머니는 센다이에 살고, 현재는 혼자 산다고 적혀 있었다.

그래서일까? 그것 때문에 이런 짓을?

“그런 고통스러운 일을 너까지 경험하게 하고 싶진 않아. 무슨 말인지 알겠지?”

고개를 든 니시노가 다시 한 발짝 다가왔다. 나는 뒤로 물러나지 않을 수 없었다. 공원의 어두운 쪽으로 밀리고 있었다. 적어도 가로등 아래 서 있으면 지나가던 누군가가 발견할지 모르는데, 이렇게 되면 상황은 점점 불리해질 뿐이었다.

“일단 진정하자고. 저어, 니시노 씨, 그러지 말고 벤치에 앉아서 차분하게 얘길 나눠 보자니까. 위험하니까 그만 해.”

나는 니시노의 눈을 똑바로 쳐다보며 말했다. 눈을 떼면 공격해 올 것이다. 마치 맹수를 다루는 심정이었다.

“그 말투, 그 사람이랑 똑같군.”

쓸쓸한 목소리였다. 닮았다기보다 완전히 똑같을 테지. 지금 말한 사람은 바로 나니까.

니시노가 상냥한 목소리로 말했다.

“움직이지 마. 아프게 안 할게. 금방 끝낼 거야. 그럼 우리 둘

다 편해져. 그게 좋잖아?"

편해지고 싶지 않다.

"네 몸에 쓸데없는 상처를 내고 싶진 않아. 그럼 그 사람이 슬퍼할 테니까."

쓸데없는 상처라니, 손끝 하나만 스쳐도 용서할 수 없어. 이 여자는 고우메에게 그런 짓을 하고도 나에게 용서받을 수 있다고 생각하는 걸까?

"당장 꺼져. 고우메에게 무슨 짓을 했다간 죽여 버릴 테다!"

니시노가 한숨을 내쉬었다.

"그 사람 말이 맞군. 그 애는 입이 험한 것 하나가 결점이라더니……."

곧 니시노가 아무런 예고 없이 칼을 휘둘렀다. 어디서 배웠는지 무서운 속도다.

내가 그 칼을 어떻게 피했는지 아직까지도 파악이 안 된다. 아무튼 아슬아슬하게 빗겨 나간 것만은 분명했다.

"도망가지 마, 부탁이야."

니시노가 아무 감정도 없는 목소리로 말했다. 거기까지가 나의 한계였다. 나는 비명을 지르며 공원 출구를 향해 냅다 뛰었다. 등 뒤에서 나를 쫓아오는 니시노의 발소리가 들렸다.

08_

처음에는 무슨 일이 벌어진 건지 몰랐다. 별안간 공원 안에서 비명이 들리더니 여자 애가 뛰어나왔다. 그리고 그 뒤를 쫓는 여자가 보였다.

"아빠!"

나도 모르게 소리를 질렀다. 뛰어나온 여자 애는 나, 즉 가와하라 고우메, 다시 말해 아빠였던 것이다.

"고우메, 도망쳐!"

아빠가 괴성을 질렀다. 쫓아오는 여자는 눈에 익었다. 니시노 씨? 어, 집에 간 거 아니었어?

"도망쳐, 고우메! 가까이 오지 마!"

그 후의 일은 또렷이 기억나지 않는다. 니시노 씨의 손에 번쩍이는 물체가 들려 있었다. 그것이 칼이라는 걸 알 때까지는 시간이 걸렸다. 어찌 된 영문인지 몰라도 니시노 씨가 아빠, 아니 나를 공격하려는 건 틀림없었다.

구르듯 내 쪽으로 달려온 아빠가 멈춰 섰다. 그러고는 뒤로 돌아서더니 나를 방어하듯 양팔을 벌렸다.

본인은 분명 그럴 작정이었겠지. 그러나 차분히 생각해 보면 몹시 우스운 상황이었다. 아빠는 내 모습을 한 고등학교 2학년 여학생이다. 그러니 어린 학생이 어른인 나를 보호하겠다고 나선 셈이다.

칼을 움켜쥔 채 돌진해 온 니시노 씨가 나를 보고 갑자기 걸음을 멈추고 믿을 수 없다는 표정을 지었다. 잠시 후 태도가 돌변해 옷매무새를 고치기 시작했다. 칼을 쥔 오른손은 등 뒤로 돌렸다.

"무슨 일인데?"

무심결에 내 말투가 나오고 말았다. 아빠가 니시노 씨에게 가까이 오지 말라며 으르렁거렸다.

"저어…… 가와하라 팀장님, 아니에요. 오해가 좀……."

니시노 씨가 당황한 듯 말했다.

"고우메, 도망쳐!"

아빠가 또다시 큰 소리로 외쳤다.

"고우메짱, 그게 아니라니까. 부탁이야, 들어 봐. 내 말 좀 들어줘."

아빠는 나를 돌아보며 속삭였다.

"고우메, 큰길까지 나가자. 그럼 어떻게든 될 거야. 도망칠 수 있어, 도움을 요청할 수도 있고."

나는 고개를 끄덕였다. 무슨 말인지는 몰라도 시키는 대로 하는 게 좋을 것 같았다. 다른 건 몰라도 그것만은 곧바로 깨달았다.

우리는 천천히 뒤로 물러섰다.

"멈춰!"

니시노 씨가 소리치며 등 뒤에 감추고 있던 오른손을 앞으로 뻗었다. 역시 칼이었다.

"이해해 줘요, 교이치로 씨. 이 방법밖에 없어. 고우메가 있으면 당신은 계속 고통스러울 거야. 이대로는 우리도 잘될 수 없어. 그래선 안 되잖아, 안 그래요? 그래선 안 돼."

니시노 씨는 혼자 고개를 끄덕였다. 이봐요, 그런 법이 어디 있어. 자기 혼자만 그러면 곤란하지.

"니시노 씨, 왜 이런 짓을…… 혹시 딸을……?"

나는 칼과 니시노 씨 얼굴을 번갈아 쳐다보았다. 입술을 꽉 깨물고 있던 니시노 씨가 중얼거렸다.

"어쩔 수 없잖아. 점심때…… 교이치로 씨가 그랬잖아, 고우메만 없으면 우리가 잘될 수 있을 거라고……. 그래서 난……."

점심? 어전 회의 후에 니시노 씨가 나에게, 즉 아빠에게 고백했을 때 말이야? 잠깐, 난 그런 뜻으로 말한 게 아니었는데.

"너 대체 저 여자한테 뭐라고 한 거야?"

아빠가 울상이 된 눈빛으로 나를 쳐다봤다. 아니야 아빠, 맹세코 난 그렇게 오해할 만한 말은 안 했어. 저 사람 자기 멋대로 생각하는 거라고.

"교이치로 씨도 이게 좋잖아?"

니시노 씨가 칼을 다시 고쳐 잡았다.

"고우메를 위한 일이야. 아빠한테 버림받으면 얼마나 고통스러운 지 알아? 너무 고통스러워서 차라리 죽는 게 낫다는 생각이 들 정도야. ……나도 그랬어…… 그래서 난……."

니시노 씨의 부모가 이혼했다고 나카지마 씨한테 들었다. 아빠에게 애인이 생겨서 집을 나갔다고.

나는 니시노 씨가 왜 이런 행동을 하는지 조금은 이해가 갔다. 왜인지는 몰라도 니시노 씨는 아빠를 좋아하게 됐다. 프로젝트 팀의 프레젠테이션이 끝난 오늘, 그동안 꾹 참아 왔던 마음을 고백했다. 그것이 오늘 오후에 있었던 일이다.

나는 어떻게 대답해야 좋을지 몰랐다. 정중하게 거절할 생각이었는데, 핑계를 대며 딸을 끌어들이고 말았다. 딸이란, 즉 나를 가리키지만.

난 아빠 일은 아무래도 좋다고 생각했다. 지금도 그렇다. 그렇긴 하지만, 그래도 아빠가 집을 나가거나 다른 여자를 만나는 건 싫다. 그래서 니시노 씨에게도 그렇게 말했다. 딸이 이런 걸 알면 슬퍼할 거라고.

머릿속 회로가 어떤 식으로 돌아가는지는 몰라도 니시노 씨는 딸만 없으면 아빠와 자기가 어떻게든 될 거라고 믿었던 모양이다. 그래서 회사에서 일찍 나와 자기 차로 오이즈미까지 찾아온 것이다, 나를 죽이기 위해.

어떻게 날 이 공원까지 끌고 왔을까? 그건 나중에 아빠에게 물어보자. 물론 그것이 앞으로 가능할지 모르겠지만.

"아빠, 도망치자."

핏기 없는 얼굴로 고개를 끄덕인 아빠와 함께 이인삼각을 하듯 한 발짝씩 뒤로 물러났다. 금방이라도 울음을 터뜨릴 것 같은 표정으로 바라보던 니시노 씨가 입을 크게 벌리더니 뭐라고 소리쳤다. 입 안이 새빨갰다는 것만은 생생하게 기억한다.

그때 니시노 씨가 달려들었고 아빠가 뒤로 돌아다봤다. 내 얼굴인데도 표정은 아빠가 틀림없었다.

그 순간 내가 왜 아빠를 힘껏 밀쳐 냈는지 잘 모르겠다. 내 의지였는지, 아니면 아빠 몸이 그런건지.

그러자 니시노 씨가 동작을 멈췄다. 아빠를 밀어낸 기세로 나는 있는 힘껏 점프했다. 생각만큼 높이 뛰어오르진 못했지만, 오히려 그게 다행이었는지도 모른다. 나는 발을 위로 뻗어 니시노 씨의 턱을 정통으로 걷어찼다. 그러고는 아빠의 팔을 잡아 일으켰다.

"아빠, 도망쳐!"

쓰러졌던 니시노 씨가 일어선 것도 그때였다. 니시노 씨는 발길에 차일 때 떨어뜨린 칼을 찾아 주변을 두리번거렸다. 우리는 공원 출구를 향해 냅다 달렸다.

"바로 옆에 자전거가 있어!"

"알았어!"

아빠 말대로 출구 옆에 내 자전거가 있었다. 아빠가 자전거를 잠그지 않은 것은 지난 일주일 동안 최고로 다행스러운 일이었다.

"어서 타!"

아빠가 안장에 걸터앉았다. 뭔가 거꾸로 된 것 같은 생각이 들었지만, 그런 걸 따질 상황이 아니었다. 칼을 주워 든 니시노 씨가 무섭게 달려왔다.

"빨리!"

아빠가 땅을 구른 후 페달을 밟았다. 뒤에서 옆으로 올라탄 나는 뒤쫓아 오는 니시노 씨를 지켜보았다.

"아빠, 빨리! 좀 제대로 해! 빨리 집으로 가야 돼."

아빠가 알고 있다고 대답했다. 저 여자의 다음 공격 목표는 엄마다.

"네 몸은 왜 이렇게 힘이 없어."

바보 같은 소리 하지 말라며 뒤에서 아빠 머리를 때렸다. 니시노 씨가 우릴 따라잡을 수 없다는 건 곧바로 판명 났다.

처음 몇 미터 정도는 뛰는 게 빠를지 몰라도 이 정도 거리가 벌어지면 안심이다. 둘이 탔어도 자전거가 빠르다.

"엄마한테 전화해. 문 잠그고 절대 밖으로 나오지 말라고. 아니, 그보다 경찰에 알려서 집으로 직접 가라고 하는 게 낫겠다."

아빠가 말했다. 나는 양복 안주머니에서 휴대전화를 꺼냈다. 110(일본의 119.—옮긴이)버튼을 눌렀을 때, 뒤에서 자동차 전조등 불빛이 번쩍였다.

"아빠, 위험해. 혹시 그 사람 차?"

인도 위에 걸쳐져 있던 빨간 소형차가 움직이기 시작했다. 그 차는 도로로 진입하자마자 유턴하더니 우리를 향해 돌진했다.

"네, 경찰청입니다. 무슨 일입니까?"

태평한 남자 목소리가 들렸다.

"사건이요!"

내가 소리쳤다.

"아 네, 무슨 사건인가요?"

집 주소를 말했다. 엄마를 도와줘요, 부탁이에요!

"우리도 도와 달라고 해야지."

아빠가 중얼거렸다. 경사가 급한 내리막길. 뒤에는 새빨간 소형차. 브레이크를 잡을 여유도 없었다. 자전거 타이어에서 이상한 소리가 울려 퍼졌다.

"아빠, 골목길로 들어가!"

"속도가 너무 빨라 갑자기 핸들을 꺾을 수 없어, 불가능해!"

아빠는 여고생 목소리로 비명을 지르더니 오른쪽으로 핸들을 꺾었다.(일본 차선은 우리와 반대임.—옮긴이)

그곳은 반대편 차선. 오, 머리 좀 쓰는데. 자동차는 반대 차선으로 들어올 수 없다.

그러나 그건 상식이 있는 사람일 경우에 한해서다. 니시노 씨에게는 교통법규 같은 건 아무래도 좋았다. 니시노 씨는 차를 몰고 한 치의 망설임도 없이 반대 차선으로 들어섰다. 정말 빠르다. 자전거와 자동차의 대결, 결과는 뻔했다.

눈 깜짝할 사이에 간격이 좁혀 들었다. 10미터, 5미터, 3미터, 이젠 끝이야!

그 순간 정면에서 클랙슨 소리가 울렸다. 고개를 들자, 대형 트럭이 눈앞으로 돌진해 왔다.

그 뒤의 일은 모두 슬로모션 같아서 기억이 또렷하지 않다. 아빠가 트럭을 피하려고 무리하게 오른쪽으로 핸들을 꺾었다. 자전거는 가드레일에 부딪쳤고, 우리는 공중으로 붕 떠올라 인도 쪽으로 날아갔다.

그때 아빠가 손을 뻗어 나를 보호하려 했던 것 같기도 한데 기억이 잘 나진 않는다. 설령 그랬다고 해도 별 소용도 없었을 것이다. 기억나는 건 아스팔트에 떨어졌을 때의 충격, 오직 그것뿐.

우리는 동시에 의식을 잃었는데, 마지막 순간에 기억나는 건 자동차끼리 부딪치는 어마어마한 굉음. 소형차와 트럭이 충돌한 것이었다.

소형차, 완전 박살 났겠지. 크기 차이가 장난 아니잖아. 니시노 씨는 어떻게 됐을까?

그 후의 일은 아무것도 기억나지 않는다. 오로지 칠흑 같은 어둠뿐이었다.

09_

데자뷰라는 말이 있는데, 이건 데자뷰가 아니다. 또렷이 기억난다. 일주일 전에도 나는 똑같은 어둠 속에 있었다. 지진으로 전차가 탈선했던 날이다.

그래서 누가 우는 소리가 들렸을 때, 그 사람이 아내라는 것도 금방 알았다. 아내가 어떻게 옆에 와 있는지는 모르겠다. 아마 고우메의 신고로 긴급 출동한 경찰이 데려왔을 것이다.

어찌 되었든 상황이 그때와 너무 똑같았다. 다른 것은 내 몸 아래의 바닥이 움직이고 있다는 것뿐.

"현재 오이즈미 교차로 통과. 병원 도착까지 팔 분."

또렷하지 않은 남자 목소리가 들렸다.

나는 병원이라는 단어를 분명하게 들었다. 아무래도 구급차인 것 같았다. 요란한 사이렌 소리도 그 때문일 것이다.

대체 무슨 일이 벌어진 걸까? 도무지 이해가 안 갔다. 회사에서 출발한다는 고우메의 문자를 받고 역으로 향했다. 집에 있어도 되지만, 마음이 불안해 가만히 기다리고 있을 수가 없었다.

역으로 가는 도중 니시노 와카코를 만났다. 그녀가 왜 거기 있는지 의아하게 생각했던 것까지는 선명하게 기억나지만, 그 후의 일은 오락가락했다.

니시노가 나, 즉 가와하라 교이치로와 사귄다는 말을 한 것 같기도 하다. 둘의 관계를 유지하는데 고우메가 방해가 된다고 말했다. 칼을 꺼내서 고우메를, 아니 실은 나를 살해하려 했다.

그 순간 내 모습을 한 고우메가 나타났고 둘이서 도망쳤다. 자전거로 달렸던 건 기억나지만, 그 후의 일은 선명하지 않다. 돌연 트럭이 눈앞에 나타났고 그 후로는 기억이 없다.

"……사고?"

"의식이 돌아왔습니다."

목소리가 들렸다. 살며시 눈을 뜨자, 위에서 남자가 나를 내려다보고 있었다. 유니폼 가슴에 새겨진 '도쿄소방청'이라는 로고가 보였다. 아내가 울면서 매달리려 했지만, 남자가 한발 앞섰다.

남자는 내 귀에 대고 소리쳤다.

"들리세요? 이름과 생년월일을 말씀해 보세요."

귀는 잘 들려. 그렇게 소리 칠 거 없어.

"……가와하라 고우메, 1989년 7월 31일……."

남자는 내 말을 다 듣지도 않고 비치된 마이크 쪽으로 몸을 돌렸다.

"환자, 의식 혼란! 긴급 상황. 서둘러 주기 바란다!"

알았다고 우물거리는 대답이 들려왔다. 아내가 내 손을 움켜잡았다.

"부탁이야, 죽으면 안 돼."

"……아빠는?"

내 입에서 힘없는 목소리가 흘러나왔다. 아무래도 이상하다. 뭔가 이상하다. 이거야말로 데자뷔인가? 전에도 똑같은 일이 있었다.

그것은, 그래 그건 지바 병원에서 있었던 일이다. 눈을 떴을 때, 아내가 나를 끌어안았다. 엄마가 곁에 있으니 이젠 괜찮다고 몇 번이나 되풀이했다.

상반신을 일으켰다. 좀비를 바라보는 듯한 아내의 시선. 움직이지 말라고 소리치는 구급대원.

가슴으로 손을 가져갔다. 혹여 그대로라면 고우메가 길길이 날뛸 거라는 불안감은 있었지만, 이것보다 확실한 확인 방법은 없었다.

그러나 가슴에 손이 닿기도 전에 와이셔츠가 눈에 들어왔다. 소매가 절반이나 떨어져 나갔지만 그것은 내 와이셔츠가 분명했다.

"결국…… 돌아왔군."

아내가 입을 다물지 못한 채 나를 쳐다봤다. 나는 가슴을 움켜쥐며 확인했다. 틀림없는 가와하라 교이치로, 즉 나였다.

"어서 누우세요!"

엄한 남자 목소리가 들렸다.

"머리를 부딪쳤습니다. 움직이면 안 됩니다."

"고우메, 고우메는?"

"시끄러워!"

고우메 목소리가 옆에서 들렸다. 옆으로 고개를 돌리니 고우메가 거기 있었다.

"으이그, 진짜 시끄럽네."

"고우메……."

'상처는 없니?'

'아마도. 그쪽은 어떤데?'

'괜찮은 것 같은데.'

우리는 시선으로만 짧은 대화를 나눴다. 찢어진 티셔츠 사이로 드러난 고우메의 어깨에 손을 올렸다. 칠 일 동안 몇 번이나 이렇게 만져 보곤 했다. 촉감은 똑같았다.

"드디어 돌아왔구나."

고우메는 그런 것 같다며 내 팔을 어깨에서 밀어 냈다.

"맘대로 만지지 마."

입속으로 미안하다고 웅얼거리는 내 앞에서 고우메가 갑자기 양팔을 치켜들었다.

"됐어!"

외침. 웃음 가득한 얼굴. 진정하라며 구급대원이 몸을 눌렀지만 고우메는 개의치 않고 소리를 질러 댔다.

나는 반대였다. 솟구치는 눈물을 주체할 수 없었다. 역시 아이들은 강하다는 생각을 하며 눈물을 흘렸다.

"여보, 왜 그래요? 어디 아파요?"

아내가 새파랗게 질린 표정으로 내 몸을 어루만졌다. 구급대원이 마이크에 대고 외쳐 댔다.

"비상, 비상. 환자 두 명, 용태 급변! 병원으로 서둘러 주세요!"

알았다는 목소리와 함께 사이렌 소리가 높아졌다.

아빠와 딸의
에필로그

01_

스크린에서 해적 조니 뎁이 민첩하게 몸을 움직였다.

난 영화 따윈 관심도 없었다. 오로지 옆에 앉은 겐타 선배만 바라보았다.

그로부터 이 주가 지났다. 의사 선생님은 아빠도 나도 찰과상과 타박상은 있지만, 염좌나 골절 같은 심각한 상처는 없다며 놀라워했다.

경찰에서 자전거로 그 내리막길을 브레이크 없이 달리면 어떻게 되는지 현장 검증을 해 봤다고 한다. 대략 시속 60킬로미터쯤 되는 모양이다. 그 속도로 가드레일에 부딪쳐 땅바닥에 떨어지면 전신 타박상으로 죽을 수도 있다고 했다.

"운이 좋은 부녀군요."

사람 좋아 보이는 형사가 말했다. 그 사람은 우리가 전차 탈선 사고에 휘말렸던 것도 알고 있다. 그래서 그런 말을 했겠지. 그렇지만 정말 운이 좋은 부녀라면 애초에 그런 사고를 당하지도 않았을 거야.

머리를 세게 부딪쳤기 때문에 여러 가지 검사를 받아야 했다. 결과가 나올 때까지 기다리라고 해서 퇴원은 일주일 후에나 가능했다. 아빠도 나도 몸에 아무 이상 없었지만, 의사 선생님이 시키는 대로 따를 수밖에 없었다.

우리 상처가 가벼웠기 때문에 니시노 씨 일이 더 걱정되었다. 예상대로 니시노 씨의 소형차와 트럭은 정면충돌했다.

그런데 그 사람도 운은 좋았던 모양이다. 부서진 소형차 문밖으로 튕겨져 나와 오른손과 왼쪽 다리가 부러진 정도가 다라고 한다. 지금 니시노 씨는 다른 병원에 입원해 있다. 병원에서 퇴원하자마자 재판을 받겠지만, 모르긴 해도 다른 종류의 병원에 입원할 것 같다.

퇴원할 때까지 아빠와는 대화가 별로 없었다. 이번에는 병실도 따로따로 썼고, 그렇지 않았더라도 말은 그다지 안 했을 것 같다. 뭐랄까, 왠지 굉장히 쑥스럽다, 얼굴을 마주하는 것조차도 부끄러울 정도로.

아빠와 나 사이에 무슨 일이 있었는지는 생생히 기억한다. 하지만 몸이 바뀐 이유는 도통 알 수가 없다. 내가 아빠 대신 회사에 나가 일을 하고, 아빠는 나 대신 학교에 가고 겐타 선배와 데이트를 했다. 그리고 니시노 씨 사건도 있었다. 이제 두 번 다시 그런 일은 없을 테지. 아니, 절대 없기를 바란다.

서로의 입장이 뒤바뀌자, 그때까지는 안 보이던 것들이 보인 건 분명하다. 적어도 내겐 그랬다. 지금 생각해 보면 니시노 씨가 나에게, 즉 아빠에게 고백했을 때 왠지 화가 났던 이유도 알 것 같다. 난 아빠를 그렇게 많이 싫어했던 게 아니다.

고등학교 입시 문제와도 관계없고, 그저 이유 없이 짜증이 났을 뿐이다. 딸들은 원래 그런 거 아닌가? 물론 회사가 힘들다는 것, 업무가 성가시다는 것도 깨달았다. 아빠에게 감사하는 마음도 없지 않다.

하지만 그런 것보다는 부끄러움이 앞선다. 그런 의미에서 보면 전보다 더 관계가 나빠졌을지도 모른다. 아빠 탓이 아니라는 건 안다.

퇴원한 후 학교에 간 것은 종업식 날이었다. 행운인지 불행인지 몰라도 기말 고사는 이미 끝났다.

원칙대로라면 추가 시험을 치러야 하지만, 모로즈미 선생님이 상황이 상황이니만큼 그냥 넘어가겠다고 하셨다. 정말 다행스러운 일이다.

전과 마찬가지로 반 아이들 모두 걱정해 주었다. 게다가 리쓰코가 내 얼굴을 보자마자 울음을 터뜨렸다.

"난…… 네가 날 싫어하는 줄 알았어."

아빠와 고세키 선배와의 여행 이야기를 했다는 건 금방 알았다. 아이 뭐야, 아빠 멋대로 말해 버리고. 여자 애들한테도 여자 애들만의 우정이란 게 있다고.

나는 하는 수 없이 미안하다며 싹싹 빌었다.

"그때는 내 상태가 좀 이상했어. 그 건이라면 내게 맡겨. 확실히 처리할게."

직장인의 말투가 나오는 것은 아직 아빠의 버릇이 남아 있기 때문이겠지.

"그건 됐는데……, 너…… 고우메 맞지?"

리쓰코가 신기한 거라도 보는 듯한 눈빛으로 날 쳐다봤다.

그야 당연하지, 나는 틀림없는 가와하라 고우메.

"으음, 그리고 나도 할 얘기가 있는데……."

세상은 기브 앤 테이크다.

"혹시 나도 어디 가게 되면…… 네가 같이 가는 걸로 해 줘."

올 여름에는 무슨 일이 생길지 모른다. 미리 예방책을 세워 두는 게 최고다. 세상은 그런 거니까. 나는 샐러리맨 경험을 통해 그것을 깨달았다.

"뭐야, 고우메, 너 너무 야해."

리쓰코가 몹시 음흉한 웃음을 흘렸다.

그렇게 모든 것이 제자리로 돌아갔다.

학교는 곧바로 여름방학에 들어갔고 겐타 선배는 수험생이지만 아직은 조금 여유가 있다. 이번 주에만 벌써 세 번째 데이트다.

게다가 오늘은 내 생일이다. 내 생애 최초의 생일 데이트. 어제는 너무 흥분해서 잠도 제대로 못 잤다. 물론 선배에게도 생일이라고 말했다. 그래서 책임이 무겁다는 문자가 오기도 했다. 무슨 선물이라도 들어 있는지 선배 가방이 불룩했다.

요령 없는 선배 모습에 나도 모르게 웃음이 나왔다. 그게 바로 선배의 매력이긴 하지만.

"왜 그래? 영화에 집중 좀 해라."

선배가 속삭였다.

"보고 있어."

선배가 살짝 웃었다.

"이상한 녀석이야. 가와하라는 매번 이미지가 변해. 그것도 천성이니?"

글쎄, 왜 그럴까? 일부러 그러는 건 아니니까 천성이라면 천성이겠지.

"영화 보자."

선배가 의자 깊숙이 몸을 파묻으며 말했다. 나는 선배의 옆모습을 물끄러미 바라봤다.

잠시 후 선배가 조용히 입을 열었다.

"있지, 오늘은 좀 늦어도 괜찮지?"

"괜찮긴 한데…… 왜?"

이상한 생각을 하는 건 아니라며 선배가 당혹스러워했다.

"그냥 일 년에 한 번뿐인 생일이니까…… 어떤가 하고."

이상한 생각, 조금은 해도 되는데……. 입을 다물고 있자, 선배는 몹시 불안한 표정으로 나를 쳐다봤다.

스크린에서는 폭발한 해적선에서 불길이 치솟고 있었다. 순간, 불현듯 떠오르는 생각이 있었다.

아하, 아빠는 줄곧 대수롭지 않은 그 일에 마음을 썼던 거구나. 정말 바보야.

그러나 지금은 그것보다 중요한 일이 있다. 나는 대답 대신 선배 손 위에 내 손을 얹었다.

"영화 보자."

"응."

고개를 끄덕인 선배가 내 손을 힘주어 잡았다. 아, 어쩌면 좋아, 주체할 수 없는 이 행복.

02_

달빛이 아름다운 밤이다.

나는 정원에 나와 있었다. 이 집으로 이사 온 후, 매해 7월 마지막 날이면 나는 정원에서 시간을 보낸다. 고우메의 생일날이기 때문이다.

칠 년 전 고우메가 열 살 때 이 집으로 이사 온 이후, 해마다 고우메의 생일날이 되면 불꽃놀이 폭죽을 사다 정원에서 놀았다. 그 전에 아파트에 살아서 할 수 없었던 경험을 고우메에게 주고 싶어서였다. 그럴 생각이었다.

그때 일을 떠올리면 지금도 상쾌한 바람이 가슴을 스치는 듯하다. 유카타(위아래에 걸쳐서 입는 두루마기 모양의 긴 무명 홑옷으로 옷고름이

나 단추가 없고 허리띠를 두른다. 목욕 후 또는 여름철에 평상복으로 많이 입는다.—옮긴이) 차림의 고우메가 불꽃놀이 폭죽에 불을 붙이고, 불꽃 샤워를 하며 정원을 뛰어다니던 모습이 떠오른다. 아내와 둘이 흐뭇하게 그 모습을 지켜보곤 했다.

고우메는 여자 애답지 않게 화려한 불꽃을 좋아했다. 로켓식 폭죽으로 불꽃놀이를 하겠다고 졸라 대서 주택가라서 절대 안 된다고 하자 울음을 터뜨리기도 했다. 내가 안 보는 틈을 타 연발 폭죽에 불을 붙이는 바람에 큰 소동을 일으킨 적도 있다.

고우메가 불꽃에 화상을 입은 것은 초등학교 6학년 때였다. 아이러니하게도 고우메가 좋아했던 연발 폭죽이 아니라, 스파클러 폭죽이 원인이었다. 그날도 오늘처럼 달빛이 밝은 밤이었다.

사 온 불꽃놀이 폭죽들을 다 쓰고 남은 것은 스파클러 폭죽뿐이었다. 그때까지의 화려한 불꽃과는 달라서 폭발할 위험도 없었다. 방심한 탓도 있었을 것이다. 잠시 눈을 뗀 사이, 불꽃의 불똥이 고우메의 발등에 떨어졌다.

화상 자체는 대단한 건 아니었다. 울음을 터뜨리는 유카타 차림의 고우메를 급히 목욕탕으로 데리고 가서 찬물로 식혀 주었다. 그리고 곧바로 등에 업고 병원으로 뛰었다. 상처는 거의 남지 않았다. 즐겁기만 하던 생일은 엉망이 되었고, 이듬해부터 고우메가 우리와 함께 생일을 축하하는 일은 사라졌다.

7월 31일이면 이렇게 정원에서 홀로 시간을 보내는 게 그해부터 시작된 습관이라는 걸 퇴원 후에야 깨달았다. 어쩌면 고우메에게 화상을 입힌 죄를 덮고 싶은 마음이 있었던 게 아닐까. 그래서 이제껏 의식하지 못했을 것이다.

그래도 그때의 즐거운 기억을 잊고 싶지 않아서 해마다 이날이 되면 무의식중에 정원에서 시간을 보내는 거겠지.

그로부터 이 주가 지났다.

고우메와 나는 원래 자리로 돌아갔다. 그걸로 다 됐다는 듯, 고우메는 신나게 여름방학을 즐겼다. 그 소년과도 가끔 만나는 것 같았다. 참견할 생각은 없다. 참견해 봐야 아무 소용 없다는 걸 기묘한 며칠간의 경험을 통해 배웠다.

원래대로 돌아간 것은 우리 몸뿐만이 아니었다. 우리의 관계도 마찬가지다. 고우메는 전과 마찬가지로 나와 말을 안 하고 마치 아무 일도 없었던 것처럼 행동한다. 그것도 잘못된 일은 아니겠지. 아무렴 어떠랴, 아빠와 딸은 원래 그런 거겠지.

지난 두 주간 '레인보우 · 드림'을 둘러싼 상황은 급격하게 변했다.

나는 또다시 입원을 한 상황이었기 때문에 임시 소집된 어전회의의 프레젠테이션 내용은 나중에야 들었다. 각 부서의 전폭적인 지원 덕분에 정가는 오백 엔으로 결정이 났다.

판매부, 영업부 등에서 부서를 초월하여 협력해 준 결과, 유명한 드러그스토어 체인과 대형 편의점에서 '레인보우 · 드림' 판매를 시도하기로 했다.

윗선에서 염려했던 백화점 매장이나 전문점의 항의는 그다지 많지 않았다고 한다. 단가가 싸서 취급을 해도 이익 될 게 없다는 것이 그들의 판단이다. 결과적으로 볼 때 '슈퍼뷰티' 브랜드와 경합하지 않고 공존할 수 있는 방향으로 원만하게 해결되었다.

홍보 예산은 여전히 부족했지만, 예상보다 상품 평이 좋아서 틴에이저나 향수 잡지 등을 중심으로 문의가 쇄도한다고 했다. 향수와 저렴한 가격의 보기 드문 조화, 입 소문, 거기에 광성당 브랜드의 힘까지 보태져 상승효과가 난 것 같다.

발매 직후 텔레비전 정보 프로그램에서 다뤄 주기로 했다. 그리고 편의점에 샘플을 돌린 덕분인지, 매장마다 아르바이트생들과 직원들의 디스플레이 콘테스트가 벌어지게 되었다. 그쯤 되니 돈이 되는 장사라고 생각한 회사에서는 생산량 증가 태세를 정비하기 시작했다.

이기는 말에 올라타는 게 그들의 습성이다. 왠지 씁쓸한 미소가 떠올랐지만, 회사를 위해서는 다행스러운 일이다.

우리 팀이 앞으로 독립 부서로 승격하게 될 거라는 회사 공지도 있었다. 나카지마와 다른 젊은 세대들이 중심이 되어 라인업을 확장하는 계획도 순조롭게 진행되고 있다고 했다. 나로서는 어깨의 무거운 짐을 내려놓은 기분이다.

"왜 거기 있어요?"

아내가 거실 창문을 빠끔히 열고 물었다. 아무것도 아니라고 고개를 저었다.

"뭘 그리 멍하게 앉아 있어요?"

"좋아서 그러는데 뭐."

조금 피곤할 뿐이다. 이런 밤을 보내는 것도 좋지 않은가.

"승진 못해서 실망했어요?"

어제 나카지마에게 전화로 새로 설립되는 '레인보우 · 드림' 사업부의 부장은 홍보부 차장이었던 이노우에 씨가 될 것 같다는 얘기를 들었다. 이노우에는 나보다 한 기수 아래이고, 프로젝트 팀과는 아무 관련도 없다. 원칙대로라면 프로젝트 팀장인 내가 부장으로 올라가는 게 당연하겠지.

"그게 말이나 되는 소립니까? 모처럼 팀 전체가 팀장님을 중심으로 하나로 뭉쳤는데."

나카지마가 윗사람을 찾아가 담판을 짓겠다고 했지만 그만두라고 말렸다.

"이노우에는 사쿠라기 중역 직속이야. 샐러리맨은 줄을 잘 서야 출세하는 법이야. 어쩔 수 없어."

"그렇지만……."

뒷말을 잇는 나카지마에게 난 환자이니 그만 전화를 끊으라고 했다. 아니, 솔직히 말해 나에겐 부장이니 팀장이니 하는 게 안 어울린다. 누구보다 나 자신이 더 잘 안다. 팀이 하나가 된 것은 내가 아니라 고우메의 힘이다. 사람에게는 분수에 맞는 일이 있다. 나는 출세하고 싶은 욕심이 없다.

아내가 살며시 미소를 지었다. 꼭 높은 사람이 될 필요는 없다고 진심으로 말해 주는 게 아내의 최대 장점이다.

아내가 주는 캔 맥주를 받고 빈 캔을 건네주었다. 이걸로 두 개째다.

테이블로 시선을 던졌다. 스파클러 폭죽 꾸러미, 오늘 근처 편의점에서 샀다. 아내가 조심하라고 말했다.

"금방 끝낼 거야. …… 고우메는?"

"생일이잖아요."

뻔하지 않느냐는 뜻인지 어울리지도 않게 윙크를 했다. 어이쿠, 혼자 보긴 아깝군.

물론 나도 예상은 했다. 아빠보다, 엄마보다, 가족보다 소중한 일이 있나? 그렇겠지, 그럴 수 있지.

아주 천천히 맥주를 비웠다. 술이 센 편은 아니라 살짝 취했다. 깜빡 잠이 든 것 같기도 했다. 그러니 그 후의 일은 꿈일지도 모른다.

얼굴을 드니 창가에 고우메가 서 있었다. 조명을 받은 고우메의 얼굴은 무척이나 어른스러워 보였다. 뭔가 할 말이 있는 표정이었는데, 잠시 후 그대로 창가를 떠나 버렸다.

자리에서 일어나 정원 잔디 위에 올려 둔 초에 불을 붙였다. 조금만 기다리자.

고요한 밤이었다. 아름다운 불빛이 주위를 밝혔다. 이따금씩 부드러운 바람이 불어와 촛불을 흔들었지만 꺼지지는 않았다.

테이블 위의 스파클러 폭죽을 집어 들었다. 얇은 종이를 찢고 한 개비를 꺼내 불을 붙이자, 희미한 화학약품 냄새가 코끝을 스치더니 작은 불꽃이 타올랐다. 한동안 그 모습을 지켜보고 있자니 화약이 둥글게 뭉치면서 불꽃이 흩어지기 시작했다. 머지않아 불꽃은 사그라지고 불덩이가 땅 위로 떨어졌다.

이건 무슨 원리일까? 예전부터 신기하고 궁금했지만, 구태여 알고 싶진 않았다. 한 개비를 더 꺼냈다.

"아빠."

고개를 돌리니 창가에 쪼그려 앉은 고우메가 보였다. 푸른색 유카타에 아름다운 빨간 오비(유카타를 묶는 허리띠.―옮긴이). 나는 무심코 눈을 세게 문질렀다. 그때와 똑같은 모습이었다. 그러나 다른 점도 있었다.

오늘까지는 잘 몰랐는데 고우메는 이미 어른이었다. 일어선 고우메가 내 쪽으로 다가오더니 옆에 앉았다.

"어쩐 일이니? 겐타 선배 만나러 나갔던 거 아니야?"

"영화 보고 밥 먹고 집에 바래다줬어."

고개를 숙인 채 말했다.

"……그래."

"오늘은 특별히 들어온 거야. 안 들어올 수도 있었는데…… 그래도 들어오는 게 나을 것 같아서."

정말이지 위험한 소리만 해 대는 딸이다. 고우메는 뭐라고 좀 더 말을 꺼낼 듯하다가 "아니야."라며 고개를 저었다.

"아빠 너무 많이 마셨어."

"그래?"

"얼굴 새빨갛잖아."

"이제 그만 마시지 뭐."

우리는 의자에 앉아 흘끔흘끔 서로를 쳐다봤다. 시선은 단 한 번도 마주치지 않았다. 그때 갑자기 고우메가 손을 내밀었다.

내가 그 손을 잡으려 하자, 그런 뜻이 아니라며 험악한 표정을 지었다.

"나도 불꽃놀이 할 거라고."

"아, 그 말이었니?"

나는 테이블 위에 있던 스파클러 폭죽 한 개비를 건네주었다. 고우메는 약간 불안한 손놀림으로 받아 들더니 촛불로 불을 붙였다. 조금 기다리자 폭죽 끝에서 빨간 불꽃이 이리저리 튀기 시작했다.

"우아, 예쁘다."

고우메가 나지막이 중얼거렸다.

"그래, 예쁘구나."

나도 고개를 끄덕였다. 그 후로 둘이 폭죽 몇 개에 더 불을 붙였다. 한동안 그러고 있는데, 고우메가 입을 열었다.

"있잖아, 영화 보다 생각났는데……."

불꽃에 비친 고우메의 옆모습을 바라보며 무슨 말이냐고 물었다.

"화상 입었던 거…… 난 아무렇지도 않거든."

그래?

"그때는…… 미안했다."

고우메가 미소를 지었다. 이제야 풀렸다. 나는 고우메가 말을 안 하는 건 그때 화상을 입힌 일 때문이라고 줄곧 생각해 왔다.

나는 죄책감을 가지고 있었다. 그러나 고우메는 그것 때문이 아니라고 한다. 딱히 무슨 일이 있어서가 아니었다는 것이다. 아빠와 딸이란 본래 그런 것이다. 겨우 칠 일뿐이었지만, 딸의 입장이 된 나는 고우메의 마음을 깊이 이해할 수 있었다.

그리고 마침내 마지막 한 개비가 다 타고 불똥이 땅으로 빨려 들자 고우메가 촛불을 껐다.

"안녕히 주무세요, 아빠."

그 말만 남기고 사라졌다. 그것으로 끝이었다.

뭔가 할 말이 있는 것 같은 기분도 들었지만, 그게 무슨 말인지 끝내 알 길이 없었다. 지금도 알 수 없다.

고우메 말대로 오늘은 특별한 날인 것 같다. 앞으로도 고우메와 나의 관계는 변하지 않을 것이다. 인사도 별로 안 하고 대화도 없는 지금까지와 마찬가지로.

다만 약간의 예감은 들었다.

나는 딸의 마음은 알 수가 없다. 그리고 고우메에게도 아빠인 내 마음이 전해지지는 않을 것이다. 우리는 이번에 겪은 신비한 경험을 통해 그것을 이해했다.

그렇지만 그런 상황에서도 서로를 이해하려 노력한다면, 우리 관계가 조금은 나아질지도 모른다. 언젠가는 그 옛날처럼 얘기를 나눌 수 있는 날이 오지 않을까?

너무 안이한 생각인가? 그럴지도 모른다. 그래도 상관없다.

나는 자리에서 일어나 뒷정리를 시작했다. 기분 좋은 바람이 정원을 스쳐 지나갔다.

옮긴이의 말

사람과 사람 사이의 빗장은 관계에 따라 상이한 형태를 띤다. 양적인 차이는 물론 질적으로도 다르다. 그러나 그 빗장을 풀고 상대의 마음을 들여다보고픈 호기심과 욕구는 크게 다르지 않을 것이며, 그런 심리가 반영된 이야기는 변신이나 영혼이 뒤바뀌는 형태로 수없이 되풀이되었다. 특히 몸이 바뀌는 소재는 소설, 영화, 만화, 애니메이션 등에서 단골 테마로 다뤄졌다. 심하게 표현하면, 수없이 우려진 고리타분하고 진부한 소재인 셈이다. 그러나 이는 달리 해석하면 타인의 내면에 대한 호기심과 객관적인 시각을 확보하고 싶은 욕구가 지속되어 왔다는 증거이기도 하다.

『아빠와 딸의 7일간』은 이런 오랜 욕구와 진부함이라는 두 얼굴을 가진 주제를 과감히 선택한다. 그래서 처음에는 작가의 두둑한 배짱과 용기에 박수를 보내면서도 다른 한편으로는 염려스러운 마음을 감출 수 없었다. 그러나 그것은 기우였다.

소설 속에서 첫 데이트를 앞둔 파릇파릇한 청춘과 무사 안일주의로 그럭저럭 세월을 보내는 샐러리맨의 인생이 어느 날 갑자기 뒤바뀐다. 이 두 사람은 가장 가깝고 허물없다고 일컬어지는 가족, 즉 아빠와 딸이다. 언뜻 생각하기에는 생판 타인보다는 나을 것도 같다. 그러나 가족이기 때문에 더더욱 서로에게 드러내지 못하는 영역이 존재하기 나름이며, 이들의 실제 상황 역시 그리 녹녹하지 않다. 딸은 아빠 옷과 자기 옷을 같이 세탁하는 것조차 꺼리고, 아빠는 딸과의 관계를 회복시킬 방법이 없어 그저 애만 태운다. 게다가 성 차이와 삼십 년의 세대 차이라는 벽까지 가로 막혀 있는 두 사람은 갑작스러운 사태에 정신적 공황 상태에 빠질 수밖에 없다. 그러나 현실의 장애는 그들의 혼란과는 무관하게 들이닥치고, 그들은 어떻게든 함께 난관을 극복해야 하는 상황으로 내몰린다. 그 속에서 벌어지는 황당무계한 에피소드들과 이를 헤쳐 나가는 단면들을 적나라하게 드러내고 있는 이 소설은 기존의 유형과 구별되는 몇 가지 특징을 지니고 있다.

첫째, 과학적 상식의 범위에서는 결코 일어날 수 없는 일이라는 면에서는 판타지 성향을 띠지만, 실제 두 주인공이 익숙지 않은 상대의 영역으로 들어가 겪게 되는 당혹감과 문화적 쇼크, 금방이라도 들통 날 것 같은 아슬아슬한 위기 묘사는 생생한 현실감을 지니고 있다. 가장 곤란한 화장실, 목욕탕 문제를 비롯해 회사와 학교라는 각자의 공동체에 적응하면서 파생되는 갖가지 에피소드들은 생생한 현장감을 줌과 동시에 작가의 세밀하고 예리한 관찰력까지 가늠케 해 준다.

둘째, 요즘 여고생의 대표적인 캐릭터라 할 수 있는 딸과 애물단지 프로젝트 마감을 눈앞에 둔 샐러리맨 아빠를 코미디 터치로 발랄하게 묘사했다는 점이다. 해결의 실마리가 안 보이는 갑갑하고 암울한 상황에서도 엎치락뒤치락하며 긍정적으로 대처해 가는 두 사람의 모습은 지루함이 느껴지지 않고 술술 읽힌다.

끝으로 휴대전화의 맹활약을 간과할 수 없을 것 같다. 현대 문명의 대명사라 할 수 있는 휴대전화가 작품의 경쾌함과 속도감을 뒷받침해 주는 중요한 요소로 작용한다. 휴대전화 문자를 이용한 아빠와 딸의 커뮤니케이션은 작품의 빠른 전개를 도울 뿐 아니라, 세대 차이의 대표적 상징으로 부각되며 독자로 하여금 절로 미소 짓게 만든다.

작가는 이렇듯 아주 흔한 소재와 설정으로 과감하게 승부수를 던지면서도 식상함의 함정을 피하고 자기만의 빛깔과 신선한 웃음을 선사하는 데 성공한다. 이런 결실의 원동력은 작가의 이력에서 예견된 일이라 할 수 있겠다. 이가라시 다카히사는 2002년 『리카 リカ』라는 작품으로 호러서스펜스 대상을 수상하며 데뷔한 후, 고교생의 청춘을 그린 작품에서 현대사회에서 벌어지는 사건을 중심으로 한 서스펜스는 물론 시대소설까지 폭넓은 소재와 다

양한 스타일로 작품을 변화시켜 온 작가로 유명하다. 때문에 신작을 발표할 때마다 독자들을 긴장시키고 기대하게 만드는 작가로 손꼽힌다. 여기서 끊임없는 변화와 변신을 향한 작가의 갈망을 엿볼 수 있다. 그리고 그런 성향이 『아빠와 딸의 7일간』에서 몸이 뒤바뀐 두 캐릭터를 생생하게 그려 낼 수 있는 역량의 밑거름이 되었을지도 모른다.

이 소설은 상대의 자리에 서서야 비로소 깨닫게 되는 서로의 입장과 고뇌를 절묘하게 묘사해 냈다. 덧붙여 고정관념에 사로잡히지 않고 처음 목적으로 되돌아가 사태를 단순하게 직시하라는 메시지를 전해 준다. 그리고 극적으로 변화시킬 수 없는 인간관계의 미묘함과 한계를 인정하면서도, 서로를 이해하려는 노력의 물꼬를 터놓는 결말로 희망을 제시한다. 웃음과 함께 가슴 따뜻한 감동을 안겨 주는 작품이라 할 수 있겠다. 같은 시공간에 있으면서도 다른 세상을 살아가는 우리도 가끔은 누군가로 변신하는 판타지를 꿈꿔 보면 어떨까. 안다는 것은 착각일 뿐이며 타인과 세상에 대해 무지하다는 사실을 깨닫는 순간, 일시적이나마 우리의 손에도 견고한 빗장을 푸는 열쇠가 쥐여질지 누가 알겠는가.

이영미

아빠와
딸의
7일간

1판 1쇄 찍음 2008년 5월 16일
1판 11쇄 펴냄 2017년 1월 10일

지은이 이가라시 다카히사
옮긴이 이영미
편집 박원영
디자인 오진경
펴낸이 박상희
펴낸곳 까멜레옹 · (주)비룡소
출판등록 1994.3.17. (제16-849호)
주소 (06027) 서울시 강남구 도산대로1길 62 강남출판문화센터 4층
전화 영업 515-2000 팩스 515-2007 편집 3443-4318,9
홈페이지 www.bir.co.kr
제품명 어린이용 반양장 도서 **제조자명** 까멜레옹 · (주)비룡소 **제조국명** 대한민국 **사용연령** 3세 이상

ISBN 978-89-491-9204-8 03830